Heinz Piontek

Das Handwerk des Lesens

Erfahrungen mit Büchern und Autoren

Schneekluth

CIP-Kurztitelaufnahme der Deutschen Bibliothek

Piontek, Heinz
Das Handwerk des Lesens / Heinz Piontek. – 1. Auflage
München: Schneekluth, 1979
ISBN 3-7951-0546-3

ISBN 3-7951-0546-3

Gesamtherstellung: Mohndruck Reinhard Mohn GmbH, Gütersloh
Printed in Germany 1979

Inhalt

Bücher, die mich beschäftigten

Varia

Anhang

Ihr sollt die wesentlichen Dinge nicht breittreten.

Meister Occam

Vorwort

Zum Handwerk des Schreibens gehört das Handwerk des Lesens. Ich kenne keinen guten Autor, der nicht auch ein leidenschaftlicher Leser wäre. Doch Leidenschaft allein reicht nicht aus. Produktives Lesen, das heißt, ein Lesen, das dem Schreiben zugute kommt, verlangt große Unvoreingenommenheit, Genauigkeit bis zur Silbenstecherei, eine gewisse Systematik; wer so liest, sucht sich auch über die Autoren ins Bild zu setzen und ist auf Kenntnis ihrer Ansichten und Intentionen aus; er stellt Vergleiche an, versucht Bücher und Verfasser in Einklang zu bringen mit literarischen Strömungen, Zeitstimmungen, Traditionen oder den Widerspruch zu ihnen aufzudecken. All das läßt sich durch Übung erwerben, durch ständigen, konzentrierten Umgang mit Literatur.

Soll ein Schriftsteller von Beruf seine Leseerfahrungen für sich behalten? Seit ich schreibe, habe ich mich immer wieder über Bücher und Autoren geäußert: in Aufsätzen, Rezensionen, Essays, Kommentaren, Interpretationen, Vor- und Nachworten und ähnlichem. Man nennt diese Art der Arbeit *für den Tag* schreiben. Dagegen wäre nichts einzuwenden, wenn sich damit nicht notwendig die Vorstellung vom Gegenteil verbände: das Schreiben auf lange Sicht, *für die Ewigkeit.* Mit einem solchen Anspruch nach der Feder zu greifen, erschien mir schon sehr früh grotesk. So gesehen, schrieb ich auch meine Gedichte, Erzählungen und Romane »für den Tag«, also zum Lesen und Bedenken jetzt und heute. Ich dachte mir: Sollten sie darüber hinaus Dauer gewinnen, sich als widerstandsfähig gegenüber Zeit und Vergessen erweisen, so kannst du von Glück sagen.

Das Hindeuten auf Bücher und Autoren, das Analysieren und Auslegen, auch von literarischen Vorgängen und Zeiterscheinungen, ist mir jedenfalls nie als etwas Zweitklassiges, das weniger Anstrengung und Sorgfalt verdient, vorgekommen. Ich sah, wie es andere handhabten, meisterten, und bewunderte sie. Allerdings sah ich auch, daß sich viele damit keine Mühe gaben, ihre Sachen nur oberflächlich reflektierten und hinschluderten. »Für den Tag« schien es ihnen offenbar gut genug. Da ich eine solche Haltung nicht begriff, kann ich sagen, daß ich mir auch noch für die kleinste dieser Arbeiten genügend Zeit nahm und von Aufträgen nur die ausführte, auf die ich Lust hatte.

Literatur als Thema der Literatur ist, zugegeben, keines von den sogenannten unvergänglichen Themen. Über das rasche Nachlassen der Anziehungskraft eines »sekundären« Textes soll man sich nicht hinwegtäuschen, selbst wenn man ihn mit großer Sorgfalt behandelt hat. Andererseits kann es das »Sekundäre« mit dem »Primären« durchaus aufnehmen, sobald sein dokumentarischer Wert zur Diskussion steht. Was ein Autor oder Kritiker in einem bestimmten Jahr, einer bestimmten Epoche gedacht und geschrieben hat, bleibt *aufschlußreich* – selbst über größere zeitliche Distanzen hinweg. Ist es Zufall, daß uns – wenn wir weit zurückgehen – in manchen Fällen keine Werke zur Verfügung stehen, nur ihre Beschreibungen? Tritt der Geist einer Zeit nicht in der höchsten wie in der trivialsten Form seiner Literatur ans Licht? Auch Literatur über Literatur hält etwas fest und bewahrt, was aussagekräftig, *bezeichnend* bleibt – nicht zuletzt über oder für den, der es niedergelegt hat.

Um zum Schluß zu kommen: die Arbeiten, die ich aus annähernd zwei Dekaden zusammengestellt habe (die Mehrzahl stammt freilich aus den letzten zehn Jahren), habe ich ausgesiebt. 22 Rezensionen zum Beispiel aus mehr als 500. Was sich hier abzeichnet, ist also die bekannte Spitze des Eisbergs. Ich weiß, das ist kein treffender Vergleich, denn wer schon stellt Eisberge her? Aber ich lasse ihn stehen. Das Streben nach Vollkommenheit ist ja am Ende doch wahnwitzig.

München, Februar 1978 H.P.

Flugblätter

Herkules und die Tabus

Was ist ein Tabu? Für viele eine dunkle, ungelüftete Angelegenheit, etwas, das wir den Schamanen verschiedenster Zeiten zu verdanken haben. Einst etwas Numinoses, kürzlich noch etwas Peinliches, heute etwas Kaum-mehr-Vorhandenes. Denn die Tabus sind zertrümmert, und die Herren und Damen, die es vollbracht haben, können sich die Hände reiben. Tabuzertrümmerer. Gestern fast eine Berufsbezeichnung, heute ein Synonym für arbeitslos. Apropos: zertrümmern. Derjenige, der dieses Bild unter die Leute gebracht hat, muß sich unter einem Tabu etwas außerordentlich Widerstandsfähiges, ja ein Ding wie aus Stein vorgestellt haben. Muff und Mief kann man nicht zertrümmern.

Wer leistete nun die Herkulesarbeit? Allen voran: die Literatur. Konkreter: Leute, denen man es kaum zugetraut hätte. Federgewichtler, Brillenträger, Leichtfüße. Sie beschrieben unverblümt den Stuhlgang, den Geschlechtsakt, alle sogenannten Abarten des Sexus, den Schwindel mit der Religion, den Sadismus gegen Mensch und Tier, Tötungsvorgänge, die Verwesung usw. Es kam ihnen nicht darauf an, manchmal verwechselten sie Aufklärung mit Schamlosigkeit, Ehrlichkeit mit Exhibitionismus. Man muß über Leichen gehen können. Aber nun ist es geschafft. Die Heimlichtuer sind aus dem Feld geschlagen, unsere dunklen oder wunden Punkte liegen bloß. Man schlage irgendeines der gepriesenen Bücher auf und überzeuge sich.

Betrachten wir die Literatur der letzten Jahre jedoch genauer, so kann unsere Zufriedenheit allerdings einen Knacks bekommen. Herkules hat es offenbar mit einer zeitgemäßen Hydra aufgenommen. Die Tabus rollten wie Köpfe, aber an ihrer Stelle wachsen rasch, fast unbemerkt, neue Tabus; munter schaut uns das Untier an. Ja, ist es denn möglich? Soll hier vielleicht eine neue Legende aufgetischt werden?

Zartheit, Empfänglichkeit, Güte, Gewissen: das sind zum Beispiel neue Tabus. Wer wagt es, davon zu schreiben? Unsere Gefühle, soweit sie nicht gerade gußeisern sind, verschwinden unter der Decke. Regungen, die keine strotzende Potenz, keine dickfellige Unerschütterlichkeit bezeugen, müssen heute verheimlicht werden. Unser Westen gibt sich wie der wilde, wo der Mann noch was wert ist. Der unverschämte Schriftsteller beginnt sich wieder zu schämen. Er schämt sich beispielsweise, ein Herz zu haben. Überhaupt »Herz«. Ein Wort, das er nie in den Mund nehmen würde, eher ließe er sich steinigen. Er, der Herkules, der sich daran gewöhnt hat, zu schreiben wie die Axt im Walde, fürchtet manisch, ja geradezu pingelig jede schriftliche Preisgabe von Empfindung. Um alles Sensitive, Zauberhafte, um alles, was einen Hauch von Seele hat, macht er einen großen Bogen. Das faßt er nicht mal mit der Kohlenzange an.

Natürlich auch nicht das Schöne. Es ist vielleicht heute das größte Tabu für einen westlichen Autor. Unversehens, mit dialektischem Witz ist das Schöne an die Stelle des Häßlichen getreten. Schönes zu beschreiben, können sich derzeit nur Märtyrernaturen oder Masochisten erlauben. Sie jedoch, die Unerbittlichen, Kaltschnäuzigen, Brutalen, die mit dem Gemüt von Metzgerhunden, sie trauen es sich nicht zu. Vor einer Blume kriegen sie das Zittern. Wohlgeratenheit, Anmut, Zierlichkeit, Schwerelosigkeit – Hände weg! Das überläßt man besser den Kitschniks und Schnulzenfabrikanten.

Gravierender aber, daß zu den neuen Tabus unserer Literatur auch das Leiden gehört. Auf der einen Seite Grausamkeit, gewiß, der Schock im Quadrat, auf der anderen Seite aber ein Vertuschen von Krankheit, Alter, Unheilbarkeit. Konform mit der Gesellschaft, die nicht wahrhaben will, daß sich das Leben vieler nicht so abspielt, wie es uns die Werbung an die Wand malt, verdrängt die Literatur das Leiden als »Privatangelegenheit«. Wer schreibt – sagen wir – von den Karzinom-Erkrankten, den Querschnittgelähmten der Autounfälle, den Halbverbrannten der Flugzeugabstürze, den Contergan-Kindern, jenen, die durch ihre Leiden wirtschaftlich zugrunde gerichtet werden, ihren Angehörigen und Hinterbliebenen? Wer schreibt von den Helfern, die gegen Unglück und Tod ankämpfen, müde werden, aber nicht aufgeben? Der große Roman »Krebsstation« ist nicht auf unserer Seite entstanden.

Eine neue Feigheit, so scheint es, hat sich in der anspruchsvollen

Literatur breitgemacht. Der Mensch wird in seinem Unglück im Stich gelassen, man schiebt alles auf die Verhältnisse ab, die bekanntlich verändert werden müssen. Satire ist Trumpf, auf Kosten der anderen, der nicht cleveren Opfer und Pechvögel, wird gelacht. Man kokettiert mit der Grausamkeit, übersättigt vom eigenen Wohlergehen. Und wem es nicht mehr so gut geht, daß er den Kitzel der Quälereien und Schauerimaginationen noch nötig hätte, der wird als »lebenshilfebedürftig« seinem Schicksal, das heißt der trivialen Erbauungsliteratur, überlassen. Die Zertrümmerer der Tabus haben das Ihre getan. Aber wo bleibt das Aufatmen der Millionen?

(1970)

Diese grassierenden Satiren

Es sieht so aus, als könnten die Erzähler und Dramatiker auf ihre Erfahrungen mit der heutigen Welt nur noch mit Hohn und Spott reagieren. Die Werke, von denen man bei uns spricht, sind fast durchweg satirisch, grotesk, farcenhaft – Arbeiten, in denen unser Existieren auf der Kruste dieses Sterns derart auf die Spitze getrieben ist, daß wir seine Hirnverbranntheit mit Händen greifen können. Es wird karikiert und persifliert, blutige Ironie, schwarzer Humor, Kalauerei sind an der Tagesordnung – von Dürrenmatt bis Walser, Grass bis Hacks und Rühmkorf, Gisela Elsner bis Renate Rasp. Die Welt quillt über von unseren Lastern, Dummheiten und Verbrechen. Ist sie nicht ein einziges Tollhaus? Peter Weiss hat es uns auf der Bühne vorgeführt. Verteufelt komisch.

Daß uns die Satiriker ihre Peitsche um die Ohren schlagen, geschieht aus gutem Grund. Es gibt Zeiten, in denen dem Menschen im Ernst nur schlecht beizukommen ist. Kann man dem Absurden und Zynischen der Weltverhältnisse anders als mit beißend aggressiver Komik widersprechen? Die Blindheit der

Technokraten und der Aberglaube an die Wissenschaft, sie fordern förmlich zum Spott heraus. Und schreit auch nicht die bornierte oder abgefeimte Sprachverdrehung in den Medien nach Parodie? Unsere Lächerlichkeit läßt sich in Zerrspiegeln nicht nur schärfer ausmachen, sie zeigt in ihnen auch klarer ihre Gefährlichkeit.

Aber die Satire – selbst wenn sie sich kraftstrotzend gibt – ist ein Zeichen der Ohnmacht. Sie ist der Humor mit gefesselten Händen, unterm Galgen. Jener Witz, daß die Lage hoffnungslos, aber nicht ernst sei, gibt genau die Bewußtseinslage des Satirikers wieder. Der große Satiriker zieht seine Kraft daraus, daß wir durch ihn nicht zu ändern sind. Er weiß, er wird nichts ausrichten – doch seinen Rang, seine Würde gewinnt er dadurch, daß er die eigene Hoffnungslosigkeit geißelt. Wir lachen, weil wir es nicht besser wissen. Er lacht, weil er keine andere Wahl hat.

Durchschnittliche Satiriker machen sich lustig. Es sind noch nicht die schlechtesten unter ihnen, denen es genügt, den Schein unserer Vernunft zu zerstören, so daß unsere Unvernunft an den Tag kommt. Sie lieben unser Gelächter, weil es anzeigt, daß wir sie verstanden haben. Aber das Gros dieser Autoren liebt allein seine Pointen und Übertreibungen, die eigene haarsträubende Phantasie mit außerordentlicher Selbstliebe. Unsere Torheiten scheinen nur dazu da, um den Mitläufern unter den Satirikern Stoff zum Brillieren zu bieten. Sie reiben sich voller Schadenfreude die Hände, wenn sie uns wieder einmal auf die elenden Schliche gekommen sind, uns eins ausgewischt haben. Sie nehmen nicht aufs Korn, um ins Schwarze zu treffen, sondern, um abzuschießen. Im Grunde haben sie etwas Pharisäerhaftes, die Arroganz der Gerechten, nie finden sie an sich selbst etwas Lachhaftes, sie, die Satiriker, nehmen sich aus.

Wer nicht an seiner eigenen Unzulänglichkeit leidet, der kann auch nicht an der Unzulänglichkeit der anderen leiden. Er kann sich nur an ihr reiben. Das aber ist zu billig für große Satire. Wer alles besser weiß und uns deshalb verhöhnt, ist kein Satiriker, sondern ein Giftzwerg. Auch schlechte Laune und pathologisches Mißvergnügen reichen nicht aus. Nein, nur der bis

zum Zähneknirschen gehende Schmerz über unser selbstverschuldetes oder zwanghaftes Elend, der Schmerz des Narren in einem lichten Moment, bringt die große, die unvergeßliche Satire hervor. Denn daß wir sie nicht vergessen, verdrängen können, darin liegt ihre Wirkung – nicht im Zaunpfahlwink zu einer oberlehrerhaften Verbesserung der Welt. Die Satire richtet nichts aus, doch sie richtet uns.
Vielleicht will es der Witz, daß wir nicht an unserer Unzulänglichkeit allein, sondern auch noch an der unserer Satiren leiden sollen. Der tiefste Grund dieser künstlerischen Unzulänglichkeit scheint mir darin zu liegen, daß uns die mittelmäßigen Satiren keine Idee, auch nicht die blasseste Ahnung davon vermitteln, warum es schade wäre, wenn die Welt zum Teufel ginge. Für solche Monstren, wie sie – als unsere Abbilder – in den Satiren erscheinen, wäre die Wasserstoffbombe doch gerade recht.
Müßte diese Literatur nicht wenigstens Andeutungen enthalten, weshalb es sich lohnte, auch noch für »Monstren« einzutreten? Eventuell ist an den Menschen, an dem, was sie bisher gedacht oder gemacht haben, doch etwas nicht unbedingt Verabscheuenswürdiges, wagen wir das Wort: etwas Liebenswertes zu entdecken. Oder kann das nur herausfinden, wer kein Satiriker ist?

(1970)

Grablegung des Dichters?

Es hat in den letzten Jahrzehnten nicht an Stimmen gefehlt, die dafür plädierten, das Wort »Dichter« abzuschaffen. Immer wieder hieß es da, dieses Wort sei zu feierlich, verstiegen, typisch deutsch. Aber so leicht ist es offenbar nicht auszumerzen. Daß es jedenfalls noch munter am Leben ist, kann man aus den neuerlichen Bemühungen ersehen, die es jetzt endgültig zur

Strecke bringen möchten. Einige junge progressive Germanisten, Kritiker und Literaturproduzenten blasen Halali.
Wir werden uns hüten zu definieren, was ein Dichter ist. Auch die Geschichte des Wortes »Dichter« wollen wir beiseite lassen. Aber fragen müssen wir uns, warum man partout nicht aufhört, vom »Dichter« zu sprechen. Warum schert es so wenige, daß sie sich den Ruf von Hinterwäldlern und Reaktionären zuziehen durch ungenierten Gebrauch dieser Vokabel? Ist es Gedankenlosigkeit? Atavismus? Subordination? Oder ist dabei nicht auch etwas im Spiel, das sich nicht schlankweg beschuldigen und verurteilen läßt?
Wenn man heute vom Tod des Dichters spricht und ihn zu Grabe tragen will, so hat man seine Gründe. Man kann ihn einfach nicht mehr brauchen. Er steht so aufreizend faul herum, während alle ihren politisch-moralischen Leistungsnachweis erbringen, steht nur im Weg. Mit seinem Namen sind Vorstellungen und Ansprüche verknüpft, die sich mit den gegenwärtigen Auffassungen von einer »relevanten« und zum Konsum, das heißt zum alsbaldigen Wegwerfen ausersehenen Literatur nicht koordinieren lassen, ja sie in Frage stellen. Also fort mit ihm! So versucht man, einen Scheintoten unter die Erde zu bringen.
Der Dichter, der das Wort verdient, ist immer eine Randerscheinung gewesen: Lehen- und Almosenempfänger, meist asozial, oft zwielichtig, oft unzurechnungsfähig. Die paar »Dichterfürsten«, die es auch gegeben hat, fallen nicht ins Gewicht. Noch aus den bürgerlich beschönigenden Epitheta wie »kauzig«, »exzentrisch« und »weltentrückt« geht hervor, daß man im Dichter nie einen gesellschaftlich Angepaßten gesehen hat, aber immer einen Eigenbrötler und Einzelgänger. Jedenfalls war es ein Mißverständnis, zu glauben, daß man mit dem Wort »Dichter« einen Begriff von höherer literarischer Qualität offerieren könne. Dichter sind keine besseren Schriftsteller. Das Geschrei »Hie Dichter – hie Schriftsteller« ist Gott sei Dank historisch. So viel aber ist nun endgültig klar geworden, daß es sich bei den beiden Bezeichnungen nicht um Synonyme handelt.

Warum also – noch einmal – hält die Mehrzahl an dem Wort fest und wird auch die neuerlich beschlossene Grablegung des Dichters nicht tragisch nehmen? Weil dieses Wort einen Bewußtseinsinhalt spiegelt, der etwas Seltenes, Unbedingtes, Sich-treu-Bleibendes umfaßt. Denn soll ich vom nichtkonformistischen Element in der Literatur sprechen, von jenen aufreizend auf sich selbst bauenden, über Moden und Maschen unverfroren erhabenen Alleingängern, kann ich mit dem Wort »Schriftsteller« nicht arbeiten (nur dann, wenn ich damit etwa kritisch opponierende Autoren meine). Denn dieser ans Wort gebundene Widerstand einiger weniger, der nicht ideologisch verpfählt ist, nicht auf schärferem gesellschaftlichem Bewußtsein beruht, sondern aus einer Abweichung stammt, einer Abweichung vom Üblichen, Zeitbedingten, einer grundsätzlich anderen Art des »Sehens«, läßt sich nicht hinreichender kennzeichnen als eben mit »dichterisch«.
Da haben wir es. Ein Abweichler. Einer, der gern »anders« sein möchte. Der sich wohl gar für auserwählt hält. So philiströs kann man es natürlich auch nehmen. Über den Nutzen von Dichtern läßt sich streiten, über ihr Vorkommen nicht. Und wenn die neue Kontroverse weiter nichts ergeben sollte als den Hinweis, daß Dichter nach wie vor ein Stein des Anstoßes sind, etwas, an dem sich die Geister scheiden, schon seit Platon –: mehr ist eigentlich gar nicht nötig. Somit wird das verpönte Wort »Dichter« weithin sichtbar wieder virulent, zeigt, daß es nicht totzukriegen ist. Je schärfer die Verneinung, desto präziser wird es. Keine Auszeichnung mehr für »zeitlose« literarische Leistungen, nein, einfach ein Wort für den extrem individuellen und doch merkwürdig paradigmatischen Umgang einzelner mit der Sprache. Ein Begriff mit Schwächen und Stärken. Und nie ganz geheuer.

(1970)

Abseits der Städte

Man hat heute Grund genug, von einer Stadtflucht zu sprechen. Zumindest, was die großen Städte betrifft. Immer mehr Citybewohner wandern in grüne Vororte, Trabantenstädte, in kleine Ortschaften der sogenannten Einzugsgebiete aus. Zermürbt von der Rastlosigkeit des Betriebs, wollen sie wenigstens in ihrer freien Zeit aufatmen können, ohne daß ihnen durchs offene Fenster die Abgase der Zivilisation entgegenschlagen. Sie wollen ihre Nachtruhe, und zwar buchstäblich ihren Anteil an Stille, während es dunkelt. Sie alle spüren, wie sinnlos es wäre, wenn sie zu leugnen versuchten, daß sie zu einem keineswegs geringen Teil noch Natur sind. So beginnen sie also, sich wieder natürliche Bedingungen zu verschaffen. Ist das nicht ihr gutes Recht?

Es gibt heroische Leute, für die jede Art von Flucht etwas Verächtliches hat. Und es gibt die Anbeter der Zivilisation, für die ein Grashalm, ein Vogel in der Luft nur bedauerliche Anzeichen dafür sind, daß der Mensch mit der Natur noch nicht gründlich genug aufgeräumt hat. Die einen also halten es für feige, die Städte zu verlassen, die andern für reaktionär lyrisch. Erst recht werden diejenigen, die in der Literatur unsere natürlichen Bedingungen zur Sprache bringen, als antiquiert abgestempelt. Nur hinterm Mond Lebenden kann es wohl noch einfallen, von Wipfeln und Wolken zu reden. Fand nicht schon Brecht, daß ein Gespräch über Bäume in unseren Zeiten unmoralisch wäre? Wald und Wiese, kürzlich noch das Harmloseste vom Harmlosen, werden jetzt geradezu zum Tabu. Wehe dem, der es bricht. Als rattenfängerischer Idylliker müßte er sich auf ein Martyrium unter den Besserwissern gefaßt machen.

Ja, haben sie, die nach draußen ziehen, wirklich zu erröten über ein paar Atemzüge klarer Luft? Darüber, daß sie abends nicht die Lichtreklame, sondern vielleicht einen Stern betrachten? Ist denn die Nähe zur Natur schon etwas, für das man sich entschuldigen muß? Das Wort vom »falschen Bewußtsein«, das meist nur dazu dient, Andersdenkende mundtot zu machen, hier wäre es einmal am Platz. Denn wer da meint, der Mensch

habe im Freien nichts mehr zu suchen, den könnte man mit diesem Wort ruhig darauf aufmerksam machen, daß er auf dem Holzweg ist.
Niemand außerhalb der großen Städte wird sich einbilden, in Sicherheit zu sein. Die kollektiven Gefahren drohen uns ohne Ausnahme. Hier wie dort müssen wir politisch Farbe bekennen. Aber wer sein Leben wenigstens noch teilweise in der Nachbarschaft der Elemente verbringt, hat die Chance, sich immer von neuem darüber klar zu werden, ob das, was ihm der Zivilisationsbetrieb auferlegt, noch in den Grenzen des Zumutbaren liegt oder bereits seine Substanz angreift.
Die gebrannten Kinder der Städte sind ja keine Schwärmer, sie brauchen die Natur nicht als Ablenkung – von Ablenkungen haben sie genug –, sondern als einen Anstoß zu kritischer Besinnung. Angesichts der natürlichen Dinge fängt man an, sich zu fragen, wo das Wesen der künstlichen Welt in Scheinwesen übergeht. Etwas, das in vielen Jahren mühsam aus der Erde emporgewachsen ist, lehrt das Aus-dem-Boden-Gestampfte mit anderen Augen sehen. Wer plötzlich in die Stille einer Lichtung taucht, kann sich Distanz schaffen zu den Einflüsterungen der Medien, von welchen er noch eben eingelullt wurde, ohne es recht wahrzunehmen. Tier, Stein, Blume, Wasser, Staub, die Gestirne – alles Anhaltspunkte für das zersplitterte Bewußtsein, mit sich selbst ins reine zu kommen.
Es wäre töricht, wollte man aus alldem nichts weiter heraushören als den altersschwachen Ruf »Zurück zur Natur«. Die Flucht aus den Städten will keine Wiederherstellung vergangener Zustände begünstigen. Sie ist, wenn sie überhaupt eine Flucht ist, eine Flucht nach vorn. Ein Befreiungsakt. Nicht die Zivilisation wird verneint, sondern die resignierende Anpassung an sie, die Art, sich von ihr gefangennehmen zu lassen. Statt romantischen Gefühlen zu folgen, sucht man die Konfrontation mit dem, was man nicht gemacht hat. Ein auf den Grund gehendes Reflektieren, fern der Programmierungen, bricht sich Bahn. Und wenn es bei vielen auch nur ein Instinkt ist, der rational erst noch umgesetzt werden muß.

(1970)

Große Flaute für Lyrik

Den Beobachtern der literarischen Szene dürfte es kaum entgangen sein, daß hierzulande das Interesse des Publikums an seinen Lyrikern einen Tiefpunkt erreicht hat wie schon lange nicht. Zwar werden weiter jahraus, jahrein Gedichtbände von Debütanten wie Etablierten gedruckt, aber die Zahl der Neuerscheinungen hat doch merklich abgenommen. Lyrikbücher werden kaum noch rezensiert, geschweige diskutiert. Selbst ausländische Poeten von Weltgeltung gehen in deutschen Übersetzungen sang- und klanglos über die Bühne. Kein Zweifel, wir erleben eine Rezession in der Lyrik, und es fragt sich, ob diese Kunst schon auf der berühmten Talsohle angekommen ist oder ob es mit ihr noch tiefer hinuntergeht.
Wenn der Wechsel der Aufmerksamkeit, das Auf und Ab des Interesses etwas Gesetzmäßiges ist, dann brauchen wir uns über die derzeitige Indolenz nicht zu wundern. In den fünfziger und frühen sechziger Jahren wurde das deutsche Gedicht wie keine andere literarische Gattung zur Kenntnis genommen, ja als Aushängeschild unserer Nachkriegsliteratur vorgezeigt. Das Lyriker-Alphabet begann so: Bachmann, Celan, Enzensberger . . . Ein Poet wie Benn war der meistdiskutierte Autor überhaupt. Über den Fall Forestier (Karl Emerich Krämer) schrieben sämtliche deutschen Zeitungen. Dichter wurden zum Gegenstand von Quizfragen (Wer oder was ist Hagelstange?), erhielten die begehrtesten Auszeichnungen wie den Büchner-Preis oder den der verblichenen Gruppe 47, an Nachtprogramme, in denen die Namen T.S. Eliot oder Ezra Pound *nicht* fielen, wird sich kaum jemand erinnern. Es gab zehn Lyrikanthologien pro anno, deutsche Verleger machten Geschäfte mit Lyrik, und Verleger in aller Welt hielten kräftig mit.
Nach diesen Goldenen Fünfzigern nun totale Gleichgültigkeit gegenüber allem, was Gedicht heißt. Zwar geben sich einige Wiener Randerscheinungen verzweifelt exzentrisch, Grass schreibt *auch* Gedichte, und Heißenbüttel erhält einen großen Preis – aber wer, außer ein paar Lyrikern, macht sich darüber Gedanken? Nach jedem Boom eine Flaute – hat sich das nicht

wieder gezeigt? Doch ich meine, daß man die Sucht nach Abwechslung, das Karussell der Moden, den immer rascheren Verschleiß von Namen und Werken nicht allein dafür verantwortlich machen kann. Gründe wollen bedacht sein, die verzweigter und verzwickter sind.

Zunächst einmal: die Diffamierung der Kunst »als solcher«. Sie trifft die Lyrik mit am härtesten, denn das Gedicht kann sich als Artefakt viel schlechter tarnen als etwa die erzählende oder dramatische Prosa. Die Kunst fängt ja da an, wo man Worte für etwas so Besonderes hält, daß man sie nicht auf normale Weise hintereinander weg schreibt. Seit eh und je ist die Lyrik Inbegriff der Wortkunst. Einer notwendig elitären Literaturform, die sich allein durch Verzicht auf Qualität »demokratisieren« ließe, zeigt man in unserer Dekade natürlich die kalte Schulter. Wer mit seinem politischen Vorurteil Kunst für etwas bürgerlich Korruptes hält, berührt die Lyrik, um Ansteckung zu vermeiden, nicht einmal mehr mit den Fingerspitzen. Auch eine falsche Vorstellung von dem, was wir dem wissenschaftlichen Denken schuldig sind, hält mittlere Geister davon ab, sich mit sprachlicher Zauberei zu beschäftigen. Und schließlich liefert die Überschätzung des Maskulinen, die immer mehr Mode wird, gegenüber der angeblich zartbesaiteten Lyrik auch für den Primitivsten noch Argumente.

Man sieht, nicht alles ist von heute, was sich gegen das Gedicht verschworen hat. Schon Platon waren die Dichter nicht geheuer, und Diktatoren haben sie stets gefürchtet. Daß ihre Rolle jedoch so unscheinbar geworden ist, liegt im wesentlichen an ihrer zeitgemäßen Schreibweise. Ist das nicht paradox? Das Gedicht hat an der Ernüchterung und Versachlichung unseres Jahrhunderts teilgenommen, den schönen Schein abgestreift, aber gerade seine Prosaisierung, das heißt seine Modernität macht es ihm schwer, auf die Zeitgenossen einzuwirken. Ist denn das noch ein Gedicht, und wenn ja, wieso? Diese Frage hört man unzählige Male, auch von gescheiten Leuten, und zwar mit Recht.

In jenen Epochen, da Reim, Versmaß, Strophenform für Dichtung noch obligat waren, brauchte man keine weiteren Anhaltspunkte. Woran aber soll man sich jetzt halten? Selbst schlichte Leser sehen sich beim Kennenlernen neuer Lyrik vor Probleme gestellt, über die einst nur die Klügsten unter den Dichtern oder ein paar spitzfindige Literaturprofessoren reflektierten. Was ist ein Gedicht? Es hilft nichts: jeder Leser muß versuchen, sich von Fall zu Fall selber die Antwort zu geben. Eine Instanz, die ihm das Urteilen abnehmen könnte, existiert nicht. Kein Wunder also, wenn so viele kapitulieren und ihre Zeit an eindeutigere Dinge wenden.

Der Prozeß der Prosaisierung hat es mit sich gebracht, daß die Masse der Gedichte, die gar keine sind, ungeheuer angeschwollen ist. Natürlich sind auch Kriterien für das Gedicht, das Prosa spricht, vorhanden – Laien wollen es zumeist nicht wahrhaben. Wenn ich zum Beispiel schreibe:

Zweitausend Meter
über dem Meeresspiegel
sind die Bären
Falter –

könnte ich das genauso gut auch in Prosa schreiben. Genauso gut? In einem Prosatext würde man über einen solchen Satz stolpern, würde sich sagen: Irgendwie ist mir das zu poetisch. Wer uns in Prosa von der Luft auf den Bergen, von »Höhenluft« einen Begriff geben will (und darum geht es in diesem Gedicht), wird nicht auf die Idee kommen, dies durch ein Wortspiel mit Bären und Bärenfaltern zu tun, welches uns daran erinnern möchte, daß die verdünnte Atmosphäre von Leichtigkeit beherrscht wird. Das Schwerelose des Wortes »Falter« wird noch dadurch gesteigert, daß es ganz allein einen Vers bildet. Das Wort »Meeresspiegel« wiederum, an und für sich ein Gebrauchswort, versucht im Kontext durch den Stabreim (Meter – Meeresspiegel) und das nachfolgende Bild auf seine unvernutzte Schönheit aufmerksam zu machen.

Um heutige Gedichte von in Verszeilen abgesetzter Prosa zu unterscheiden, muß man sich also Zeit nehmen. Es ist eine diffizile Arbeit. Eine Zumutung. Hierin ähnelt die moderne Lyrik der modernen Musik: der allseits beglaubigte Kanon der Kriterien hat seine Gültigkeit eingebüßt. Geblieben sind das Material mit seinen erkennbaren und bestimmbaren Verhaltensweisen, also etwas Handwerkliches, der rhythmische Impuls und die Überzeugungskraft eines Sehens, das die Dinge wie zum erstenmal erfaßt. Hier haben wir Hilfen, die uns bestärken können. Aber daß sich die Kunst nicht in Dunst auflöst, davor bewahrt uns letzten Endes nur das Häuflein derer, die das absolute Gehör für Qualität haben. So lange sie unbestechlich bleiben, gilt Bangemachen nicht. Denn sie sind imstande, dem unsicheren Publikum die Richt- und Eichpunkte zu vermitteln und über ihnen zu wachen.

Zurück zum Speziellen. Auch das menschliche Begreifen wird ja vom Trägheitsgesetz bestimmt. So hat sich die deutsche Leserschaft zwar verhältnismäßig schnell mit der Lyrik der fünfziger Jahre vertraut gemacht, dann aber erwartet, diese Poeten würden nun immer so weiter und weiter dichten wie bisher. Jedoch die Besten unter ihnen zogen neue Karten, sprangen aus dem geölten Gleis. Ich nenne – stellvertretend – Eich, Krolow oder Celan. Sie haben sich von ihren Anfängen meilenweit entfernt. Für das Publikum ist eine Irritation entstanden. Es muß umlernen, beweglich bleiben, wenn es weiter mithalten will. Die Kommunikation zwischen Poet und Leser scheint also von beiden Seiten erschwert. Mißachtung, Verletzung, Stöße vor den Kopf, Hohn und Spott. Vielleicht stellt sich später einmal heraus, daß der Widerstand gegen das Gedicht, wie man ihn heute allenthalben bei uns zu spüren bekommt, dem Gedicht selbst nicht geschadet hat. Vielleicht kräftigt es sich sogar wieder unter diesen Belastungen. Der Expressionist Alfred Wolfenstein schrieb: »Mag dieser Stern sich taylorisieren und das Überflüssige ausschalten wollen, nötig in diesem Sinne war die Dichtung allerdings nie. Mag man sogar auf ihr völliges Verschwinden warten, da dieses Jahrhundert es ihr doch so schwer macht! Die Araber wälzen Steine auf die Dattelpalmkerne, damit starke Bäume daraus werden.«

(1970)

Die Literatur und der Einzelne

Wer die literarischen Auseinandersetzungen bei uns verfolgt, dem wird nicht entgangen sein, daß seit einiger Zeit ein Streit um den »Helden« entbrannt ist. Für die Angreifer ist ein Autor, der sich einen Helden leistet, ebenso verabscheuenswürdig wie ein Besitzer von Privateigentum.

Die ideologischen Hintergründe sind deutlich. Dennoch wundert es einen, daß in relativ kurzer Zeit die Vergötzung der »Gesellschaft« in gewissen revolutionsfrommen Kreisen der Literatur Züge annehmen konnte, wie man sie bisher nur bei streng auf Vordermann gebrachten Funktionären, nicht aber bei Schriftstellern, die es angeblich auf radikale Bewußtseinserhellung abgesehen haben, zu Gesicht bekam. Der Satz »Literatur erhält ihren Wert, indem Umwelt reflektiert, gedeutet wird« wirkt auf den ersten Blick beinahe harmlos. Schaut man jedoch genauer hin, so merkt man, daß dieser Satz auf dem kürzesten Weg zurück zu den Richtlinien Stalins und Ulbrichts, nicht aber in eine leuchtende Zukunft führt. Am Ende des Weges winkt tatsächlich der alte Hut des sozialistischen Realismus auf der Stange: Widerspiegelung gesellschaftlicher Verhältnisse, vor allem der Arbeitswelt, zum Zweck ihrer Verbesserung (Veränderung).

Kein Zweifel, die Idee von der Intensivierung des »gesellschaftlichen Bewußtseins« durch Literatur können sich westdeutsche »Literaturproduzenten« nicht als Erfindung patentieren lassen, ebensowenig wie die Idee vom Autorenkollektiv, dem allein seligmachenden. Man erinnere sich an die Kollektive Dumas oder Courths-Mahler.

Der Begriff des »Helden« in der erzählenden Literatur ist natürlich passé, doch ich halte es für einen Taschenspielertrick, wenn man diesen fad gewordenen, korrumpierten und korrumpierenden Begriff mit dem des »Einzelnen« gleichsetzt und nach Belieben einmal vom »Helden«, einmal vom »Individuum« spricht. Eines der Verdienste des modernen Romans scheint mir gerade darin zu liegen, daß er uns gezeigt hat, wie wenig heldenhaft sich »Helden« verhalten, daß er das Außerge-

wöhnliche meist als das Gewöhnliche demaskieren und so den Boden für den »negativen Helden« bereiten konnte.
Die Behauptung der stramm linken Orthodoxen, die Protagonisten des modernen Romans würden nicht von der »Außenwelt« mitbestimmt, sondern seien als Personen »kraft ihres Charakters absolut«, ist völlig aus der Luft gegriffen. Es gibt kaum einen nennenswerten neueren Roman, der nicht von der Wechselwirkung zwischen dem Einzelnen und seiner Umwelt lebte. Gar nicht nötig, gleich an ein so großes Beispiel wie Solschenizyn zu erinnern. Schon die Aufzählung einiger deutscher Titel aus den letzten Jahren dürfte genügen: »Efraim« von Andersch, »Maria Morzeck« von Bieler, »Nachdenken über Christa T.« von Christa Wolf, »Frost« von Berhard, meinetwegen auch die »Deutschstunde« – alles Romane mit einer exakt gezeichneten Außenwelt, die auf Figuren und Handlung entschieden Einfluß nimmt. Daß diese »Außenwelt« keine Klassenkampf-Klischees erzeugt, wie es unsere schreibenden Guerilleros offenbar gern hätten, halte ich für einen ausgesprochenen Vorzug der Romane.
Den sturen Mechanismus zu unterbrechen, der die Entwicklung von einem Extrem ins andere treibt, scheint auch unsere Zeit nicht fähig. Nachdem also lange der »Binnenraum« geheiligt und die »Außenwelt« verketzert wurde, ist es nun genau umgekehrt. Jetzt auf einmal soll das Heil ausschließlich vom »Gesellschaftlichen« abhängen, alles übrige als »privat« denunziert werden. Haben wir es denn nicht erlebt, wie Millionen den privaten Binnenraum eines gewissen Franz Kafka als ihre eigene Außenwelt identifizierten – und zwar nicht im symbolischen Sinn, sondern buchstäblich?
Wenn die sogenannte schöpferische Literatur die Bedeutung des Einzelnen aufgibt, ist sie verloren. Gerade darin liegt ja ihre Bestimmung, ihre Rechtfertigung: daß sie sich mit dem Einzelnen abgibt, mit dem sich niemand beschäftigt, daß sie ihn als diesen und keinen anderen zu ergründen versucht. Wissenschaft arbeitet immer nur mit allgemeinen Begriffen und kann daher über das Einmalige grundsätzlich nichts aussagen. Für die Wissenschaft ist der Einzelne eine statistische Größe. Er muß

anonym bleiben, so will es die Objektivität. Die Literatur, die »Gesellschaft« an die Stelle des »Individuums« setzt, wird also zu einer Pseudowissenschaft. Und muß es nicht zu denken geben, daß Kreativität – einmal ganz allgemein verstanden – erst dann entsteht, wenn der Einzelne sich stark distanziert: das heißt, von den eingelernten Lösungsmustern, die ihm die Gesellschaft nahelegt, abrückt, um die Probleme auf einem neuen Weg, auf eigene Faust zu lösen?

(1971)

Was kommt nach der modernen Literatur?

Das Wort »modern« dürfte in seiner gegenwärtigen Bedeutung nicht viel älter sein als hundert Jahre. Zunächst war es nichts weiter als Kennzeichnung: jener Kräfte, die den Kanon des Überlieferten verworfen hatten und um Traditionsfreiheit kämpften. Doch sagt jemand heutzutage »modern«, fällt er in den Augen der Zeitgenossen ein Qualitätsurteil. »Modern« gilt als etwas Besseres. Der Letzte Schrei kommt uns bedeutsamer vor als der vorletzte. Das Neue wird kraft seiner Neuheit von vornherein allem Bisherigen für überlegen angesehen. Vielen ist dabei natürlich klar, daß sie mit dem Wort »modern« nur die Zeitgemäßheit eines Künstlers oder eines Werkes ausdrücken, nicht aber einen Wert: dennoch werden sie sich dieser Einsicht nur in seltenen Momenten bewußt. Der Glaube an den Fortschritt bestimmt uns alle – sogar solche, die der festen Meinung sind, in Literatur und Kunst gebe es keinen.
Aber was, wenn die Moderne in die Jahre kommt? Mehrere Generationen haben nun schon erlebt, wie das, was sie einmal stolz für das Fortschrittlichste ihrer Zeit hielten, von Jüngeren und im Namen eines neuen Geschmacks kaltlächelnd zum alten Eisen geworfen wurde. Und wenn sie ehrlich waren, mußten sie meist auch zugeben, daß die Verfechter des Allerneuesten

recht hatten: dieses einst so Hochmoderne hatte im Lauf der Zeit Federn gelassen, es konnte nicht mehr mithalten mit den jetzigen Produkten an der Spitze. Wenn nicht alles täuscht, kommen wir bald wieder an einen solchen Punkt. Die Abnutzungserscheinungen, die uns bei der modernen Literatur der sechziger Jahre auffallen, sind nicht mehr zu übersehen.
Wir meinen jetzt nicht nur die Wellen der schönen Agitations- und Sexliteratur. Nein, der allgemeine Überdruß hat auch das Subtilere erfaßt. Zum Beispiel jene gesellschaftskritische Richtung, die unsere Redensarten um und um wendet, also Gesellschaftskritik als Kritik an der Sprache versteht. Ihre Methoden sind so perfekt geworden, ihre Muster so leicht beherrschbar, daß man Mon und den Handke der frühen Stücke, F. C. Delius und Heiner Bastian von ihren Epigonen kaum noch unterscheiden kann. Nicht allein ihr Verzicht auf Fiktion, Phantasie und Spiel zugunsten einer strohtrockenen analytischen »Aufklärung« läßt das Publikum mehr und mehr erschlaffen, auch ihre Sprache, die ja immer nur Zitatsprache ist, keine Kreativität, Kontur, bloß den Scharfsinn von Monteuren besitzt, ermüdet allmählich.
Und wie steht es mit der »Effektivität« dieser sprach- bzw. gesellschaftskritischen Texte? Ist sie nachprüfbar? Zwar haben diese Modernen des vergangenen Jahrzehnts auf Kommunikation keinen großen Wert gelegt, sich gegenüber jenem literarischen Vorzug, den man Lesbarkeit nennt, geradezu asketisch verhalten, aber auch sie versuchten doch, Kunst in Erkenntnis zu verwandeln, also das Bewußtsein anderer zu schärfen. Die Wirkung ihrer Bücher ist – alles in allem – eine esoterische geblieben, Kollegen haben für Kollegen geschrieben, das gesellschaftskritisch Gemeinte hat den Zirkel des Artistischen nicht verlassen. Selbst Wohlwollende verfolgen das mit Resignation.
Nicht viel anders sieht es bei den Gegenspielern aus. Spieler sind es übrigens im wörtlichen Sinn: Autoren, die keine Stellungnahme zur Welt mehr abgeben, keine Beweisstücke ihrer Einsicht oder Gesinnung liefern, sondern allein auf spielerische Spontaneität setzen. In den sechziger Jahren haben sie damit einigermaßen Furore gemacht, die Harig, Chotjewitz, Ror

Wolf, Uwe Brandner, samt der Wiener Schule. Aber ist das nicht alles nun schon durchgespielt; das Parodieren der Trivialformen – Comics, Pornographie, Science fiction –, die druckgraphischen Gags, die leeren Seiten, die bis zu ödester Albernheit gehenden Clownerien über die Gutenbergkultur? Und merkwürdig, auch sie, die es von Anfang an auf die »ungebildeten« Lesermassen abgesehen hatten, durch und durch »populär« schreiben, werden vom Publikum kaum zur Kenntnis genommen. Selig ruhen sie in sich selbst.

Das Besondere daran ist, daß diese Moderne unmodern wird, ohne daß eine rücksichtslos nachdrängende literarische Jeunesse sie mit entgegengesetzten Ideen und Grundsätzen in die Flucht schlüge. Die vor allem in Amerika von sich reden machende Neoromantik hat bei unseren Allerjüngsten noch nicht gezündet. Nein, der alternden Moderne scheint vorerst ausschließlich das Publikum den Prozeß zu machen. Wenn man heute immer wieder von Literaturmüdigkeit der Leser spricht, von der Krise der schönen Literatur, so liegen die Ursachen nicht zuletzt im Versagen jener Modernen, die es nicht verstanden haben, mit ihrem Pfund zu wuchern, das heißt, die Öffentlichkeit von ihrer Modernität zu überzeugen. Diese Schriftsteller auf der Höhe der Zeit haben das mitreißende, das erlösende Wort für ihre Zeitgenossen offenbar nicht gefunden.

Was kommt nach der modernen Literatur? Wir wollen darauf keine vorschnelle Antwort geben, obwohl Prophezeien ja nichts kostet. Was die Zeit prägt, hängt immer von der Zustimmung der Jungen ab, die am Aufbrechen sind. Wenn es wahr ist, daß sich das Moderne aus dem Widerspruch zum Modern-Gewesenen entwickelt, unbedingt das Gegenteil des bislang Vorherrschenden will, dann lassen sich freilich Schlüsse ziehen. Könnte nicht vielleicht nach so vielen Jahren der Überbewertung des Formalen, des Akrobatischen in der Literatur wieder einmal der Versuch unternommen werden, über die schlichten, grundlegenden Dinge zu sprechen – jene elementaren Erfahrungen, die, so alt sie auch sein mögen, jedem Heranwachsenden neu zu denken geben und auch in einem langen Leben an Bedeutung nicht verlieren?

Alexander Solschenizyn schrieb an den sowjetischen Schriftstellerverband: »Die Aufgabe des Schriftstellers besteht nicht darin, diese oder jene Methode der Verteilung des Sozialprodukts, diese oder jene Staatsform zu verteidigen oder zu kritisieren. Der Schriftsteller wählt universale und ewige Themen, die Geheimnisse des menschlichen Herzens und Gewissens, die Begegnung des Lebens mit dem Tod, die Überwindung seelischer Schmerzen, die Gesetze der Menschlichkeit, die aus der unergründlichen Tiefe der Jahrtausende emporsteigen und erst dann verschwinden werden, wenn die Sonne verlischt.« Sollten solche Überzeugungen tatsächlich der Vergangenheit angehören, dann halte ich es für durchaus nicht unwahrscheinlich, daß auch bei uns einmal die Zukunft der Vergangenheit anbrechen wird.

(1971)

Junge Generation – alte Generation

Nun hat es sich schließlich doch bis auf die Dörfer herumgesprochen, daß unsere jungen Autoren der 50er Jahre keine jungen Autoren mehr sind. Damals nannte man sie noch etwas gespreizt »Autoren der jungen Generation«. Einige von ihnen wie etwa Eich, Hagelstange, Weyrauch, Andersch oder Holthusen waren auch als junge Autoren schon gute Vierziger. Aber noch bis vor kurzem mußten sie durch sämtliche Aufsätze, Literaturgeschichten und Lexika mit dem Etikett »Junge Generation« marschieren. Selbst die damals wirklich Jungen hat inzwischen die Zeit eingeholt, und wenn wir nun ihre Fotos betrachten, lächeln uns reife Damen oder gestandene Herren ins Gesicht, die allenfalls noch durch Frisur und Barttracht einen Hauch von Jugend verbreiten.
Darüber wäre weiter kein Wort zu verlieren, wenn man nicht bemerken müßte, wie jene Autoren, von denen viele, nicht alle,

für die Kritik jahrzehntelang tabu gewesen sind, nun nach und nach zum Abschuß freigegeben werden. Das klingt ziemlich rüde, soll aber auch so klingen, denn die Art, wie man mit diesen reifen oder schon angejahrten Schriftstellern umspringt, ist weiß Gott nicht zimperlich. Fast »schlagartig« sind sie für die neue Kritikergeneration zu Vätern und Großvätern avanciert, denen man endlich gehörig auf den Pelz rücken darf. Jetzt, da sie nicht mehr jung, nicht mehr »progressiv« sind, nicht mehr mit stilistischen oder thematischen Überraschungen aufwarten, sondern nur noch gut oder sie selbst sein können, wird ihnen der Prozeß gemacht.

Sicher, den Kampf der jüngeren gegen die ältere Generation hat es in der Literatur immer gegeben. Die harte Auseinandersetzung zwischen Söhnen und Vätern scheint nicht auf den rein biologischen Bereich beschränkt. Was an unserer Zeit jedoch auffällt, ist die Einseitigkeit dieses Kampfes. Jene älteren Schriftsteller wehren sich kaum, schlagen nicht zurück. Sie verbinden sich auch nicht untereinander, um gemeinsam Front zu machen, sie schauen nur zu. Das ist neu. Mindestens hierzulande. Dafür wüßte ich keine Parallelen. Bislang jedenfalls zeigten deutsche Autoren, wenn sie in die Jahre kamen, wenig Lust, sich mir nichts, dir nichts in die Ecke drängen zu lassen. Im Gegenteil, sie zeigten, was eine Harke ist. Man lese es bei Schiller nach, bei Goethe, Eichendorff, Hebbel, Storm, Musil, Borchardt, Schröder, Zuckmayer usw. Alles streitbare Herren. Es könnte eine Form von Noblesse sein, mit der man sich heute zurückhält. Verfrühte Weisheit.

Doch für mich sieht es eher nach Resignation aus. Diese älter gewordenen Schriftsteller, die nichts zu lachen haben, wissen, daß sie es heute nicht mit nachdrängenden Debütanten und Kritikern aufnehmen müßten, sondern mit einer Zeitstimmung. Sie müßten gegen den Jugendkult kämpfen. Der Gedanke an die Übermacht der weltweiten Mode lähmt ihnen die federführende Hand. Ja, sie wissen, sie würden alle gegen sich haben, sobald sie verlauten ließen, daß ihre Gegner jung, sie aber die Älteren sind. Keiner würde ihnen beispringen, nicht einmal diejenigen aus den eigenen Reihen. Da legen sie lieber

die Hände in den Schoß, lassen Blitz und Donner über sich ergehen.
Einige, wie gesagt, bleiben von Angriffen verschont. Meist solche, die es rechtzeitig verstanden haben, sich mit der nachfolgenden Generation zu arrangieren, indem sie über alles Neue kritiklos ihre Bewunderung ausgossen. Es gibt aber auch Fälle, die ich wahre Sympathiephänomene nennen möchte: Autoren also, denen niemand auch nur ein weißes Haar krümmt. Doch ein wirkliches Meister-Schüler-Verhältnis, wie es in den anderen Künsten gang und gäbe ist, deutet sich bei solchen Ausnahmen nicht an. In der Literatur ist es offenbar eine Schande, Schüler zu sein oder Vorbilder zu haben. Hinweise auf Übereinstimmungen, Abhängigkeiten, Lehrverhältnisse werden stets als Denunziationen des eigenen Talents aufgefaßt, man verbirgt Muster und Meister so gut man kann.
Soll hier also um Schonung gebeten, an Fairneß appelliert werden? Man kann Jüngere nicht dadurch zur Einsicht bringen, daß man ihnen vorhält, sie selber würden sich eines Tages ähnlichen Kalamitäten ausgesetzt sehen, auch einmal die Rolle der Alten übernehmen müssen. Nein, besser wäre, wenn wenigstens ein Teil des Publikums, der einsichtige, nicht mit Feigheit oder Schadenfreude auf die veränderte Situation reagierte, sondern zu jenen stände, denen er einmal als »Junge Generation« Avancen gemacht hat. Nicht der Angriff des Nachwuchses auf die sogenannten Etablierten, die ihre Stellung gar nicht verteidigen, scheint mir fatal, die Meinungsschwäche oder Meinungslosigkeit der Leser ist es. Hier hat sich jeder selbst zu fragen, ob er zu den Mitläufern gehört, die fortwährend ihre Ansichten anpassen, vor den jeweils vorherrschenden, beliebten Namen auf die Knie gehen, oder zu denen, die weiter zu dem stehen, was sie über Autoren gedacht und geäußert haben.

(1972)

Plädoyer für die Phantasie

Nicht wenige Verleger sind der Ansicht, mit der Einbildungskraft ihrer Autoren sei kein großes Geschäft mehr zu machen. Wer heute noch zum Buch greife, wolle in erster Linie informiert werden, so exakt wie möglich und nach dem neuesten Stand. Feuilletonredakteure denken ähnlich und bringen in ihren Beilagen anstelle von Erzählungen oder Gedichten lieber Berichte über wissenschaftliche Forschungen und Aufsätze über Zeitprobleme aus dem politischen, gesellschaftlichen oder kulturellen Bereich. Sogar viele Literaturkritiker vertreten seit Jahren die Ansicht, Werke der Einbildungskraft könnten mit der Realität von heute nicht mehr Schritt halten, nur das Dokumentarische habe noch eine Chance; unsere Zeit sei viel phantastischer, als es sich Autoren träumen ließen.
Dies alles scheint einem Zeitalter, das sich gern das wissenschaftliche nennt, angemessen. Wo Empirie den Vorrang hat, wo man ausschließlich auf das baut, was sich rational nachweisen läßt, muß die Phantasie als eine windige Sache sich in die Ecke verziehen. Doch es mehren sich die Zeichen, daß auch der Entwicklung dieser Auffassung – wie jedem Extremismus – Grenzen gesetzt sind. Ein Unbehagen am Faktischen breitet sich aus, etwas wie Überdruß an pedantisch reproduziertem Leben, einfallsloser Widerspiegelung der Welt. Gerade bei der Jugend spürt man die Sehnsucht nach einer Kreativität, die auf dem Weg über die Fiktion neue Einblicke vermittelt. Erst undeutlich ahnend, was ihr fehlt, sucht sie in Rausch, Sentimentalität, Romantik nach einem Gegengewicht zu dem drückend perfektionierten Alltag.
Vielleicht wird sich wieder herausstellen, was man früher schon gewußt, dann aber offenbar verdrängt hat: daß Phantasie keine minderwertige Form von Erkenntnis ist, vielmehr gleichen Ranges mit der Vernunft. Einfälle haben, also etwas aus der Luft greifen, heißt ja nicht: die Realität verachten, sondern: sie in den Konjunktiv setzen, um so das zur Zeit Unmögliche als das Mögliche durchspielen zu können. Kant, gewiß kein Phantast, erklärte: »Die Wirklichkeit ist uns nicht gegeben, sondern

aufgegeben.« Aufgegeben als ein Rätsel müssen wir ergänzen. Aber löst man Rätsel mit Hilfe von Tabellen und Statistiken?
Wir sollten jedoch nicht in den Fehler verfallen und nun umgekehrt versuchen, die Phantasie gegen das Dokument auszuspielen. Das, was wir intuitiv »wie im Traum« schaffen, ist seiner Natur nach nicht Konkurrenz zur Realität, eher eine Art Komplementärerscheinung. Phantasie kann es immer nur *aufgrund* von Realität geben. Andererseits ist keine Realität so »phantastisch«, daß sie nicht noch durch die Phantasie ergänzt werden könnte.
Das heißt praktisch: Eine im weitesten Sinn dokumentarische Literatur ist nicht in der Lage, unser Verlangen nach Erkenntnis zu befriedigen. Neben dem unbezweifelbaren »So ist es« brauchen wir den Spielraum des »So könnte es sein«. Die wahre Geschichte ist nur eine annähernd wahre, denn menschliches Geschick läßt sich nicht bis ins kleinste verifizieren. Wahre Geschichten sind nicht besser als erfundene, sie sind nur bequemer, weil unser Verstehen sie für risikolos hält. Mit anderen Worten: Bei einer erfundenen Geschichte müssen wir selbst den Wahrheitsgehalt ergründen und Fiktionen als »glaubwürdig« überprüfen. Auf die wahre Geschichte können wir nur mit platter Zustimmung reagieren, an ihr ist nicht zu rütteln, hier – bitte sehr – sind die Dokumente.
Sicher, auch Dokumente lassen einen gewissen Spielraum an Auslegung zu. Aber dieser Spielraum ist qualitativ verschieden von jenem, in dem wir uns phantasievoll, nach allen Seiten frei bewegen können. Sich auf die Einbildungskraft verlassen (gleichviel, ob auf eine fremde oder die eigene) bedeutet: seinen Mut erproben. Von Don Quichote mehr lernen als von Sancho Pansa. Phantasie prüft unsere Skepsis, schärft unseren Wirklichkeitssinn, indem sie beide provoziert. Sie reißt uns aus eingefleischten Gewohnheiten, Trieb- und Sachzwängen, sie öffnet uns die Augen. Haben wir eine solche Provokation nicht bitter nötig?
Schließlich muß auch bedacht werden, daß jedes Werk der Einbildungskraft aktiv einen Sinn zu setzen versucht, sich nicht be-

gnügt zu warten, bis Sinn sich »einstellt«. Ohne Phantasie keine Hoffnung, keine Utopie! Experimente haben es an den Tag gebracht, daß Menschen, die man während des Schlafens nicht träumen läßt, rasch an den Rand der Gesundheit kommen. Also, dem Traum folgen – wie es Benn einmal formuliert hat? Ja, wenn wir es nicht blindlings tun. Die Wendung vom »Träumen mit offenen Augen« bekommt an dieser Stelle einen neuen Sinn. Noch einmal paradox zugespitzt: Wir müssen uns wach träumen.

(1972)

Selbstporträt ohne Spiegel

Es gibt keine künstlerische Arbeit, die nicht an den Künstler denken ließe. Selbst wenn es ihm gelänge, sich unkenntlich zu machen, seine Fingerabdrücke verrieten ihn. Voraussetzung ist, daß seine Fingerabdrücke bekannt sind. Aber auch jemand, der als Künstler nur ein Nachahmer ist, kann durch die Art und Weise seiner Nachahmung identifiziert werden. Umgekehrt, wer es darauf anlegt, sich selbst so deutlich wie möglich darzustellen, muß nicht auf Anhieb erkannt werden. Mancher von denen, die sein Bild betrachten, wird sagen: Das ist er nicht. Er macht sich von sich selbst ein falsches Bild. – Das Problem hat also mindestens zwei Aspekte: die willkürliche und die unwillkürliche Darstellung der Individualität.

Maler und Zeichner brauchen nur in den Spiegel zu schauen, wenn sie sich porträtieren wollen. Das Selbstbildnis gehört bei ihnen gewissermaßen zum Handwerk. Schriftsteller müssen sich den Spiegel imaginieren. Entwirft ein Autor sein Bild, nimmt man es weniger unbefangen hin. Leicht drängt sich das Wort Eitelkeit auf die Zunge; schlimmstenfalls heißt es: der Exhibitionist! Über die Eitelkeit ließe sich lange meditieren. Bis zu einem gewissen Grad ist sie unabhängig von dem, dem wir sie vorhalten, vielmehr Ausdruck unseres persönlichen Mißwollens. Ich meine: Wir finden jemanden eitel, weil wir für die Art nichts übrig haben, in der er über sich schreibt. Ein anderer, der uns sympathisch ist, kann seine Verdienste nach Strich und Faden herausstreichen, es macht uns nichts aus. Der Charme der Eitelkeit. Offenbar nicht zu erlernen. Für diesen ein Talent, sein Charisma überstrahlt alles; jener mag anstellen, was er will, in der Nonchalance der Eitelkeit bleibt er ein Stümper. Natürlich gibt es ein pfauenhaftes Aufplustern, das allen widerlich ist, unabhängig von unserem Miß- oder Wohlwollen; darüber kein weiteres Wort. Andererseits können uns manchmal Bescheidenheit und Understatement nicht weniger penetrant eitel erscheinen. Stolz freilich, der nicht auf Selbstüberschätzung beruht, hat nichts Unwürdiges.

Einmal abgesehen von den Verfassern der Autobiographien und Memoiren, kein Autor wird sich hinsetzen und über sich schreiben, ohne daß ihn jemand dazu aufgefordert hätte. Selbstzeugnisse geringeren Umfanges sind Auftragsarbeiten. Verleger, Redakteure, Interviewer wollen wissen, wie sich der Autor selbst sieht, damit die Leserschaft, die offenbar an seiner Person interessiert ist, aus erster Hand informiert werden kann. Im Gegensatz zum bildenden Künstler nutzt der Schriftsteller die Gelegenheit zum Selbstzeugnis nicht, um sich als Gegenstand für etwas möglichst Kunstvolles heranzuziehen, sich auf neue, unerhörte Weise auszudrücken. Dem Autor kommt es weniger auf Formulierungen als auf Mitteilungen an. Er möchte Rechenschaft ablegen nicht von den Spuren in seinem Gesicht, sondern von denen seiner Arbeit. Ihm liegt an der Zusammenfassung von zeitlich Verstreutem, um es auf eine Linie zu bringen. Sicher, er könnte sich beispielsweise auch darüber äußern, was er *nicht* geschrieben hat. Doch ich glaube, Leser wollen einen Autor entschieden lieber in Konfrontation mit seiner Leistung sehen. Wie ist das und das bei ihm zustande gekommen, und wie denkt er darüber?

Viel hängt vom Augenblick der Niederschrift ab. Ist es einer, in dem man einigermaßen mit sich selbst im reinen und zur Mitteilung aufgelegt ist, oder steht man sich gerade zu diesem

Zeitpunkt selbst im Weg, hadernd mit seiner Arbeit, so daß die Feder über Einsilbigkeiten nicht hinaus will? Äußert sich der Autor in einer Phase der Anerkennung oder in einer, in der er sich mißverstanden fühlt, verteidigen zu müssen glaubt? Das alles färbt ab. Einmal ist sein Selbstbewußtsein nicht echt, in diesem Moment aber der einzige Schutz für ihn, der in der Luft hängt; ein andermal ist es nicht vorgeschützt, sondern Zeichen der Souveränität, eines Schöpfens aus dem vollen. Was schließlich beim Selbstbildnis des Küntlers weniger in Erscheinung tritt, das ist der »Hintergrund«. Beim Autor sind Vorder- und Hintergrund eins: er sieht sich verstrickt in seine Zeitgeschichte, ihre Ideen, Moden, Forderungen, er kann sich nur im Reagieren auf die Welt, in der er lebt, verstehen.

Doch noch auf einen letzten Unterschied will ich hinaus. Maler und Zeichner können ihre unvollkommenen Mittel, ihre noch zuwenig ausgebildeten Kräfte bemängeln, wenn sie weit zurückliegende Fixierungen ihrer Blicke in den Spiegel betrachten. An diesem Knochengerüst aber, an Augen, Haut und Haaren, ist nicht zu deuteln. Schriftsteller dagegen, in alten Selbstzeugnissen lesend, müssen sich fragen, ob sie damals wirklich das Bezeichnende ihrer Existenz erfaßt, sich nicht an Lappalien gehalten haben. Denn immer müssen sie aus einem Wust von Einzelheiten jene auswählen, die die Person und ihre Arbeit so andeuten, daß sich ein Umriß von einiger Glaubwürdigkeit ergibt: dem Künstler glaubt man, was man sieht; beim Schriftsteller aber »sieht« man nur, was man glaubt.

(1973)

Musen wieder gefragt

Es sieht so aus, als ob hierzulande die Lyrik wieder an Boden gewinne. Wohl erst mehr den Kritikern als den Lesern ist es aufgefallen, daß in letzter Zeit eine beträchtliche Anzahl von

Gedichtbänden wohlangesehener wie auch kaum bekannter Autoren erschienen ist. Das neue Gedicht, sagen wir es präziser: das Gedicht seit 1960, das so viele vor den Kopf stieß oder gleichgültig ließ, wird nun jedenfalls zur Kenntnis genommen und beginnt, von sich reden zu machen. Vorbei die Zeit, da man es als bürgerliches Abfallprodukt mit dem Wohlstandsmüll gleichsetzte. Jene Ärzte, die damals der Dichtung den Totenschein ausstellten, sieht man heute bereits entrüstet als Quacksalber an, ja die Künste insgesamt erfahren eine Aufwertung: »Musen« sind wieder gefragt. Selbst der Großmufti der jungen Rebellen, Herbert Marcuse, hält mit seiner Meinung nicht hinterm Berg und erklärt alle Äußerungen für »objektiv reaktionär«, die Kunst als antiquiert und bürgerlich denunzieren; die Gesellschaft, welche auch immer, brauche Kunst und sei ohne sie schiere Barbarei.

Mit Agitationslyrik ist freilich kein Staat mehr zu machen. Das Gedicht, für das sich die Öffentlichkeit vorsichtig wieder erwärmt, hat mit Versifizierungen ideologischer Parolen nichts gemein. Andererseits ist es gerade der verpönte »Inhalt«, der sich von neuem als attraktiv erweist. Stoff und Thema rücken in den Vordergrund. Man will keine Rastergedichte aus Buchstaben und Lauten mehr lesen, und wenn sie auch noch so systematisch erarbeitet worden sind; keine Texte, die ausschließlich durch »Strukturen« wirken möchten. Schon besinnen sich beispielsweise die Verfasser »konkreter« Hörspiele darauf, daß die Wiedergabe von Geräuschfetzen und sprachlichen Stereotypien der Weisheit letzter Schluß nicht ist.

Der aus der Sowjetunion ausgewiesene Lyriker Jossif Brodskij, jetzt in Amerika lebend, bringt das, was man bei uns jahrelang zu verdrängen suchte, auf eine knappe, einleuchtende Formel. Er schreibt: »Primär ist Lyrik eine Einstellung zu den Dingen, zum Leben und nicht ein typographisches Produkt.« Also eine Einstellung – keine Meinung oder Masche. Der Lyriker darf sich nicht hinter Theorien verschanzen, er muß wieder vortreten als ein Einzelner, ja er selber, und so wahrhaftig wie möglich er selber sein. Ob er wirklich ein Lyriker ist, zeigt sich freilich nicht allein an seinem Mut, für sich selber zu sprechen. Zwar muß er »durch das Nadelöhr des Ich hindurch ins Allgemeine«, wie es Hilde Domin einmal formulierte, doch Authentizität genügt nicht. Gedichte erkennt man auch nicht daran, daß sie mit weniger Wörtern auskommen als Prosatexte, geschweige denn – wovon Altmeister Lehmann noch überzeugt war – an der »gebundenen Rede«: in erster Linie sind sie Zeugnisse eines Menschen, für den die Sprache kein bloßes Transportmittel ist, um Erfahrungen und Analysen an den Mann zu bringen, auch kein Konservierungsmittel für jahreszeitliche oder zeitgeschichtliche Zustände, sondern etwas, das unser Sein auf rational nicht ganz faßliche Weise *ergänzt*.

Alles Leben wird von einer natürlichen Zone des Unausgesprochenen umschlossen. Sie ist unsichtbar wie zunächst die Lufthülle, die den Planeten Erde umgibt. Aber wie Luft in bestimmten Zuständen plötzlich wahrgenommen werden kann: als Wolke, Dunst, Verfärbung, atmosphärischer Druck – so kann durch bestimmte Wortkonstellationen eines Poeten auch unser Unausgesprochenes mit einemmal zum Greifen sein: als Grundgefühl, Ahnung, Einsicht, Transparenz. Das Gedicht ist kein Abklatsch des Lebens, sondern es reichert Leben an. Verborgenes, unausgesprochenes Leben. Es ist ein Gewinn von *Möglichkeit*, es widerspricht den Vorstellungen, daß unsere Lage determiniert, unsere Innenwelt durch und durch bekannt, unsere »Zukunft« zwanghaft, absehbar sei. Gerade wo uns Poesie als »unmöglich« erscheint, konfrontiert sie uns mit dem, was in der Luft liegt.

Auf eine solche Einstellung, denke ich, deutet Brodskij hin. Eine Einstellung, die nicht ohne Hoffnung, aber auch nicht ohne Unbeirrbarkeit vorstellbar ist. Lyrik ist weder eine Sache des Geschwätzes noch der Illusion. Selbst wenn wir sie als Spiel betrachten, verlangt sie als Einsatz die ganze Person. Billiger ist sie nicht zu haben. Wer Unausgesprochenes ausspricht, kann es als »wahrscheinlich« nur mit der eigenen Existenz verbürgen. »Wahr-Scheinlich« aber muß das Mögliche sein, wenn andere es als »faktisch« möglich erkennen sollen; es muß das mit einschließen, was sie als ihr Unausgesprochenes fühlten und was ihnen jetzt durch Sprache Befreiung verschafft. Aus derartigen

Befreiungsakten erwächst zwischen dem Einzelnen und den Vereinzelten Solidarität.
Aber stellt sie sich im Handumdrehen ein, die Solidarität? Viel Zeit kann vergehen, bis Lesern Gedichte aufgehen. Hier wird vom Lyriker Standhaftigkeit gefordert, die nicht über kurz oder lang mit Belohnung rechnen darf. Aber auch von der Quantität der Zustimmung muß er absehen. Wenn es nur wenige sind, für die seine Gedichte einen Gewinn bedeuten, so muß er es in Kauf nehmen, als jemand hingestellt zu werden, der einem Privatvergnügen nachgeht. Die einzelne Stimme, nicht die allgemeine Zustimmung zählt für ihn. Und schließlich, es kann für den Lyriker ziemlich unbequem werden, Möglichkeiten des Lebens heraufzurufen, wenn sie das von großen und kleinen Machthabern ausgegebene »So und nicht anders!« der Lüge überführen. Ächtungen, Rufmorde, Verbannungen, Todesurteile. Sie gelten ja – gar nicht so selten – auch jenen, die Gedichte machen.
All dies gehört zum Gedicht, macht in Wahrheit das Gedicht aus. Vielleicht ist es an der Zeit, einmal wieder daran zu erinnern.

(1973)

Die Pseudoliteratur der Arbeitswelt

Die Forderung, der Schriftsteller habe sich heute vor allem um die sogenannte Arbeitswelt zu kümmern, klingt zunächst so überzeugend, daß man nicht zu widersprechen wagt. Verbringen doch die meisten von uns mindestens ein Drittel ihrer Zeit am Arbeitsplatz. Ein Erzähler, der das Berufsleben derer, von denen er erzählt, nicht berücksichtigt, bringt seine Figuren um die Glaubwürdigkeit. Sie sind nicht einmal zum Teil wahr, denn natürlich bestimmen die Auswirkungen der Arbeit auch noch die Freizeit, ja sie ließen sich bis in den Schlaf verfolgen.

Niemand wird behaupten wollen, die großen erzählerischen Leistungen unserer Literatur hätten keine gesellschaftlich-ökonomischen Bezüge, ihre Protagonisten seien durchweg Nichtstuer in einem illusionären Nirgendwo, »Playboys« oder »Asoziale«, für die Arbeit und Geldverdienen keine Rolle spielten. Selbst Eduard, jener »Baron im besten Mannesalter«, setzt sich als feudaler Grundherr Aufgaben, denen er tätig nachgeht. Zu Fontanes Personal gehören in ihre Berufe eingespannte Landräte und Professoren, Offiziere, Apotheker und Kommerzienräte. Der alte Buddenbrook ist Großkaufmann und Konsul, Franz Biberkopf sucht nach seiner Zeit im Knast verzweifelt eine Arbeitsstelle, die Hauptfigur des »Schlosses« ist ein Landvermesser, der Grüne Heinrich bildet sich an der Akademie als Maler aus, auch Stiller ist Künstler, Anderschs Ephraim Journalist, und Bielers Maria Morzeck hat Sprachen studiert und arbeitet als Aushilfskellnerin. Die Reihe ließe sich beliebig fortsetzen. Nein, berufslos sind die Helden unserer vielgelesenen Romane keineswegs, und Ausnahmen wie der Steppenwolf Harry Haller oder Hofmannsthals junger Herr Andreas können der Regel nichts anhaben.
Allerdings, vom Berufsleben dieser fiktiven Personen hört man oft nur am Rande; über die Mühe der Arbeit, ihren Erfolg und Mißerfolg bekommt man bloß gerafft Auskunft. Nicht einzelne Handgriffe werden seitenlang beschrieben, sondern Tätigkeiten gerade so weit mitgeteilt, wie sie zur Motivation äußerer und innerer Vorgänge nötig sind.
Dies also scheint den Theoretikern, die für eine Literatur der Arbeitswelt plädieren, nicht länger ausreichend. Nicht bloß, daß sie die Romanhelden mit Industrieberufen ausgestattet sehen wollen, auch die Schauplätze haben gefälligst in Betrieben zu liegen, in Bergwerken, auf Werften, in Verwaltungshochhäusern. Nicht davon soll mehr die Rede sein, was den Menschen von Grund auf bewegt; seine Leidenschaften und Konflikte sollen als innerbetriebliche Reibungen, Auseinandersetzungen mit der Werkleitung oder den Gewerkschaftsbossen, als Phänomene der Korruption und des Leistungszwangs erscheinen. Allein minuziöse Darstellung kann hier etwas aus-

richten, denn was diese Literatur bewirken möchte, ist gezielt: sie will ganz bestimmte Sachverhalte innerhalb der Arbeitswelt verändern.

Die Literatur östlich der Elbe hat das längst praktiziert, und es läßt sich nicht gerade behaupten, daß der sozialistische Realismus dadurch Werke großen und beständigen Formats hervorgebracht hätte. Dort hat sich gezeigt, wozu man hierzulande in einem überflüssigen Lernprozeß erst noch kommen wird: Literatur, die den Menschen in nichts als einen Arbeitnehmer übersetzt, seine elementaren Instinkte und psychischen Prozesse, die großen Wendepunkte seiner Individuation nur als bürgerlich sekundär betrachtet, hat mit Literatur im geläufigen Sinn wenig zu schaffen. Sie wird Zweckbotschaft, Gebrauchsanweisung, Protestunterlage, sie wird schlechtweg zum Material für Diskussionen. Reportagen haben da noch eine gewisse Brauchbarkeit, während die in Romane und Erzählungen eingehüllten Erfahrungen vom Arbeitsplatz durch die »Literarisierung« nur über eine sehr vage Beweiskraft verfügen. Denn von vornherein »entstellen« Fiktionen den Ernst der Absicht.

Literatur kann allenfalls ein ernstes Spiel sein. Wenn sie nicht zum Leitfaden für Berufsgruppen absinken will, muß sie sich so ausdrücken, daß sie auch von Lesern ohne technische und berufsinterne Detailkenntnisse verstanden wird. Sie allein ist es, die noch eine Sprache führt, die jene durch Arbeitsteilung immer weiter auseinanderstrebenden Spezialsprachen und Nomenklaturen übergreift. Sie wirkt nicht durch langatmig sachgerechte, protokollarisch öde Beschreibungen, sondern durch Verkürzung, Überblick, Transparenz. Der Beruf ist nicht der Mensch. Daher die Langeweile, die viele Leser plagt, wenn sie an solche als Literatur ungeschickt verkleidete Widerspiegelungen von Fabrikationsanalysen und statistischen Erhebungen, Betriebsratskämpfen und Karriereuntersuchungen geraten. Literatur ist etwas, das sich in erster Linie durch Form, also Anordnung von Motiven und Sprache, legitimiert. Daß Wörter so oder so zum Vorschein kommen, einen Stil bilden, das regt an, fasziniert, überzeugt. Für sie, die Wörter, ist die sogenannte

Wirklichkeit Spielmaterial. Nur im freien Spiel kann uns die Sprache sensibilisieren, so daß wir uns innerhalb der Welt in einem neuen Licht sehen.

(1973)

Wie schneidet die heutige Literatur ab?

Wer gibt sich schon mit der Gegenwart zufrieden! Offenbar gehört es zu unseren eingefleischten Vorurteilen, der Vergangenheit die größeren Vorzüge einzuräumen. Auch eine allgemeine Stimmung für den Fortschritt scheint daran kaum etwas zu ändern. Vor allem die zeitgenössische Kunst wird ja von den Zeitgenossen nie ganz für voll genommen, in ihren Augen jedenfalls halten die Hervorbringungen der Gegenwart den Vergleich mit den Leistungen vergangener Jahrzehnte, zurückliegender Epochen nicht aus. Es ist noch gar nicht lange her, daß man bei uns die zwanziger Jahre die »goldenen« genannt hat. Derzeit beginnt man sehnsüchtig, nach den fünfziger Jahren zurückzuschauen. Damit, meine ich, hat die sogenannte Nostalgiewelle nur wenig zu tun. Es ist eine Art von Gesetzmäßigkeit. Ein Phänomen, das früher damit angedeutet wurde, daß man die jeweils alte Zeit die »gute« hieß.
Was zum Beispiel die Literatur angeht, kein Zweifel, diese fünfziger Jahre können sich sehen lassen. In der ersten Hälfte haben sogar noch Thomas Mann, Gottfried Benn und Bert Brecht den Ton angegeben. Von Ernst Jünger erschien fast jedes Jahr ein neues Buch. Gleichzeitig schrieben mindestens ein halbes Dutzend erstklassiger »Naturlyriker«: Lehmann, Britting, von der Vring, Eich usw. Unser jüngster Nobelpreisträger war dazumal nur eine unter vielen interessanten Begabungen. Überhaupt ein Nachwuchs, wie ihn die deutschsprachige Literatur so schnell wohl nicht wieder wird vorweisen können. Celan, Andersch, Enzensberger, Lenz, Walser, Ilse Aichinger

und Ingeborg Bachmann – von Mal zu Mal hatte die Gruppe 47, damals noch keine bloße Interessengemeinschaft und Verwertungsgesellschaft, gewichtige Talente vorzustellen. Natürlich kamen sie auch aus anderen Richtungen und machten Figur: Arno Schmidt, Hermann Lenz, Karl Krolow – um wenigstens drei Namen zu erwähnen. Daneben dann Einzelerscheinungen auf der Höhe ihrer Produktivität: ein Koeppen, ein Nossack, ein Gaiser, ein Tumler – oder jene, die nicht in der Bundesrepublik lebten, aber hier veröffentlichten: Nelly Sachs, Frisch, Dürrenmatt, Doderer, Zuckmayer. Nicht zu vergessen Essayisten wie Curtius, Rychner, Sieburg und Jüngere wie Holthusen, Hohoff, Hugo Friedrich und Peter Szondi. Von den ausländischen Berühmtheiten, deren Werke erstmals auf deutsch erschienen, wollen wir gar nicht erst anfangen.

Womit kann unser Jahrzehnt dieser Fülle von Leistungen und Debüts Paroli bieten? Doch ehe wir auf die Frage eingehen, blättern wir einmal ein bißchen zurück.

Als Schillers »Horen« und Almanache herauskamen, herrschte die Ansicht vor, mit der Literatur gehe es gewaltig bergab, das goldene Zeitalter sei vorüber. Damals hielt man die Epoche der Uz und Gleim, Kleist (Ewald) und Ramler, Gellert und Klopstock und Wieland für nicht wieder erreichbar. Die »Würzburger Gelehrten Anzeigen« äußerten sich am 16. März 1796 zu Schillers erstem Musenalmanach so: »Aber jene einfache und edle Grazienform, die unsere Dichtkunst in dem goldenen Zeitalter ihren Geschöpfen zu geben wußte, vermißt man denn doch!« Im Vorwort einer Anthologie (»Klassische Blumenlese«), die nur Stücke jener vorhin genannten Matadore enthielt, war zu lesen: unsere poetische Literatur sterbe jetzt winterlich ab; die Geschmacksverderberei werde jetzt methodisch betrieben usw. Schiller und Goethe, die wohl einigen Grund hatten, sich zur Wehr zu setzen, wurden in einer Anti-Xenie als »Hammel und Bock« bezeichnet. Selbst Autoren wie Herder oder Matthias Claudius hielten jene Jahre, die den absoluten Höhepunkt unserer Literaturgeschichte einleiteten, für eine schwächliche Periode.

Ich hoffe, niemand kommt auf die Idee, daß ich mit dieser Erinnerung (die ich übrigens Viktor Hehn verdanke) anzudeuten versuche, die siebziger Jahre wären für die deutsche Literatur vielleicht ein ähnlich klassisches Jahrzehnt, nur wären wir Zeitgenossen so borniert und übersähen es. Ich möchte mit alldem nichts weiter, als zu ruhigem Abwägen mahnen. Unbestreitbar, daß die Literatur sich nicht durch die Jahre hindurch auf qualitativ gleicher Höhe hält, jedes weitere Wort über den Wechsel magerer und fetter Jahre erübrigt sich. Doch die Frage, wie unsere augenblickliche Zeit abschneide, sollten wir angesichts so haarsträubender Fehlurteile, wie sie die Geschichte liefert, mit großer Ernsthaftigkeit und möglichst sachlich, das heißt ohne verklärtes Schielen über die Schulter, zu überdenken versuchen. Keine Zeit ist so schlecht, wie sie sich einschätzt. Haben wir Grund zur Skepsis, so haben wir noch mehr Grund, den »Defaitismus«, der uns den Niedergang unserer Literatur weismachen möchte, zu bekämpfen.

(1974)

Wenn die überragenden Autoren fehlen

Brauchen wir Vorbilder? Antworten auf diese Frage fallen heute nicht einhellig aus. Es gibt nicht wenige, die sie verneinen, die alles Sich-Ausrichten nach menschlicher Größe als eine veraltete, unkritische Form der Orientierung verstehen und nur ein theoriekonformes Verhalten gelten lassen. Andere meinen, jede Zeit brauche ihre besonderen Vorbilder. Jugendliche jedenfalls scheinen nach wie vor dazu zu neigen, ein in ihren Augen beispielhaftes Leben hoch einzuschätzen, theoretische Anhaltspunkte genügen ihnen selten, sie suchen nach den alles überstrahlenden Sternen erster Größe.

Um auf die Literatur zu kommen: Hier ist die Frage nach dem Vorbild kaum umstritten, eine junge Generation nach der anderen wählt sich unter den älteren Autoren solche, von denen sie ausgehen, bei denen sie lernen kann. Ja, es geschieht häufig, daß sich die literarische Öffentlichkeit derartige Meister-Schüler-Verhältnisse als etwas ungemein Dauerhaftes vorstellt und längst selbständig arbeitende Schriftsteller zeitlebens mit jenen Namen zusammen nennt, die einmal, ganz am Anfang, für sie maßgebend waren.

Autoren mit großem »Übergewicht« prägen literarische Epochen. Darüber ist kein weiteres Wort nötig. Aber Zeiten, in denen nicht ein einziger Name, eine Schule oder Richtung alles andere in den Schatten stellte? Ich denke an die zweite Hälfte des 19. Jahrhunderts: bedeutende, ja berühmte Männer und doch niemand dabei, der sich als beherrschend erwiesen hätte. Fontane, Keller, Stifter, Mörike – jeder mit einem hervorragenden Werk präsent, aber ohne einen Schweif von Schülern, Jüngern, Interpreten, Enthusiasten.

Das änderte sich wieder zu Beginn unseres Jahrhunderts. Der Auftritt Georges schlug mehr als eine Generation in Bann. Rilke folgten Scharen von Lernenden oder bloßen Kopisten jahrzehntelang. Gerhart Hauptmann, Thomas Mann, Hermann Hesse: jeder von ihnen sah sich umgeben von einer nachahmenden, um ihn eifernden Anhängerschaft. Auch nach dem Zweiten Weltkrieg blieb es dabei: die ersten Nachkriegsjahre gehörten Kafka, in den fünfziger Jahren triumphierte Gottfried Benn, die sechziger standen im Zeichen Brechts.

Nun hat sich das Blatt offenbar wieder gewendet. Von neuem läßt sich eine Reihe qualifizierter Autoren aufzählen, doch keiner, der die Szenerie weitgehend beherrscht oder von der Mehrzahl der schreibenden Debütanten für exemplarisch gehalten wird. Dabei haben sie Weltgeltung wie Böll und Grass, Massenauflagen wie Lenz und Frisch oder werden wie Krolow und Huchel als Lyriker umworben. Das Publikum zeigt sich ihnen gegenüber also durchaus nicht spröde, dennoch geht von ihnen nicht jene Faszination aus, die Lesern keine Wahl läßt, den schreibenden Nachwuchs geradezu betäubt. Bei Grass sah es eine Weile so aus, als würde er so viele wie nur möglich auf seine Seite bringen, danach aber ließ seine Anziehungskraft überraschend nach; wird er heute noch nachgeahmt?

Ich wüßte allerdings jemanden zu nennen, der nach dem Abklingen der Wirkung Brechts die literarische Aufmerksamkeit bei uns so fesselte, daß man sich mit ihm leidenschaftlich einließ, ihn schließlich widerstandslos zu einem der Größten unserer Zeit erklärte und seine Manier zur Mode machte. Es war ein Ausländer. Samuel Beckett. Ihm allein gelang es, Anhänger und Adepten so an sich zu binden und zu beeinflussen, daß sie neben ihrem Abgott niemanden anerkennen wollten.
Ich selber bin der Ansicht, eine Epoche brauche sich nicht zu schämen, wenn sie nicht über Autoren mit außerordentlicher Suggestivkraft verfügt. Schule- und modemachende Schriftsteller können die literarische Entwicklung hemmen, indem sie über längere Zeit viele schöpferische Impulse immer in dieselbe Richtung zwingen und die Vielfältigkeit der Sprache auf ihren persönlichen Duktus reduzieren. Für den einzelnen Nachwuchsautor ist es ungemein schwerer, sich einem übermächtigen Vorbild zu entziehen oder von ihm loszukommen, als einem, dem gegenüber er Vorbehalte hat. Überhaupt: Ist bedingungslose Anbetung einem kritischen Verhältnis vorzuziehen? Wir Leser haben heute jedenfalls mehr Freiheit, unsere Autoren erster Wahl nach ihren jeweils erscheinenden Werken neu zu begutachten, keine Unwiderstehlichkeit bringt unser Urteilsvermögen zum Erliegen, wir stehen pauschaler Bewunderung fern. Die Größe eines Schriftstellers hängt nicht davon ab, in welchem Maß er lesende und schreibende Zeitgenossen überwältigt. Sie steht auf einem anderen Blatt.

(1974)

Vom Altern der Künste

Über die Sterblichkeit des Kunstwerks habe ich mir, glaube ich, nie Illusionen gemacht. Das »unsterbliche Werk« ist nichts weiter als eine gedankenlose Floskel. Auch das, was seinen Urheber überlebt, folgt ihm eines Tages in die Vergessenheit. Selbst über das sogenannte Zeitlose triumphiert am Ende die Zeit. Einige unserer ältesten »Kunstwerke« – ich meine jetzt die Höhlenmalereien – sind 15000–25000 Jahre alt. Aber was ist das schon, gemessen am Alter der Erde, am Alter unserer Sonne oder gar an dem der Galaxie! Das Wort »ewig« wird im menschlichen Bereich immer eine Übertreibung bleiben, unsere Dinge erreichen allenfalls eine bescheidene Dauerhaftigkeit.

Lange bin ich freilich so naiv gewesen und habe angenommen, daß es hinsichtlich der Sterblichkeit zwischen den verschiedenen Künsten keine Unterschiede gibt. Bis ich einmal im Radio zufällig eine Sonate von einem gewissen Johann Kuhnau hörte. Kuhnau? Ich schlug nach und erfuhr, es handele sich um einen mitteldeutschen Komponisten (1660–1722), einen der Vorläufer Bachs, kein weithin leuchtendes Licht, immerhin hatte man ihn längere Zeit für den Erfinder der mehrsätzigen Sonatenform gehalten. Ich fragte mich, wie es wäre, wenn man ein Stück Literatur aus der gleichen Zeit mitten zwischen all den aktuellen Berichten oder Unterhaltungssendungen vorlesen ließe: etwa einige der verwegenen Liebesgedichte eines Caspar Stieler (1632–1707) oder Auszüge aus der »Römischen Octavia« des Anton Ulrich von Braunschweig (1633–1714), die Leibniz bewunderte und die noch zu Goethes Zeiten gelesen wurde. Kaum vorstellbar! Man weiß es längst durch Umfragen, daß selbst mittelmäßige Komponisten früherer Jahrhunderte unter den Hörern unvergleichlich mehr Liebhaber finden als erlauchte klassische Autoren.

Altert die Literatur der letzten Jahrhunderte nicht viel rascher als die Musik? Ganz offensichtlich. Und sie kann es in diesem Punkt auch nicht mit der Malerei aufnehmen. Als Kleinmeister geltende Künstler wie Fries, Fohr oder Rottmann, die zur Münchner Schule gehören und als Landschafter im 19. Jahrhundert kaum nationalen Rang erreichten, werden heute zu eminenten Preisen gehandelt, man rauft auf Auktionen um sie, während etwa zu Eduard Mörikes »Maler Nolten« oder zu Gedichten von Platen nur ein paar »Liebhaber« greifen. Warum das?

Die simpelste Erklärung: Das Anhören von Musik, der Blick auf Bilder kostet nicht viel Zeit. Ich blättere einen Kunstband auf und kann mir in einer Stunde den Überblick über die Arbeit eines Malers verschaffen. Ich lasse in der gleichen Zeit ein, zwei Schallplatten laufen und lerne dabei mehrere musikalische Werke kennen, die mich über einen Komponisten oder eine Kunstrichtung mühelos ins Bild setzen. Aber ich brauche drei Tage konzentrierten Lesens, um etwa mit dem »Maler Nolten« zu Rande zu kommen, brauche vielleicht noch einen Kommentar, um Anspielungen auf Zeitereignisse, Bezugnahmen auf das Leben des Verfassers zu verstehen.

Weiter müßte man sagen, daß Literatur diejenige der Künste ist, die am intensivsten versucht, von der Zeit ihrer Entstehung einen Begriff zu geben. Anders herum: Der »Zeitgeist« setzt sich in ihr fest, formt und prägt sie wie sonst kein anderes künstlerisches Medium. Das Wort ist genauer als Farbe und Klang, wo es gilt, Bewußtsein auszudrücken oder gar welches zu schaffen. Diese Genauigkeit, die die Schriftsprache einerseits der Ton- und Bildsprache voraushat, erweist sich andererseits als ihr Nachteil, denn Worte verlieren leicht ihre Bedeutsamkeit, die Kraft, den Duft. Was typisch für eine Epoche ist, kommt der nächsten schon obsolet vor.

Aber wesentlicher noch scheint mir, daß sich im literarischen Werk ein Einzelner ausspricht, und zwar so, daß er zunächst *für sich selber* spricht, aus seinen besonderen Umständen und Erfahrungen. Ein Musikstück hat nie diesen individualistischen Zug. Auch wenn die Handschrift seines Komponisten ganz unverwechselbar ist, übersetzt es doch menschlich Konstantes, psychisch Allgemeines; unsere Leidenschaften und Sehnsüchte sind begrenzt. Desgleichen hängt ein Stück Malerei nicht unmittelbar von dem einmaligen Sinn ab, den ihm sein Schöpfer gibt, sondern es hält sich – wenn auch noch so minimal – an den Augenschein der Welt, zu dem wir zunächst ohne Umwege über Deutungsprozesse Zugang haben.

In jedem Werk der Literatur, das den Namen verdient, müssen uns jedoch Sinn und Bedeutung zunächst einmal *bewußt* werden, aus einer mehr oder weniger großen Zahl fixierter Einzel-

heiten müssen wir uns ein Bild erarbeiten, ehe wir prüfen können, ob es uns *entspricht*. Sicher gibt es im Umgang mit der Literatur auch den spontanen Kontakt, doch dahinter steht beim intelligenten Leser sofort die Frage: Wodurch spricht hier jemand meinen eigenen Zustand aus? Literatur als die Kunst des Fragens – im weitesten Sinn: weder Musik noch bildende Kunst stellt uns dermaßen »in Frage«. Ein schreibender Einzelner fragt einen lesenden Einzelnen: Bist du wie ich? Kannst du mich begreifen? Was verbindet uns? Habe ich es getroffen? Das Dunkel für dich um einen Schein gelichtet? Unsere Antworten kosten Mühe. Genaues Nach-Denken. Die Auseinandersetzung mit dem Einzelnen verlangt uns mehr ab als die mit dem Allgemeinen.
Warum aber befassen wir uns in der Regel lieber mit gegenwärtigen Autoren, die die Prüfung durch die Zeit erst noch bestehen müssen, als mit jenen, die vielleicht schon Jahrhunderten zu denken gegeben haben? Darin tritt wohl etwas Mechanisches, uns Eingefleischtes zutage, eine treibende Kraft. Denn alle kreativen Impulse kämen zum Stillstand, wenn wir Lebenden uns weitgehend auf das zurückzögen, was seine Dauerhaftigkeit schon unter Beweis gestellt hat.

(1973)

Schreiben Schüler noch Gedichte?

Für Zwanzigjährige, die heute bei uns mit Gedichten debütieren möchten, ist die Situation geradezu deprimierend. Wenn Verleger das Wort »Lyrik« hören, bekreuzigen sie sich. Große Verlage machen prinzipiell keine Versuche mehr mit Anfängern, allenfalls bringen sie noch ihre renommierten Hauspoeten heraus. Wer die Absicht hat, als Lyriker die Szene zu betreten, muß sich an Miniverlage wenden, Druckkostenzuschüsse zahlen oder seinen Erstling im Selbstverlag veröffentlichen. Wie

viele tun dies? Ist den jungen Leuten nicht die Lust vergangen, angesichts einer solchen Misere überhaupt noch Gedichte zu schreiben? Beobachtet man den Markt, liegt der Schluß nahe, über kurz oder lang werde der lyrische Nachwuchs resignieren. Ich war daher sehr überrascht, als ich dieser Tage ein dickes Konvolut Gedichte erhielt. Einsendungen zu einem Preisausschreiben für Schüler. Mindestens dreihundert Gedichte von etwa hundert Verfassern waren aus einem relativ kleinen Umkreis eingetroffen. Es läßt sich nicht ergründen, inwieweit die blutjungen Amateure von der katastrophalen Marktlage für Lyrik Kenntnis haben. Ob aus Unwissenheit oder Besessenheit: das weitverbreitete Desinteresse an Texten in Versform hierzulande läßt sie jedenfalls kalt. Nach wie vor besteht bei Schülern das Bedürfnis, sich lyrisch zu artikulieren.
Nun gibt es ja das Wort »Primanerlyrik«, das besagt: in jenem gewissen Alter sei es Brauch, sich von seinen gärenden Gedanken und Gefühlen durch gedichtähnliche Absonderungen zu befreien. Das trifft zum Teil natürlich auch auf die Texte zu, die ich mir angeschaut habe. Natürlich? Ich gestehe, daß ich in einer Zeit, die von Schlagworten wie »Aufklärung«, »Information«, »technisches Zeitalter«, »gesellschaftliche Relevanz«, »Veränderung« usw. wimmelt, nicht erwartet habe, von unseren jüngsten, noch leicht zu übertölpelnden Zeitgenossen eine so große Zahl von Zeugnissen über ihre seelische Verfassung zu Gesicht zu bekommen. All diese Schlagworte vermögen es offensichtlich nicht, Schüler davon abzuhalten, sich in einer gebundenen, zumeist tradierten Form des Schreibens über ihre individuellen Probleme Rechenschaft zu geben.
Einige wenige setzen sich mit der Zeit kritisch, politisch auseinander, versuchen sich an ironischen und satirischen Mustern à la Wilhelm Busch oder Tucholsky, stammeln »konkret« oder machen auf »Underground«. Doch die überwiegende Mehrheit hat noch immer dieselben Themen wie ihre Väter und Großväter. ». . . liege glücklich ohne Wunsch im Grase, so herrlich grün«, heißt es paradigmatisch. Oder nicht weniger schlicht: »Ich bin verliebt.« Naturgedichte und Liebesgedichte also, nicht selten einander durchdringend, machen das Gros aus. Da-

neben die ersten Auseinandersetzungen mit der Sinnfrage: »Was ist das Leben?« – »Wer glaubt an Gott?« – »Wo ist des Lebens Sinn, / Wo führt das alles hin?« Viele der Verfasser wissen keinen Rat, sehnen sich nach Hilfe, Beistand, den »großen Gurus«, die das Wesen der Welt durchschauen.
Auffallend sind Pessimismus, Nihilismus, Resignation. Die Jungen sehen sich dem Konsumterror und der Kälte der Leistungsideologie ausgesetzt, dem flachen Fernsehen, sie fühlen sich vereinsamt. »Wer kümmert sich schon noch um uns?« – »Ich bin in meinem Ich begraben.« – »Leerer Raum, kalte Wand, trockener Wind, stummer Schrei.« So oder ähnlich kommentiert man seine Verlassenheit, das »Einerlei« des genormten Alltags, seine Schwierigkeiten mit den Mitmenschen. Erstaunlich oft fließen Tränen in den Gedichten. Nur einer von »den Kindern des Wohlstands« formuliert ironisch: »Gemeinsam tragen wir unser schweres Los, glücklich zu sein.«
Bei aller Unbeholfenheit, auch Verschwommenheit des Ausdrucks: kaum ein Gedicht, hinter dem man nicht einen existentiellen Ernst spürte. Konstant geblieben scheint das Leiden am Ich, an der Ungewißheit des Weges, den man einschlagen soll; das labile Zwischenstadium, die Phase zwischen verlorener Kindheit und noch nicht erreichtem Erwachsensein, beeinflußt auch das Lebensgefühl dieser Jugend beträchtlich. Hier gibt es nichts Neues. Jede Generation muß durch die gleichen Erfahrungen hindurch.
Und noch etwas möchte ich anmerken. Die Lyrik der Gegenwart wird von den Schülern heute nur sporadisch imitiert. Noch herrscht der klassizistische Wortschatz vor, daneben hier und da expressionistische Töne, etwas Benn, mehr Brecht – doch was in den letzten zwanzig Jahren an wesentlichen lyrischen Mustern geschaffen wurde, schlägt kaum zu Buch. Nur in zwei oder drei Ausnahmefällen ist das Lakonische und Widerständige heutiger Poesie erfaßt. Deutlich heben sich diese Gedichte durch ein gelassenes, prosaisches Parlando von den übrigen ab.

Manchmal
ist es gut
am Schreibtisch zu sitzen
nachzudenken
und zu wissen daß fünf Finger
immer noch eine Faust ergeben

Solche Verse haben kaum noch etwas Dilettantisches. Sie lassen uns hoffen, daß die Poesie bei uns wohl doch nicht versiegen wird, daß die Unbeirrbarkeit des Nachwuchses auch mit den schlechten Zeiten für Lyrik fertig werden könnte.

(1974)

Welche Chance hat das literarische Feuilleton?

Scharfäugige Beobachter haben es schon lange bemerkt. Inzwischen müßte es auch dem flüchtigsten Leser aufgefallen sein. Das Zeitungsfeuilleton ist seit Jahren nicht mehr das, was es war.

Ich meine jetzt hauptsächlich die Wochenendbeilagen. Nicht nur bei einigen großen, auch bei mittleren und kleinen Blättern ist die Veränderung schwerlich zu übersehen. Statt literarischer Beiträge bringen die Beilagen in der Regel journalistische Texte.

Etwa:

Reiseberichte aus Ländern mit politischer Aktualität, populärwissenschaftliche Artikel über den technischen Fortschritt, natürlich auch über seine Kehrseite mit den notorischen Gefahren, soziologische Analysen, historisch Interessantes und zeitgeschichtlich Sich-Jährendes, Ausstellungsberichte, Anmerkungen zu neuer Architektur, ein bißchen Kulturkritik, meistens anhand des Theaterbetriebes oder der Schul- und Universitätsprobleme –

mit einem Wort: *Information.*

Noch vor etwa zehn Jahren hatte das Feuilleton eine völlig andere Struktur. Es war ein Ausschnitt aus dem literarischen Leben: ein sorgfältig abgestimmtes Ensemble aus Essay, Gedicht, Erzählung, Kurzprosa. Die reine Information blieb so gut wie ausschließlich den Wochentagen vorbehalten, man fand sie also »unterm Strich«.

Für den Samstag/Sonnabend aber lud man jene Autoren ein, denen man Wichtigkeit zumaß. Sie bekamen die Möglichkeit eingeräumt, ihr jeweils Neuestes, soweit es der Umfang zuließ, vorzustellen. Bekanntlich boten sie nicht bloß »Vorabdrucke«, sondern schrieben auch – und zwar nicht wenig – ad hoc. Wobei sie sich zuweilen der Kurzform bedienten, für die man den Namen »Feuilleton« übernommen hatte, das heißt, sie arbeiteten Feuilletons fürs Feuilleton aus.

Seit der Jahrhundertwende gab es »hauptamtliche« Feuilletonisten. Talente also, die sich spezialisiert hatten, auf einem Minimum an Seiten geschliffene Causerien über Gott und die Welt (vornehmlich die Welt) unterzubringen. Darunter waren Meister eines sinnenhaften Reflektierens, die aus einem Nichts von Anlaß etwas machen konnten, das vollkommen wie eine Seifenblase war und – je nachdem – poetisch, witzig, gescheit schillerte. Wir brauchen nur an Peter Altenberg und Alfred Polgar zu erinnern, an Sigismund von Radecki oder gar den genialen Robert Walser. Genaugenommen war schon Heine ein großer Feuilletonist.

Doch das Gros der Mitarbeiter bildeten die Buchautoren. Selbst die prominentesten waren sich nicht zu schade, ihre Sachen den Redaktionen anzubieten. Noch kurz vor 1900 machte der junge Hofmannsthal (»Loris«) mit glanzvollen, nonchalanten Essays den Anfang. Ein Thomas Mann, ein Rilke, ein Benn, ein Musil, ein Loerke – seitenlang könnte man sie aufzählen. Wer sich über den augenblicklichen Stand der Literatur informieren, neueste Texte lesen wollte, brauchte am Wochenende nur eine halbwegs angesehene Zeitung aufzuschlagen. Nicht minder stark als in den einschlägigen Zeitschriften spiegelte sich das literarische Treiben in den Feuilletons der Tages- und Wochenblätter. Private Fehden und Richtungskämpfe wurden ausgetragen, Theorien erörtert, Talente entdeckt.

Das alles scheint nun vorbei zu sein. Parallel zur Entwicklung des Sachbuches hat sich das Zeitungsfeuilleton »versachlicht«. Gewiß, hier und da erscheint als Lückenbüßer noch einmal ein Gedicht, wird eine Erzählung gedruckt oder ein literarisches Thema diskutiert, aber gerade diese seltenen Rückgriffe machen deutlich, wie fatal das Interesse an schöpferischer Literatur und ihrer Auslegung bei den Redakteuren abgenommen hat. Hermann Hesse nannte seine Zeit abschätzig »das feuilletonistische Zeitalter«. Er konnte nicht ahnen, daß schon einige Jahre nach seinem Tod nicht wenige Autoren den Verlust des Feuilletons oder zumindest seine Veränderung bis zur Unkenntlichkeit beklagen würden.

Denn die Leidtragenden sind natürlich in erster Linie die »Kreativen«. Seit eh und je haben bei uns nur einige Großschriftsteller von ihren Büchern leben können. Der überwiegende Teil der Autoren, der Buchautoren, war und ist auf Nebeneinnahmen (gewöhnlich Haupteinnahmen) aus Zeitungsveröffentlichungen angewiesen. Mitarbeit beim Funk bietet keinen gleichwertigen Ersatz, zumal sich auch hier die Lage der Literatur durch Kürzungen der Sendezeiten, ja Einstellung ganzer Reihen empfindlich verschlechtert hat. Vom faulen Fernsehen zu schweigen.

Wie aber hat das Publikum reagiert? Nun, keineswegs mit Protesten. Offenbar gibt es genügend Leute, die literarische Beiträge in ihren Zeitungen nicht vermissen. Doch ich glaube, auch hier müssen wir uns eine »schweigende Mehrheit« vorstellen – also eine Vielzahl von Lesern, die mit der Verwandlung des Feuilletons in eine mehr oder weniger zusammenhängende Abfolge mehr oder weniger »informativer« Artikel zwar nicht einverstanden ist, sich aber auch nicht zutraut, einem anscheinend zeitgemäßen Trend entgegenzutreten, etwa mit Leserbriefen oder Aufkündigungen des Abonnements. Diese Mehrheit überläßt es, wie auch in anderen Fällen, der Zeit, die Dinge wieder zurechtzurücken.

Ich könnte mir denken, daß sich literarisch Interessierte nun anderweitig umschauen, um von den Vorgängen in der Literatur nicht ausgeschlossen zu bleiben, das Steigen oder Fallen ihres »Pegels« weiter zu verfolgen. Aber die wenigen westdeutschen Literatur- und Kulturzeitschriften melden keine steigenden Abnehmerzahlen. Mir scheint, als fühle sich der auf »schöne Literatur« erpichte Leser auch in diesem Bereich enttäuscht.

Die in Frage kommenden Monatsschriften haben sich – pauschal genommen – gleichfalls nicht gegen den Trend gestellt und Belletristik zugunsten politisch-soziologischer Texte oder unterhaltsamer Information weitgehend verdrängt. Sicher, es gibt noch die ausschließlich Literatur vermittelnden »Akzente« und die »Neuen deutschen Hefte«, oder bei Westermann legt man Wert auf die Pflege der Kurzgeschichte; in der Zeit vor Weihnachten wird in Beilagen oder auf Sonderseiten dem Massenausstoß »schöngeistiger« Neuerscheinungen durch Rezensionen (und Verlagsanzeigen!) Rechnung getragen; doch solche und ähnliche Sachverhalte dürfen uns darüber nicht hinwegtäuschen, daß sie, gemessen an der einstigen Fülle von Nachweisen literarischer Produktivität in den Feuilletonspalten, nur mehr ein Hauch sind.

Um nicht ungerecht zu sein, will ich auch einige neuere Jahrbücher noch erwähnen, die die Anteilnahme an zeitgenössischer Literatur wachzuhalten suchen. Neben dem schon seit zwei Jahrzehnten erscheinenden »Jahresring« gibt es zur Zeit den »Tintenfisch« vom Wagenbach Verlag, das »Ensemble« (neuerdings beim Deutschen Taschenbuch Verlag) sowie das bei Rowohlt herauskommende »Literaturmagazin«. Während der »Tintenfisch« »revolutionär« gesinnten Autoren den Vorzug gibt, das »Literaturmagazin« zwar auch gesellschaftskritisch orientiert ist, jedoch von mehr Liberalität zeugt, versuchen die Herausgeber von »Ensemble«, allein an Qualität gebundene Maßstäbe zu setzen und »ein literarisches Bezugssystem von internationaler Weite aufzuzeigen«. Gewiß, diese Lesebücher bieten dem Publikum einmal im Jahr teilweise recht lebendige und substantielle Arbeiten, doch sie bleiben letztlich auf die Form des »Querschnitts« verwiesen, also auf die Methode des *pars pro toto*.

Je länger man über den Niedergang des literarischen Feuilletons nachdenkt, desto deutlicher wird, daß die Ursachen zu einem nicht geringen Teil bei der Literatur selbst zu suchen sind. Geraume Zeit hindurch plädierten maßgebende Kritiker und Autoren für ein Produzieren, das sich vor dem Leser nicht zu verantworten brauche.

So wurde auf der einen Seite eine Beschreibungsmanie (als Folge des falsch verstandenen »Nouveau Roman«) gefördert, die sich um »Lesbarkeit« nicht im geringsten scherte; auf der anderen Seite lobte man sogenannte konkrete Texte hoch, die, sich in grammatischem Exerzieren und graphischen Spielereien rasch erschöpfend, an die Stelle des Gedichts mit seiner tausendjährigen Geschichte treten sollten und selbst gutwillige Lyrikleser vor den Kopf stießen. Man hatte wenig zu sagen und kaschierte das, indem man das Formale unmäßig aufblähte, nur noch »über die Sprache« sprach. Daran schloß sich – im Gegenzug – die Politisierung und Radikalisierung der Literatur. Enzensberger stellte 1968 in seinem »Kursbuch« der schönen Literatur den Totenschein aus; nicht wenige glaubten ihm, daß der Schriftsteller nun bloß noch als Agitator eine Chance habe. Handelten die Zeitungsherausgeber und Redakteure nicht folgerichtig, als sie darangingen, dem Wochenend-Feuilleton eine neue Struktur zu geben? Konnten sie denn ihrer Leserschaft Beiträge zu einer Literatur zumuten, die aus einem Extrem ins andere fiel und schließlich nur noch als Magd von Ideologien ihren Vorteil suchte?

Wer so argumentiert, hat bis zu einem gewissen Grad recht. Doch bleibt noch folgendes zu überlegen: Die Entwicklung der Belletristik, wie sie hier kurz skizziert wurde, trifft nicht auf die Gesamtheit ihrer Autoren und Werke zu, ja nicht einmal auf den überwiegenden Teil. Nur Modetheoretiker und spektakulär sich in Szene setzende Schriftsteller haben zu diesem Bild beigetragen, indem sie »Tendenzen« hervorriefen. Eine sehr beträchtliche Autorengruppe war jedenfalls selbstbewußt genug, sich nicht konform zu verhalten. Und dann: Sicher ist es richtig, daß die auf Phantasie und Fiktion beruhende Literatur beim Publikum an Boden verloren hat. Aber ich halte es für voreilig und indolent, wenn die Verantwortlichen für das

Feuilleton daraus den Schluß ziehen, diese Rückentwicklung werde weiter und weiter gehen, sich nicht stoppen lassen – als handele es sich um eine eiserne Gesetzmäßigkeit der Natur. Im Lauf der vergangenen hundert Jahre sind Literaten und Leser schon mehrmals überzeugt gewesen, der Literatur habe die letzte Stunde geschlagen.

Wenn wir uns nicht blind stellen, nehmen wir heute wahr, daß die Anziehungskraft von Geschichten und Gedichten wieder zunimmt – gerade bei den bisher als tatsachenfromm und »dichtungsfeindlich« verschrienen Zwanzig- und Dreißigjährigen.

Neuerdings darf man das Wort *Poesie* sogar in den Mund nehmen. Junge Autoren wenden sich sowohl von einer stoffarmen, ästhetische Nabelschau betreibenden Literatur als auch vom bloßen Agitprop entschieden ab und vertrauen wieder ihrem »Erlebnis«, ihrem Vorstellungsvermögen, der Figur des Einzelnen, in dem sich Erfahrungen paradigmatisch verkörpern. Ein Aufriegeln individueller Erinnerung und das Bewußtmachen »der Innenwelt der Außenwelt der Innenwelt« werden in steigendem Maß als Stärkung der Wahrheit empfunden. »Neue Sensibilität« und »Neuer Realismus« etablieren sich erfolgreich. Schon finden Autoren wie Handke, Karin Struck oder Peter Schneider für ihre Bücher vierzig-, fünfzigtausend Käufer, ohne übergroßen Werberummel.

In den meisten Feuilletons hat man von dieser »lautlosen Revolution« nichts gemerkt. Dennoch, ist es ganz abwegig, anzunehmen, die tonangebenden Verleger und »Macher« könnten sich eines Tages doch noch darauf besinnen, daß in ihren Zeitungsspalten jenen wieder Platz eingeräumt werden müßte, die im heutigen Babylon der Spezialidiome und Fachnomenklaturen eine Elementarsprache sprechen?

(1975)

Kritik in der Provinz – provinziell?

Es sollte einmal in einem großen Blatt stehen, daß die kleineren und kleinen Blätter durchaus nicht immer den kürzeren ziehen. Ich will nur einen einzigen Punkt erwähnen: die Literaturkritik. Wir alle neigen dazu, die tonangebenden Kritiker in den Zeitungen von Frankfurt oder München, Hamburg oder Bonn für die allein maßgebenden zu halten. Selbst Leser in der Provinz schätzen Urteile über Bücher, die in ihren Heimatzeitungen stehen, meist nicht sonderlich hoch ein. Der Einzelfall mag ihnen recht geben. Buchautoren jedoch, die immer wieder einmal von ihren Verlagen einen Stoß Rezensionen aus den verschiedensten Orten der Bundesrepublik, Österreich und der Schweiz frei Haus erhalten, können da Überraschungen erleben.

Diese regionalen Kritiken insgesamt, wenn man sie so passieren läßt, geben einem sehr wohl zu denken. Da sitzen Leute in Heidelberg, Passau, Bremen, Bozen oder Luzern, die durchaus nicht gewillt sind, ihren prominenten Kollegen nach dem Mund zu reden. Die es nicht nötig finden, jede Modeschwenkung mitzumachen. Die das Zeug haben, ein eigenes Urteil auch plausibel vertreten zu können. Sicher, ein paar Abschreiber und Nachbeter sind auch darunter, doch die unabhängigen Rezensenten in der Mehrzahl. Das, meine ich, kann schon imponieren, wenn man es einmal unter fünfzig oder hundert Beispielen demonstriert bekommt.

Ich habe ferner feststellen müssen, daß für die kleineren Zeitungen nicht selten sorgfältigere Kritiker arbeiten. Man merkt es bereits an den Inhaltsangaben. Es gibt Großkritiker, die einfache, leicht durchschaubare Sachverhalte verschwommen oder ausgesprochen falsch wiedergeben. Sie lesen zu viel, meinen, in allem Bescheid wissen zu müssen, lesen daher oft »diagonal«. Sie verwechseln die Namen von Figuren, Ehefrauen mit Geliebten, Orte und Zeiten, dichten den Untadeligen Schurkereien an, während sie Konfliktauslösern Harmlosigkeit bescheinigen.

Namhafte Kritiker geben sich mitunter nicht die Mühe, nach

den Intentionen eines Buches zu fragen. Sie haben sich ihr Bild gemacht, wie Romane, wie Gedichte heute beschaffen sein müssen, sie schlagen jede Neuerscheinung glänzend über den Leisten ihrer Theorie. Nicht wenige Rezensenten in den Mittel- oder Kleinstädten erlauben sich solche Schustereien keineswegs. Ihre Aufgeschlossenheit gegenüber den Absichten des Autors ist vorbildlich, zuweilen rührend. Grundsätzlich fragen sie häufiger nach dem Gehalt der Bücher, während die Toprezensenten insgesamt das Formale überbewerten.

Beim Zitieren – das will ich zugeben – wird hier wie dort oft geschludert. Nichts scheint schwerer für Buchbesprecher, als etwas Gedrucktes punkt- und kommagetreu abzuschreiben. Die Ansicht freilich, umfängliche, in Jahren intensiver Arbeit entstandene Bücher ließen sich durch das Zitieren von drei, vier sogenannten Stilblüten oder sprachlichen Inkorrektheiten »erledigen«, hält man in der Provinz für Arroganz. (Was es auch ist.)

Oberflächliche Leser könnten diese Anmerkungen so interpretieren, als läge mir daran, die »Kleinen« gegen die Asse und Koryphäen auszuspielen. (Übrigens, ich selber brauche mich über die »überregionale« Kritik nicht zu beklagen.) Worum es mir geht, ist nicht ein pauschales Lob der Region auf Kosten der Zentren, sondern der Abbau von Vorurteilen und Unwissenheit. Darum möchte ich zum Schluß noch darauf hinweisen, daß man in einem Literaturblatt kleineren Formats verrissen werden kann, ohne damit fest rechnen zu müssen, auch dem nächsten Buch werde es nicht besser ergehen. Hierin bin ich sicher mit den meisten Kollegen in Übereinstimmung, wenn ich behaupte, Unvoreingenommenheit und Toleranz gediehen außerhalb der Großstädte besser. Man hütet sich dort, einen Autor abzustempeln. Man kennt kaum »Richtlinien«. So mancher Starkritiker jedoch verhält sich gegenüber seiner Redaktion mit Brillanz linientreu.

(1977)

Anfang der Bescheidenheit

Umfragen haben ergeben, daß zu den populären Deutschen kaum noch Dichter und Denker gehören. Wenigstens in der Bundesrepublik nicht. Diese Tatsache dürfte keineswegs Aufsehen erregen. Seit Jahren, Jahrzehnten weiß man es. Am sichersten wissen es die Betroffenen. Freilich gibt es hierzulande noch eine literarische Prominenz oder »Schickeria« – doch wer von diesen Größen und Halbgrößen zöge die Beachtung der Nation auf sich wie, sagen wir, Beckenbauer, Köhnlechner, Romy Schneider, die Knef oder einer der politischen Schaumänner? Vielleicht unser letzter Nobelpreisträger. Aber damit hat sich's.

Der Mangel an Popularität war höchstwahrscheinlich nicht der geringste Grund, der vor etwa zehn Jahren so manchen Schriftsteller veranlaßte, sich bei den Politikern einzuhaken. Diese Köpfe sahen im Bekanntheitsgrad die Voraussetzung für ihren Wirkungsgrad. In die Weite, die Masse wirken – welcher Autor möchte das nicht? Hat nicht schon der unumgängliche alte Herr Geheimrat G. gefordert: Wer nicht eine Million Leser erwarte, solle mit dem Schreiben erst gar nicht anfangen?

Was bei der Verbrüderung mit der Politik für die Politik heraussprang, setzen die betreffenden Autoren heute nicht sehr hoch an. Was sie literarisch dabei erreichten, muß deprimierend gewesen sein, denn samt und sonders widmen sie sich jetzt wieder dem Schreiben, dem »reinen« Schreiben. Nicht immer ohne Schadenfreude ist das zur Kenntnis genommen und kommentiert worden. Schadenfreude ist billig. Schriftsteller, die Profis sind, brauchen die Öffentlichkeit, sie können schlecht im Verborgenen blühen. Daß nicht wenigstens ihre Besten das Ohr der Nation haben in dem Maß wie Fernsehgockel, Filmschau- und Fußballspieler, scheint mir ein Armutszeugnis, der Nation ausgestellt.

»Drüben« oder »auf der anderen Seite« können sich die Schriftsteller wohl auch nicht gerade mit der Partei- und Medienprominenz vergleichen, aber es gab und gibt einige, mit deren Arbeiten – wie wir erstaunt gesehen haben – sich die Staatsführung beschäftigt. Schriftsteller werden in den Ostblockstaaten für gefährlich gehalten; ihr Ansehen wächst, ihre Wirkung breitet sich aus. Erreichen sie dies mit »nur-literarischen« Werken? Kaum. Auch die mitteldeutschen Schriftsteller beispielsweise werden interessanter, je mehr sie sich politisch exponieren. Was in der Bundesrepublik nicht gelang, gelingt dort einzelnen Autoren in erstaunlichem Maß.

Warum gerade dort? Weil jene Autoren nicht für eine Klasse oder Ideologie schreiben, sondern »um ihren Kopf«. Das soll heißen: für ein durch Ideologie nicht beengtes Bewußtsein. Für mehr und mehr Spielraum für diesen Kopf. Die Schriftsteller hier haben ungefähr so viel Spielraum, wie sie wollen. Merkwürdige Dialektik: Wer bei uns um seinen Kopf schreiben will, kann es bloß in aller Stille tun.

In beiden Teilen Deutschlands ist jedoch der tote Dichter der populärste. Vielleicht war es schon immer so. Jedenfalls muß es ins Auge stechen, mit welchem Aufwand die Jubiläen der Toten gefeiert, ja ausgeschlachtet werden. Da sind die Medien zur Stelle, auch die kleinste Zeitung noch. Da werden »Kassetten« in Großauflagen unter die Leute gebracht. Da lassen sich sogar die Illustrierten herab und stiften drei satinierte Seiten. Schön, wenn es der längst Vermoderte wüßte! denkt man gerührt. Eine Woche später ist alles verpufft.

Vor noch nicht allzu langer Zeit wurde für unsere Autoren die Parole ausgegeben: Ende der Bescheidenheit! Ich glaube, sie hat bei manchen Geistern Verwirrung gestiftet. Für den Schriftsteller von heute hieße es sicherlich klüger: Sich von Überheblichkeit und Großmäuligkeit trennen! Sich keine Illusionen machen! Lorbeer grünt nur mehr für die Suppen sogenannter Kultfiguren.

(1977)

Stimmrechte

Es gibt eine Bemerkung des englischen Romanciers und Essayisten Gilbert Keith Chesterton (1874–1947), jenes Chesterton, den man hierzulande, wenn überhaupt, als Verfasser der Pater-Brown-Krimis kennt – von ihm also habe ich eine Bemerkung im Gedächtnis behalten, die ich nahezu wörtlich zitieren kann. Sie lautet:

»Wir müssen der tiefsten und verkanntesten aller Klassen, unseren Vorfahren, wieder Stimmrecht einräumen. *Wir fordern Demokratie für die Toten.* Tradition lehnt es ab, der anmaßenden Oligarchie zufällig heute Herumlaufender das Feld zu überlassen.«

Etwa zwanzig Jahre nach Chestertons Tod bekam ich diese Bemerkung zu Gesicht. Es war eine Zeit, in der sich fast alle schmählich beleidigt fühlten, wenn man sie in Verbindung zum Wort »Tradition« brachte. Ich war damals von den progressiv ausgerichteten literarischen Stimmungen nicht mehr sehr beeindruckt, immerhin, es gab Momente, in denen ich die Sache der »Vorfahren« für fast verloren gab. Dieser Chesterton-Aphorismus tat mir die Augen auf, fegte den angesammelten Wust, von blindschwärmenden Fortschrittsgläubigen und -mitläufern erzeugt, im Nu aus meinem Kopf. Ich sah wieder klar.

»Den zufällig heute Herumlaufenden das Feld nicht überlassen«: das war nonchalant und witzig gesagt und doch eine Zeile, dicht wie ein Vers. Präziser und mit weniger Sprachaufwand ließ sich das nicht ausdrücken. »Die verkannteste aller Klassen«: hier wurde ein Schlagwort durch ein überraschend hinzugefügtes Attribut von neuem bedenkenswert. Am tiefsten jedoch traf mich der Satz: »Wir fordern Demokratie für die Toten.« Das hätte man nicht bloß für Wandzeitungen benutzen, sondern in Stein eingraben können.

»Demokratie für die Toten«: ein herrlicher und unbedingt ernst zu nehmender Gedanke. Nicht mehr die Toten abschreiben als längst Gewesene! Nicht das Verstauben ihrer Werke gleichsetzen mit dem Ende ihres Wirkens! Heraklit hat davon gesprochen, daß »die Schlafenden« auch »Wirker und Mitwirker bei dem sind, was in der Welt geschieht«. In diesem Sinn, glaube ich, wirken auch die Toten weiter.

Mit der Vergötzung der Jugend ist es nicht getan. Auch junge Leute bilden nur eine »Klasse« unter anderen. Gewiß, wir Älteren haben uns früher auch weitgehend mit den Hervorbringungen »zufällig heute Herumlaufender« eingelassen oder sie vielleicht gar angebetet. Es ist das gute Recht der Jugend, den Ballast der Vergangenheit abzuwerfen, um dann mit Gleichaltrigen »neu« anzufangen.

Doch von einem bestimmten Alter ab reicht dieses Frisch-Fröhlich-Unbekümmerte nicht mehr aus. Dann ist es gut, auf eine fast beiläufig hingeschriebene Sentenz wie diejenige Chestertons zu stoßen. Unversehens kriegen Zeit und Literatur ihre Dimensionen zurück.

Zahlenmäßig ist die »verkannteste aller Klassen« den gegenwärtig führenden weit überlegen. Ihr kein Mitspracherecht zuzugestehen wäre ein brutaler, gänzlich undemokratischer Akt. Nicht allein vor der Masse der Toten, sondern weit mehr noch vor der Qualität dessen, was sie hinterließen, können wir Heutigen uns sozusagen nur verstecken.

Aber so weit will ich nicht gehen. Der Lebende muß zunächst in seiner eigenen Zeit existieren, sie zur Kenntnis nehmen, sich mit ihr raufen. Wer sich von den Vorfahren überstimmen ließe, sich ausschließlich in ihre Werke vertiefte, wäre bestimmt nicht der Klügste von uns, bloß ein Bücherwurm. Ein anderer, der mit einer Handbewegung die Einsicht, Erfahrung und Schönheit von Jahrtausenden von sich schöbe, bliebe zeitlebens ein Trottel.

Nur noch ein Wort zu »Oligarchie«, also Herrschaft einer Minderheit über eine Mehrheit. Gerade sie sollte rasch abgebaut werden. Könnten jene über der Erde sich mit ihrer eindeutigen Vormacht nicht fairer verhalten gegenüber der scheinbaren Ohnmacht jener unter der Erde? In einer Demokratie, wie Chesterton sie vorschwebte, muß Raum sein für alle Lebenden und alle Am-Leben-Gewesenen. Kein Machtvorteil, sondern Gleichberechtigung; Stimme neben Stimme. Ja, erst im Nebeneinander aller »Klassen« dürfte – um es einmal modegerecht zu sagen – ein Maximum an Effektivität erzielt werden.

(1978)

Eine Lanze

Wer heute in der Literaturdiskussion vom »Bleibenden« spräche, dem würde man mit Hohn und Häme antworten. Das »Bleibende« ist zum Tabuwort geworden. In einer Zeit, in der das Schlagwort »Veränderung« nun schon so lange umgeht, daß es intelligenteren Zeitgenossen peinlich ist, wundert sich aber offenbar niemand darüber. Gewiß, mit dem Begriff des »Bleibenden« hatte man sich eine Weile gemütlich eingerichtet, drittklassige Leute, denen nichts Neues einfiel, hatten sich hinter alten, sozusagen wetterfesten Werken verschanzt, sie imitiert, sie gegen das Moderne ausgespielt. Aber ist damit das Gemeinte des Begriffs ein für allemal indiskutabel geworden?

Im Grunde zweifelt kein Einsichtiger daran, daß wir auf das »Bleibende« nicht verzichten können. Wer es in der Literatur dennoch nicht wahrhaben will und leugnet, tut es der Polemik zuliebe. Ich kann mir nicht vorstellen, daß jemand ernstlich überzeugt ist, all das, was sich jahrhunderte-, gar jahrtausendelang als widerständig gegenüber der Zeit bewährt hat, komme heute nicht in Betracht; Kunst und Literatur seien zum Verbrauchen und »Wegwerfen« da.

Wenn wir auch das Wort nicht in den Mund nehmen mögen: ohne das, was bleibt, einzubeziehen, können wir nicht mit Sinn und Verstand über literarische Dinge sprechen. Lassen wir einmal offen, ob das »Bleibende« Maßstäbe setzt. Jemand, der heute schreibt, muß es zumindest *kennen*. Ich jedenfalls vermag nichts Imponierendes darin zu sehen, wenn sich einer aus Unkenntnis eine Aufgabe auflädt, die andere vor ihm längst gelöst

haben. Autoren wie Kritiker müssen sich also mit dem Beständigen, Standhaft- und Glaubhaft-Gebliebenen schon aus Vergleichsgründen beschäftigen.
Die Frage, warum dies bleibt, jenes nicht, läßt natürlich eine Reihe von Antworten zu. Die positiven listig als Rezepte zur Herstellung von unsterblichen Werken zu benutzen, ist noch keinem gelungen. Um Bleibendes hervorzubringen, ist die genaue Nachahmung des Bleibenden gewiß die am wenigsten Erfolg versprechende Methode. Noch deutlicher: das Dauerhafte kann nicht »gemacht«, erzwungen werden; es stellt sich nach und nach heraus. Auf jeden Fall hängt es damit zusammen, daß kreative Einzelne aus ihren Bewußtseinsinhalten mit sprachlichen Mitteln Konstanten, Archetypen, Muster herausgeschält haben, die wir bei unserer Gattung sozusagen als eingefleischt betrachten müssen.
Hier werden mir diejenigen widersprechen, die den Einzelnen als total gesellschaftlich determiniert, historisch abhängig verstehen und von der »Veränderung der Verhältnisse« eine grundlegende Veränderung des Menschen herleiten. Selbstredend sollte man das »Bleibende« nicht mit dem Ewigen, sagen wir schlichter: nicht mit dem zeitlich Unbegrenzten verwechseln. Für Kulturen gibt es nur die »kleine Ewigkeit«. Unbestreitbar jedoch, daß wir beispielsweise in der Literatur uns mit Vergnügen, Schauder, Wißbegier in Darstellungen von Menschen versetzen können, die aus weit zurückliegenden, ja fast verblaßten »Verhältnissen« stammen.
Selbst der listige Brecht hat am Ende zugeben müssen, daß er das »Bleibende«, das er das Klassische nannte, für sich nutzbar gemacht, ihm manchmal bloß ein neues Mäntelchen umgehängt hat – was er mit dem damals hochmodernen Wort »umfunktionieren« bezeichnete.
Hölderlins vielgeschmähte Wendung vom »Stiften« der Dichter ist in der Tat mißverständlich. Das »Bleibende« läßt sich nicht kraft dichterischer Vollkommenheit einsetzen, gewissermaßen urkundlich. Es ist das, was sich erst in einem langen Prozeß als noch immer »wahr«, also überzeugend, herausstellt. Was allen Prüfungen und Zerreißproben für länger als nur eine

Weile standhält. Was immer von neuem zu denken gibt. Was die Kraft, zu erschüttern, nicht verliert.
»Erschüttern«: auch wieder kein beliebtes Wort. Und doch bezeichnet es die Wirkung eines Werkes auf uns ungemein treffsicher. Die meisten stellen sich das »Bleibende« abgeklärt, mild vor, »mild wie Kartoffelbrei« (Benn). Nein, das »Bleibende« wird mit zunehmendem Alter nicht schwächer. Es kann uns noch immer durchrütteln, beuteln wie am ersten Tag, so, daß uns das Herz im Brustkorb und das Mark in den Knochen weh tut. Was uns erschüttert, bringt Bewegung in uns, bringt Festgefügtes zum Einsturz, legt Verschüttetes frei. So fordert uns das beständig Geprüfte heraus und prüft uns seinerseits.

(1977)

Dichter und Gedichte

Die Lieder des Georg von der Vring

Text zu einem Fernsehfilm

Kleiner Faden Blau,
Aus der Pfeife steigend,
Freut mich, wenn ich schweigend
Sitz und Zeilen bau.

Beides nicht von Übel
Und zugleich nichts wert.
Wer hat michs gelehrt?
Und aus welcher Fibel?

Und wo wills hinaus?
Eh ich das begreife,
Klopf ich mancher Pfeife
Noch die Asche aus.

Wer sich mit so viel Anmut auf das Handwerk des Schreibens seinen Vers macht, dem wird man kaum glauben, daß er oft ganze Tage braucht, um eines seiner Gedichte zustande zu bringen. Der Umgang mit der Sprache verlangt ein hohes Maß an Ausdauer, Disziplin, Selbstkritik, Wahrhaftigkeit. Kaum ein zweiter Beruf, in dem man so auf sich gestellt ist wie in dem des Schreibenden. Jedes Gedicht beginnt wie ein Abenteuer. Es sind Abenteuer in der Stille. Ohne es zu ahnen, können wir mit einem Dichter Wand an Wand wohnen. Hier befinden wir uns in einer Wohnung mitten in München. Sie liegt im sechsten Stockwerk eines Wohnblocks. Die nächste Umgebung ist unauffällig, bürgerlich. Wer Wort für Wort seine eigene Welt errichtet, ist nicht dispensiert, Mitbürger, Zeitgenosse zu sein. Seine Gedichte bleiben auf die Außenwelt und ihre Probleme bezogen.

Nicht weitab liegt das Schloß Nymphenburg mit seinen Gras- und Wasserflächen, der Ruhe in den Bäumen, unter offenem Himmel. Ein Dichter, der seine Bilder und Argumente vor allem aus der Natur gewinnt, wird hier immer wieder verweilen.

Dieser Dichter ist Georg von der Vring.
Er ist der Schöpfer einer männlich zarten, sehr musikalischen Lyrik von hohem Rang.

Oktoberrose, schöne
Und letzte Künderin,
Wo sind des Sommers Töne,
Wo seine Lieder hin?

Ob ich an dich gedenke,
Ob sich dein Duft bewahrt,
Die herbstlichen Geschenke
Sind all von deiner Art.

Es kommt ein Wind von Osten,
Der weht dich aus der Zeit.
Die Gartentore rosten
Vor deiner Ewigkeit.

Man hört es den Versen an, daß Georg von der Vrings Poesie in den Bereichen des Kunst- und Volksliedes verwurzelt ist. Doch seine Lieder sind weit davon entfernt, nur in dem aufzugehen, was sich im Lauf von Jahrhunderten zu einer großen, spezifisch deutschen Tradition ausgebildet hat. Bei aller Verehrung für die dichterischen Taten der Vergangenheit – etwa für die Lyrik von Claudius, Brentano oder Mörike – ist von der Vring ein Dichter auf eigene Hand.
Das Bildhafte seiner Lieder zeugt von moderner Knappheit und Schärfe. Ihre Farben sind oft dunkel, ja gehen in das Schwarz der Schwermut über; sie können aber auch hell und heiter aufleuchten, etwa so:

Nymphenburger Herbst

Bald, vor dem frostigen Wetter,
Am nebeldunstigen Tag,
Kommt vor die steinernen Götter
Wieder ein Bretterverschlag.

Die sich hier sommers entzückten:
Demeter, Bacchus, Merkur –
Morgen tönt den Entrückten
Leiser die Giebeluhr.

Unter den Kuben stehn sie
Nackt, in gelassenem Stolz;
Winterschäden entgehn sie
Hinter Wänden aus Holz.

Unsre vertrackten Gestalten,
Die mit dem Fleisch und Bein
Leidlich sollen haushalten,
Brauchen ein Haus von Stein.

Seit fünfzehn Jahren ist München der Wohnort des Dichters. Das nach dem Krieg rascher als in anderen Städten sich wieder regende literarische Leben zog ihn hierher. In München fand er Verleger und Freunde. Nicht zuletzt war es der Reiz des Voralpenlandes, der die Wahl des Ortes mitbestimmt hat. Inzwischen ist dem Norddeutschen auf so manchen Fahrten und Wanderungen Bayern vertraut geworden. Doch nicht allein die Schönheit alter Marktplätze, Barockklöster und einsam zwischen den Hügeln liegender Wallfahrtskirchen regte ihn zu neuen Gedichten an. Plötzlich stoßen wir auf eins, das den Titel »Konzentrationslager« trägt.

Der breite Schornstein raucht nicht mehr.
Die Menschenöfen rosten leer.
Wo dort ich auf dem Steine saß,
  glitzert das reglose Gras.

Der Föhrenbaum, er trägt sich schwer,
Sein kahler Galgenast langt her.
Wo dort ich sonder Atem saß,
  steht keine Blume im Gras.

Im Boden schwankt von Blut ein Meer,
Das wehrt sich gegen Blumen sehr.

Wo dort am Stein aufkam das Gras,
 Starrt es wie Stacheln aus Glas.

Ich kam im Kies der Straßen her.
Ich kehr an diesen Platz nie mehr.
Am Eisenzaun der Todesstraß'
 Steht das vergeßliche Gras.

Von der Vring hat die Zeit des Hitlerregimes nicht vergessen. Im Zweiten Weltkrieg wurde er, der schon in den Ersten hatte ziehen müssen, wieder einberufen. Während er am Stuttgarter Bahnhof Dienst tat, schickte man seine beiden ältesten Söhne an die Front.

Nächte ohne Schlaf.

Wie soll ich ruhn! Mein lieber Sohn
Sucht bei mir Nachtquartier.
Sein Panzer fährt im schwarzen Mohn,
Mein Sohn will her zu mir.

Er wuchs bei mir, ich zog ihn auf,
Er war mein Augenlicht.
Da brach der Zorn des Himmels auf,
Uns allen zum Gericht.

O Nacht, vergeh! Der Panzer rauscht
Davon im schwarzen Mohn.
Wie soll ich ruhn! Zu End gelauscht.
Ade, Soldat und Sohn!

1943 wurde er aus dem Wehrdienst entlassen. Eine Luftmine hatte nachts das Dach vom Haus geworfen. Als Zuflucht blieb nur ein Gartenhaus an den Hängen Schorndorfs. Von hier sah er Städte in Flammen aufgehen.
Der Krieg war nicht aus wolkenlosem Himmel gekommen. Früh schon sah der Dichter die Sturmzeichen heraufziehen. Er schrieb das Buch »Der Goldhelm«; es sollte der Versöhnung mit Frankreich dienen. Die Aufführung eines Schauspiels »Jemandsland« wurde verboten. Die für den jüdischen Freund und

Verleger angefertigte Maupassant-Übersetzung ging zwar in die Druckerei, wurde dann aber zerschnitten.
Woher die Kraft zum Widerstehen nehmen?
»Beethoven und Mozart blieben uns und priesen das Leben. In meinem Garten am Weißenhof gab es Flieder, über dessen Glanz und Glorie schon viel gerätselt worden ist. Oft dachte ich mir aus, daß sein Duft die Engel überleben werde.«

Es liegen die Fliederdolden
Wie der Regen sie warf,
Zur Seite geneigt die Holden,
Daß ich sie atmen darf.

In nassen Blättern zu stehn,
Selber mit nassem Haar,
Die Blüten rieseln sehn
Wie der Schnee so klar –

Ach, auf die Stunde zu warten,
Wo niemand mehr hier geht,
Durch den tropfenden Garten
Lauschen bis abends spät . . .

Jene Jahre, die Georg von der Vring mit seiner Familie in der von 16 Architekten erbauten Weißenhofsiedlung in Stuttgart verbrachte, gehören zu seinen produktivsten. Neben der Liederlyrik entstand ein vielfältiges Werk: Prosastücke, Erzählungen, Romane, in hohen Auflagen verbreitet, Drehbücher, Übertragungen englischer und französischer Dichter – Jahre eines Schriftstellers, der sich auf der Höhe seiner Kunst weiß.
Reisen führten ihn ins Tessin, nach Italien. In Rom suchte er den Friedhof an der Cestius-Pyramide auf, wo der englische Dichter John Keats begraben liegt. Vring liebte und liebt ihn sehr und hat für einige der berühmten Gedichte schöne deutsche Entsprechungen gefunden. Die Schlußverse der »Ode an eine griechische Urne« übertrug er so:

Schönes ist wahr und Wahres schön – dies ist,
Was euch die Erde lehrt, mehr ist nicht not.

In Frankreich zog den Dichter besonders der Süden an. Mit gleichsam kühner Unschuld aquarellierte er Cézannes »Leitmotiv«, das Felsmassiv der Sainte-Victoire. Hier in der Provence war auch das kurze glühende Leben Vincent van Goghs zu Ende gegangen. Neben Keats ist van Gogh sozusagen einer der Schutzpatrone des Dichters. Es wird nun Zeit, daß wir es erwähnen:
Bei von der Vring gehen Dichten und Malen von jeher Hand in Hand.

Versuch, Callablüten zu malen

Die weißen Schnörkel der Calla deuten
Wie im Entfliehn
Überall hin,
Als ob sie mein Malgerät scheuten.

Ich tauchte den Pinsel ins Wasser
Und sah: statt der Callablüten im Glase
Standen Flamingos
Reglos im gleichen Wasser –

Und malte sie weiß und ohne die Vase.
Doch dann: um die Füße, die Stiele
Zu tönen – was galt es zu wählen?
Ein Rot? ein Grün?

Mit dem Grün der Calla
Würden sie bleiben am Ort;
Mit dem Rot der Flamingos (das ich wählte)
Stelzten sie fort.

Die geübte Schärfe der Maleraugen kommt dem Dichter zugute; wiederum erinnert der Strich der Zeichnungen an die karge, aber melodische Wortsetzung in den Versen.
Vring war viele Jahre Lehrer in Jever, bevor er sich ganz dem

Schreiben und Malen zuwandte. Er bewahrt noch eine Reihe von Zeichnungen auf, in denen er die Gesichter seiner Schüler festhielt.
»Jever in Oldenburg – die Ehe mit Therese. Ich war dort Zeichenlehrer am Mariengymnasium. Unser Leben war mit Sturmesflügeln gegen die Sonne gebraust. Die beiden Söhne wurden geboren. Wir brauchten Wiegenlieder. Ich wollte der Frau beweisen, daß ich vielleicht doch ein Dichter sei, so entstanden die Lieder . . .
Ich werde die kleinen Enzianblüten im Moorland nicht vergessen und nicht die hundert und aberhundert Blätter Glücksklee, die wir dort fanden und die uns belogen haben. 1927 starb Therese.«
Einige der ergreifendsten Gedichte hat von der Vring auf den frühen Tod dieser Frau geschrieben.

Trostlied

Daß es dich gegeben hat
Auf der wüsten Erde,
Wie ein altes Albumblatt
Raucht es auf dem Herde.

Daß du nicht mehr bist bei mir
Und bei deinen Kindern,
Schöner Pfirsich am Spalier,
Nichts kann das verhindern.

Morgens lieg ich dir im Schoß
Mit gekreuzten Schwingen,
Wenn im Garten kummerlos
Deine Kinder singen.

Abends streicheln sie dein Ohr
Mit den Schlummerflügeln,
Wenn ich vor der Sterne Chor
Wandre auf den Hügeln.

Statement zur Entstehung des »Soldat Suhren«

Der »Soldat Suhren« wurde das erste dichterische Dokument über den Weltkrieg 14/18 in deutscher Sprache. In einem lakonischen Stil, voller Galgenhumor und expressionistisch auffunkelnder Poesie, wird der Leidensweg eines jungen Soldaten und seiner Korporalschaft erzählt: von den Kasernenhöfen bis zu den Schlachtfeldern in West und Ost.

Drill. Zermürbende Märsche. Grabenkampf. Verwundung.

»Ich renne, als hätte ich Flügel, und der Graben ist leer. Zurückgelassene Mäntel auf den Schießbänken, verstreute Spielkarten, und hier ein Toter, der mir den Weg versperrt – doch ich springe. Springe, stürze gegen eine Schulterwehr, raffe mich auf, umrenne sie. Endlich läuft vor mir ein Mann – in derselben Richtung eilt er, scheint mich zu hören, verdoppelt seine Schritte, verschwindet im nächsten Grabenteil. Ich will wissen, wohin du rennst, du grauer Rücken – du weißt den Weg. Ich will zu dir, will wieder zu Menschen kommen, werde zum Pfeil, Verzweiflung als Widerhaken in der Kehle. Jetzt schaut er sich um, mäßigt seinen Lauf, und ich hole ihn ein. Wir biegen nach links in einen schmalen Laufgraben – plötzlich pralle ich gegen ihn. Er flucht nach vorn und nach hinten, gibt seinem Vordermann, dessen Tornister zwischen den Wänden eingeklemmt ist, einen harten Kolbenschlag, daß er niederstürzt, unterm Tornister an den Riemen hängt, sodann mit den Armen herausrutscht, aufspringt und weitereilt. Wir kriechen unter dem Hindernis durch und folgen ihm. In diesem Laufgraben liegen viele Soldaten. Ob sie tot sind oder verwundet, weiß ich nicht. Manchmal trete ich auf einen Rücken, kann es nicht vermeiden – ganz leicht trete ich auf diese weichen Rücken, renne weiter, blindlings und angstvoll, wie verfolgt von ihnen, wie gejagt von etwas Unmenschlichem, das sich erheben und mich im Rücken berühren könnte.«

Der Schrecken des Krieges preßte dem jungen Infanterieoffizier die ersten vollkommenen Verse aus der Kehle. Um sich zu retten vor dem chauvinistischen Irrsinn, reagierte er mit Sprachgebilden von schwereloser Ironie, so nie gehörtem Zauber. »Der

Taubenschütze«, »Waldlager bei Billy«, »Cap de Bonne-Espérance«, »Der Mond von Flandern« oder »Ballade von den Goslarer Jägern« oder »Wiesengesang« – sie haben fünf Jahrzehnte überdauert.

Wenn Georg von der Vring die alten Fotografien betrachtet, in Erinnerungsstücken kramt, wird vieles mit einem Schlag wieder deutlich:

Wie nah das alles!

Die gefallenen, nie vergessenen Jugendfreunde.

Die Jugend selbst.

Woher komme, wohin gehe ich? Was wird das alles am Ende gewesen sein?

Geboren in Brake am 30. Dezember 1889.

»Unsere kleine Hafenstadt liegt, einige Stundenmärsche von der Wesermündung entfernt, unmittelbar am Strom. Bei uns im kleinen Zimmer hing eine Landkarte, auf der vermerkt war, daß vor zweihundert Jahren hier das Meer gewesen ist: Schilf wuchs und Schiffe segelten, wo sich jetzt Steinhäuser und Stapelplätze befinden ...

Von den Menschen der Stadt ist zu sagen, daß sie nicht leicht zu nehmen sind. Wie das Meer haben auch sie etwas Maßloses: die Fleißigen sind dort fleißiger, die Faulen fauler, die Leichtfertigen leichtfertiger als anderswo; und falls hier jemand einem Traum nachhängt, so nimmt sich das aus, als befände er sich geradezu unter dem Wasserspiegel der frühen Zeit, mit dem Rauschen des Schilfs über seinem Kopf ...«

Aber wenn ihn der Engel der Erinnerung verläßt, ist er wieder der Fünfundsiebzigjährige: ein angesehenes Mitglied der Bayerischen Akademie der Schönen Künste und der Deutschen Akademie in Darmstadt; ein Autor, den das Land Niedersachsen, der Kulturkreis im BDI, die Stadt München mit Preisen auszeichneten; der Verfasser eines Werkes, das schon Literaturgeschichte geworden ist. Günter Eich zählt zu seinen Freunden wie früher Georg Britting und Rudolf Alexander Schröder. Aber er, nun Ehrenbürger von Brake, kommt von seiner Kindheit in jener Stadt nicht los. Kindheit und Alter durchdringen einander wie frühe und späte Strophen.

Mein Kopf hat ein Kind geboren,
Einen vollen Kürbis – wer will ihn kaufen?
Es sitzen darin die Kerne der Weisheit
Noch ungezuckert.

Mein Herz hat den Schwan geboren.
Krachend Gefieder hebt sich zur Lampe.
Sein schwarzes Auge blickt klug und streng
Beim Schreiben der Verse.

Ein spätes Gedicht beginnt so:

Die letzten tauben Jahre,
Die nimmt ihm niemand ab;
Sie sind die sonderbare
Verneblung vor dem Grab . . .

Wieviel Besessenheit gehört dazu, ein Leben lang daran festzuhalten, daß die ungereimte Welt sich reimen läßt! Wieviel Kühnheit und Geduld erfordert der Versuch, gegen die Kälte der Welt anzutreten, die Welt mit dem Hauch von Gedichten zu erwärmen! Jedes Gedicht stellt den Dichter von neuem auf die Probe. Daß er ein Meister ist, ändert nichts daran. Immer wieder müssen die Worte gewogen, abgehorcht werden, ehe sie an ihrem endgültigen Platz zu stehen kommen. Wann wird er mit ihnen im reinen sein?

Wo kleine Terrakotten
Im gelben Laubfall stehn –
Wirst du den Regen spotten
Lassen und weitergehn?

Wo braune Terrakotten
Im kahlen Zweigicht stehn,
Will ich den Regen spotten
Lassen und näher gehn?

Wo braune Terrakotten
Im leeren Garten stehn,
Soll ich den Regen spotten
Lassen und weitergehn?

Wo braune Terrakotten
Zu dritt im Zweigicht stehn,
Hebt Regen an zu spotten
Und heißt uns weitergehn . . .

(1965)

Am Grab eines Dichters

Wir, die wir das Werk Georg von der Vrings lieben, glauben zu wissen, was für einen Dichter wir verloren haben. In einer Zeit, in der sich das Verseschreiben immer weiter von seinen Ursprüngen entfernt, immer entschiedener vom Dauerhaften und Widerstandsfähigen abkehrt, verkörperte Georg von der Vring den Poeten in reiner Form.
Ein Poet ist ein Mann, für den die Welt zu jeder Tages- und Nachtzeit aus nichts als reimbarer, bittersüßer Sprache zu bestehen scheint. Das ist jemand, der von seinen Gedichten sagen kann: »Gut oder schlecht, mein Leben hängt daran, es ist das Beste, was ich gemacht habe, und viel anderes habe ich überhaupt nicht gemacht.«
Ja, auf seine Gedichte konnte er pochen. Sie sind die poetischsten, die in den letzten Jahrzehnten bei uns entstanden sind: musikalisch wie Arien, leicht und rein in die Luft gesungen, vollkommen kunstvoll und natürlich, ein Wunder.
Wie wenig aber wissen wir davon, was es heißt, sein ganzes Leben dranzusetzen an ein paar Bücher mit Versen! Wie ungeschützt und einsam muß ein solches Leben verlaufen – auch wenn es von großer Liebe nächster und ferner Menschen mitgetragen wird –, damit in seltenen Momenten dieses Wunder,

der die Zeit überspielende Vers, gelingen kann! Gedichte kommen aus Wunden. Um Bilder aufleuchten zu sehen, muß man lange ins Dunkel blicken. Und man muß weiter nach Worten suchen, auch auf die Gefahr hin, daß sie vergeblich sind. Den Mut, so zu leben, hat Georg von der Vring immer wieder aufgebracht.
Daß er mit achtundsiebzig Jahren das Ende seiner Kraft und Geduld erfahren mußte, erschüttert uns. Jeremias, der gewaltig Klagende, fragt in einem seiner Verse:
»Warum währt doch unser Schmerz so lange und unsere Wunden sind so sehr böse, daß sie niemand heilen kann?«
Keine unserer menschlichen Antworten reicht aus.
Doch wenn Dichter auch verstummen: der Tod behält nicht das letzte Wort.

(Brake, 8. März 1968)

Vier Interpretationen

Georg Britting

Das weiße Bett

Die Spur im Schnee, ich kann sie nicht lesen, wie
Es wohl ein Jäger könnte, ein Bauer auch:
Sie läuft zum Walde hin, der dunkel,
Jenseits des Baches, das Wild verheimlicht.

Das weiße Feld, ein reinliches Linnen, glatt
Gespannt, ein frisch bezogenes Bett, das grad
Die Magd mit flinker Hand gerichtet,
Gilt den Verfolgten nicht sichre Zuflucht.

Der rauhe Wald, das dornige Dickicht, scheint
Den schnöd Gehetzten besserer Aufenthalt:
Aus weißem Bette holn die Jäger,
Holen die Häscher sich gern ihr Opfer.

Jagdszene aus Oberbayern

Dieses Gedicht stammt aus dem Nachlaß Brittings. Es ist aber kein beiseite gelegtes, kein Nebenprodukt. Der Dichter selbst hat es noch für einen geplanten Band bestimmt. Britting gilt allgemein als deftiger Bajuware und Barocknatur. Wenige sind bisher auf seine feineren Züge gestoßen, beispielsweise auf die des »Römers« Britting. Ein beträchtlicher Teil seiner Gedichte ist in antiken Versmaßen geschrieben. Britting war ein ausgezeichneter Metriker. Römisch an seiner Poesie finde ich nicht bloß die künstlerische Strenge, sondern auch die Knappheit des Duktus, das Virile, Beherrschte, den kritischen Unterton.
Immerhin, »Das weiße Bett« könnte man auf den ersten Blick fast für ein Gedicht in freien Versen halten; es wirkt ungezwungen. Dabei setzt es sich – um ganz genau zu sein – aus drei alkäischen Strophen zusammen, von denen jede mit zwei elfsilbigen Versen eröffnet wird, worauf dann ein neunsilbiger und ein zehnsilbiger Vers folgen. Die Gewichtsverteilung, das Setzen der Zäsuren ist kunstvoll; man beachte, wie die beiden Daktylen am Schluß der ersten beiden Verse und die am Anfang des vierten einander aufwiegen. Doch genug von Finessen! Junge Kollegen vom Fach halten sie heute für unerhebliche Tifteleien; ich muß hinzufügen: in Westdeutschland. In der DDR wird streng darauf gesehen, daß Nachwuchslyriker über die Grundlagen ihrer Kunst, wozu man auch die Verslehre rechnet, Bescheid wissen. Doch zurück zu unserem Gedicht.
Keine problematische Sache, nein, bloß ein Jahreszeitenbild, eine Winterlandschaft, ein Stück Naturlyrik. Nur im ersten Vers taucht ein Ich auf: jemand, der eine Spur im Schnee entdeckt, die er nicht lesen kann. Was sich daran anknüpft, wird »objektiviert«. Die Dinge müssen für sich selber sprechen. Hier machen Wald und Feld deutlich, wodurch sie sich unterscheiden. Nicht »an sich«, sondern, ganz unmißverständlich, für einen, der fliehen muß.
Das Gedicht hat von vornherein nichts Idyllisches. Ihm geht es um Jäger und Gejagte. Genauer: Es warnt sogar vor der Anziehungskraft des Idyllischen, bequem Schönen, das uns einlullen

kann. Das weiße Feld: ein frisch bezogenes Bett! Wer gejagt wird, nimmt lieber den rauhen Wald, das dornige Dickicht in Kauf. Kaum haben wir uns auf die alte List der Verfolgten wieder besonnen, sehen wir uns mit einem pointiert politischen, zeitgemäßen Schlußbild konfrontiert: die Geheimpolizisten sind da, die ihre Opfer gern im Bett überraschen.

Das alles wird ruhig und gleichmäßig hingesprochen, ein Bild ergibt das andere, zielstrebig geht es vorwärts. Wer so konstatiert, nimmt nicht den kürzesten Weg, aber einen kurzen. Obgleich Britting von einer ländlichen Szenerie ausgeht, hat sein Wortlaut nichts bodenständig Schwerfälliges. Im Gegenteil, eine unauffällige Eleganz in der Sprach- und Versbehandlung macht sich geltend: eine, die sich durch Beherrschung der Mittel einstellt. Ich schreibe das Wort *meisterhaft* hin, auch wenn man es heute nicht mag. Jedenfalls, hier braucht einer nicht großzutun, weil er es jetzt im Handgelenk hat.

Ich glaube, dieses Gedicht zeigt deutlich, wie oberflächlich diejenigen urteilen, die unsere Naturlyrik der zwanziger bis fünfziger Jahre pauschal als harmlos hinstellen. Andererseits freilich sollte man nicht vergessen: Was Britting der Welt an Sinn abgewinnt, bleibt bis zuletzt rein von allen weltanschaulichen Beimischungen. Nie kommt es aufdringlich daher. Ein Mann wie er weiß, was er weiß, ist aber kein Besserwisser. Seine Erkenntnis ist eingewebt in die Bilder seiner Gedichte, sie kann nicht als Reflexion herausgelöst und für sich genommen werden. Wer das versucht, zerstört das Gewebe des Gedichts.

(1975)

Georg von der Vring

Cap de Bonne-Espérance

Am Kap da steht ein Häuschen
Zu täglichem Gebrauch,
Da wohnen keine Mäuschen
Und keine Ratten auch.

Das Häuschen, schief und putzig,
Von Splittern ganz durchsiebt,
Erlauf ich und benutz ich,
So oft es mir beliebt.

Ich sitze da und spähe
Bequem durch jede Wand:
Geschütze in der Nähe
Und tief verschneites Land.

Und sitze da ganz eilig
Im windigen Privé
Und schaue hundertteilig
Die Hoffnung und den Schnee.

Die Hoffnung geht in Scherben.
Dreckerde fliegt und Schnee.
O Sterben und Verderben
Im windigen Privé!

Ein Soldatenlied

Über den Zweiten Weltkrieg gibt es vergleichsweise wenige deutsche Gedichte und kaum welche von Rang. Den Ersten Weltkrieg findet man in sehr vielen wieder. Freilich, Trakls »Grodek« ist und bleibt eine Ausnahme.

Singulär, wenngleich auf viel bescheidenere Weise, finde ich auch »Cap de Bonne-Espérance«. Ich will zu erklären versuchen, warum.

Das Gedicht fängt geradezu harmlos an, mit dem Reim Häuschen – Mäuschen, wie für Kinder geschrieben. Die Sache ist auch so einfach, daß jedes Kind sie versteht. Und doch fragt man sich nach dem ersten Lesen verblüfft, ob man richtig gelesen hat. Kein Zweifel: Hier äußert sich ein Soldat über das Verrichten seiner Notdurft an der Front.

Nichts Erhabenes also über das so gern als ehernes Schicksal verbrämte Faktum des Völkermords, keine finstere Klage über Greueltaten, kein Hohn auf patriotische Borniertheit. Nur die mit märchenhaft einfachen Worten, beinahe wie hingesummten, wiedergegebene Verfassung eines einzelnen Soldaten, der froh ist, wenn er sich in Ruhe entlasten darf. In Ruhe? Sitzt er nicht auf seinem Abtritt »ganz eilig«? Werfen einschlagende Granaten rings um ihn her nicht Dreckerde auf? Nein, selbst sein kurzes Aufatmen hier ist eine Illusion. Cap de Bonne-Espérance – ach, bloß ein Landserwitz. Er sagt es unumwunden: »Die Hoffnung geht in Scherben.«

Längst gehört es ja zum guten Ton, keinen zu haben. (Freuds Satz, der Verlust der Scham sei das erste Zeichen beginnenden Schwachsinns, hat offenbar kaum einen nachdenklich gemacht.) Von der Vring bringt jedenfalls das Kunststück fertig, die seinerzeit noch zu den Tabus zählende Defäkation als Motiv für ein Gedicht heranzuziehen und dies so zu behandeln, daß wir auch nicht einen Augenblick das Gefühl haben, hier prahle jemand mit seiner Schamlosigkeit. Eine zierliche, traumsichere Ironie führt von einem Wort zum andern. Das Hübsche, ja Niedliche in den beiden ersten Strophen wird auch nicht plötzlich mit Schreckensbildern zusammengebracht; ein solcher Autor kann auf billige Schocks verzichten. Doch gerade dadurch, daß er nur das allernötigste Aufheben von der lebensgefährlichen Nähe der Hauptkampflinie macht, von den Gewalthandlungen, vor denen Wände nicht schützen, überträgt er auf uns sein Erschrecken.

Sterben und Verderben. Auch dieser Binnenreim noch liedhaft, das Unabänderliche des nackten biologischen Todes zunächst mildernd. Dafür aber ruft er Assoziationen wach, die tief in die Geschichte zurückreichen. Von Menschen sagen wir heute nicht mehr: Sie verdarben. Doch in Zeugnissen des Barock, ja schon des Mittelalters stößt man auf diese Wendung. Ein elendes, sinnloses Sterben war damit gemeint. Durch ein einziges Wort wird also aus einem Krieg die Kette von Kriegen, kommen zu der Angst dieses Einen die Ängste unzähliger Umgebrachter hinzu.

Obwohl das Gedicht ausgereimt ist, wird der Reime wegen die Sprache nirgends gedrechselt. Die Poesie liegt an der Oberfläche. »Tief verschneites Land« kann jeder sagen – und doch, wie wirkt es hier im Kontext! Wunderbar ist freilich der Einfall, die Beobachtung eines Schneetreibens so zu formulieren: »Und schaue hundertteilig / Die Hoffnung und den Schnee.« Schließlich der Kunstgriff, »Schnee« auf »Privé« zu reimen. »Privé« ist das französische Wort für »Abtritt«. Man kann ein solches Vorgehen verächtlich »dezent« nennen. Dennoch, trotz aller Zurückhaltung und Zartheit, wird hier etwa Eichs zwanzig Jahre später geschriebenes, durch ein Hölderlinzitat »literarisiertes« Latrinengedicht an Härte übertroffen, wird die Wahrheit nicht um ein Jota verkürzt.

(1975)

Wulf Kirsten

grabschrift
für meinen großvater
Gustav Moritz Leberecht Kirsten (1873–1907)

ein handwerksbursche aus Sachsen
unterwegs nach Berlin
mit zwei talern im hosenbund.
gegenläufig der frost,
eben noch laubscherer,
der wird seiner habhaft,
legt sich ins mittel,
fährt mit der rauhbank
waldkundig unter den sternorten
im winterdunkel hin,
heftet dem schläfer die mürben sohlen
fest an den Walterschen forst
vor Teltow in der Mark,
maßregelt leib und leben
unterm bettelmantel,
nimmt noch zu protokoll das stiefelmaß,
ruht jäh auf einer silbe,
erwartet so die sprachfindung
des amtsvorstehers von Groß-Beeren.

Der Großvater eines Dichters

Wulf Kirsten (geboren 1934 in Klipphausen, Kreis Meißen) gehört in der DDR zu den begabtesten Lyrikern der mittleren Generation, also zu Reiner Kunze, Sarah Kirsch, Volker Braun, hat aber später als diese angefangen zu veröffentlichen. Die Bundesrepublik muß ihn erst noch entdecken. Hier möchte ich etwas zu Kirstens »Grabschrift« sagen, einem seiner schönsten Gedichte.

Die »Grabschrift« gilt seinem Großvater, der nur 34 Jahre alt wurde. Wenn wir das Gedicht für bare Münze nehmen – und das sollten wir, meine ich –, dann ist der Großvater des Autors ein Handwerksbursche aus Sachsen gewesen, der sich eines Tages »mit zwei talern im hosenbund« auf den Weg nach Berlin gemacht hat, dort aber nicht angekommen ist. Warum nicht? Nun, vermutlich ist er zu spät im Jahr aufgebrochen, in den dunklen Winter geraten und dann an seinem Gegenspieler, dem Frost, gescheitert.

Der Frost tritt buchstäblich ins Bild. Keineswegs als das leutselige »Väterchen Frost«, als Weihnachtsmann, sondern als eine Gestalt von schneidender Kälte. Bei Kirsten hat diese Naturerscheinung etwas Magisches, kein Wort über Celsiusgrade, leibhaftig sieht man den »Laubscherer« vor sich: nun Widerpart eines armen Schluckers, der, »auf der Walz«, nicht genug zu essen hat und mit den Zähnen klappert.

Der Frost als Täter. Er wird tätlich. Deswegen charakterisiert ihn der Schreiber des Gedichts mit Tätigkeitswörtern. Ungebräuchliche, ja geraunte Wendungen kommen zustande: der Frost packt den Burschen, »wird seiner habhaft, / legt sich ins mittel, / fährt mit der rauhbank / waldkundig unter den Sternorten / im winterdunkel hin . . . maßregelt leib und leben« usw. Gerade daß das Gedicht nicht »ausgeschrieben« ist, einiges im Dunkeln bleibt, kommt ihm zugute.

Denn was hier vorgeht, läuft schließlich auf den Tod durch Entbehrung und Erschöpfung hinaus. Es ist von Halluzinationen begleitet. Mitten »im Walterschen forst / vor Teltow in der Mark« kann der Mann nicht weiter, bleibt im Schnee stecken.

Was nützt ihm sein »Bettelmantel«? Er schläft ein, um zu erfrieren. Eine Weile sieht man noch die Stapfen seiner Stiefel und das Bündel Kleider im Schnee. Der Frost kommentiert seinen Sieg einsilbig: »Tot!« Welche Wörter aber wird man von Amts wegen benutzen, um den Fall zu den Akten legen zu können?

Kirsten hat die düstere Geschichte in einem hellen Ton erzählt. Keine Larmoyanz. Keine große Klage. Der Enkel kann den Großvater nicht mehr gekannt haben, lang liegt die Sache zurück, fast schon ein Märchen. So schlägt Kirsten also diesen hellen Märchenton an, der zwar manches dunkel läßt, aber das Sterben des armen Mannes für nicht weniger beschreibenswert hält als das des reichen. Ganz zart ist die Ironie, eigentlich spüren wir sie erst am Schluß, wo deutlich wird, daß das Epitaph auf einen Handwerksburschen zugleich auch eines auf den Großvater eines Dichters ist. Denn Sprache hat das letzte Wort. Gibt es angemessene Worte für das Sterben, den Tod? Mit Sicherheit ist es nicht die Amtssprache, die uns die »Letzten Dinge« ins Bewußtsein rufen kann. Aber vielleicht ein Gedicht, das die Fragen offen läßt? Vielleicht dieses hier?

(1976)

Christine Busta

Signale

Damals, um zwei Uhr nachts
im Bahnhof von Nürnberg:

niemand stieg aus oder zu,
man hat nur die Post verladen,
Botschaft von Schläfern für Schläfer.

Zwischen Gleisen und Weichen
eine verirrte Grille
schrie und schrillte und schrie.

Wodurch mir Christine Busta schon früh auffiel, ist ihre Unbeirrbarkeit gewesen. Gewiß, damit kann man es sich leicht machen, einfach nicht nach rechts und links sehen, nichts von dem, was sich verändert, zur Kenntnis nehmen, allen Fragen und Irritationen ausweichen. Doch was wäre das für ein Lyriker, der sich so ängstlich oder so ungerührt verhielte! Christine Busta hat die Entwicklungen, Moden, Trends sehr wohl verfolgt, aber ihr Talent nicht hierhin und dorthin gehetzt, sondern an sich selbst weitergearbeitet.
Jetzt gelingen der sechzigjährigen Wienerin Gebilde von großer Schlichtheit und Ausgewogenheit. Dabei sind sie alles andere als wohltemperiert. Eines der Gedichte, das »Signale« heißt, kann als Beispiel dienen. Die Busta begnügt sich hier mit ganzen acht Versen, die in drei Strophen gegliedert sind. Kein Reim, kein Metrum, allenfalls ein Anklang von Daktylen – dennoch der Eindruck von etwas Festgefügtem, das durch Satzbau und Semantik strukturiert ist.

Damals, um zwei Uhr nachts
im Bahnhof von Nürnberg:

Der Auftakt des Gedichts scheint zunächst nichts weiter als eine Orts- und Zeitangabe, aber mit dem Stabreim »nachts« und »Nürnberg« schlagen die beiden Verse einen Ton an, der merkwürdig beklommen macht. Obwohl nächtliches Reisen für viele zur Selbstverständlichkeit geworden ist, kann uns bei einem Blick durchs Zugfenster in eine halbdunkle leere Bahnhofshalle nach Mitternacht plötzlich unsere Vereinzelung zu Bewußtsein kommen, bis zur Bangigkeit. Wie verloren jene wenigen, die dem Schlaf nicht nachgeben; wie riesig ihnen gegenüber die Zahl derer, die sich zwischen ihren Bettpfosten ausgestreckt haben, wie betäubt daliegen!

Niemand stieg aus oder zu,
man hat nur die Post verladen . . .

Während wir die nächtlichen Bilder von Öde, Vereinzelung, Ungeschütztheit noch auf uns wirken lassen, Menschenleere in ihrer Tristheit bis in die Eingeweide empfinden, nimmt das Gedicht eine Wendung, indem es uns eine neue, eine »poetische« Einsicht eröffnet. Das ab- und zugeladene Postgut »entpuppt« sich als

Botschaft von Schläfern für Schläfer.

Jetzt, spüren wir, ist nicht länger mehr von zufällig Wachenden und zufällig Schlafenden die Rede; Wachen und Schlafen erscheinen als diametrale, äußerste Zustände des Bewußtseins. Menschen können sich auch tagsüber wie Schläfer verhalten, so dahindämmern, während umgekehrt andere, immer hellwach, selbst nachts kaum Schlaf finden.

Eine verirrte Grille
schrie, schrillte und schrie.

So wird ein einzelnes Insekt zum Inbild. Der Schmerz der Schlaflosigkeit und der Schmerz über das, was schlaflos macht, geht in diesem feinen hartnäckigen Schreien ineinander über. Doch da das Gedicht »Signale« heißt, sollten wir auch an das Wachen aus Wachsamkeit denken. Grillengesang ist nicht wohltuend, eher schrill, alarmierend. Vielleicht ein Warnsignal? »Einer muß wachen«, heißt es bei Kafka, »einer muß da sein.« Es ist der, der uns warnen kann, wenn wir schlafen. Und sollten wir wach sein wie er, mitten in der Nacht, so wird uns der Ton seiner Stimme bedeuten, daß wir nicht allein sind.

(1976)

Karl Krolow – sechzig Jahre

Es gehört ziemlich viel Glück dazu, wenn es ein deutschschreibender Lyriker zu Lebzeiten schafft, seine »Gesammelten Gedichte« vorzulegen. Ein solcher Band erschien von Karl Krolow anläßlich seines 50. Geburtstages. Jetzt, da der Autor eben sechzig geworden ist, bringt der Suhrkamp Verlag Krolows »Gesammelte Gedichte II« heraus. Das ist nun wirklich erstaunlich. Ich meine nicht nur die Generosität des Verlages (vier Fünftel der Gedichte kann man ja in Einzelbänden kaufen), sondern vor allem die außerordentliche Produktivität, Widerständigkeit und Unbeirrbarkeit dieses Mannes, der seit mindestens dreißig Jahren ohne Unterbrechung jährlich annähernd ein halbes hundert Gedichte schreibt. Man muß schon bis zu Brecht oder Rilke zurückgehen, wenn man einen deutschen Lyriker von Rang namhaft machen will, der eine derartige Fülle poetischer Texte hervorgebracht hat.

Zwischen Band I und Band II liegt keine Zäsur. Sowohl die letzten Gedichte aus der ersten als auch die ersten aus der neuen Sammlung sind den »Landschaften für mich« (entstanden zwischen 1962 und 1965) entnommen. Es folgen die »Alltäglichen Gedichte« (1968), »Nichts weiter als Leben« (1970), »Zeitvergehen« (1972) und mehr als fünfzig ungedruckte Gedichte aus allerletzter Zeit.

Natürlich gibt es keine Reime mehr. Das kommt der Homogenität des zweiten Bandes zugute. In seinem Buch »Minuten-Aufzeichnungen« hat Krolow an zahlreichen Stellen zu definieren versucht, was ihm als *Ideal* heutiger Lyrik vorschwebt. Der Wortlaut soll »Hand und Fuß« haben, möglichst einfach sein. Krolow schätzt »haltbare Sätze . . ., die sich nicht aufhalten bei Nebensätzen, die vielmehr zur Sache, zum Vorgang kommen, den sie wiedergeben wollen«. Dieses knappe, unaufdringliche Sprechen verwirklicht der Dichter zunächst mit großer Konsequenz. Mag es bis zu Monotonie, ja Tonlosigkeit führen – warum nicht? Wenn es sich nur identisch erweist mit dem, was einen Augenblick lang als unmißverständlich eingeleuchtet hat. Krolow nimmt sich selbst beim Wort. Der »Traum von kurzen Sätzen« wird im gleichnamigen Gedicht zum Faktum.

Wir wissen, daß das halblaute, gleichmäßige Vor-sich-hin-Sprechen von langer Hand vorbereitet wurde. Nun aber, da wir sehen, wie sehr sich die Wörter rar machen, kommt uns zu Bewußtsein, daß auch der Blickwinkel des Mannes, der sie benutzt, schmaler und schmaler geworden ist. Krolow begnügt sich jetzt mit dem Nächsten, Alltäglichen. Er notiert nur noch solche Einzelheiten, die seiner kargen Weise, deutsch zu reden, völlig entsprechen. Oder ist es umgekehrt? Bringt nicht die ungebrochene Wahrnehmung von »Rose, Brot, Tisch, Bett, Zimmer, Mann, Frau, Finger, Hand« jene Prosa der Poesie hervor, die für Krolow typisch geworden ist?

Die meisten Stichworte liefert das Wetter. Es gehört zum Alltäglichsten, worüber wir reden. Einen schönen Tag loben, Krieg mit dem Winter führen: das ist also ein Gedicht wert, doch ebenso das Stehen und Beobachten am Fenster, das Überqueren der Straße, Händewaschen, Durst und Müdigkeit, die Art, jemanden zu lieben, Gelächter, gemeinsame Reisen, Gedanken über die, die an der Macht sind und sich hinter dem Begriff Staatsgewalt verschanzen, ja alle jene einfachen Kunststücke, die wir fertigbringen, um zu leben, haben bei Krolow eine Chance.

Für das Concetto mit seinen phantastischen Bildschnitten ist in solchen Gedichten nur noch wenig Platz. Das soll nicht heißen, daß der Autor jetzt »Realist« geworden sei. Der Alltag kann sich bei ihm noch immer von einem Wort zum andern in etwas Unerhörtes verwandeln. Doch mit einem um jeden Preis unauffälligen Wortlaut vertragen sich Metaphern schlecht, die wie Raketen in die Luft gehen. Schon von der Sprache her wird also der Phantasie ein Riegel vorgeschoben. Die schönen Halluzinationen geraten mehr und mehr ins Hintertreffen.

Schon in »Nichts weiter als Leben« schränkt Krolow allerdings das kurz angebundene Sagen ein, er bevorzugt nun weitläufige Perioden, baut Gedichte von 17 und mehr Versen aus einem einzigen Satz. Seine Lyrik, die mit zunehmendem Lakonismus immer statischer wurde, gerät wieder in Bewegung, holt rhyth-

misch aus, kommt zu Atem. Und noch etwas wird in dieser Phase deutlich: die Person des Lyrikers rückt allmählich in den Vordergrund. »Krolow«: das ist nicht mehr der Name für jemanden, der in einer bestimmten Weise trocken graziöse Verse geschrieben hat, hinter denen er verschwinden konnte –: das ist jetzt ein Kennwort für etwas durch und durch Leibhaftiges, für diesen und keinen anderen.
Ja, das Leibhaftige der Person, buchstäblich: der eigene Körper, wird immer mehr zum Angelpunkt der Gedichte. Dabei wird der seit den »Alltäglichen Gedichten« vorherrschende ironische Unterton weiterhin beibehalten: eine Art von lyrischem *small talk*.

Immer dasselbe Lied –
nur so. Ich lebe.
Diese kurze Melodie.

»Ich lebe« kommt dem Autor zu Bewußtsein, wenn er schreibt. Mit tagtäglichem Verwundern oder Staunen registriert er es. Denn Zeitvergehen bedeutet ja nicht nur, daß jeder Augenblick, sobald wir seiner innewerden, schon an uns vorüber ist; wir erfahren auch, daß sich die Zeit an uns vergeht: »das Delikt der Zeit«. Langsam, gründlich zerstört sie uns. Zeitvergehen ist also, unumwunden, »das Herannahen des Todes«.
Tod – ein Wort, das nun weithin sichtbar zu Wort kommt. Krolow kann mit ihm spielerisch, spöttisch umgehen, wie zum Zeitvertreib. Plötzlich ist es zum Erschrecken: Ja, ein Zeit-Vertreiber ist er, er, der uns am Ende keine Zeit mehr läßt. Totsein = keine Zeit haben.
Aber noch gilt das »Durchhalten in einer bestimmten Sache« – auch wenn die Resignation stark und oft vom »Genughaben« zu hören ist. Wirklich, es kann durchaus noch ein Vergnügen sein: »Sich aufrecht halten / und Vernunft üben.« Krolow zügelt seine Phantasie immer mehr mit dieser Vernunft. Sie erscheint in Gestalt des Understatements, der Lässigkeit, des Kein-Aufhebens-Machens. Ein Korrektiv also, das sich die Einbildungskraft gefallen lassen muß, wenn sie weiterhin im

Spiel bleiben möchte. Manchmal ist die Phantasie noch so stark, daß sie die Vernunft einfach mitreißt:

Dieser Baum. Ich warf
einen Stein nach ihm.
Er kam nicht zurück.
Ich bestieg ihn langsam
und verirrte mich
in einem fernen Land.

Besonders bei den »Landschaftszitaten«, mit denen der Autor an seine früheren Naturgedichte erinnert, kommt es zu solchen Überraschungen, in denen sich die Realität in etwas zauberhaft Leuchtendes auflöst, um ganz schwerelos zu werden.
Auch in den letzten Aufzeichnungen ist öfter vom Schreiben, von der Arbeit am Gedicht die Rede. Der Gedanke der Rechtfertigung taucht auf. Aber er wird zurückgewiesen, da er womöglich nur Phrasen provoziert.

Wer spricht? Wer schreibt? Laß es
darauf ankommen, trag nur
dein natürliches Haar weiter,
wenn du mich fragst, was ich denke.
Ich bin Linkshänder . . .

Eine ironische Replik; Krolow denkt nicht daran, sich ideologisch festzulegen. Ihm genügt es zu wissen, daß das Geschäft des Schreibens ein unblutiges ist. Schon damit kann es sich rechtfertigen gegenüber all jenen Tätigkeiten, bei denen Menschen malträtiert werden. Und hat es nicht etwas Utopisches? Wer schreibt, hofft, daß er gelesen wird. Er schreibt für einen Augenblick, der erst kommt. Er hält sich die Zukunft offen.

(1975)

Peter Huchel – siebzig Jahre

Im vergangenen Jahr hat der jetzt 70jährige Peter Huchel sein drittes Buch Verse veröffentlicht. Weitere Bücher von ihm gibt es nicht. Dabei ist er wunderbarerweise nie etwas anderes als Schriftsteller gewesen – mit Ausnahme jener dreizehn Jahre, in denen er die literarische Vierteljahresschrift »Sinn und Form« redigierte. Huchel stammt aus der Mark Brandenburg und hat sich zeit seines Lebens in und bei Berlin zu Hause gefühlt. Kein leichtes Leben zuletzt. 1963 zog er sich von seinem Redakteursposten zurück, da seine Vorstellungen von Literatur mit den von der SED ausgegebenen Parolen immer häufiger kollidierten. Eine Zeit der Verfemung und vollständigen Isolation folgte. Erst 1971 ließ man ihn aus der DDR ausreisen. Nach einem längeren Rom-Aufenthalt wurde er jetzt bei Freiburg im Breisgau ansässig.

Seit seinen frühesten Gedichten ist Huchel das, was man bei uns einen Naturlyriker nennt. Jeder weiß, daß diese Naturlyrik in den Augen der Kritik längst ausgespielt hat, ja, daß sie schon gegen Ende der fünfziger Jahre geradezu als hinterwäldlerisch und reaktionär galt. Huchel hat sich davon nicht anfechten lassen, auch nicht von all den Moden, die kamen und gingen. Sein Beharrungsvermögen ist einzigartig. Der Gefahr, sich zu wiederholen oder gar sich selbst zu imitieren, entging er durch eine beständige, wenn auch sachte Verschärfung seines Tons und eine Verfeinerung der Mittel.

Der neue Band führt den Titel »Gezählte Tage« und scheint auf einen Vers von Piontek aus den »Wassermarken« anzuspielen (»Wir leben gezählte Tage«). Es fällt auf, daß sich Huchel vom Reimgedicht, das in seinem letzten Band »Chausseen Chausseen« noch eine beträchtliche Rolle spielte, nun wohl endgültig getrennt hat. Sämtliche neuen Gedichte sind in freier Form geschrieben und schlagen ein und dasselbe Parlando an, das von knappen, gedrungenen Versen rhythmisiert wird. Ihr Duktus ist härter, ihr Geschmack bitterer geworden. Winter herrscht vor. Eine Zeit, die man nicht heil übersteht.

Peter Huchels Naturlyrik ist von Anfang an nicht das gewesen,

was der ironische Antipode dieser Lyrik, Gottfried Benn, bekanntlich ein »Bewispern von Gräsern« nannte. Huchel hat die Natur nie dämonisiert, sondern immer als Jahres-Zeit verstanden, als einen Kreislauf, der im Guten wie Schlechten die Arbeit des Menschen bestimmt. Denn seine Menschen sind Bauern und Tagelöhner, Mägde und Zigeunerinnen, Fischer, Hirten und Holzfäller – ein schwerarbeitendes Volk oder ein armes, widerwillig geduldetes, abhängig vor allem von den »Elementen«. Diesen Leuten, denen selbst die Worte fehlen, leiht Huchel seine Sprache. Und so ist es bis heute geblieben.
Freilich, was einstmals blanke Erfahrung war, das Bewußtsein von Kindheit und Jugend prägend, ist jetzt Erinnerung und kommt in merkwürdigen Gesichten ans Licht. Das Deftige und Berauschende ist einer archaischen Strenge gewichen. Bilder aus dem märkischen Landleben haben sich mit solchen aus dem Alten Testament, der griechischen Antike und mit Erinnerungen an den Ausgang des letzten Krieges sowie die Verfemung des Dichters zusammengeschoben. Hinzu kommen, als hellere Seite, Reiseszenerien vom Mittelmeer. Das alles lebt miteinander ohne Bruch. Beispiele: »Weh der verlorenen / Krone von Ephraim, / der welken Blume / am Messerbalken der Mähmaschine, / der Nacht / auf kalter Tenne.« Oder: »Ich, Aristeas, / als Krähe einem Gott gefolgt, / ich schweife, / vom Traum gerissen, / durch Lorbeerhaine des Nebels . . .«
Bei aller Schärfe und »Richtigkeit« der Bilder hat die Stimme, die sie in Worte faßt, ein Raunen angenommen. Es ist kein orphisches Geraune, eher das Zurücknehmen des Sprechens bis zu einem halblaut beschwörenden, ja prophetischen Klang. Das eigene Leben, verstanden als Zusammenleben mit Menschen und Mächten, wird übersetzt in ein in sich stimmiges poetisch-visionäres Idiom. Worte als Lebenszeichen, Zeichen als Rätsel – darauf läuft es hinaus. Denn unser vieldeutiges Existieren kann nur vieldeutig ausgedrückt werden. Steine, Wurzeln, Disteln, das Ruder, der Pfahl, Feuer, Nebel, Pferde, Krähen, der Fluß, die Reuse, Mond und Wind – mit diesen Urworten bukolischer Poesie zeichnet Huchel auf, was es heißt, heute am Leben zu sein.

Ja, heute. Denn das Bewußtsein des Dichters ist nicht das eines Idyllikers, den die Zeitgeschichte verschont hat oder der sich die Hand vor die Augen hält. Abgesehen von den allerletzten Gedichten des Bandes, die Klartext sprechen, müssen wir aber diese lyrisch reflektierten Bewußtseinsinhalte enträtseln, »rückübersetzen«. Mancher wird vielleicht daran Anstoß nehmen, daß Huchel noch immer mit einem schönen, poetisch »beglaubigten« Wortlaut auszukommen sucht, kaum eine heutige Vokabel zuläßt. Doch ich finde, daß ein Dichter, der seine Grenzen kennt, gut tut, sie zu respektieren. Ein modischer Huchel wäre wahrscheinlich ein Mitläufer. Einer unter vielen.
Störend wirkt gelegentlich nur seine Vorliebe für die Genitiv-Metapher. Kaum ein Gedicht, in dem nicht gleich mehrere zu finden wären. Ähnlich wie der Reim verdient diese überstrapazierte Metaphernform wohl eine gewisse Schonzeit. Huchel scheint davon nicht überzeugt zu sein. Er schreibt: »Das Stigma des Herbstes«, »die Augen der Quelle«, »der Kerker des Sees«, »die Metastasen des Mörtels«, »die Kehle der Einsamkeit« und so fort. Dort jedoch, wo die Genitiv-Metaphern nicht Kunstmittel sind, sondern unmittelbare Anschauung, haben sie allerdings die Frische des ersten Tages: »Pfeilspitzen des Herbstes, Kranichzüge«, »die schmutzige Zehe des Schnees« – großartig geradezu: »Schon in die Nacht gebeugt, / ins eisige Geschirr, / schleppt Hercules / die Kettenegge der Sterne / den nördlichen Himmel hinauf.«
Nicht allein für unsere zeitgenössische Lyrik, sondern für unser literarisches Leben insgesamt ist es hoch zu veranschlagen, daß es einen Mann wie Peter Huchel gibt. So haben wir an ihm ein Vorbild für Mut und Beständigkeit in einem sich nach dem Allerneuesten skrupellos verzehrenden Betrieb. Er zeigt, daß sich dem Modischen widerstehen läßt; daß man ein heutiger Autor sein kann, ohne dem alten Schönen abschwören zu müssen. Freilich, tatkräftig springt dem Werk die Person seines Urhebers bei. Denn niemand wird Huchel sein Charisma absprechen wollen.

(1973)

Pflichtlektüre für junge Verseschreiber

Jüngere Leser werden den 1925 in Augsburg geborenen Wolfgang Bächler kaum kennen. Er hat seit rund zehn Jahren kein Buch mehr veröffentlicht. Doch die Vierzig- bis Fünfzigjährigen müßten sich eigentlich daran erinnern, daß es Bächler war, der sich nach dem Krieg als erster ihrer Generation mit Gedichten einen Namen machte. Er gehörte auch zu den Mitbegründern der »Gruppe 47«. Keine Geringeren als Benn und Thomas Mann bescheinigten ihm Talent. Nach den Anfangserfolgen wurde es aber bald stiller um den Lyriker. In den frühen sechziger Jahren erschienen noch zwei Gedichtbände von ihm, die sich bei der Kritik zwar Respekt verschafften, doch dem Publikum nicht weiter auffielen.

Wer nun Bächlers »Traumprotokolle« liest, dem wird klar, wie schwer es dieser Autor hatte, sich all die Jahre hindurch zu behaupten. Die Protokolle, zwischen 1954 und 1969 entstanden, sind aus therapeutischen Gründen aufgezeichnet worden. Nicht der Schriftsteller, sondern der Patient Bächler ist also ihr Urheber. Man wird sich fragen, ob die nicht als »Literatur« niedergeschriebenen Prosastücke nun als Literatur ausgegeben werden können. Martin Walser, der sich in einem ausgezeichneten Nachwort Gedanken über den Charakter von Traumprosa macht, beantwortet die Frage so:

»Wenn man diese höchsten Traumrealismen liest, denkt man unwillkürlich: keine Kunst, das hat er ja geträumt! Und genau das stimmt nicht. Er hat das nicht mehr geträumt, als ein anderer Autor im wachen Zustand einen Einfall hat. Aber man weiß ja, daß dieser sogenannte Einfall nichts wert ist, wenn er sich nicht im zuständigen Medium realisiert. Bächler hat diese Träume geschrieben! Und wie sie jetzt da stehen, schaurig vollkommen, kann man sagen: er hat Träume zum Stoff für Prosa genommen, und dabei sind unheimliche Sinnbilder herausgekommen.«

Träume zu entschlüsseln ist nach wie vor eine heikle Angelegenheit, trotz oder gerade wegen Freud. Es gibt keinen »objektiv« gültigen Code.

Bei Bächlers Träumen sollten wir uns auch nicht lange darüber aufhalten, was sie bedeuten könnten, sondern registrieren, was sie zeigen. In diesen Nachtbildern ist ein Ich auf der Flucht vor einer unmenschlichen Gesellschaft. Häufig fangen die Stenogramme etwa so an: »Ich liege im Baderaum eines Lazaretts ...« Oder so: »Eine furchtbare Barrasschinderei. Kasernenhofdrill, Strafexerzieren ...« Dann wieder: »Wir sind auf dem Rückzug in einem Dorf ...« Bächler gehört offenbar zu denen, die den Alptraum Krieg nicht verdrängt haben. Auch in scheinbar zivilisierteren Zeiten findet sein Traum-Ich für unser Verhalten bei Tag noch immer Entsprechungen in Szenen nackter Gewalt.

Doch keineswegs wird bei Bächler das Heute stets durch ein furchtbares Gestern anschaulich gemacht. Im Schlaf fällt die »Zensur« fort, ohne Scheu getraut sich das Nacht-Ich beim Namen zu nennen, was das Tag-Ich in den vergangenen zwanzig Jahren gequält, ja wirklich bis in die Träume verfolgt hat. Bächler, der zwischen den politischen Realitäten West und Ost ständig zu vermitteln versuchte, sieht sich scheitern. Traumhaft scharf durchschaut er das rücksichtslose und träge Denken der Machtlosen wie die Schachzüge der Mächtigen. Fast mehr noch als der politische Alltag setzt sich der literarische in Bächlers Traumleben fort. Scharenweise tauchen sie auf: Verleger, Redakteure, Lektoren und Kollegen. Sind sie nur als grotesker Nachtspuk so egoistisch, ausgestattet mit stählernen Ellbogen, so geschmeidig »betriebskonform«? »Ich werde ausgelacht«, heißt es. »Die mich am Anfang begleiteten, weigern sich, mit mir weiter zu gehen.«

Mehr und mehr fühlt sich dieser Traumarbeiter im Stich gelassen, als einsame Randerscheinung, voller Ungewißheit, ob der »Anschluß an das Kollektiv« noch möglich ist. Unbarmherzig zeigen die Träume das Risiko des vogelfreien Schriftstellers in unserer sogenannten Wohlfahrtsgesellschaft. (Eine Pflichtlektüre für alle Zwanzigjährigen, die vom Dichterruhm träumen!)

Aber während Bächler das Elend dessen aufzeichnet, der sich fortgesetzt durch »Leistung« rechtfertigen soll – was ja unser aller Elend ist! –, während er als der Kranke zum Sündenbock für Gesunde wird, gelingen ihm unheimliche Sätze.

»Auf meine Bemerkung: ›Es geht nicht vorwärts‹, höre ich die Antwort: ›Dann geh rückwärts!‹« Eine andere Stelle: »Leih mir Verdammten mal die Rhône!«[1] Nicht ohne weiteres zu vergessen ist die atemlose Aufzählung: »Tau, Fackel, Friedhof ... Strick, Knoten, Kristall.« Und hier wird man nicht umhin können, an Kafka zu denken: »Ich liege in der eigenen Ellenbeuge und presse mir den Atem ab.« Aber auch im Zusammenhang der schmucklosen, bündigen Sätze gelingt Bächler zuweilen Außerordentliches. Man lese nur zur Probe die Träume vom Volksfest (14./15. 6. 54), vom Besuch bei Stalin (20./21. 4. 55) oder von den Versuchen, sich buchstäblich über Wasser zu halten:

»Ich werde von Bord eines Schiffes in einem Sack ins Wasser geworfen. Zum Glück ist der Sack nicht zugeschnürt. Es gelingt mir, ihn im Meer treibend aufzustrampeln, mich aus dem Sack zu befreien und zu einem anderen Schiff zu schwimmen. Die Matrosen ziehen mich an Bord. Doch gleich danach werde ich wieder in einen Sack gezerrt und wieder ins Wasser geworfen. Die Matrosen lachen mich aus. Ich treibe im Meer und habe nur 65,– DM bei mir.« (9./10. 5. 67)

Mehrfach taucht Brecht auf; einmal, als er gerade einen Menschen erschossen hat. Ausgerechnet »einen Arbeiter, einen Proletarier. Ich halte ihm das vor, frage ihn. Er sagt, er hätte den Falschen getroffen. ›Der Richtige stand einen halben Meter daneben.‹«

(1972)

Nachbemerkung 1978

Erfreulicherweise ist es Wolfgang Bächler geglückt, mit seinen »Gedichten aus 30 Jahren« bei Kritikern wie Lesern erneut Beachtung und Anerkennung zu finden.

---

[1] Der junge Schweizer Lyriker A. X. Gwerder nahm sich 1952 durch Freitod in der Rhône das Leben.

Beispielhafte Erzählgedichte

Die moderne Lyrik gilt weithin als Lyrik für Lyriker. Sie sei zugeknöpft, dunkel, narzißtisch, heißt es, eine Sache, die selbst Gutwillige immer wieder vor den Kopf stoße. Ich möchte das keineswegs bestreiten. Es ist die eine Seite. Wie die andere ausschaut, will ich hier andeuten. Am Anfang meiner Arbeit stand der Wunsch, anhand einer Fülle von Material nachzuweisen, daß ein literarischer Totenschein irrtümlich ausgestellt worden ist. Ich dachte an die totgesagte Ballade. Diese lyrische Form soll ja bei uns seit Jahrzehnten angeblich nicht mehr existieren. Dabei ist sie munter wie eh und je am Leben. Wir werden es sehen.

Hier soll also von der deutschen Kunstballade die Rede sein. Ihr Alter wird auf etwa zweihundert Jahre geschätzt, ihre Herkunft aus dem Englischen abgeleitet. Mindestens ebenso wichtig aber wie die alten oder bloß altertümelnden nordischen Vorbilder war für sie unsere einheimische Volkspoesie, die man seit Herders genialer Schatzgräberei überall entdeckte. Mithin reichen die Wurzeln der neueren Ballade hinunter bis zu Lied und Epos, Märchen und Zauberspruch. Ihr Höhepunkt fiel mit dem unserer Dichtung überhaupt zusammen. Was auf die klassischen Beispiele folgte, war nicht Neuansatz, sondern Verästelung, Modifizierung, Feinarbeit. Noch Mörike, an den hier zu denken wäre, schuf herrliche Stücke. Doch schon bei Fontane – für unsere Großeltern der Balladendichter par excellence – machten sich da und dort Mängel bemerkbar. Spätestens seit der Neuromantik schien die Form zu verholzen. Was endlich die Parteibarden Hitlers vorbrachten, konnte nicht mehr ernst genommen werden. Kein Wunder, daß man die Ballade für tot erklärte.

Daß ein solcher Eindruck entstehen konnte, hat aber noch einen weiteren Grund. Ich meine die Definition der Ballade. Sie wurde mit der Zeit immer doktrinärer und phantasieloser vorgenommen. Ließ man in der Ära Goethes noch eine Vielzahl von Sujets gelten, so zog man später die Grenzen enger und enger. Schließlich wurde als »reine« Ballade kaum mehr als die aufgepulverte Geschichtsanekdote anerkannt. Wie die Historienschinken in der Malerei wurden in der Balladendichtung die Räuber- und Ritterstücke für höchste Kunst erklärt. So mußte es kommen, daß man mit dem faschistischen Ruin dieses Genres die Balladendichtung insgesamt für erledigt hielt. Theoretiker und Leser waren sich darin einig.

Die Ballade zu definieren ist schwierig. Von Anfang an scheint sie eine Mischform gewesen zu sein. Bereits bei Goethe heißt es über den Balladendichter: »Er kann lyrisch, episch, dramatisch beginnen und, nach Belieben die Formen wechselnd, fortfahren, zum Ende hineilen, ohne es weit hinauszuschieben.« Von der Ballade selbst behauptet er gar: »Übrigens ließe sich an einer Auswahl solcher Gedichte die ganze Poetik gar wohl vortragen, weil hier die Elemente noch nicht getrennt, sondern wie in einem lebendigen Ur-Ei zusammen sind, das nur bebrütet werden darf, um als herrliches Phänomen auf Goldflügeln in die Lüfte zu steigen.«

Eins ist klar: die Ballade ist ein erzählendes Gedicht. Vom rein Lyrischen hat sie das Liedhafte, den Reim und Refrain; vom Drama das zugespitzt Szenische, den Dialog, das Tempo, die starken Auftritte der Figuren, die Schicksalsmomente; vom Epischen das speziell Novellistische, also die konzentrierte Fabel, das Absonderliche und Geheimnisvolle, das in einer »unerhörten« Pointe gipfelt, die Gradlinigkeit des Vortrags, kurzum: den Erzählton. Von anderen Gedichtarten epischen Charakters – der Idylle zum Beispiel oder dem Landschaftsgedicht – läßt sich die Ballade gut unterscheiden, aber von der Romanze? Früher sind bei uns Ballade und Romanze häufig für ein und dasselbe gehalten worden; im romanischen Sprachbereich, aus dem wir das Wort Romanze entlehnten, kennt man bloß diesen einen Begriff. Man sieht, die Dinge haben ihre Tücken. Doch vom Inhalt her – seinem Gewicht, seiner Farbe – dürften sich die Unterschiede nicht allzu schwer herausarbeiten lassen. Ich halte die Romanze für heller, luftiger als die Ballade. Ihr Geschehen ist weniger geschlossen. Auch scheint mir der Romanzenton im ganzen liedhafter zu sein, der Romanzentext von höherem poetischem Karat.

Wir kennen im Deutschen die Wendung *singen und sagen*. Sie verdeutlicht aufs anschaulichste das Wesen des balladenhaften Gedichts. Genau in der Mitte zwischen Singen und Sagen nämlich ist es zu Hause, ja, man könnte erklären: die Kopula in dieser Wendung, das ist der Kern der Ballade. Auch das hat der unvermeidliche Goethe schon vorweggenommen. Programmatisch intonierte er eine seiner Balladen: »Wir singen und sagen vom Grafen so gern . . .« Dieses Singen müssen wir übrigens ganz wörtlich nehmen. Alles, was zur Volksdichtung gehört, ist einmal gesungen worden. Die anonymen Balladendichter begnügten sich nicht mit dem Text, sondern erfanden auch die Melodie dazu. Noch den großen klassischen Stücken haftet etwas Rhapsodisches, Rezitatives an. So ist es kein Zufall gewesen, daß sich die Komponisten des 19. Jahrhunderts gerade zu den Balladen besonders hingezogen fühlten und viele von ihnen vertonten.
Um den historischen Faden wieder aufzunehmen: der Niedergang der Balladendichtung um die Jahrhundertwende betraf nur bestimmte zu Tode strapazierte Sujets und Techniken. Während man nicht aufhörte, Preußens Gloria zu balladisieren und Naturkatastrophen zu pseudodämonischen Gesängen auszureimen, begannen einige der jungen, revolutionär gesinnten Poeten den alten Kanon zu verwerfen und nach neuen Ausdrucksmöglichkeiten zu tasten. Ich denke an Rilke, der seine lyrische Geschmeidigkeit an erotischen Konstellationen aus dem Alten Testament erprobte, an die großartig archaischen Bilder in den »Hebräischen Balladen« der Lasker-Schüler, ich denke an Georg Heyms finstere kantige Stücke, mit denen er den Helden der Französischen Revolution Denksteine setzte. Selbst der in sich gekehrte Trakl fand neue Töne, etwa in der »Jungen Magd« oder in den auf große Atemstöße gesetzten Prosagesängen.
Je öder die Reimereien der Hofdichter Wilhelms auf traditionsreiche Regimenter, je nichtssagender die Holzschnitte von braven Männern und Weibern aus Vätertagen, desto entschiedener die Abkehr von den literarischen Konventionen bei dem Häuflein der wirklich Begabten.

Der Erste Weltkrieg machte dem platten Heldengesang den Garaus. Die Ernüchterung, die den Überlebenden totenblaß ins Gesicht geschrieben stand, war so allgemein, daß sich unsere Dichter den Hang zur Ballade nur zögernd wieder eingestanden, nach einer Weile aber auf breiter Linie mit neuartigen Versuchen einsetzten. Am eindrucksvollsten trat der junge Brecht hervor. Ihn halte ich für den eigentlichen Erneuerer der Ballade, die wir fortan Erzählgedicht nennen wollen.
Dieses Wort, dem englischen *narrative poem* nachgebildet, möchten wir nicht allein auf die Experimente mit Balladenformen anwenden, vielmehr damit auch alle jene Versuche bezeichnen, die neu auf erzählerischen Elementen aufbauen. Denn ist es schon immer sehr heikel gewesen, die Ballade rigoros von den ihr nahestehenden lyrisch-epischen Mustern zu trennen, so wird es jetzt nahezu unmöglich. Der Bruch mit der Konvention der Ballade bedeutet ein schier unersättliches Aufnehmen und Verarbeiten verschiedenster literarischer – nicht bloß lyrischer – Praktiken. Ernüchterung ist Besinnung auf die Prosa des Lebens. Hier im Erzählgedicht unserer Zeit bezieht man sich nun wortwörtlich auf sie; von der Prosa her kommt man zu folgenreichen poetischen Ergebnissen.
Daß Bert Brecht das epische Theater konstruierte, ist bekannt. Daß er parallel dazu eine epische Lyrik schuf, hat uns, soweit ich sehe, noch niemand klargemacht. Brechts umfangreiches lyrisches Œuvre ist durch und durch episch. Ja, man kann ohne Übertreibung sagen, er habe überhaupt nur Erzählgedichte geschrieben. Bis in seine politischen Lehr- und Propagandaverse hinein ist seine epische »Gesinnung« zu spüren: die Überzeugung von der eminenten Bedeutung der Fabel. Für Brecht war und blieb die Fabel die wichtigste Form der Wahrheitsfindung. Neben ihm haben sich in den zwanziger und dreißiger Jahren – freilich jeder auf höchstpersönliche Weise – Georg Britting, Georg von der Vring, Werner Bergengruen, Anton Schnack, Theodor Kramer, Peter Huchel und viele andere verdient gemacht, auch Gottfried Benn. Der Zusammenbruch im Jahre 1945 fegte die letzten Anachronisten mit ihren Balladen alter Art von der Bildfläche. Der neuen Generation, die nun ihre

Stimme erhob, erschien allein das Wort Ballade so anrüchig, daß sie sich hütete, es in den Mund zu nehmen. Allmählich jedoch kehrte auch bei ihr die Courage wieder, man kam auf die Erzählgedichte der Älteren zu sprechen, machte eigene Versuche, bestärkt von den *narrative poems* der Angelsachsen, den Romanzen der Spanier. Heute gibt es wohl keinen bedeutenden Dichter, der sich nicht mit dem Erzählgedicht beschäftigt hätte. (Die Mehrzahl freilich ist sich dessen kaum bewußt.) Viele der bekannt oder gar berühmt gewordenen Gedichte der zeitgenössischen deutschen Lyrik sind von dieser Art. Ich glaube, aus all diesen Tatsachen ergeben sich für die Gesamtheit unserer Poesie neue Perspektiven und Kriterien, vielleicht sogar Ausblicke in die Zukunft.

Was ist nun ein modernes Erzählgedicht genau? Ich möchte es nicht mit einer Formel aufspießen, sondern nach Möglichkeit anhand von Hinweisen auf Dichter und Gedichte andeuten. Zunächst bleiben Grundelemente der Ballade weiterhin verwendungsfähig. In Brittings Bethlehem-Gedichten etwa sind sie noch am deutlichsten zu erkennen: der kurze, gedrungene Vers, der Chronikton, der sagenhafte Glanz von Pferden und Rüstungen, die geheimnisvolle Geburt. Pure geschichtliche Stoffe finden wir in heutigen Erzählgedichten höchst selten. Auch Brecht zog die Legende der Historie vor, so in seinen unzerstörbaren Versen auf den Emigranten Laotse, wo wir das spezifisch Brechtische sehr rein und vollkommen vor Augen haben. Es ist sein Verdienst, daß er durch den Rückgriff auf den Bänkelsang, aber auch durch seine Vorliebe für den zeitgemäßen Song das balladenhafte Gedicht aus der Versteinerung erlöste, so daß es wieder heftig nach Musik verlangte (und sie erhielt, wo es als Einlage für Brechts Bühnenstücke diente). Der neue Moritatenton wird in verschiedenen Klangfarben hörbar: großstädtisch-ironisch (Kästner), deftig (Zuckmayer), witzig-zärtlich (Ringelnatz), parodistisch (Rühmkorf), absurd, grotesk (Arp und Grass), kaschemmentraurig (Fuchs), politisch (Reinig). Es ist das Gedicht mit dem antibürgerlichen Effet, das Schreck- und Scheuchengedicht, das direkt provozieren

möchte. Die liedhafte Form wird hier noch sehr häufig gewahrt mit Reim, Rhythmus, Refrain.
Ansonsten gilt, daß die Jüngeren ihre Erzählgedichte nicht eben oft liedhaft anlegen. Im Gegenteil, ein Zug zum Ungereimten, zum Parlando setzt sich immer stärker bei ihnen durch. Vielfach tritt an die Stelle des »Ich« ein prosaisch unauffälliges »Er«, das gelegentlich, etwa bei Krolow, durch nichts näher bezeichnet wird, eine anonyme Figur löst den Helden ab, ein Mann ohne Eigenschaften. Weiter wird der erzählende Charakter durch den Gebrauch des Imperfekts unmißverständlich hervorgekehrt. Wo man dennoch auf dem »Ich« und dem Präsens beharrt, trägt man seinen Stoff gern in einem »inneren Monolog« vor (Benn »Gewisse Lebensabende«).
Wir sind an einem wichtigen Punkt angelangt. Die Neuerungen der modernen Epik haben im Erzählgedicht zahlreiche Entsprechungen gefunden. Die Sachlichkeit und Genauigkeit der Berichterstattung, die Hinwendung zum Alltäglichen, die Tendenz, möglichst ohne das große Ach und Oh der Beschwörung auszukommen, das Aussparen des Dramatischen, der negative Held, die Verwerfung der Chronologie: all das, was der moderne Epiker für unumgänglich hält, begegnet uns abermals im Erzählgedicht. Manches Poem wird sich auf den ersten Blick nur durch die Versgliederung von bloßer Prosa abheben. Wer jedoch genauer hinschaut und hinhört, wird nicht umhin können, auch noch im saloppsten Text das Gedicht zu entdecken: am offenen oder versteckten Rhythmus, an der Wortwahl, vor allem aber an der Konzeption, die in jedem Fall poetisch ist. Im Wortlaut zeigt sich ein Stakkato dominierend. Wie die zeitgenössische Lyrik überhaupt, ist auch die Erzähllyrik vorwiegend substantivisch. So grundverschiedene Autoren wie Billinger und Heißenbüttel oder der junge Hoffmann beweisen es im Extrem. Bei ihnen ist das Erzählen zum puren Aufzählen geworden, zu Stichwortreihen, zu additiv aufgeführten Einzelheiten, deren Summe zu ziehen dem Leser vorbehalten bleibt. Überhaupt: die Nutzanwendung, wie man sie einst als Moral von der Geschicht' auch Balladen mitgab, fällt gänzlich aus. Wovon sich die moderne Poesie kühn befreit hat, das wird hier

keineswegs rückgängig gemacht. Daher dürften uns akausale oder alogische Kombinationen nicht weiter überraschen, ebensowenig die aus rein spielerischen Impulsen entstandenen Bildgeschichten mit ihrer Nachbarschaft zum Concetto, dem phantastisch aufblitzenden Pointengedicht. Krolow ist es, der sich auf diesem Feld als der Fortschrittlichste erweist; darin mit Alberti und Neruda übereinstimmend.
Es hat Epochen gegeben, die Phantasie und Poesie für Synonyme hielten. Zuletzt ist es der Surrealismus gewesen. An vielen der neuen Erzählgedichte ließe sich ein stark phantasiebestimmter Zug nachweisen. Selbst in ganz realistische Texte bricht plötzlich das Phantastische ein: durch eine unverhoffte Überblendung, einen waghalsigen »Schnitt«. Zusehends schafft so der Dichter der Bedeutung seiner Dichtung neuen Raum. Dimensionen des Verstehens tun sich auf. Zu einem hemmungslosen Phantasieren aber kommt es nicht. Zuletzt kann das Erzählen auch im freizügigen Gedicht nicht auf Richtung und Ordnung verzichten. Große seitenlange Stücke werden leitmotivisch komponiert, andere nach rondo- oder fugenartigen Gliederungen aufgebaut. Eminente Kunst ist am Werk. Das gilt ebenso für Celans berühmte »Todesfuge« wie für ein kaum bekanntes Gedicht von der Vrings, das »Leuchttürme« heißt und mit knapp zehn Zeilen ein Paradestück neuerer Erzählpoesie darstellt, musterhaft bis in die schwermütige Pointe. Auffallend auch die vielen Kurzgedichte: Zeichen äußerster Konzentration und Beschränkung, wie sie die Zeit liebt, korrespondierend mit der Lakonität der großen ausländischen Erzähldichter Williams, Ungaretti, Follain.
Schließlich: Wovon erzählen die neuen deutschen Erzählgedichte eigentlich? Ich möchte die Frage mit mehreren Beispielen beantworten. Es sind genau zehn Gedichte (in die ich zwei klassische Stücke eingeschmuggelt habe). Jedes von ihnen vertritt eine thematisch besondere Spielart. Ich stelle ihnen jeweils einige Stichworte voran.

I

Brechts »Legende von der Entstehung des Buches Taoteking auf dem Weg des Laotse in die Emigration« ist, wie erwähnt, ein Musterbeispiel für das moderne Erzählgedicht. Es hat zudem den Vorzug, ein großes deutsches Gedicht zu sein – was wohl jedem ins Auge springt. Als Erzählgedicht legitimiert sich der Text durch eine von Anfang an durchgehaltene Fabel. Die Legende von der Entstehung des Taoteking wird nacherzählt, genußvoll in einer breit geschilderten Szene, mit Dialogen zwischen drei Personen, mit Vor- und Nachspiel und einer ironischen Moral.

Bert Brecht berichtet im Chronikstil, mit dem »Holzschnittstichel«, auch mit Anklängen an den Geschichtenerzähler Hebel, doch das Altertümliche ist hier nur ein Mittel, um das Sagenhafte des Vorgangs ohne weiteres vor Augen zu führen. Hinter der Stilisierung (die freilich nicht platt nachahmend, sondern kunstvoll ironisch ist) kommt ein blitzend moderner Geist zu Wort.

Mit Leidenschaft stellt Brecht die Enthüllung der Wahrheit als ein »Produkt der Gesellschaft« dar. Aber er verdirbt das Gedicht nicht durch marxistischen Zungenschlag, vielmehr bringt er es in einem sehr reinen, humanen Ton zum Vortrag. Seine Poesie ist erfüllt von zarter Heiterkeit und Güte. Auch hier zeigt sich wieder der vielgerühmte Dialektiker: die Weisheit ist der Resignation in den Rücken geraten, der Umschlag in die Hoffnung vollzogen.

Legende von der Entstehung des Buches Taoteking
auf dem Weg des Laotse in die Emigration

Als er siebzig war und war gebrechlich
Drängte es den Lehrer doch nach Ruh
Denn die Güte war im Lande wieder einmal schwächlich
Und die Bosheit nahm an Kräften wieder einmal zu.
Und er gürtete den Schuh.

Und er packte ein, was er so brauchte:
Wenig. Doch es wurde dies und das.
So die Pfeife, die er immer abends rauchte
Und das Büchlein, das er immer las.
Weißbrot nach dem Augenmaß.

Freute sich des Tals noch einmal und vergaß es
Als er ins Gebirg den Weg einschlug.
Und sein Ochse freute sich des frischen Grases
Kauend, während er den Alten trug.
Denn dem ging es schnell genug.

Doch am vierten Tag im Felsgesteine
Hat ein Zöllner ihm den Weg verwehrt:
»Kostbarkeiten zu verzollen?« – »Keine.«
Und der Knabe, der den Ochsen führte, sprach: »Er hat gelehrt.«
Und so war auch das erklärt.

Doch der Mann in einer heitren Regung
Fragte noch: »Hat er was rausgekriegt?«
Sprach der Knabe: »Daß das weiche Wasser in Bewegung
Mit der Zeit den mächtigen Stein besiegt.
Du verstehst, das Harte unterliegt.«

Daß er nicht das letzte Tageslicht verlöre
Trieb der Knabe nun den Ochsen an
Und die drei verschwanden schon um eine schwarze Föhre
Da kam plötzlich Fahrt in unsern Mann
Und er schrie: »He du! Halt an!

Was ist das mit diesem Wasser, Alter?«
Hielt der Alte: »Intressiert es dich?«
Sprach der Mann: »Ich bin nur Zollverwalter
Doch wer wen besiegt, das intressiert auch mich.
Wenn du's weißt, dann sprich!

Schreib mir's auf! Diktier es diesem Kinde!
So was nimmt man doch nicht mit sich fort.
Da gibt's doch Papier bei uns und Tinte
Und ein Nachtmahl gibt es auch: ich wohne dort.
Nun, ist das ein Wort?«

Über seine Schulter sah der Alte
Auf den Mann: Flickjoppe. Keine Schuh.
Und die Stirne eine einzige Falte.
Ach, kein Sieger trat da auf ihn zu.
Und er murmelte: »Auch du?«

Eine höfliche Bitte abzuschlagen
War der Alte, wie es schien, zu alt.
Denn er sagte laut: »Die etwas fragen
Die verdienen Antwort.« Sprach der Knabe: »Es wird auch schon kalt.«
»Gut, ein kleiner Aufenthalt.«

Und von seinem Ochsen stieg der Weise
Sieben Tage schrieben sie zu zweit
Und der Zöllner brachte Essen (und er fluchte nur noch leise
Mit den Schmugglern in der ganzen Zeit).
Und dann war's soweit.

Und dem Zöllner händigte der Knabe
Eines Morgens einundachtzig Sprüche ein.
Und mit Dank für eine kleine Reisegabe
Bogen sie um jene Föhre ins Gestein.
Sagt jetzt: kann man höflicher sein?

Aber rühmen wir nicht nur den Weisen
Dessen Name auf dem Buche prangt!
Denn man muß dem Weisen seine Weisheit erst entreißen.
Darum sei der Zöllner auch bedankt:
Er hat sie ihm abverlangt.

2

Das heutige deutsche Erzählgedicht hat Vorläufer. Unter ihnen ein ganz berühmtes, das erste Gedicht Goethes, das uns richtig goethisch vorkommt: »Willkommen und Abschied«. Es entstand während Goethes Studium in Straßburg 1770/71.
Was hier stürmisch, ja atemlos erzählt wird, ist eine Episode aus einer Liebesgeschichte (wir kennen sie alle), richtig erzählt, im Imperfekt, mit »Spannung«, mit Held und Heldin. Der Höhe-

punkt, die eigentliche Liebesszene, wird ausgespart: das ist – wenn man so will – schon ganz modern.
Aber nicht wegen bestimmter Kunstgriffe ist das Gedicht wie am ersten Tag. Dem Ungestüm des Gefühls, das sich mit außerordentlicher Jugendlichkeit und Leuchtkraft Ausdruck verschafft, hat die Zeit nichts anhaben können. Die Sprache ist morgendlich funkelnd, taufrisch. Etwas von den »Tagliedern« des Minnesangs klingt an.

Willkommen und Abschied

Es schlug mein Herz: geschwind zu Pferde!
Es war getan fast eh gedacht.
Der Abend wiegte schon die Erde,
Und an den Bergen hing die Nacht;
Schon stand im Nebelkleid die Eiche,
Ein aufgetürmter Riese, da,
Wo Finsternis aus dem Gesträuche
Mit hundert schwarzen Augen sah.

Der Mond von seinem Wolkenhügel
Sah kläglich aus dem Duft hervor,
Die Winde schwangen leise Flügel,
Umsausten schauerlich mein Ohr;
Die Nacht schuf tausend Ungeheuer,
Doch frisch und fröhlich war mein Mut:
In meinen Adern welches Feuer!
In meinem Herzen welche Glut!

Dich sah ich, und die milde Freude
Floß von dem süßen Blick auf mich;
Ganz war mein Herz an deiner Seite
Und jeder Atemzug für dich.
Ein rosenfarbnes Frühlingswetter
Umgab das liebliche Gesicht,
Und Zärtlichkeit für mich – ihr Götter!
Ich hofft es, ich verdient es nicht!

Doch ach, schon mit der Morgensonne
Verengt der Abschied mir das Herz:

In deinen Küssen welche Wonne!
In deinem Auge welcher Schmerz!
Ich ging, du standst und sahst zur Erden,
Und sahst mir nach mit nassem Blick:
Und doch, welch Glück, geliebt zu werden!
Und lieben, Götter, welch ein Glück!

3

Das nachfolgende Gedicht von Hans-Jürgen Heise, einem sehr beachtlichen lyrischen Talent, hat bald nach seinem Erscheinen ein weites Echo gefunden. Warum?
»Dich« ist als Erzählgedicht von kaum noch überbietbarer Lakonität. In sechs Zeilen wird hier das Schicksal von Millionen Deutschen blitzhaft erhellt. Das geschieht nicht mit der großen Gebärde der Beschwörung, sondern durch einfachstes Erzählen. Es wird Bericht erstattet. Wovon? Von Krieg, Vertreibung, Eisernem Vorhang. Der Autor bringt das alles in seinem Bericht auf die kürzeste Formel. Man spürt, es ist die eigene Leidensgeschichte.
Die Sprache ist bescheiden bis zur Einsilbigkeit. Doch einzig diese zum Äußersten getriebene Verhaltenheit scheint einem so ungeheueren Thema angemessen. Welche Worte sonst sollten dem Elend des geteilten Landes entsprechen? Und darüber hinaus dem staatlichen Terror in aller Welt?
Kein Gefühlsaufwand – und doch ein Gedicht, das insgeheim mit Leidenschaft an die Menschlichkeit appelliert.

Dich

Dich haben sie erschossen
mich vertrieben

Und nun verteidigen sie
mit Gewehren
dein Grab
gegen meine Blumen

4

Wie Brecht greift Hans Egon Holthusen in seiner »Ballade nach Shakespeare« auf einen alten Stoff zurück. Doch er schlägt nicht den naiven Ton eines Kalendererzählers an, nicht einmal zum Schein. Wer es wagt, das Thema Hamlet, eines der größten der Literatur, noch einmal aufzunehmen, der kann es nur tun, indem er – jede Vertraulichkeit vermeidend – zu diesem Thema gebührend Abstand hält.

Holthusen reflektiert das Drama. Das bedeutet zunächst ganz simpel: es wird in seinem Gedicht wie von einem Spiegel zurückgeworfen. Dabei kommt es zur Brechung: Hamlets Geschichte erscheint jetzt auch als Geschichte auf dem Theater. Aber das ist nicht »rein« erzählt, sondern wiederum reflektiert: als Ideenspiel, das auszulegen man nicht müde wird. Um das Balladenhafte dieses sehr kunstvollen Erzählgedichts hervorzukehren, hat sich der Autor der schlichten Liedstrophe bedient. Schwer, schicksalsschwer fallen die Worte. Es weht hier ein harter Wind von weit her – von den Anfängen des Heldenliedes.

Ballade nach Shakespeare

Warum wird Hamlet nimmermehr
Bei seiner Liebsten schlafen?
Sie haben ein Bett, und das Bett ist leer,
Das Schiff hat keinen Hafen.

Ophelia hat sich dargebracht,
Und Hamlet war eingeweiht,
Aber die Zeit ihrer Liebesnacht
War nicht in dieser Zeit.

Er ist nicht fern. Er hat seinen Sitz
Eine Sesselhöhe unter ihr.
Aber sein leidender, stäubender Witz
Ist voller Todesbegier.

Sein Geist, sein schrecklicher Mannesmut,
Schlafraubend, Grimm und Entbehren,

Eine Feuersäule, ein brennendes Blut,
Wie wird er die Bühne verheeren!

Dies alles umstellt ihn: Throne und Stufen,
Spiegel und spanische Wände.
Man hört ihn nach Gespenstern rufen,
Nach Schlaf und Tod und Ende.

Stürzt über Terrassen und Balustraden
Und tut seinem Schwerte Bescheid.
Er schleppt sich ab, mit Toten beladen,
Um nichts als Gerechtigkeit.

Du Schwert, das seinen kühnsten Stoß
Gegen die Hydra der Zeugung führt!
Verdorren muß Ophelias Schoß,
Wenn Hamlet ihn nicht berührt.

Und wenn die Liebe sie selig spricht,
Die Welt muß sich entzwein.
Die Welt in Tod und Tod zerbricht,
Manns Tod und Weibes Schrein.

Ophelias Geist, mit Mohn bestreut,
Geht zu den Nixen und Fischen.
Im Wasser treiben Kranz und Kleid,
Salbei und Wermut, Tod und Zeit
In grenzenlosem Vermischen.

5

Spröd und anmutig zugleich ist das nächste Erzählgedicht. Sehr einfache Vorfälle rufen eine ganze Kindheit wach. Eine Kindheit in Kriegszeiten. Karl Alfred Wolken, der auf der Insel Wangerooge geboren wurde, wird an die eigene gedacht haben. Im Krieg kommen nicht nur die Erwachsenen zu kurz. Der Mangel, an dem alles leidet, bringt selbst die Kinder um ihre anspruchslosen Vergnügungen. Das Kind wächst aus seinen Schuhen; es gibt keine neuen Schuhe. Die Schlittschuhe werden

ihm zu klein; es gibt keine neuen Schlittschuhe. Und hat das Kind endlich beides mühsam ergattert, spielt ihm der Himmel des Krieges einen Streich.
Leicht, spielerisch scheint das hingeschrieben. Doch in Wahrheit: mit welcher Konzentration, welcher Ökonomie! Der zarte poetische Witz, der keine Rührseligkeit aufkommen läßt, die dialektischen Überraschungen verleihen dem Gedicht einen Zauber von großer Eindringlichkeit. So etwas bringt man bloß zustande, wenn man es vorher mit Geduld und Disziplin an sehr vielen Gedichten erprobt hat.

Kriegswinter

Entweder wehte
ein harter Wind
und das Kind hatte
keine Schuhe,
aber Schlittschuhe.

Oder in einem anderen
Winter Schuhe,
doch keine Schlittschuhe.

Oder das Kind
hatte beides in einem
Winter ohne Eis.

6

Michael Guttenbrunner ist Österreicher, Jahrgang 1919. Jene Kindheit, die er realistisch erzählt, ist von Armut und Krieg überschattet. Selbst die bäuerliche Welt, von Städtern gern als Garten Eden verklärt, erscheint hier als bitterböses Idyll, in elendem sozialen Zustand.
Guttenbrunner erlaubt sich jedoch keine klassenkämpferischen Töne, keine ideologische Gestikulation. Er weiß, wie empfindlich Gedichte auf »Tendenz« reagieren. Er vertraut darauf, daß diese finstere Kindheit, wenn sie nur ganz sachlich und wahr-

haftig zu Wort kommt, von selbst zum Himmel schreien wird. Er erlaubt es sich sogar, die Drastik seiner Darstellung hier und da ins leicht Groteske zu steigern, was die Glaubwürdigkeit der Verse noch erhöht. Unsere versierten Elendsschilderer dagegen haben immer nur ein einziges Schwarz auf der Palette.
Das Gedicht ist durch und durch erzählt, scheinbar gelassen, ohne jede Abschweifung. Die Zeilen wirken kantig, die Worte wie Steinbrocken. Es geht eine Erschütterung von ihnen aus, der man sich kaum entziehen kann.

Herkunft

Mein Vater war ein Bauernknecht
aus der hinteren Kraßnitz, die Mutter war
eine Magd aus Dreifaltigkeit
(einem Bergdorf zwischen Gurk und Glan).
Sie wurden in Weitensfeld vorm Altar
zusammengetan. Ein Stall an der Gurk
war ihre Wohnung, es schaute im März
das hohe Wasser zum Fenster herein.
Geboren wie das Osterlamm,
wuchs ich auf wie das Vieh im Grünen,
mich wuschen und kämmten Regen und Wind,
mich summten die Fliegen in Schlaf.
Am Schlachttag versteckte ich mich im Wald,
sie suchten mich mit dem Hund.
Der Vater nannte mich Bubenspott.
Er sprach vom mächtigen Antichrist
und vom Herrn der Welt, der im Beutel sitzt.
Die Mutter sang: Noch schlug kein Stein
dein Händchen blutig. Sie nannte mich ihr Jesulein.
Ich klaubte Steine im Acker aus,
bevor der große Krieg kam.
Noch seh' ich Vater und Mutter im Bett
mit nassen Gesichtern liegen,
noch sehe ich ihn seinen Koffer tragen
zur Bahnstation im Vierzehnerjahr.
Als der Vater zurückkam, erbleichte die Mutter.
Sein schwarzes Holzbein pochte durchs Haus.

Er zitterte wie ein Bettelmann und bat um Schnaps.
Er weinte ein wenig, als er mich sah.
Ich wich zur Tür hinaus.
Sooft einer sagte: Trink nicht so viel!
schrie er sich rot und blau
und trampelte mit dem Holzbein.
Und zornig aß er sein letztes Brot.

7

Die lyrische Groteske, der Bänkelsang waren früher nicht nur Domäne der Volksdichtung. Ein so gebildeter Poet wie Eduard Mörike beispielsweise verstand sich durchaus auf einen guten Spaß. In seinem Gedicht »Der Tambour« finden wir Töne, von denen es nicht weit bis zu den sogenannten Nonsens-Gedichten unserer Arp, Grass und Fuchs ist.

Die Erzählung wird hier zur reinen Phantasmagorie. Der phantasierende Trommler aber äußert ganz materielle Wünsche: Wurst mit Sauerkraut und einen guten Schluck. Mit Augenzwinkern wird davon gesungen, man spürt hinter dem biedermeierlichen Behagen sehr wohl den beißenden Hunger der Soldaten. Doch nur wie einen Hauch. Der spaßhafte Einfall geht dem Dichter über alles, mit Freude am Spiel gibt er ihm sich hin. Und er wäre nicht Mörike, wenn er den handfesten Scherz nicht auch noch graziös zum Schweben brächte.

Das Gedicht schrieb er 1846, also mit 42 Jahren, in Bad Mergentheim, wohin er nach seinem Ausscheiden aus dem Predigeramt gezogen war, um ganz seiner Muße zu leben.

Der Tambour

Wenn meine Mutter hexen könnt,
Da müßt sie mit dem Regiment
Nach Frankreich, überall mit hin,
Und wär die Marketenderin.
Im Lager, wohl um Mitternacht,
Wenn niemand auf ist als die Wacht,
Und alles schnarchet, Roß und Mann,

Vor meiner Trommel säß ich dann:
Die Trommel müßt eine Schüssel sein,
Ein warmes Sauerkraut darein,
Die Schlegel Messer und Gabel,
Ein lange Wurst mein Sabel;
Mein Tschako wär ein Humpen gut,
Den füll ich mit Burgunderblut.
Und weil es mir an Lichte fehlt,
Da scheint der Mond in mein Gezelt;
Scheint er auch auf franzö'sch herein,
Mir fällt doch meine Liebste ein:
Ach weh! Jetzt hat der Spaß ein End!
– Wenn nur meine Mutter hexen könnt!

8

Dem Mörike-Gedicht ist das Erzählgedicht »Jacques der Athlet« verwandt. Sein Verfasser heißt Erich Jansen – ein schon älterer Dichter, der in einer abseits liegenden kleinen Stadt lebt und sich als Lyriker erst auffallend spät zu Wort gemeldet hat. Hier wird nicht eigentlich eine Geschichte erzählt, sondern vermittels einer Szenenbeschreibung vom Leben eines Brauburschen berichtet, dessen »wahres« Leben vielleicht in der Phantasie stattfindet. Es bleibt jedenfalls offen, ob Jacques wirklich mit Bällen jongliert, sich an Ringen emporschwingt oder es nur in seiner Einbildung tut. Gleichviel, in der Welt des Gedichts ist er ein Athlet mit einem Kreis von Bewunderinnen.
Dieses Gedicht hat eine Aura von Humor und Skurrilität. Es ist geradezu musikalisch in seiner Heiterkeit, ein aus der Luft gegriffener und wieder in die Luft geworfener Scherz. Reine Imagination hebt die Schwerkraft des Stoffes auf. Hinter Jacques wird ein größerer Jongleur sichtbar: Erich Jansen.

Jacques der Athlet

Wenn still die Schwungradkugeln
der Maschine stehn,
wie zwei Pupillen, nächtegroß,

und nur der Sudbottich noch singt
in unsrer kleinen Brauerei,
nimmt Jacques der Brauburschund Athlet
das Handtuch mit der Lorelei
und geht –
in seine Kammer.
Er reißt die Fenster auf
und atmet tief
den Abendfrieden zarter Pappelbüsche.

Er will zur Kirmes noch nach Wels.

Gekämmt, gewaschen,
heben ihn die Ringe.
Die Muskeln spielend in die Bälle gehn.
Wie Stahl erglänzt
des Auges Brillantine,
darunter kühn
die Besen seines Schnurrbarts wehn.
Er könnte als Tapetenkaiser gehn
und sich bewundern lassen
von seinen Damen an der Wand.

Sie würden ihn
in eine Brosche fassen
mit goldenem Athletenband.
Vielleicht, denkt er, werd ich
in Wels mich produzieren
und meinen Damen
eine Ansichtskarte schicken.

9

Ein sehr reines Erzählgedicht ist die »Ballade« des jungen Christoph Meckel. Mit den Räuber- und Ritterballaden des 19. Jahrhunderts hat sie nichts gemein, eher noch verbindet sie etwas mit jenen klassischen Stücken, die der Literarhistoriker »naturmagisch« nennt. Doch die Verbindung ist ironisch. Andererseits aber spricht sich hier eine dichterische Imagination aus, die sich in aller Unschuld ihre eigene Welt aufbaut, sich

keinen Deut um »Literatur« zu scheren scheint. Diese Unschuld ist jedoch eine salamanderhaft durch die Feuer des Bewußtseins gegangene, eine zweite Unschuld.
Was in Meckels »Ballade« anschaulich erzählt wird, ist Wort für Wort zu verstehen, insgesamt aber ergeben die Worte die Erzählung eines höchst geheimnisvollen Vorgangs. Es ist Magie vor dem Untergang, eine Folge von bösen Zeichen, etwas Herzbeklemmendes, Furchtbares, das sich nicht aufhalten läßt. Wir wollen das Gedicht nicht dadurch zerstören, daß wir es prosaisch festlegen. Seine Bedeutung – und gerade hierin erweist es seine poetische Kraft – ist unbegrenzt.

Ballade

Ich rufe eine schwarze Sonne, schrie
der Hahn im weißen Dampf auf schwarzem Mist.
Geschrei verscheuchte Schlummer aller Höfe.

Die Schwalben stoben in den kalten Regen
der Maulwurf tappte blind durch nasse Blumen
und Ochsen stampften brummend aus den Ställen.

Und Mägde rannten barfuß in die Wälder
und Knechte ritten fort auf alten Gäulen –
der Bauer weinte wild: ach, Hahn, mein Hähnchen!

Da hinter siebenfachem Regen stieg
die Sonne schwarz und schnell, stand ohne Laut,
und krachte finster auf die Ebenen nieder.

10

Wilhelm Szabo, ein Stiller im Lande Österreich, hat eine ganze Reihe starker, viel zuwenig bekannter Erzählgedichte geschrieben. Das Gedicht »Meier Helmbrecht« steht in seinem Band »Herz in der Kelter«.
Wieder einmal ein alter Stoff, eine literarische Vorlage: der »Meier Helmbrecht« von Wernher dem Gärtner, um 1280 verfaßt, ein bäuerliches Epos, das »die schon merkbaren Verfalls-

erscheinungen des Rittertums vom Standpunkt des leidenden Volkes aus anprangert und dabei die Emporkömmlingsallüren eines Bauernsohnes, der sich wie ein Ritter aufspielt, geißelt« (Laaths). Es ist die Geschichte des verlorenen Sohnes, der aber zu einem unbarmherzigen Vater zurückkehrt. In knappen großartigen Bildern wird das erzählt, zeitlos und doch aus dem Geist unserer Zeit. Vor dem letzten Krieg geschrieben, nimmt das Gedicht den Schrecken des Zusammenbruchs vorweg, das Elend des Absturzes unserer politischen Emporkömmlinge. Darüber hinaus ist es eine Warnung an alle Ausbeuter und Volksschinder.

Meier Helmbrecht

Als Meier Helmbrecht nicht mehr sah
und keine rechte Hand mehr hatte, keinen linken Fuß,
ließ man ihn schrein vorm Tor, und da
trat aus dem Haus der Vater und er bot ihm Hohn als Gruß.

In seinen Böden roch das Heu.
Im Stalle brüllte Vieh, die Kühe ruhten falb.
Es gab kein Brot. Er ließ den Sohn nicht kauern in die Streu.
Er schlachtete kein Kalb.

Verspottete den Krüppel, frug voll Hohn
ihn nach dem Drilch und den Getreidesäcken.
Er schlug das Hoftor zu vor dem verlornen Sohn
und ließ den Blinden stehn bei seinem Stecken.

Meier Helmbrecht, wo ist dein gelbes Haar?
Es hängt am Zaun wie Werg am Rocken.
Im Frühjahr bauen Meis' und Star
ihr Nest aus deinen Locken.

Die wilden Bauern geben dir den Rest.
Aus ihren Weilern kommen sie in Herden.
Sie stoßen dich zum Wald. Du siehst nicht das Geäst,
dran sie dich hängen werden.

(1965)

Hopkins in neuen Übertragungen

Der englische Dichter Gerard Manley Hopkins ist nur 45 Jahre alt geworden. Er starb 1889 in Dublin, wo er einen Lehrstuhl für klassische Philologie innehatte. Nicht mehr als zweimal im Leben versuchte er, Gedichte zu veröffentlichen. Beide Versuche schlugen fehl. Hopkins sah darin keinen bloßen Zufall. Immer deutlicher wurde ihm bewußt, daß die viktorianische Ära, das eigene Jahrhundert also, seiner Poesie nicht gewachsen sei. Unverbittert gab er den Gedanken auf, durch seine Dichtung noch zu Lebzeiten zu wirken. Doch er hatte Vertrauen in ihre Zukunft und schrieb an seinen alten Gefährten, den späteren *Poeta laureatus* Robert Bridges: »Wartet eine Generation, und dann kommt wieder zu mir!«

Dreißig Jahre nach Hopkins' Tod gab Bridges die Gedichte seines Freundes heraus. Noch war das Echo gering. Erst durch eine 2. Ausgabe, um 1930, wurde man auf Hopkins aufmerksam. Seine Zeit war gekommen. Seitdem bewundert ihn die englischsprechende Welt als einen der Vorläufer ihrer modernen Lyrik. Sogar die Jungen heute lesen, diskutieren ihn.

Für Deutschland hat Irene Behn den Dichter entdeckt. Noch in den dreißiger Jahren machte sie auf ihn aufmerksam, und bald nach dem Krieg veröffentlichte sie Übertragungen seiner sämtlichen Gedichte. Doch unsere literarische Öffentlichkeit nahm diesen Lyriker nur am Rand zur Kenntnis. Ich muß sagen, daß es mich kränkte. Ich setzte mich hin, um wenigstens einige seiner signifikanten Gebilde neu zu übersetzen, das heißt, den Versuch zu unternehmen, Hopkins zumindest meiner Generation näherzubringen. Aber ich merkte sehr rasch, daß es unmöglich war, seine Lyrik in der deutschen Sprache einzubürgern. Von ihren Schwierigkeiten im einzelnen wird noch die Rede sein. Wenn ich den Versuch dennoch nicht unterließ, dann vielleicht, weil ich mir zu meiner Rechtfertigung sagte, es genüge womöglich schon, eine einzige Schwingung hörbar zu machen, die in unserer Sprache noch nicht vernommen wurde: einen Ton, der von der Anwesenheit eines uns bislang verborgenen Dichtwerks zeugt.

Still, ohne abenteuerliche Zwischenfälle verlief das Leben des Dichters. Gerhard Manley Hopkins wurde 1844 in Stratford, Essex, geboren. Sein Vater war ein erfolgreicher Geschäftsmann mit einem dilettantischen Hang zur Poesie. Auch seine Mutter, aus einer vielseitig talentierten Familie kommend, besaß starke musische Neigungen. So wurde dem hochbegabten Sohn schon von Kind auf alle erdenkliche Förderung zuteil. Zusammen mit seinen Geschwistern erhielt er Zeichenunterricht, er wurde musikalisch ausgebildet und in die klassische Literatur eingeweiht. Bereits auf der Schule, die er glänzend absolvierte, schrieb er frühreife Gedichte unter dem Einfluß von Keats. In Oxford, wo er hernach Latein und Griechisch studierte, machte er sich rasch einen Namen. Eine außerordentliche Laufbahn schien ihm sicher.
Mit zweiundzwanzig faßte Hopkins plötzlich den Entschluß, zur katholischen Kirche überzutreten. »Als meine Konversion kam«, so stellte er später fest, »geschah alles in einem Augenblick.« Kardinal Newman, der auf ihn aufmerksam geworden war, wurde sein väterlicher Ratgeber. 1868 bat Hopkins um die Aufnahme in den Jesuitenorden. Aus jenen Jahren stammt das liedhaft schlichte Gedicht »Himmelshafen«, in dem der junge Dichter seine Situation in ein sanftes Bild entrückte. Alles bloß Private wurde hier vermieden.

Himmelshafen

Eine Nonne nimmt den Schleier

Es verlangt mich zu gehn,
Wo nie der Frühling versiegt:
Ins Feld, das kein Hagel schräg überfliegt,
Wo einzelne Lilien wehn.

Und ich begehre zu sein,
Wo kein Sturm sich erhebt:
Wo die grüne Dünung – diesseits der See –
Sich schmiegt ans Hafengestein.

Trotz der Plötzlichkeit war Hopkins' Konversion keine blind überstürzte Affekthandlung. Jahre hindurch hatte er seine religiösen Erfahrungen geprüft und auf diese für sein Schicksal so bedeutende Wende zugelebt. Die Abkehr vom anglikanischen Christentum und der Eintritt in das »alte Haus« der Kirche war seiner »johanneischen« Seelenverfassung durchaus gemäß. Das katholische Bekenntnis entsprach seiner geistlichen Natur.
Die zweite Hälfte seines Lebens trägt weithin leuchtend das Siegel des Kreuzes. Hopkins durchlief das Noviziat der Gesellschaft Jesu, er studierte Philosophie und Theologie, empfing die Priesterweihen, wurde als Prediger und Seelsorger in die Slums von Industrie- und Hafenstädten gesandt, zwischendurch lehrte er Latein und Griechisch, bis er schließlich, vier Jahre vor seinem Ende, den Lehrstuhl an der Universität Dublin erhielt. Die Strenge, mit der Hopkins – unter dem wir uns eine beinahe seraphische Erscheinung vorzustellen haben – seine geistlichen und weltlichen Pflichten erfüllte, fand in seiner von Jugend auf anfälligen Gesundheit keinen Rückhalt. Vor allem die Jahre in Irland zehrten an seinen Kräften. Er, der kaum klagte, bezeichnete sie als »hart, ermüdend, abnützend«.
Die poetische Produktion des Dichters Hopkins – insgesamt etwa 120 Gedichte – weist eine deutliche Zäsur auf. Die Spanne, in der seine frühen Verse entstanden, reicht von der Schulzeit bis zum Eintritt in den Orden. Darauf folgt ein siebenjähriges Schweigen. Erst 1875 nimmt Hopkins wieder die Feder zur Hand. Äußerer Anlaß: der Untergang der »Deutschland«, bei dem fünf Franziskanerinnen, die man aus ihrer Heimat ausgewiesen hatte, den Tod fanden. Hopkins widmet den Ertrunkenen eine zwölfseitige Elegie. Nach den meist noch wenig selbständigen Jugendversen tritt hier in diesem großen Gedicht alles das, was seine Kunst so unverwechselbar macht, gleichsam mit einem Ruck ans Licht.
Von da an bis zu seinem Tod dichtet Hopkins den bewundernswürdigen Teil seiner Hinterlassenschaft. Es sind hauptsächlich Sonette. In den letzten Jahren läßt seine Produktivität merklich nach. Er, der ein Gedicht wie »Hurraschrein zur Ernte« in »einer halben Stunde« niederschrieb, bringt am Ende

seine Lyrik in immer langsameren und mühseligeren Schaffensgängen zu Papier. Das Versiegen der Inspiration peinigt ihn –: ein Schmerz, den er nicht verwinden kann.
Sein wohl bekanntestes Gedicht heißt »Pied Beauty«. Ich setze es hier unter dem Titel »Getigerte Schönheit« hin.

Gloria sei Gott für die gescheckte Welt!
Für Firmamente, zwiefach, wie ein Kuhfell bunt;
Für Rosenfarbe, getupft auf Forellengeflirr;
Finkenkleid; Feuerfall aus dem Kastanienzelt;
Landplan, geflickt und gestückt: Pfad, Pflugland und Grund
Und allen Markt mit Zeug, Gerät und Geschirr.

Lauter Werke verquer, fremd, rar, für sich;
Was immer sich tigert (wer weiß wie?) im Bund
Mit flink, lahm; süß, herb; aufleuchtend, wirr;
Dein Schönsein, Kraft-am-Werk, ist unabänderlich:
  Lob dir!

Was beim Lesen und Hören Hopkinsscher Gedichte augenblicklich auffällt und wodurch ihre Eigenart sogleich sinnfällig wird, ist der *Sprungrhythmus*. In vielen seiner Briefe hat Hopkins ausdrücklich betont, daß man ihn keineswegs für den Erfinder dieser besonderen rhythmischen Form halten dürfe. Ohne Zweifel aber kommt ihm das Verdienst zu, als erster den Sprungrhythmus konsequent angewandt zu haben. Was besagt nun der Begriff? Geben wir Hopkins selber das Wort:
»Kurz gesagt, besteht dieser Rhythmus darin, daß man allein nach Akzenten oder Betonungen skandiert, ohne Rücksicht zu nehmen auf die Zahl der Silben, so daß ein Versfuß aus einer einzigen betonten Silbe bestehen kann, aber auch aus vielen unbetonten und einer betonten.«
Das Metrum eines Verses setzt sich bei Hopkins also nicht mehr aus mehreren gleichgearteten Versfüßen zusammen, wie wir es gewohnt sind, sondern aus ganz verschiedenen metrischen Einheiten. So kann eine Zeile beispielsweise einen Daktylus, zwei Jamben, einen Päon und außerdem noch »abschweifende« Versfüße, die beim Skandieren einfach übersehen werden, ent-

halten. Maßgebend für die rhythmische Struktur sind allein die Hebungen oder Akzente des Verses. Häufig kommt es in Hopkins' Lyrik vor, ja es gilt geradezu als typisch für den Sprungrhythmus, daß zwei Betonungen unmittelbar aufeinander folgen. Im übrigen wechselt das gemischte (»logaoedische«) Metrum von Zeile zu Zeile.

Versucht man den Sprungrhythmus im deutschen Wortlaut nachzubilden, so klingt er für unsere Ohren holperig, dilettantisch. Wir sind vom strengen Takt erzogen. In meinen Übertragungen habe ich den Sprungrhythmus an manchen Stellen nur angedeutet. Der für Hopkins so charakteristische Wortreichtum ist – da wir im Deutschen über weniger Einsilber als im Englischen verfügen – bloß angemessen zu wiederholen, indem man die Verse in der deutschen Fassung um zwei oder drei Silben verlängert.

Hopkins war ein überaus kenntnisreicher und subtiler Metriker. Alle seine Überlegungen und Versuche in diesem Punkt haben das gleiche Ziel: das Gedicht vom metrischen Schema zu erlösen und dem lebendigen Takt der ungebundenen Rede, der natürlichen Sprechweise anzunähern. Es sind letztlich Schritte in einer Richtung, in der die Freiheit des *vers libre* liegt. Hopkins erklärte: »Es scheint mir, daß die poetische Sprache eines Zeitalters die gesteigerte Umgangssprache sein sollte.«

Das ist eine Einsicht, die erst in T.S. Eliots Gedankengängen wiederkehren sollte und die, in unserem Bereich, insbesondere von Brecht aktualisiert worden ist. Schaut man den Wortlaut der Hopkinsschen Gedichte daraufhin an, so wird man allerdings die Feststellung machen, daß hier die Umgangssprache sozusagen mit aller Kunst gesteigert wurde: auf eine oft fanatische, ja gewalttätige Art. Diese Verse wimmeln von Alliterationen, Kreuzalliterationen, Binnenreimen, Assonanzen. Vielfach wird die Syntax zerbrochen, verkürzt. Kühne Inversionen und Einschiebungen verlangen ihr oft das Äußerste an Dehnbarkeit ab. Wortballungen, Umformungen und Neuschöpfungen bilden eine so strudelnde Grammatik, daß man mit Recht vom »Wildwasser« Hopkins gesprochen hat. (Der Übersetzer, der hier nicht kapituliert, muß sich mit »Analogien« abfinden,

trösten.) Daneben freilich stößt man immer wieder auf schlichte, fast sangbare Stellen, auf kernige Alltagswendungen und lakonische Ausdrücke, wie man andererseits neben den Gedichten im Sprungrhythmus auch solche in gewöhnlichen Versmaßen findet.
Wer an Hopkins bloß die ästhetische Seite wahrnimmt, muß ihn allerdings mißverstehen. Allein mit formalen Überlegungen ist dem Dichter nicht beizukommen. Im Gegenteil, man verliert das Wesentliche seiner Lyrik aus den Augen, wenn man sich hier allzusehr auf Untersuchungen von Sprache, Rhythmus und Metrum einläßt. In seiner Meditation über das Anfangswort der jesuitischen Exerzitien »Homo creatus est« verkündet Hopkins: »Man was created to praise God.« Damit händigt er uns einen Schlüssel aus, der zu den innersten Räumen seiner Dichtung Zugang verschafft.

Morgen-, Mittag- und Abendopfer

Die Wange, tupfenblaß,
Mit dem geschwungnen Mund,
Dem Schopf von Gold, dem naß
Und lichten Aug im Bund:
Dies kindlichschöne Prangen,
Von frischem Hauch umfangen,
Läßt Gott uns früh erlangen.

Dann dreister Sinn und Sehne,
Natur, dein Werk: in Türmen –
Haupt, Herz, Hand, Nerv und Vene,
Sie atmen, trommeln, stürmen!
O Mannheit, wohlgeraten,
Sei Spiel nicht, sondern Spaten,
Gestählt für Christi Taten.

Gebäude, Wurf, Erfahrung:
Die Meisterschaft im Geist,
Bei Grauhaar in Verwahrung,
Reif unter Rinden gleißt.

Was Leben halb entriegelt,
Was Hölle schon umflügelt,
Sei dargebracht, besiegelt!

In diesem Gedicht bringt Hopkins zum Ausdruck, was in seinen Augen dem Menschen als *Kreatur* aufgetragen ist: Dienst als Dank. Zu jeder Zeit – am Morgen, am Mittag und am Abend seines Lebens – soll das Geschöpf vor seinen Schöpfer hintreten mit der Opfergabe, die ihm jeweils zur Verfügung steht: seiner jugendlichen Schönheit, seiner reifen Kraft und seiner Altersweisheit. Schön korrespondiert das Gedicht mit dem Schluß jener schon erwähnten Meditation, in der es heißt:
»Wer die Hände im Gebet erhebt, preist damit Gott, aber ein Mann mit einer Mistgabel in der Hand, eine Frau mit dem Putzeimer verherrlicht ihn auch.«
Die »Opfergabe« des Dichters ist sein Gedicht. So ist Hopkins' Gesang Lobgesang. Aber Gott wird von ihm nicht auf einfältige Weise gelobt – wiewohl sich der Dichter zuweilen durchaus nicht scheut, feststehende liturgische Verehrungsformeln in seine Verse aufzunehmen; vielmehr bezeugt er seine Bewunderung »auf den Knien« dadurch, daß er versucht, Gottes »Werke« durch ein ebenso zärtliches wie jägerscharfes Beobachten in ihrer besonderen konkreten Erscheinung zu erkennen und singend aufzuschließen.
Für Hopkins besitzt jedes Ding »inscape« und »instress«. Wolfgang Clemens hat diese beiden Hopkinsschen Zentralbegriffe in einer Art Eckhart-Deutsch sehr anschaulich mit »Ingestalt« und »Inkraft« wiedergegeben. Mit »Ingestalt« eines Dinges ist nicht sein Anteil am Urbildhaften gemeint, sondern seine individuelle Einzigartigkeit, sein »Einmal-in-Ewigkeit« jetzt und hier, seine ganz bestimmte, unvertauschbare Wesensfigur. »Instress« hingegen ist der Eindruck, ist die Wirkung, die wir von der »Ingestalt« empfangen. Diese »Inkraft« setzt uns instand, durch die bloßliegende »Ingestalt« hindurch die göttliche Wesenheit wahrzunehmen. Deshalb sucht Hopkins so ungestüm wie innig danach, des verborgenen Seins der Dinge innezuwerden.

Eisvögel fangen Feuer: Libellen funkeln kraus:
In runde Brunnen klingen die Steine überrand:
Die Saite, die gezupfte, schwingt unter leichter Hand:
In Zungen singt die Glocke weit ihren Namen aus:

Ein jedes Ding, das sterblich, tut *eins* nur, unergrimmt:
Teilt aus das Sein, das tief ihm, verankert, innewohnt,
Kommt zu sich selbst, verkündet: ›Ich selber!‹ und betont:
›Was ich auch tu, ich bin es und bin's zu tun bestimmt!‹

Ich sage mehr: Gerecht ist, wer Recht tut ohne List.
Greift er die Gnade gierig, so bleibt er gut vor allen,
Tut dar vor Gott, was er in Gottes Auge ist:

Christus – denn Christ spielt lieblich, wie zarte Schauder wallen,
In abertausend Gliedern und Augen: im Genist
Der menschlichen Gesichter – dem Vater zu Gefallen!

Der Vollzug des Selbstseins – und hierin berührt sich Hopkins mit dem von ihm sehr verehrten *Doctor subtilis*, dem Scholastiker Duns Scotus – ist für das Geschöpf Ausdruck seiner Wirklichkeit, die nur eine Wirklichkeit ad Deum creatus sein kann. Mit anderen Worten: in Gott erst kommt jedes Selbst zu sich selbst. Wo das Innerste des einzelnen Schöpfungswerkes ganz rein zutage tritt, da muß am Ende das göttliche Sein in der Gestalt Christi aufleuchten. Hopkins projiziert seinen Meister und Erbarmer keineswegs in die Natur hinein, mythologisiert ihn nicht, *leibhaftig* sieht er ihn vor sich als das A und O der geschaffenen Welt. Das Auge des Dichters »erntet« förmlich sein Bild aus der Fülle der *natura naturata*. Bei aller ekstatischen Heftigkeit bleibt sein Blick ständig um äußerste Genauigkeit bemüht.

Hurraschrein zur Ernte

Sommer endet nun! Auf fahren ungestüm im Geländ
Die Garben ringsum. Und Windbahnen oben, welch Singen!
O Seidensack-Wolken! Wann je zerstoben die Schwingen
Der Drift so kornweiß in Flocken über ein wild Firmament?

Ich wandre, ich hisse, hisse mein Herz, mein Auge entbrennt,
Um höherwärts, himmlisch den Mann unsres Heils einzubringen.
Und, Auge und Herz: Wann je könnte Lippen gelingen,
Euch hingerissener zu grüßen, in Liebe, die klarer erkennt?

Wie wölbt er die Schultern, die hellblauen Höhn,
Herrscherlich, hengststark, sehr wie Veilchen, die süßen ...
Dinge, Dinge – ihr wart schon; nur fehlte, der sie gesehn!

Doch werden sich beide dereinst ineinander ergießen,
Wird kühn und kühner das Herz für ihn wirbelnd sich drehn:
Weg wie die Erde wirbelt, weg unter den Füßen!

Die poetische Genauigkeit führt bei Hopkins häufig zu einem spröden, dunklen, jedenfalls nicht ohne weiteres zu dechiffrierenden Wortlaut. Das scheint auf den ersten Blick paradox. Es ist aber nur folgerichtig, daß die Sprache dort, wo sie das Eigenartige der Erscheinungen erfaßt, selbst Eigenartigkeit annimmt.

Frühling

Nichts ist so schön wie das Jahr, das entspringt:
Wirbelnd von Säften und Süße, schießt es ins Kraut!
Im Drosselnest winzige Himmel und laut, überlaut
Des Drosselschreis Blitzschlag: Er echot und dringt

Ins Ohr, das von solchem Gewitter erklingt.
Der glasklare Birnbaum, erblüht schon, belaubt,
Fegt abwärts die Bläue, die stürmisch erblaut,
Von Lämmern im Sprunge glänzend umringt ...

Was ist es, das jauchzt und hinströmt durchs Haar?
Ein Anhauch: der Erde leises Beginnen
In Eden, dem Garten –. Mein Herr, du bewahr

Mein Herz vor den Wolken und Wüsten herzinnen:
Unschuld und Kindschaft, so früh wie das Jahr,
O Liebling der Magd, sind wert zu gewinnen!

Hopkins hat übrigens die Akribie des Ausdrucks in seinen Tagebüchern beständig geschult und in brillanten Etüden zahllose Naturphänomene beschrieben, auch hier auf der Suche nach ihrer »Ingestalt«. Dieses so bezeichnende Ineins von Genauigkeit und Seltsamkeit mag durch die Verse des »Turmfalken« noch einmal sichtbar werden. Hopkins hielt das Gedicht für sein schönstes und widmete es »Christ unserm Herrn«:

Der Turmfalke

Ich verfolgte im Frührot den Liebling des Frührots gebannt,
Des Lichtes Dauphin: den graugehämmerten Falken beim Reiten
Auf unter ihm rollender Luft, seinen Anstieg, die weiten,
Weiten Kreise am Zügel der Schwinge, am äußersten Rand

Des Entzückens –! Dann fort, ach, fort, vom Schwung übermannt,
In Bogen, eislaufzarten, dahin: So stob sein Wirbeln und Gleiten
Gegen den mächtigen Wind! Wie erbrauste für ihn, den befreiten,
Vollendet verkörperten Vogel, mein Herzblut entbrannt!

Wildheit des Leuchtens, Taten der Federn, Spannkraft, Stolz und Begier:
Verschmelzt ganz geläutert! Mit Liebreiz und Drohung im Bunde
Wird *dann* das Feuer, o Edelmann, sonnenhaft ausgehn von dir!

Kein Wunder! Denn aufblinkt die Pflugschar, vom irdischen Grunde
Silbern gewetzt, o Liebster! Und Asche, fahlblau, von hier
Fällt nieder, glüht auf, klafft in Scharlach und Gold: eine Wunde.

Hopkins' Verse sind nicht allein Zeugnisse vom Gnadenstand der Kreatur. Besonders eine Reihe von Sonetten, die man im doppelten Sinn »dark sonnets« genannt hat und die der Dichter in seinen letzten Lebensjahren schuf, gibt Kunde von den Anfechtungen und Verzweiflungen, vor denen auch ein Christ wie Hopkins nicht gefeit war. Hier fallen uns die Urkunden eines Zustandes in die Hände, in dem die Überhelle des Geistes in Finsternis bittersten Ungenügens umschlägt. »Ich wach und fühl den Zorn der Nacht«, so hebt eines dieser Sonette an. Und weiter heißt es darin wörtlich: »Ich bin Galle, bin Sodbrennen. Gottes tiefster Ratschluß / Wollte, daß ich bitter schmecke . . .« In solchen Augenblicken wird der Geist dem Geist zur Tortur. Die Seele scheint zu »verlanden«, auszutrocknen. In Versen voll düsteren Scharfsinns, der in paradoxen Sinnverschränkungen und manieristischen Metaphern durchbricht, klingt hier ein Ton wieder an, den die großen *metaphysical poets* zweihundert Jahre vor Hopkins intonierten.

Laß mich barmherziger zum eignen Herzen sein
Und freundlich gegen dies mein schwer betrübtes Ich,
So daß ich *leb* und nicht, mit Geist gepeinigt, mich
Dem peinigenden Geist entgegenwerf voll Pein!

Ob ich auch nichts erlang: Ich tast nach Trost umher
Und tapp und taste durch mein Trostlossein wie blind.
Mein dunkles Aug befällt kein Licht. Mein Dürsten findt,
Ach, überall nur Durst wie auf dem bittren Meer.

Du Seele, armer Narr, nimm meinen Rat in Kauf:
Laß ab und ruf den Geist bald auf ein andres Feld!
Gib Wurzelgrund dem Trost und ziehe Freude auf,

Gott weiß wozu! Gott glänzt, sobald es ihm gefällt.
Wie unversehens bricht sein Himmel scheckig auf –
Und zwischen Bergen wird ein Wegstück sacht erhellt!

Alle Herbheit, Drangsal und sperrige Wildheit des Sagens aber lösen sich immer von neuem in geistlichem Entzücken, in musikalischer Anmut und funkelnder Anschauung. Taufrisch schimmern die Bilder auf. Ein Goldregen von Metaphern bringt die Welt zum Blühen. In aller dichterischen Unschuld kann hier »die Heilige Jungfrau« verglichen werden »mit der Luft, die wir atmen«. Wind und Geist wehen vereint. Hinter der alten kommt eine neue Erde zum Vorschein. Mühelos stellt sich das Schöne ein.

Binsey-Pappeln
gefällt 1879

Meine Espen, geliebten, ihr luftigen Bauer der Welt,
Gedämpft hat die hüpfende Sonne euer Laubwerk bewohnt:
Ihr alle gefällt, gefällt, samt und sonders gefällt!
Aus eurer frischen, funkelnden Zeile blieb
Nicht eine verschont,
Die zarte Schatten über das Feld,
Leichtbeschuhte, schwenkte und trieb
Und, wie die Windflut bewandert, über Fluß und Anger dahin
Die Ufer beschrieb.

O wir arglosen Täter im Blaun,
Wenn wir mähn oder haun –
Zerschlagen und stürzen den blattgrünen Schild!
Welche Kunst, das Land zu berühren,
Das so zart ist im Fühlen, Verspüren
Wie des Auges verletzliches Rund –
Bloß ein Stich: und sein Licht geht zugrund!
Noch wo wir zu bauen gewillt,
Reißen wir ein und verlieren,
Wenn wir haun oder mähn:
Nie könnt ihr ermessen, ihr Spätren, wie uns das Schöne gestillt –
Zwölf oder zehn, nur zwölf oder zehn
Streiche verheeren, verwehn
Das sonderbar süße Gebild
Ein ländliches ländliches Bild,
O sonderbar süßes ländliches Bild!

(1963)

Ein Gedicht entsteht

Das Gedicht »Valet« schrieb ich mit etwa dreißig Jahren. Ob es im Sommer oder Winter war, kann ich nicht sagen. Ich erinnere mich aber, daß es an keinem außergewöhnlichen Tag entstand, sondern, wenn man so will, ein Alltagsergebnis war. »Gebt ihr euch einmal als Poeten, / so kommandiert die Poesie!« Diesen Zuruf Goethes kannte ich damals noch nicht, aber ein solches Verhalten war mir eingefleischt. Ich saß Tag um Tag am Schreibtisch, schrieb einmal dies, einmal das, warum heute nicht ein Gedicht? Um Themen und Stoffe war ich nicht verlegen. Seit einiger Zeit ging mir der Satz »Er hatte noch bei der Kavallerie gedient« durch den Kopf. Ohne ein Wort zu ändern, ließen sich zwei Verse daraus machen. Ich brauchte den Satz nur an der richtigen Stelle zu brechen:

Er hatte noch bei der
Kavallerie gedient.

So fing es an. Die Blätter mit den Entwürfen besitze ich noch. Zunächst lautete der Titel: »Nachruf auf einen Veteranen.« Nun muß ich etwas weiter ausholen. Das Jahr der Entstehung war das Jahr 55 oder 56, der letzte Krieg gerade erst ein Jahrzehnt vorüber. Ich hatte als Achtzehn- und Neunzehnjähriger an ihm teilgenommen. Die Bilder des Krieges waren noch keineswegs verblaßt. In der Literatur der Zeit stellten sie alles andere in den Schatten. Das heißt: eine gewaltige Zahl von Romanen, Erzählungen, Gedichten setzte sich mit dem Krieg und seinen Folgen auseinander. Ich war seit einigen Jahren Schriftsteller, hatte aber über ihn so gut wie nichts geschrieben. Wenn ich an ihn dachte, verschlug es mir die Sprache. Ich fand, daß ganz selten jemand angemessen von ihm berichtete. Vor allem der Renommierton, in dem sich »alte Kameraden« brüsteten, fiel mir auf die Nerven.

Die Verse »Er hatte noch bei der / Kavallerie gedient« setzten bei mir also etwas in Gang, was ich mit einem Wort abkürzend als »Ironie« bezeichnen möchte. Ich bildete mir ein Gedicht ein, in dem ich – leicht ironisch – eine Figur mit den Umrissen eines von seinen Helden- und Husarenstücken nicht loskommenden Kriegsteilnehmers schaffen wollte. Ich dachte an die Form der Romanze.

Wichtig war mir dabei, die Figur als nicht etwas nur Zeitbedingtes anzulegen; den Typ hatte es ja immer schon gegeben. Ich kannte ihn auch aus Kindertagen und war in alter Literatur auf ihn gestoßen. Jetzt kam mir das Wort »Kavallerie« gerade recht. Im letzten Krieg hatte die Kavallerie keine Rolle mehr gespielt; zu Anfang gab es wohl noch einige Schwadronen, die jedoch bald in Radfahrer-Schwadronen »umfunktioniert« wurden. Mit dem Wort »Kavallerie« also bekam die Sprache des Gedichts von vornherein einen leicht romanzen- oder legendenhaften Ton, den ich später mit ähnlichen Wörtern durchzuhalten suchte. Ich nenne jetzt einige: Beutelschneider, Galerien, Garküchen, Attacken, Näherinnen, Raben, Engel. Sie wurden im Alltag kaum noch gebraucht, hatten jedenfalls Patina angesetzt, die mir gefiel. Ich mußte nur durch ironische Wendungen oder Bilder klarmachen, daß ich ihren schönen Schein durchschaute.

Das waren ungefähr die Gedanken, die ich mir zu Beginn machte oder auch während des Schreibens. Freilich nicht in der Abfolge von heute, eher blitzhaft fuhr mir manches durch den Sinn, zuletzt verließ ich mich wohl doch auf den poetischen Instinkt und die Entfaltungskraft des Einfalls. So saß ich die Stunden des hellen Vormittags ab, auf ein Stück Schmierpapier konzentriert, schrieb Verse untereinander und regte mich über sie auf: vor Freude, wenn sie ins Schwarze trafen; vor Enttäuschung, wenn sie danebengingen. Wer schafft schon etwas beim ersten Anlauf? Ich strich aus und schrieb drüber und drunter und schrieb neu – aber sagen kann ich heute, daß mir diese Romanze dennoch verhältnismäßig leichtfiel, ich brauchte bloß drei Fassungen, die nicht allzuviel voneinander abweichen.

Die drei Seiten schaue ich mir nun an. Der erste Vers »Das Schauspiel der Welt« und die beiden Schlußverse »nur einen leichten Donner / von Waffen und Lauten« waren von vornherein da. (Fußnote: mit »Lauten« sind Musikinstrumente gemeint.) Doch die Folge der Verse änderte sich: einiges, das ziemlich am Ende stand, holte ich nach vorn. Von den Varianten kann ich freilich nur ein paar anführen. So hieß es anfangs von dem Veteranen:

Das Schauspiel der Welt
gerbte sein Fell.

Dann:

Das Schauspiel der Welt
versengte den Pelz ihm.

Schließlich:

Das Schauspiel der Welt
brannte ihm Löcher in den Pelz.

Zwischenfrage: Warum nicht »Fell«, sondern »Pelz«? Geht es denn nicht um die *Haut* dieses Ausgedienten, Kriegsentlassenen, die man sich mit Narben bedeckt imaginieren soll? – Ich entschied mich für »Pelz«, weil er das Animalische des Wortes »Fell« mitenthält, doch darüber hinaus noch etwas »Bärenhaftes«; auch die Assoziationen von »Winter« und »Kälte« liegen nahe sowie die Vorstellung, daß hier einer vermummt daherkommt, vielleicht auch bloß vermummt in seine Geschichten und Märchen.
Noch eine Variante:

Für einen Drink mußte er
Beutelschneidern seine Attacken erzählen.

So lautete der erste Entwurf. Daraus wurde dann:

Für einen Drink schwadronierte er
Beutelschneidern seine Attacken vor.

Und dann, bündig:

Vor Beutelschneidern
schwadronierte er von seinen Attacken.

Ich will mich nicht in Einzelheiten verlieren. Nur noch dies: Auf Blatt 2 ist »Nachruf auf einen Veteranen« durchgestrichen, darüber steht »Valet«.
Woher mir plötzlich das alte Wort zuflog, weiß ich nicht mehr.

Ich kannte es nur aus Liedern. Eines fing zum Beispiel so an: »Valet will ich dir geben . . .«
»Valet«, wußte ich, kam aus dem Lateinischen und kam in deutschen Volksliedern vor. Es hieß »Lebewohl«, war ein Wort für Abschied und hatte für mein Gehör einen vollen schweren Abschiedston. Es war sozusagen von Jahrhunderten aufgeladen mit Trennungsschmerz und Reisesegen. Valet, dachte ich wahrscheinlich, deutet als Titel auf etwas Inniges und zugleich Schwerblütiges. Titel und Text, wie man später sieht, stehen in einer ironischen Spannung.
Eine Bemerkung zur Ironie. Ironie fällt Schriftstellern im allgemeinen nicht schwer. Außerdem macht sie ihnen Spaß, wie sie es nachher den Lesern machen soll. Aber Ironie verdirbt auch leicht ein Gedicht. Satirische Gedichte sind eine Sache für sich. Wer aber kein satirisches schreiben und dennoch Ironie ins Spiel bringen möchte, muß sehr aufpassen. Ironie ist eine besondere Sehweise, gleichsam eine durch das Versetzen von Gläsern gebrochene Optik. Diese Brechung darf nicht zum Bruch führen. Leicht kann nämlich so ein poetisches Gebilde in ironische und ernste Teile auseinanderbrechen. Doch ein Gedicht, das seinen Namen verdient, muß ein Ganzes bleiben. Gefahren und Meisterung der Ironie lassen sich übrigens an Heinrich Heines Liedern gut studieren. Worauf ich hinaus will, ist, daß ich in »Valet« aus einer Figur keine Schießbudenfigur zu machen gedachte. Dieser abgemusterte Soldat sollte wohl in der Beschränktheit und Starrheit seines Wesens dargestellt und indirekt kritisiert werden, er sollte aber auch seiner Würde nicht ganz verlustig gehen. Nicht einfach ein Bramarbas sein, sondern jemand, der Schweres erlebt, sich tapfer oder tollkühn geschlagen hat, nur eben das Erlebte nicht aufarbeiten kann, stekkenbleibt in der Vergangenheit, für sein Erleben nicht die richtige Sprache findet.
Die richtige Sprache. Damit weist das Gedicht auf etwas Umgreifenderes, Grundsätzliches. Wer hat die »richtige« Sprache? Und was ist »richtig«? Reflexionen, die ins Uferlose führen könnten. Hier in meiner Romanze wird kein Problem gelöst, hier wird eins gestellt. Dabei kommt mir Hofmannsthals einst-

mals vielzitiertes Wort in den Sinn: »Die Gestalt erledigt das Problem.« Von wie vielen und welchen Gedichten kann man das behaupten? An die Stelle weiterer Erörterungen setze ich nun lieber das Gedicht selbst. Also:

Valet

Das Schauspiel der Welt
brannte ihm Löcher in den Pelz.

Ein Strohkopf
mit einem schrägen Gewissen.

Er hatte noch bei der
Kavallerie gedient.

Vor Beutelschneidern
schwadronierte er von seinen Attacken.

Mit Besoffnen zog er durch die Garküchen
und auf die Galerie der Operette.

Seine Freundlichkeit galt den Näherinnen,
seine Bosheit den Raben.

Er hielt den Tod für ein Studentlein
mit schiefen Absätzen.

Bis an sein Ende hörte er nicht
die Flüge der Engel:

nur einen leichten Donner
von Waffen und Lauten.

(1977)

Kommentar zu einem Gedicht

Mein Gedicht »Alte Meister« ist das erste eines dreiteiligen Zyklus mit dem Titel »Im Pfaffenwinkel«. Ich glaube, das muß man wissen, um es beim Eindringen in dieses Gedicht leichter zu haben. Der Pfaffenwinkel ist ein Landstrich zwischen Weilheim, Schongau und dem Ammergebirge. Wenn man heute über Geistliche spricht und sie »Pfaffen« nennt, meint man es geringschätzig. Als der Begriff aufkam, hatte er nichts Ironisches oder gar Schimpfliches an sich. Jedenfalls ist der Pfaffenwinkel eine Gegend, in der auffallend viele Klöster und Gotteshäuser stehen. Da ich den Sommer gewöhnlich am Ammersee verbringe, unternehme ich oft Fahrten in diesen benachbarten Teil des Voralpenlandes. Türme winken. Ich schlage den Weg zu ihnen ein.

So bin ich nach und nach, fast unwillkürlich, auf viele dieser Wallfahrts-, Kloster- und Stadtpfarrkirchen gestoßen. Wer hat sie erbaut und ausgestattet? Das kann man in einschlägigen Kunstführern oder in den billigen Heftchen, die in jedem Kircheneingang zum Kauf ausliegen, genau nachlesen.

Mich interessieren besonders die Maler. Von einigen weiß ich, daß sie lokale Berühmtheiten waren und heute in der Kunstgeschichte mit Hochachtung behandelt werden. Andere sind für mich bloße Namen. Doch wenn ich ihre Kuppel- und Wandmalereien aus dem 18. Jahrhundert betrachte und sie in zumeist noch recht frischen Farben leuchten sehe, denke ich mir: Was müssen diese Maler für großartige Burschen gewesen sein! Ihre Werke haben der Zeit getrotzt, sich als widerständig gegenüber den Wandlungen des Kunstsinnes und Geschmacks erwiesen, während beispielsweise diejenigen berühmter Dichter aus dem gleichen Jahrhundert großenteils der Vergessenheit anheimgefallen sind oder nur noch von Germanisten pflichtschuldig gelesen werden.

Ich fange mein Gedicht »Alte Meister« so an:

Sie lebten unter Bauern, Boten,
Äbten und Jägern.

An welchen Farben haben sie ihre Augen geschult? Nur an denen ihrer Vorgänger? Nein, sie studierten auch bei größeren »Lehrmeistern«. Darum heißt die zweite Strophe:

Von ihren Lehrmeistern
sehe ich noch
das Gebirge
und den Lech
mit maultiergrauen Schwaden.

Dann fasse ich ihre tagtägliche Arbeit kurz zusammen:

Oben in den Kuppelgerüsten,
vor Perspektiven
mit gefolterten
Heiligen, Nonnen, Chorherren,
geflügelten Kindern

empfingen sie Hellblau
und Rosa
in hochgeseilten Kübeln.

Die Strophe 4, ein simpler, manchen vielleicht überflüssig vorkommender Satz, unterbricht den Fluß der Darstellung:

Das alles bringe ich unter
in meiner Schrift.

Für mein Gedicht bedeutet sie eine wichtige Zäsur. Denn was nun folgt, sind nicht mehr Aussagen in festumrissenen (und wie ich hoffe) glaubwürdigen Bildern, sondern Überlegungen in Form von Fragen.
Strophe 5:

Aber was mochten sie denken
über den Grund ihrer Bilder,
ihre sich in den Wiesen
verlierende Zeit?

Ich, Autor dieser Zeit, von Skrupeln dieser Zeit geplagt, von Kritik und Publikum nicht selten zur Rechtfertigung meiner Arbeit aufgerufen: ich überlege mir, ob die sogenannten alten Meister wohl schon die Zweifelhaftigkeit und Fragwürdigkeit künstlerischen Tuns gekannt haben mögen; ob ihnen ihre Kunst »genügte« bei dem Gedanken an ihre nicht wiederholbare, im Alter immer rascher verfließende Lebenszeit. Und ich frage weiter:

Was galt und zählte
für einen eingesessenen Maler,
wenn er wachlag oben in seiner
niedrigen Stube,

unten ein neugeborenes Kind
oder die tote Frau?

Eindeutige Fragen, so meine ich. Auch heute noch muß jeder Künstler immer von neuem abwägen zwischen dem, was er tut, und dem, was er sein Leben nennt. Geburt und Tod der Nächsten: Sind solche elementaren menschlichen Vorkommnisse für die Existenz eines Künstlers nicht ebenso entscheidend wie das Gelingen oder Scheitern seiner mit Farben festgehaltenen Vorstellungen und Visionen? Die Strophe 7 lautet:

Und fielen sie morgens
mit strammen Bäuchen
aufs Knie,

während der helle trockene
Geist des achtzehnten Jahrhunderts
umging,

und hielten um Gnade an –

eh sie wieder zum Zirkel griffen,
die Kreiden einsteckten,
den Tabaksbeutel?

Bei den alten Meistern meines Gedichts handelt es sich um »Kirchenmaler«, also um sakrale Künstler. Nach dem letzten Krieg erlebte die sakrale Kunst bei uns durch den Neubau und die Restaurierung zahlloser Kirchen einen außerordentlichen Aufschwung. Unter den neuen Meistern sind nicht gerade viele gläubige Christen. Die Aufgaben, die von den Kirchenleitungen an sie herangetragen wurden, haben sie kaum anders denn als ästhetische Aufgaben behandeln können. Daraus darf man ihnen keinen Vorwurf machen.
Aber nun unsere alten Meister? Auch sie lebten nicht in einem stark metaphysisch ausgerichteten Jahrhundert, sondern im »Zeitalter der Aufklärung«. Waren sie Skeptiker, Glaubenslose oder wirklich Gläubige? Wenn ich auch hinter der Strophe 7 ein Fragezeichen setzte, so scheint mir doch, daß die alten Meister zumindest noch an die *Gnade* glaubten, daß sie noch davon durchdrungen waren, ihre Kunst sei letzten Endes nicht etwas jederzeit Machbares, setze nur Begabung, Können und Bescheidwissen voraus.
Jeder, der gewissenhaft und nachdenklich an Kunstwerken arbeitet, erfährt, wie wenig, ja blutwenig, er Herr seiner produktiven Kräfte ist. Nach wie vor sind zum Gelingen der Arbeit Intuition und Inspiration erforderlich. Das geglückte Werk ist weitgehend »Geschenk«. In die religiöse Sprache übersetzt: »Gnadenerweis«.
In der letzten Strophe deute ich indirekt darauf hin, daß die Bilder und Reflexionen meines Gedichts auf nichts anderem als auf den erhalten gebliebenen Malereien beruhen. Denn was ist von den alten Meistern an schriftlichen Lebensunterlagen und Existenzurkunden auf uns gekommen?
Strophe 8:

Keine Gedanken überliefert,
nur Kostenrechnungen.

Nun das Gedicht im Zusammenhang:

Alte Meister

1
Sie lebten unter Bauern, Boten,
Äbten und Jägern.

2
Von ihren Lehrmeistern
sehe ich noch
das Gebirge
und den Lech
mit maultiergrauen Schwaden.

3
Oben in den Kuppelgerüsten,
vor Perspektiven
mit gefolterten
Heiligen, Nonnen, Chorherren,
geflügelten Kindern,

empfingen sie Hellblau
und Rosa
in hochgeseilten Kübeln.

4
Das alles bringe ich unter
in meiner Schrift.

5
Aber was mochten sie denken
über den Grund ihrer Bilder,
ihre sich in den Wiesen
verlierende Zeit.

6
Was galt und zählte
für einen eingesessenen Maler,
wenn er wachlag oben in seiner
niedrigen Stube,

unten ein neugeborenes Kind
oder die tote Frau?

7
Und fielen sie morgens
mit strammen Bäuchen
aufs Knie,

während der helle trockene
Geist des achtzehnten Jahrhunderts
umging,

und hielten um Gnade an –

eh sie wieder zum Zirkel griffen,
die Kreiden einsteckten,
den Tabaksbeutel?

8
Keine Gedanken überliefert,
nur Kostenrechnungen.

(1978)

Bücher, die mich beschäftigten

In Wirklichkeit ist jeder Leser, wenn er liest, ein Leser nur seiner selbst. Das Werk des Schriftstellers ist dabei lediglich eine Art von optischem Instrument, das der Autor dem Leser reicht, damit er erkennen möge, was er in sich selbst vielleicht sonst nicht hätte erschauen können.

Marcel Proust

Briefe zwischen Pound und Joyce

Pound und Joyce, einst Großmeister der literarischen Avantgarde, sind längst in den Adelsstand moderner Klassiker erhoben worden. Heute stehen sie nicht mehr im Brennpunkt der Diskussion wie etwa in den fünfziger Jahren, als ihre Namen in unseren literarischen Nachtprogrammen wie von Gebetsmühlen unaufhörlich wiederholt wurden. Damals hätte es ein Buch mit Briefen und Dokumenten, das die Beziehungen zwischen den beiden Protagonisten darlegt, leicht gehabt. Dieses Buch ist erst jetzt erschienen, ein Band von fast 500 Seiten, eingeleitet und kommentiert von Forrest Read und mit einem »Anhang für den deutschen Leser« versehen von Eva Hesse, der hervorragenden Poundübersetzerin und -exegetin.

Zweierlei fällt sogleich auf. Ezra Pound ist in dieser Verbindung eminent aktiv, ja ein geradezu enthusiastischer Fürsprecher und Nothelfer seines Kollegen; James Joyce hingegen gibt sich passiv, nimmt alles, was Pound für ihn tut, fast als selbstverständlich hin. Die Leistung des irischen Erzählers fasziniert den amerikanischen Poeten, umgekehrt verliert Joyce kaum ein Wort über Pounds Werk. Für Joyce gibt es nur Joyce. Sein Egotismus, seine ungeheuerliche Monomanie im Persönlichen stellt alles in den Schatten, was man über Autoren weiß.

Doch versuchen wir die Geschichte ihrer Beziehungen zu rekonstruieren. Sie beginnt damit, daß sich Pound an Joyce wendet und ihn um Gedichte für eine Anthologie bittet. Wir schreiben das Jahr 1913. Pound ist 28, Joyce 31 Jahre alt. Aus der Anfrage entwickelt sich eine Korrespondenz, die mit einigen Unterbrechungen über ein Vierteljahrhundert anhält. Joyce lebte damals als Sprachlehrer in dürftigen Verhältnissen in Triest, Pound, dem es auch nicht gerade glänzend ging, arbeitete in London. Als Pound die gedruckten »Dubliner« und das ungedruckte »Porträt eines Künstlers als junger Mann« erhielt, fing er sofort Feuer.

Was sich nun in den Briefen und den sie begleitenden Kommentaren abzeichnet, ist ein förmlicher Kampf, den Pound für Joyce führt: ein Kampf mit Buch- und Zeitschriftenverlegern,

Redakteuren, Theaterleuten, Tonangebern der Kritik, Buchhaltern, Druckereien, Behörden. Niemand will Joyce lesen, ja nicht einmal drucken. Puritanische Setzer scheuen vor Joyces Texten zurück und erklären sie für schmutzig und blasphemisch, Postzensoren legen ihr Veto ein. Das alles bringt einen Mann wie Pound nicht aus der Fassung, im Gegenteil, es spornt ihn an, und mit einer fast berserkerhaften Energie wirbt er für Joyce, ebnet ihm die Wege, verschafft den Manuskripten Vorabdrucke und treibt die verabredeten Honorare ein. Sogar um das schlechte Augenlicht des Iren kümmert er sich, stellt Diagnosen, empfiehlt Spezialisten, die Joyce helfen oder operieren sollen.

Von Joyce hört man zuerst zurückhaltende, dann immer offener Klagen, oft sarkastisch zugespitzt. Während des Weltkriegs lebt Joyce mit seiner Familie in so bejammernswertem Zustand, daß ihm mit alten Anzügen ausgeholfen werden muß, mit Winterkleidung, aber er denkt nicht daran, den Verlegern und Herausgebern gegenüber auch nur die kleinsten Konzessionen zu machen. Dann und wann meldet er Fortschritte seiner Arbeit. Pound ist vor allem vom »Ulysses« hingerissen, den er kapitelweise zugeschickt bekommt und allen Hindernissen zum Trotz in »The Little Review« vorabdrucken läßt. Er schreibt Aufsatz um Aufsatz über die Kunst des irischen Epikers, lobt ihn über den grünen Klee, sieht im »Ulysses« eine Fortentwicklung von Flauberts »Bouvard und Pécuchet«, ja, er stellt Joyce noch über Flaubert.

Sehr gegensätzlich der Ton, den beide Briefschreiber anschlagen. Pound nimmt sich kein Blatt vor den Mund, formuliert im deftigsten Jargon: »Die scheißamerikanische Zeitschrift . . . diese Schwachköpfe und Schlappschwänze . . . diese Hornochsen . . . Quatsch mit Soße . . . in unseren keuschen und kastrierten englischen Landen . . .« Joyce schreibt korrekt, juristisch bohrend, später würzt er seinen Stil mit grimmigen Wortspielen. Als er über Zürich endlich in Paris landet, hat Pound sich schon wieder um alles gekümmert, nicht zuletzt um die Wohnungsfrage. Aber ihr Verhältnis wird jetzt nach und nach kühler. Der »Ulysses« ist inzwischen von Sylvia Beach in

Buchform herausgebracht worden, der einflußreiche Literat und Millionär Valéry Larbaud überzeugt das avantgardistische Paris von dem »Jahrhundertroman« – Pound muß zusehen, wie seine Entdeckung »ein zweites Mal« entdeckt wird und wie Joyce sich – nicht gerade dankbar – nun auf die Seite der einflußreicheren Leute schlägt. »Finnegan's Wake«, das Stück um Stück als »Work in Progress« erscheint, findet bei Pound keine Gegenliebe mehr. Bissig bezeichnet er es als »Work in Regress«. Inzwischen hat er sich in Rapallo niedergelassen und läßt sich von Mussolinis Phantastereien mitreißen. Endgültig trennen sich nun ihre Wege. Joyce zu seinem Bruder Stanislaus: »Um Gottes willen, red nur nicht von Politik. Politik interessiert mich nicht. Das einzige, was mich interessiert, ist der Stil.« Und doch erweist sich der unpolitische Joyce als der politisch Klügere. Er durchschaut den Faschismus, witzelt über Hitler, während Pound für das »geordnete, zupackende Italien« schwärmt und seine berüchtigten Rundfunkreden hält. Andererseits erlischt Pounds Sympathie für den Verfasser des »Ulysses« nie, und als er 1941 von dessen Tod erfährt, widmet er Joyce einen respektvollen, beinahe herzlichen Nachruf. Das schönste Denkmal setzt er dem Toten aber in den »Pisaner Cantos«.

Die Geschichte der Beziehungen zwischen diesen beiden literarischen »Giganten« liest sich streckenweise recht unterhaltsam, besonders immer dann, wenn es um private Dinge geht: um den Alltag der Schriftsteller, ihre Lebensumstände, Familienverhältnisse, den Schwung oder die Schwierigkeiten am Schreibtisch. Doch das Buch enthält auch viele dürre Strecken. Bis ins einzelne gehende Wiedergaben von den Publikationsvorgängen, das Verhandeln mit Verlegern, Redakteuren und Agenten wird vielleicht Pound-Joyce-Spezialisten interessieren, weniger fachmännische Leser ermüden daran. Wäre es nicht besser gewesen, von diesen »betriebstechnischen« Details wenigstens dem deutschen Publikum nur das Allernötigste mitzuteilen, also das Schwergewicht auf das rein Biographische zu verlegen? Auch Pounds Auslassungen über die Bücher von Joyce sind teilweise zeitbedingt, »überholt«. Dem literaturwissenschaftlichen Leser allerdings dürfte gerade die philologische Gründlichkeit imponieren.

(1972)

Der junge und der alte Beckett

Der Roman »Watt« von Samuel Beckett entstand bereits 1942, erschien aber erst 1953 – in jenem für Beckett so wichtigen Jahr, in dem mit der Uraufführung von »Warten auf Godot« der Grundstein zum Weltruhm dieses Autors gelegt wurde. »Watt« ist Becketts zweiter Roman. Der Nobelpreisträger war damals, als er ihn schrieb, Landarbeiter im Departement Vaucluse, in der unbesetzten Zone Frankreichs. Er hatte Paris verlassen, weil ihn die Gestapo verfolgte, die von seiner Zugehörigkeit zu einer Résistance-Gruppe Wind bekommen hatte. Man fragt sich, warum der Roman erst 1970 in deutscher Sprache erscheint. Ist seine Übertragung so schwierig gewesen? Beckett-Übersetzer Tophoven jedenfalls, der an harte Nüsse gewöhnt ist, hat auch dieses Problem bravourös gelöst.

»Watt« nimmt in Becketts Œuvre eine wichtige Stelle ein. Hier betritt der Autor zum erstenmal eigenen Boden. Man kann ohne Übertreibung sagen: Alles, was Beckett im Lauf der Zeit zu einem unverwechselbaren Schriftsteller machte, das keimt in diesem Boden, kommt schon hier ans Licht. Das Thema Herr und Diener – die aus Clowns und Clochards zusammengesetzten Gestalten –, das Ruinöse an ihnen, ihre Geh- und Sprechfehler, ihre Hartleibigkeit, Blindheit und Taubheit – die kleinstädtische oder ländliche Szenerie, die ungemein irisch ist, jedoch durch Weglassen der zeitgeschichtlichen Spuren zu mythischer Menschenumwelt »abstrahiert« wird – und das uferlose Reden, diese Beckettsche Suada, die sich scheinbar um nichts dreht und doch mit verzwickten Erkenntnisproblemen beschäftigt ist, mit der Sprache und ihrer Vergeblichkeit –: all

das ist in »Watt« bereits skizziert. Wer es noch nicht wußte, dem wird hier klar, daß Becketts »Fundus«, sein schöpferisches Material, nicht sehr reichhaltig ist, daß es dieser Dichter aber auf geniale Weise versteht, seine begrenzten Möglichkeiten immer wieder anders, immer wieder faszinierend zu nutzen.
»Watt« ist der endgültige Bruch mit der Tradition. Kaum noch eine Spur von Handlung, Fabel, die Menschen bewegen sich zeitlupenhaft, kommen nicht vom Fleck. Die Titelfigur war früher Diener bei einem Sonderling namens Knott; diesen Mr. Knott sucht Watt jetzt auf. Er fährt mit dem Zug, steigt auf einer kleinen Station aus, geht eine nächtliche Chaussee entlang, rastet im Straßengraben, findet Knotts Haus zuerst verschlossen, plötzlich offen ... Lange wird nun bei dem Leben in diesem Haus verweilt, Watt erinnert und erinnert sich, sogar noch an die Erinnerungen seiner Vorgänger. Dann tritt er den Rückweg an, landet im Wartesaal der kleinen Station, kauft eine Fahrkarte bis zum »Ende der Strecke« und präzisiert schließlich sanft: »Ich meine, das weiteste Ende.« Aus.
Nicht, was Beckett hier mit seinen Figuren anstellt, verblüfft, sondern was er mit der Sprache treibt. Er nimmt sie humoristisch, spielt mit ihr wie Sterne in seinem »Tristram Shandy«. Es gibt seitenlange Wiederholungen ein und desselben Satzes, Fragezeichen mitten in Sätzen, die nicht weitergeführt werden, komische Redefiguren und erlesene Zitate (sogar eins von Hölderlin), Parodien auf die Gelehrtensprache, die Schlüsse der Logik, den Slang, den Kolportageroman, es gibt Gags wie bei Chaplin, »Popeffekte«, die eingeführt zu haben sich die junge Generation rühmt, und endlich einen Anhang, der »unschätzbares und aufschlußreiches Material« enthält, dessen Einbeziehung ins Werk »nur Müdigkeit und Verdruß verhinderten«.
Der springende Punkt des Romans ist der Satz: »Die einzige Möglichkeit, über nichts zu sprechen, ist, darüber zu sprechen, als ob es etwas wäre.« Beckett praktiziert es, von der ersten bis zur letzten Seite. Sprechen ist bei ihm der wahnwitzige Versuch, das Leben an den seidenen Faden der Stimme zu hängen, während unter den Füßen der Boden verschwindet. Nur solange man spricht, besteht die Chance, daß man existiert. Ei-

nerseits bekommt dadurch jedes einzelne Wort eine ungeheure Bedeutung; andererseits wird nur gesprochen um des Sprechens willen: der Einzelwert des Wortes ist unwichtig, Hauptsache, die Stimme reißt nicht ab. Diese paradoxe Verschränkung wird nicht nur theoretisch erörtert, sie erweist sich auch am Text selbst.

Es gibt wunderbare, poetische Stellen, die regelrecht zerredet werden. Zum Beispiel: »Denn was ist dieser Schatten des Gehens, in dem wir kommen, dieser Schatten des Kommens, in dem wir gehen, dieser Schatten des Kommens und Gehens, in dem wir warten, wenn nicht der Schatten des Ziels . . .?« Hier aber ist der großartige Satz leider nicht zu Ende, Beckett fährt fort: ». . . des Ziels, das aufblühend verwelkt, das verwelkend aufblüht, dessen Blumen aufblühendes Verwelken sind?« Dieser zweite Teil mit seinem schwächeren Bild scheint mir überflüssig, ergänzt das Vorangegangene nur insoweit, wie man es schon geahnt hat, ja, er vermindert dessen Wert nachträglich durch das Breittreten der sprachlichen Trouvaille.

Hundert ähnliche Stellen könnte man anführen. Alles, was Beckett vollbringt, zerstört er wieder. Das geschieht natürlich in voller Absicht. Einmal glaubt er nicht an das Gelungene, Schöne, höchstens momentan, im nächsten Augenblick sucht er bereits nach Beweisen seines Unglaubens, seiner Überzeugung von der Nichtigkeit alles Seienden. Zum andern kann er nicht warten, bis sich zu einem glänzenden Einfall ein ebenso glänzender oder wenigstens guter gesellt: er *muß* weitersprechen, koste es, was es wolle, vom Sprechen hängt ja buchstäblich sein Existieren ab. Dies ist die Beckettsche Crux, und wenn er sie auch mit Galgenhumor vorträgt, wollen wir sie nicht als Witz nehmen. Seine existentiellen Schwächen muß ein Autor mit Leiden bezahlen.

Doch für jene Textstellen, wo gegen alle Gesetze ökonomischen Schreibens fortgesetzt verstoßen wird, finde ich keine Entschuldigungen. Wenn Beckett glaubt, einen Satz sieben- oder achtmal wiederholen oder variieren zu müssen, wenn ihm das verzweifelt lustig vorkommt –: gut. Wenn er dann aber ein paar Seiten später dasselbe noch einmal exerziert, reißt einem die Geduld. Der Spaß ist aus. Kann man zum Beispiel folgende Aufzählung nach mehr als einer halben Seite noch amüsant oder tiefsinnig oder gestisch eindrucksvoll finden? Durchschaut man den Sprachmechanismus nicht schon nach drei Zeilen? Hören wir:

»Und was seine Füße betraf, so trug er manchmal an jedem eine Socke, oder an dem einen eine Socke und an dem anderen einen Strumpf, oder einen Schnürstiefel, oder einen Halbschuh, oder einen Pantoffel, oder eine Socke und einen Schnürstiefel, oder eine Socke und einen Halbschuh, oder eine Socke und einen Pantoffel, oder einen Strumpf und einen Schnürstiefel, oder einen Strumpf und einen Halbschuh, oder einen Strumpf und einen Pantoffel, oder überhaupt nichts. Und manchmal trug er an jedem einen Strumpf, oder an dem einen einen Strumpf und an dem anderen einen Schnürstiefel oder einen Halbschuh oder einen Pantoffel oder eine Socke und einen Schnürstiefel oder eine Socke und einen Halbschuh, oder eine Socke und einen Pantoffel, oder einen Strumpf und einen Schnürstiefel oder einen Strumpf und einen Halbschuh oder einen Strumpf und einen Pantoffel . . .«

So geht es aber nicht bloß eine halbe Seite, sondern zwei volle Seiten lang. Anschließend wird man gleich wieder mit einer ähnlichen Aufzählung geplagt.

Die Geschwätzigkeit, in »Watt« Stilmittel oder in die Potenz erhobene Parodie des Stilmittels, sie ist und bleibt problematisch.

Vielleicht wirken Becketts Theaterstücke deshalb stärker als seine Romane, weil die Gesetze der Bühne das Ausufern der Sprache nicht zulassen, weil sie den Autor eisern dazu anhalten, sich kurz zu fassen. Ich sage dies als Liebhaber der Romane Becketts, der sich aber immer wieder fragt, warum diese Epik trotz hinreißender Passagen und Details nur selten die Nachwirkung von Meisterwerken erreicht, nämlich: Erinnerung.

Bei der kurzen Prosa des Iren ist es anders. Hier muß sich der Autor auf das kleine Format konzentrieren. Der Band »Residua«, gleichzeitig mit »Watt« herausgekommen, enthält drei bereits auf deutsch vorliegende Prosastücke und einen noch ungedruckten Text. Sämtliche Arbeiten werden mehrsprachig wiedergegeben: neben der deutschen Fassung steht das französische Original sowie die vom Dichter selbst besorgte englische Übertragung. Beckett-Enthusiasten können hier also vergleichende Studien treiben, das heißt, dreifache Silbenstecherei.

Die vier Texte stammen alle aus den letzten Jahren. »Residua« nennt Beckett diese Prosagedichte. Das soll sicher nicht bedeuten, hier handele es sich um Reste, Rückstände größerer Sprachunternehmungen. Was reduziert erscheint, ist das Menschliche, Individuelle in diesen Texten. Keine Gestalten mehr, sondern Schemen. Von Becketts sonorer Stimme nur ein Hauch. Schon die Titel wirken merkwürdig schattenhaft, »endzeitlich«: »ausgeträumt träumen« oder »Losigkeit« oder unwirsch »Schluß jetzt«. Sie signalisieren poetische Chiffren des Stimmverfalls, eine zerbröckelnde Imagination, die sich kaum noch verständlich machen kann.

»Schluß jetzt« läßt sich noch einigermaßen klar interpretieren. Wir finden den Monolog einer alten Frau aufgezeichnet. Auf die Illusion der Rollenprosa wird fast vollständig verzichtet. Sätze wie »Ich habe meine Ungnade ganz nahe bei einem Gipfel situiert« oder »Schwere, lotrechte, kurze Niederschläge trafen uns unversehens« oder »Aber wir haben mehrmals das Äquivalent des irdischen Äquators zurücklegen müssen« spricht keine alte Frau vor sich hin, auch nicht die gebildetste, es ist Beckett selbst, der das Wort führt. Jedoch er reflektiert die Erfahrungen einer alten Frau, einer, die eine nicht leichte Ehe geführt hat, und er versucht aus diesen Erfahrungen ein Bild des Mannes der Frau herzustellen. Beckett findet erstaunliche Metaphern für das Leben miteinander. Mann und Frau sind ständig unterwegs, es geht über möglichst steile Hänge hinweg, die Hände, an denen sie sich halten, sind behandschuht, die freihängenden nackt. Zum Schluß folgendes Resümee:

»Er war nicht redselig. Im Durchschnitt hundert Worte auf Tag und Nacht verteilt. Kaum mehr als eine Million insgesamt. Viele Wiederholungen. Ausrufe. Mit denen der Stoff kaum zu streifen war. Was weiß ich vom Schicksal des Menschen? Ich habe mir die Frage nie gestellt. Ich bin über die Radieschen besser auf dem laufenden. Die hatte er geliebt. Wenn ich eines davon sähe, würde ich ohne Zögern seinen Namen nennen. Wir lebten von Blumen. Soviel über den Unterhalt. Er blieb stehen und packte, ohne sich bücken zu müssen, eine Handvoll Blütenblätter. Dann ging er kauend weiter. Sie übten im großen und ganzen eine beruhigende Wirkung aus. Wir waren im großen und ganzen ruhig. In zunehmendem Maße. Alles war es. Diese Idee der Ruhe habe ich von ihm. Ohne ihn hätte ich sie nicht gehabt. Ich mache mich nun daran, alles auszuwischen, außer den Blumen. Keine Regengüsse mehr. Keine Kuppen mehr. Nur wir zwei, wie wir uns durch die Blumen schleppen. Schluß jetzt, meine alten Brüste fühlen seine alte Hand.«

In »ausgeträumt träumen« und in »Bing« werden mit teilweise geometrisch exakten Angaben unheimliche Traumgesichte vergegenwärtigt. Da heißt es zum Beispiel: »Zwei sich rechtwinklig schneidende Durchmesser AB CD teilen den weißen Boden in die Halbkreise ABC BDA. Auf dem Boden liegen zwei weiße Körper, jeder in seinem Halbkreis. Weiß auch die Wölbung und die 40 Zentimeter hohe, runde Wand, auf der sie ruht.« Zwei Körper also in einem niedrigen Rundbau, Rücken an Rücken, von kaltem Schweiß beschlagen, ein männlicher und ein weiblicher Körper – soviel läßt sich in dem alles durchdringenden, alles auflösenden weißen Licht gerade noch ausmachen. Dieses weiße Licht spielt die Hauptrolle. Was ist mit ihm gemeint?

Auch in »Bing« wieder das Gleißen, eine ähnliche Situation. Die Welt als schattenloser Alptraum. Als Landefläche für dieses Licht, das zerstört und blind macht. Das Wüstenhafte der Helligkeit konkretisiert sich schließlich in dem Prosastück »Losigkeit« buchstabengetreu: wir befinden uns in einer sandigen, leblosen, mit Trümmern übersäten Einöde, konfrontiert mit einem kleinen aschgrauen Körper, von dem es heißt: »Einsam aufrecht Herz schlägt gegenüber den Weiten.« Hier ist nun auch die Sprache in Trümmer gegangen. Innerhalb der Sätze gibt es keine Satzzeichen, Wörter stehn oft grammatisch unverbunden nebeneinander. »Weiten endlos Erde Himmel ineinander alles regungslos kein Hauch.« Immer wieder wird der noch aufrecht stehende, kleine graue Körper beschworen, der dem Zerfall in dieser Wüstenei die Stirn bietet, mit dem Mut der Verzweiflung. Halb Rettungs-, halb Triumphschrei, so klingt es wieder und wieder durch das Gemurmel: »Kleiner Körper kleiner Block Herz schlägt aschgrau einsam aufrecht. Kleiner Körper aschgrau stocksteif Herz schlägt gegenüber den Weiten . . .«

(1970)

Sartres Porträts und Perspektiven

Der neue Sartre-Band, eine Sammlung von Essays, Vorworten und Prosastücken, macht aufs erste nicht gerade den Eindruck eines unbedingt notwendigen Buches. Man glaubt eines jener Produkte vor sich zu haben, die zumeist dann entstehen, wenn die Verleger bei ihren Hausautoren anklopfen und energisch etwas Neues fordern, die Autoren aber nichts Neues aus der Schublade ziehen können. Dieser Eindruck täuscht. Die »Porträts und Perspektiven« sind kein schnell zusammengeschusterter Band, sondern eine ausgewogene Komposition von Arbeiten, die vorwiegend aus den fünfziger Jahren stammen. Es handelt sich auch keineswegs um Abfallprodukte eines enorm fleißigen Schriftstellers, die Texte sind durchweg gewichtig, ja erstaunlich. Dieser Band hält jedem Vergleich mit den anderen Essaybänden des Verfassers stand.

In seinem zweiten philosophischen Hauptwerk, der 1960 erschienenen »Kritik der dialektischen Vernunft«, hat Sartre die marxistische Lehre über alle zeitgenössischen Denkmuster gestellt und erklärt, der Marxismus sei die Philosophie unserer Zeit – ähnlich wie die Systeme Descartes' und Lockes die Philosophie des 17. Jahrhunderts und Kant und Hegel die des 19. Jahrhunderts repräsentativ ausgedrückt haben. Der Marxismus, sagt Sartre, »ist unüberschreitbar, weil die Umstände, die zu seinem Entstehen geführt haben, noch nicht überschritten sind«. Der Existentialismus spiele heute keine Rolle mehr oder nur noch eine »parasitäre«. Von dieser Kehre in Sartres Denken legen die Essays der »Porträts und Perspektiven« Zeugnis ab. Fast in allen Arbeiten finden wir Spuren eines allerdings nicht unangefochtenen Verhältnisses des Autors zur Marxschen Lehre, zur Sowjetunion und zur kommunistischen Partei Frankreichs.

Zwei der umfänglichen Studien sind dafür besonders charakteristisch: die Porträts von Paul Nizan, einem Jugendfreund Sartres, der in den dreißiger Jahren zu den revolutionären Romanciers zählte und im Krieg umkam, und von Merleau-Ponty, dem langjährigen Chefredakteur der »Temps Modernes«. Hier können wir die hochverzwickten Gedankengänge kommunistischer Konvertiten bürgerlicher Herkunft studieren und ihre philosophisch-politischen Balanceakte verfolgen: angesichts einer schwindlig machenden, zum Verzweifeln korrupten Welt. Sämtliche Porträts sind zugleich Selbstporträts ihres Urhebers, ja, sie beziehen ihre Spannungen vornehmlich aus dem Gegenüber von Porträtiertem und Porträtierendem. Insbesondere die Nizan-Studie ist aufschlußreich, liefert sie doch »nebenher« ein faszinierendes Bild des Schülers, Studenten, Gymnasiallehrers und Nachwuchsautors Sartre.

Zu den wichtigsten Dokumenten gehört der berühmte offene Brief vom August 1952 an Albert Camus. Er besiegelte das Ende einer Freundschaft. Der Anlaß war eine Lappalie. Entscheidend, daß Camus sich nicht auf die marxistische Seite schlagen wollte und Sartre ideologische Blindheit vorwarf. Der wiederum kreidete Camus sein verschwommenes Engagement an und verlangte rigoros die entschiedene Teilnahme an jenen revolutionären Bemühungen, die Marx zur Veränderung der Welt in Bewegung gesetzt hatte. Der Brief ist nicht allein biographisch interessant. Er zeigt den Beginn einer unsere Epoche prägenden, längst noch nicht abgeschlossenen Auseinandersetzung an.

Ein weiterer Höhepunkt: das brillante Fragment eines Buches über Tintoretto. Man hat dieses große Prosastück ein »histori-

sches Drama in Essayform« genannt. Sartre schildert den »Eingeschlossenen von Venedig« als einen Betrüger, Puritaner, Gehetzten, als einen »Maulwurf in der Sonne«. Er erklärt Tintoretto weitgehend soziologisch-ökonomisch, als jemanden, der die abgefeimten Spielregeln seiner Zeit durchschaut und von diesem Vorteil rücksichtslos Gebrauch macht, aber schließlich doch als ein Opfer jener Gesellschaft, die er ausnutzt, auf der Strecke bleibt. Merkwürdig, Sartre muß in Tintorettos Schicksal etwas Wahlverwandtes empfinden, anders läßt es sich kaum erklären, warum er gerade diesem Maler soviel Leidenschaft des Verstehens und Deutens und soviel sprachliche Verve widmet.
Überhaupt nehmen die Arbeiten über Künstler einen beträchtlichen Raum in den »Porträts und Perspektiven« ein. So schreibt Sartre ferner über Giacometti, Lapoujade, Masson und Wols. Die Beschäftigung mit der bildenden Kunst der Moderne hat in den Reihen der französischen Schriftsteller – ganz im Gegensatz zu unserer Literatur – eine glänzende Tradition. Man denke nur an Baudelaire, Zola oder Malraux. Sartre nimmt sich in dieser Gesellschaft ebenbürtig aus. Seine Analysen sind von bestechender Schärfe, übersetzen das rein Handwerkliche in eine Philosophie des Auges, sie machen ganze Bücherberge von betulichen Kunsthistorikern überflüssig. Der Autor kann es sich leisten, innerhalb seiner unprätentiösen, aufs Metier bezogenen Texte durchaus einmal poetisch zu werden. Es kommt dann nicht zu unangenehmen Lyrismen und Sentimentalitäten, wie es häufig der Fall ist, wenn die studierte Zunft sogenannte Glanzlichter aufsetzt, vielmehr lesen wir Formulierungen, unvergeßlich wie diese: »Das Bild, jenes Lehen der Sonne ...« Oder: »van Gogh hat nie versucht, ein Feld mit Raben, noch weniger Obstbäume darzustellen; aus dem einfachen Grund, da diese Dinge überhaupt nicht figürlich darstellbar sind. Sie liefern lediglich eine ästhetische Materie für die Verkörperung jener Gegenwart, die dem Pinsel trotzt: der Welt, wie sie sich mit Feldern überzieht, oder der sprießenden Welt einer Rute mit Saft und Blüten.«
Nicht zuletzt liegen die Vorzüge der Sartreschen Essayistik in

einer stupenden, scheinbar alles und jedes zu artikulieren vermögenden Ausdruckskraft. Dafür geben auch die beiden Reisebilder »Ein Kapuzinerbeet« und »Venedig von meinem Fenster aus« Beispiele ab. Es sind dies Kabinettstücke moderner Reiseprosa, funkelnd von Intelligenz und Anschauung. Wie selbstverständlich kommen hier Wahrheiten ans Licht, die keines ideologischen Argumentierens bedürfen; so etwa, wenn sich der Autor momentan mit einem Tiefseefisch vergleicht, den man an die Oberfläche geholt hat und für den höchste Lebensgefahr besteht: »denn wir sind gewohnt, unter einem unendlichen Druck zu leben, und jedes Nachlassen bekommt uns schlecht«. Wahrheiten, die nicht zuletzt deshalb wahr sind, weil hier die Weisheit Sartres der Dogmatik Sartres zu widersprechen wagt.

(1968)

Ein Roman von Ionesco

Ein merkwürdiges Buch, dieser erste Roman des 62jährigen Eugène Ionesco. Lange sieht es so aus, als käme der Roman fast ohne Fabel aus, dafür spricht sein vereinsamter »Held« 150 Seiten lang in einem Atemzug zu uns, den Lesern – einer Figur Becketts ähnlich, die da glaubt, nur so lange zu existieren, wie sie imstande ist zu reden. Ionesco stellt seinen Einzelgänger allerdings in eine realistischere Szenerie, wenigstens zunächst. Nachdem der Mann eine Erbschaft gemacht hat, kehrt er dem Berufsleben, allen seinen sozialen Kontakten den Rücken und bezieht eine Wohnung an der Peripherie von Paris, um sich dort als »Frührentner« dem Nichtstun hinzugeben.
Sein Tag aber ist bürgerlich eingeteilt. Nach dem Waschen, Rasieren und Frühstücken macht er sich auf den Weg zu einem Café oder einer Brasserie, um dort seinen Apéritif zu sich zu nehmen. Mittags stellt er sich pünktlich in einem Lokal ein, wo

ein Platz für ihn reserviert ist. Nachher macht er ein Schläfchen, liest die Zeitung, trinkt seinen Cognac, sieht den Leuten auf den belebten Straßen zu, bis es Zeit wird, sich wieder an seinem Tisch im Lokal einzufinden und das Abendessen zu bestellen. Daheim schläft er tief, meist weckt ihn erst seine Haushälterin in den Vormittagsstunden.

Eine Weile genießt der Einzelgänger sein Leben. Doch je mehr Zeit er hat, nachzudenken, um so weniger selbstverständlich wird alles um ihn her. Er gerät ins Staunen über die alltäglichsten Dinge, Unruhe und Angst lösen das Staunen ab, er bekommt neurotische Zustände, meint, sich in einer Wirklichkeit zu befinden, die »parallel« zur eigentlichen verläuft. Einmal telefoniert er mit einem alten Bekannten, dem er seine Gedanken und Vorstellungen unterbreitet. Der aber beruhigt ihn: solche Zustände metaphysischer Verlorenheit seien längst erkannt und analysiert, es gebe Bücher, es gebe Pillen. Für den Einzelgänger sind seine Probleme aber nicht »Kultur«, sondern »lebendig«: jeden Morgen erwacht er jetzt mit den gleichen unlösbaren Fragen.

Eine Zeitlang sieht es so aus, als könnte er ausbrechen aus dem Kreislauf seiner Zweifel. Er fängt ein Verhältnis mit der Kellnerin seines Restaurants an, sie zieht zu ihm, der Kontakt zur Mitwelt scheint wiederhergestellt. Aber es dauert nicht lange, bis ihn die Frau verläßt, die lieber hart arbeiten als mit einem »Neurastheniker« leben will. Später bahnt sich in der Stadt eine Revolution an, es geht blutig zu, gerade im Viertel des Einzelgängers, der vergeblich versucht, die zornigen feindlichen Gruppen miteinander auszusöhnen. Zunächst denkt man an die Maiaufstände 1968, aber es entwickelt sich ein »surrealistischer« Bürgerkrieg, Häuser werden mit Artillerie beschossen oder in die Luft gesprengt, die Kämpfe ziehen sich hin, unser Einzelgänger lebt indessen unbeschadet in seiner verbarrikadierten Wohnung und hat das Glück, daß ausgerechnet sein Haus verschont bleibt. Als er sich wieder vorsichtig auf die Straße wagt, hat sich vieles in seiner Umgebung verändert, die Leute sind älter geworden, auch er ist es, er hängt nun seinen Erinnerungen nach.

Einer der Kernsätze lautet: »Ich war wie die andern, ohne wie die andern zu sein.« Ionesco hat seiner Hauptfigur viel von der eigenen Sensibilität und seinem Hang zu reflektieren mitgegeben. Was weiß er über sich? Über uns Menschen? »Ich war unwissend, aber nicht unwissend genug, um mir nicht klar darüber zu sein, daß ich unwissend war. Wissen die Gelehrten etwas? Genügt ihnen das? Was gibt es darüber hinaus? Vielleicht wissen die Bäume mehr. Die Tiere wissen vieles. Ich hatte mich nicht angestrengt, weil ich wußte, daß man nichts wissen kann. Ich war untröstlich darüber. Vielleicht wird man eines Tages alles wissen. Andere werden alles wissen. Diese Müdigkeit, die die ganze Zeit auf mir gelastet hat! Ja, es hat Milliarden und Milliarden Menschen gegeben. Es hat Milliarden Lebende und für jeden die universelle Lebensangst gegeben. Jeder hat wie Atlas die ganze Welt getragen . . .«
Diese universelle Lebensangst ist ein Ausgangspunkt von Ionescos Denken. Auf der anderen Seite sieht er das Glück stehen, »die Gnade«. »Ich kann nur im Zustand der Gnade leben«, sagt der Einzelgänger, um gleich darauf fortzufahren: »Wer lebt schon im Zustand der Gnade?« Wie der Gedanke in der Schwebe bleibt, so kommt auch das Leben des Einzelgängers zu keinem Resultat. Am Ende steht eine Vision der Jakobsleiter.

(1974)

Über Carson McCullers

Über Carson McCullers (1917–1967) gibt es keine einhellige Meinung. In Amerika war sie mit zwanzig berühmt, mit dreißig umstritten, mit vierzig berühmt und umstritten. Der Verkauf ihrer Bücher war sehr gut, aber nicht sensationell. Ihr erstes Theaterstück wurde ein Broadway-Hit, brachte es auf 500 Vorstellungen, ihr zweites nahm man kaum zur Kenntnis. In den fünfziger Jahren erschien vieles von ihr in deutscher Übersetzung: zum Entzücken der Kritik, aber ohne Resonanz beim Publikum. Ein neuer Verlag – Diogenes – machte dann zehn Jahre später einen zweiten Versuch. Es scheint, daß er Carson McCullers mehr Aufmerksamkeit verschafft hat, doch der durchschlagende Erfolg ist ausgeblieben.

Die noch zu ihren Lebzeiten erschienene Biographie von Oliver Evans, die es jetzt auch auf deutsch gibt, versucht das Phänomen zu erklären. Es ist eine Fleißarbeit, sympathisch, von Enthusiasmus getragen, zu einer Hälfte Lebensbericht, zur anderen Werkinterpretation. Was diese Biographie an Fakten vermittelt, war nach Europa bisher nur in legendären Andeutungen gedrungen. Nun erfahren wir, daß die Erzählerin aus den Südstaaten tatsächlich als »Wunderkind« begann: zunächst mit musikalischen, dann mit schriftstellerischen Leistungen. Als Siebzehnjährige verließ sie die Provinz, um in New York ihr Glück zu machen. Sie nahm Unterricht in »creative writing« und war schon fünf Jahre später – nach der Veröffentlichung ihres ersten Romans »Das Herz ist ein einsamer Jäger« – eine sagenhafte literarische Figur.

Von diesem ersten Roman existiert ein Exposé, das Carson McCullers (die übrigens mit bürgerlichem Namen Smith hieß) ein bedeutendes Stipendium einbrachte. Im Anhang der Biographie ist es abgedruckt, und wer es liest, der wird verstehen, daß der Roman bereits berühmt war, bevor er auf dem Papier stand. In der Literatur sind Wunderkinder selten. Noch seltener freilich ist, daß sie ihre frühen Würfe später durch gleichrangige bestätigen. Einige Kritiker behaupten auch, Carson McCullers habe ihren ersten Roman nicht mehr übertroffen. Andere weisen auf die Erzählung »Die Ballade vom traurigen Café« hin oder auf den Roman »Frankie«, der von ihr so erfolgreich dramatisiert wurde, und erklären, diese Werke seien reifer und von noch stärkerer Faszination. Auf jeden Fall steht fest, daß es für Carson McCullers zu einer alle Kräfte verzehrenden Aufgabe wurde, die gleich auf Anhieb erreichte literarische Höhe zu halten.

Die Ehe, die Carson McCullers einging, noch während sie an

ihrem Erstling arbeitete, geriet ihr weniger gut. Auch ihr Mann hatte den Ehrgeiz, sich als Schriftsteller hervorzutun, aber keinen Erfolg. Der Schatten, den sie auf ihn warf, erschwerte ihr Zusammenleben, und obwohl sie nicht aufhörten, sich zu lieben, willigten beide schließlich in die Scheidung. Carson McCullers hat ihren ersten Mann nach einigen Jahren – er war inzwischen als Offizier im Krieg – zum zweitenmal geheiratet. Aber auch dieser neue Versuch schlug fehl. Ihr Mann beging in Paris Selbstmord.

Schwer zu sagen, ob Glück oder Unglück im Leben dieser Frau überwog. Sicherlich, auf der einen Seite der Ruhm, der ihr – trotz scharfer Kritiken – treu blieb, ein freies, unkonventionelles Genießen mitten unter gefeierten Künstlern und Mäzenen, Freundschaften mit Auden, Tennessee Williams, Tania Blixen (um wenigstens einige Namen zu nennen), konzentrierte Arbeit und Freude an der Arbeit, Preise, Ehrungen, Luxus – aber auf der anderen Seite die zermürbende Ehe, die Hinfälligkeit des Körpers: schon als Zwanzigjährige erlitt sie drei Schlaganfälle, die zu Lähmungen führten, Lungenentzündungen plagten sie regelmäßig, am Ende verschonte sie auch der Krebs nicht. Was sie dem Leben abgewann, mußte sie mit schwerem Leiden begleichen.

Oliver Evans, ihr Biograph, berichtet ohne Beschönigung, taktvoll, bei aller Bewunderung nicht unkritisch. Sprachlich erreicht er natürlich nicht das Niveau seines Objekts. Die Übersetzung klingt zuweilen leicht tantenhaft (»wilde Range« und ähnliches). Die Bücher von Carson McCullers interpretiert Evans brav der Reihe nach, im Zusammenhang mit den Lebensphasen der Verfasserin, in denen sie entstanden. Er faßt Leben und Werk als Einheit auf, erkennt Grundlinien, verfolgt Leitmotive. Die Frage, warum es Carson McCullers bei aller Berühmtheit nicht zu einem wirklichen Massenerfolg gebracht hat, beantwortet er mit dem Hinweis, ihre Gestalten und Probleme seien, am Massengeschmack gemessen, zu negativ. Er meint damit etwas Richtiges, auch wenn er es nicht überzeugend formuliert. Einzigartige Schriftsteller wie diese Carson McCullers werden nie zu »Großschriftstellern«, weil sie die komplexe Wahrheit nicht in ein simples, auch undifferenzierten Lesern einleuchtendes Schema pressen können. Dafür bezaubern sie auch dann noch ihre Leser, wenn die Champions der Publikumsgunst keinen Hund mehr hinterm Ofen hervorlokken.

(1970)

Der Romancier Bellow

Der 55jährige Saul Bellow, neben Mailer und Salinger vielleicht der bedeutendste amerikanische Romancier unserer Jahre, ist auch hierzulande bekannt geworden. Von seinen sechs ins Deutsche übersetzten Romanen hat man vor allem den »Herzog« gelesen, diese erstaunliche Charakterstudie eines Intellektuellen. Der neue Roman mit dem Titel »Mr. Sammlers Planet« liegt ungefähr auf der Linie von »Herzog«. Wieder geht es Bellow um die Beschreibung einer hochgradigen Intelligenz. Diesmal ist sein Held über siebzig, ein aus Krakau stammender, seit längerem in New York lebender jüdischer Journalist und Privatgelehrter namens Arthur Sammler. Er, der bei seiner Nichte wohnt, obwohl er in der Stadt eine Tochter hat, der von seinem steinreichen Verwandten Elya Gruner mit dem Lebensnotwendigen versehen wird, möchte seine letzten Jahre möglichst unbehelligt verbringen: nur auf das konzentriert, was ihm zu denken gibt. Aber er wird nicht in Ruhe gelassen.
Sein Gönner Gruner hat sich zum Sterben in eine Klinik zurückgezogen. Wallace und Angela, Gruners Kinder, machen dem Todkranken mit ihren Problemen schwer zu schaffen. Sammler muß mit Rat und Tat eingreifen, überzeugen, schlichten. Doch auch die eigene Tochter Shula, die aus übergroßer Vaterliebe einem indischen Gelehrten ein Manuskript stiehlt, hat es nötig, auf den rechten Weg gebracht zu werden. Dazu wird Sammler höchstpersönlich von den Folgen einer Beobachtung belästigt: er hat einem ungewöhnlichen Taschendieb

bei der Arbeit zugesehen und ist von ihm gesehen worden. Keine außergewöhnlichen Vorgänge, gewiß, aber was Bellow mit Fabulierlust und kompositorischer Brillanz aus ihnen macht, ist überraschend, beinahe märchenhaft. Handlungshungrige Leser werden hier also nicht mit Schonkost abgespeist. Und dennoch spielt alles Geschehen in diesem Roman nur eine Rolle am Rand. Bis an die Ränder breitet sich das Bewußtsein eines alten Mannes aus, ein wunderbarer Informationsspeicher von Wissen und Bildung, in dem ruhelos Gedanken erzeugt werden – und zwar leidenschaftlich unkonformistische – über jenen Planeten, Erde genannt.

Hier wird nicht abstrakt reflektiert, sondern immer von den erzählerischen Gegebenheiten her gedacht. Da ist Sammlers Jugend in Krakau, sein England-Aufenthalt, der Zweite Weltkrieg, der unseren Helden zufällig in Polen überrascht, da sind die Gräßlichkeiten des Kriegs und Sammlers buchstäbliches Auferstehen von den Toten, aber vor allem und immer wieder ist es New York, ein Planet für sich, der dieses unersättliche Denken provoziert, irritiert, auslöscht, von neuem in Gang bringt. Seit Thomas Wolfe habe ich die größte aller Städte nie mehr so haargenau, nuancenreich, mit so viel sprachlicher Verve beschworen und so geistreich durchleuchtet gefunden.

Doch der Name Wolfe soll nicht irreführen. Saul Bellow ist von seinen Anlagen her eher ein Romancier wie Aldous Huxley: scharfäugiger Porträtist seiner Zeit, glänzender Psychologe und witziger Gesellschaftsschilderer, ein Erzähler mit einer Masse von Weltstoff, die sein spekulativer Verstand von allen Seiten durchdringt. Dabei stößt er auf jene Probleme, die Intellektuelle heute beschäftigen: Jugendkult, Sexkult, Radikalität und Brutalität, Marxismus und Freudianismus, die von Wissenschaft und Technik heraufbeschworenen Gefahren, Zeitgeschichte und Zukunft. Außerordentlich fasziniert ist der alte Moralist und Mystiker von der Monderoberung. In den Passagen, in denen Bellow seine Zentralfigur das Für und Wider der Raumfahrt erwägen läßt, wird er fast zum Poeten.

»Es gab eine Zeit, Steine aufzusammeln, und eine Zeit, Steine fortzuwerfen. Dabei betrachtete man die Erde nicht als einen verworfenen Stein, sondern als etwas, von dem man sich loswerfen sollte – dessen man sich entledigt. Diesen großen blauen weißen Planeten schießen lassen, oder sich von ihm fortschießen lassen.«

Bellows Sprache in dem hervorragenden Deutsch von Walter Hasenclever leistet Erstaunliches. Sie ist auf Details versessen, auf Eleganz, auf Originalität. Manchmal scheint ihre Ausdrucksdichte derart kompakt, daß der Leser kaum noch atmen kann. Oder der Text wird in der Deskription penibel wie ein Warenhauskatalog: ». . . an ein weiches lederartiges orangenes Sofa gelehnt, Füße auf einem dunkelbraunen finnischen Teppich mit gelbem Kern oder Nukleus – mit mitotischen Spindeln . . .« Doch das sind Auswüchse. Gewöhnlich ist der Wortlaut ausgewogen, leuchtend deutlich, nicht überklar. Das heißt: er ist dem Roman angemessen, den ich für den intelligentesten des Jahres halte.

(1971)

Nun hat Saul Bellow also den Nobelpreis erhalten. Allein in der Bundesrepublik sind neun seiner Bücher erschienen, schon liegt sein zehntes vor: »Humboldts Vermächtnis«. Es ist das bislang wohl ehrgeizigste epische Unternehmen des Autors: ein Roman von engbedruckten 560 Seiten. Was Bellow vorschwebte, scheint eine Mischung aus Künstler- und Schelmenroman gewesen zu sein mit einem sicher nicht ganz frei erfundenen Dichter jüdisch-ungarischer Abkunft namens Von Humboldt Fleisher als Helden.

Dieser Humboldt ist ein Manisch-Depressiver. »Er war bildschön, tief, beredt, duftig, originell . . .« Und noch einmal: »Ach, Humboldt war groß gewesen – stattlich, hochgestimmt, überschäumend, erfindungsreich, elektrisierend, edel.« So charakterisiert ihn sein ehemaliger Schüler und Freund, Charlie Citrine, ein Chikagoer Schriftsteller, Humboldts hochintelligenter Sancho Pansa. Citrine erzählt also das Leben dieses amerikanischen Genies, und da er die Ich-Form benutzt, kann er auch gleich sein eigenes Licht auf den Scheffel stellen (Jahreseinkünfte in den besten Zeiten über 200000 Dollar).

Wie lebt ein Genie? Toll und grotesk, in jedem Fall verrückt. Über Humboldts dichterische Arbeit erfahren wir nicht viel, um so mehr von seinen Frauen- und Geldgeschichten, seinen wüsten Umtrieben bei der Schickeria New Yorks. Sie laufen auf Selbstzerstörung hinaus. Aber der mausetote Humboldt liegt nicht etwa still im Grab, sondern geistert herum, wirkt zumindest auf Citrine ein, bestimmt dessen Denken und spielt auch noch Schicksal: ein Treatment der beiden Freunde, einst nur so zum Spaß entworfen, wird plötzlich groß verfilmt, ein Welterfolg, und am Ende kommt in einem verschlossenen Kuvert eine zweite Filmstory Humboldts ans Licht, die – das ist nun nicht schwer zu erraten – den Co-Autor Citrine mit dem angebeteten Zaster überschütten wird.
Humboldts Vermächtnis rettet also Citrine aus seinen immensen Schwulitäten. Denn auch der Biograph und Dramatiker, gleichfalls jüdischer Abkunft, hat es toll getrieben. Nun ist seine supergerissene Ehefrau, mit der er einen maßlosen Scheidungsprozeß durchficht, hinter ihm her, das Finanzamt, die Mafia, alle schröpfen ihn oder versuchen ihn zu schröpfen. Wer gern Näheres über Einkünfte und Ausgaben eines amerikanischen Top- und Erfolgsschriftstellers wissen möchte, wird hier unterhaltsam bedient. Citrine geizt auch nicht mit Bettaventüren und Räuberpistolen aus dem High Life. Alles zusammen ist wahnsinnig komisch.
Ich hoffe, ich habe nicht den Eindruck erweckt, Saul Bellow sei in diesem Roman eine Art USA-Simmel. Er ist ein witziger, brillanter Schriftsteller, nach wie vor. Ungemein scharf seine Beobachtungsgabe, präzis seine Wortwahl, vor allem der Slang, herrlich seine Spinnereien, staunenerregend seine Belesenheit und Aufrichtigkeit! Auch von der Komposition her hätte »Humboldts Vermächtnis« ein großer humoristischer Roman unserer Zeit werden können. Was sich dem Autor beim Schreiben in den Weg stellte, geben wir in Citrines Worten wieder: »Meine Schwäche für das Sensationelle, meine amerikanische, chicagosche (sowie auch persönliche) Gier nach starken Reizen, nach Ungereimtheiten und Extremen . . .«
Ein harmloses Beispiel. Einmal heißt es über Demmie, eine von

Citrines verflossenen Geliebten: »Vater Vonghel ... war ein gewalttätiger Mann. An Demmies Kopf befand sich eine Narbe, wo er den Kopf des Kindes gegen die Heizung geknallt hatte, eine andere war in ihrem Gesicht, wo er den Papierkorb drübergestülpt hatte – der Klempner mußte sie rausschneiden. Bei alldem kannte sie die Evangelien auswendig, war ein Hokkey-Star gewesen, konnte Western-Pferde zureiten ... abends spielten wir Backgammon, wir übersetzten Lukrez, sie erläuterte mir Plato.«
Vielleicht ist es inzwischen deutlich geworden: statt eines intellektuellen Großromans mit satirischen Zügen hat Saul Bellow einen irren Schmöker geschrieben, etwas hemmungslos Geistreiches, Superelegantes, süffig Burleskes, an dem man sich – dank der glänzenden Übersetzung Walter Hasenclevers – richtig heißliest.

(1976)

Der Erlkönig – auf französisch

Der französische Erzähler Michel Tournier, geboren 1924 in Paris, ist mit seinem ersten Roman »Freitag oder im Schoß des Pazifik« in deutscher Übersetzung nicht weiter aufgefallen. Für seinen zweiten Roman erhielt er den »Prix Goncourt«. Dieses Buch könnte auch bei uns Furore machen. Es heißt »Der Erlkönig« und ist in doppelter Hinsicht erstaunlich. Nicht nur besitzt es in dem sanftmütigen, von einer magischen Aura umgebenen Riesen Abel Tiffauges eine ganz ungewöhnliche Hauptfigur, es ist auch – welch seltener Fall in der französischen Literatur! – ein Buch über Deutschland. Nach kurzem Vorspiel in Paris und dem Elsaß wird die östlichste Provinz des ehemaligen Reichsgebiets, Ostpreußen, zum Schauplatz des Romans.
Zunächst einiges über den Helden, den »Erlkönig«. Abel ist Automechaniker, schätzungsweise dreißig, nicht verheiratet.

Es überrascht, daß er neben seiner technischen Veranlagung Eigenschaften besitzt, die sich mit dieser Veranlagung überhaupt nicht reimen wollen. Ja, im Grund seines Wesens ist er ein Sinnierer und Naturbesessener, einer, der Blut und Kot verehrt und sich die Rätsel der Welt mittels einer eigenhändig zusammengebrauten Mythologie erklärt. Alles, was er fühlt und denkt, wird von seiner Leidenschaft zu Kindern beherrscht. Er liebt sie abgöttisch, buchstäblich: er betet sie an. Was ihm vorschwebt, ist die Gestalt des Christophorus. Heftig sehnt er sich danach, einmal Reittier eines Kindes zu werden, ein Kind auf seinem Nacken zu tragen.

Von der Vorgeschichte des Abel Tiffauges soviel: In Paris nutzt der ungeschlachte Einzelgänger jede freie Minute, um mit Kindern in Berührung zu kommen. Er schleicht ihnen nach, wenn sie aus der Schule kommen, fotografiert sie heimlich und nimmt ihre Stimmen mit einem Tonbandgerät auf. Einmal bringen ihn seine Annäherungen in eine peinliche Situation, er wird als »Kinderverderber« denunziert und kann sich vor einer Strafe nur dadurch retten, daß er sich – soeben ist der Krieg zwischen Deutschland und Frankreich ausgebrochen – freiwillig zu den Soldaten meldet.

Abels Erlebnisse als Taubenpfleger während des Vormarsches von Hitlers Armeen bilden eine fast humoristische Einlage. Rührend vorsichtig geht er mit den kostbaren Brieftauben um, bezieht sie in seine Passion für alles Zarte mit ein. Es gelingt ihm, sie vor den anrückenden Deutschen zu retten, aber als er sie einen Augenblick unbewacht läßt, fallen seine Vorgesetzten über sie her und stecken sie an den Bratspieß.

Tiffauges wird gefangengenommen, und nun beginnt der Hauptteil des Romans. Zusammen mit einigen hundert Prisonniers transportiert man ihn nach Ostpreußen, genauer: nach Masuren. Abel ist von Deutschland verzaubert. Er empfindet das Land als eine Art Wahlheimat. Die Seen, Wälder, Moore, der einzigartige Wildbestand – alles befeuert seine maßlose und abgründige Phantasie. Einer der ersten Höhepunkte: Als Abel, der in einer Holzfällerhütte kampiert, von einem Geräusch erwacht und die Tür öffnet, steht er einem uralten blinden Elch gegenüber. – Seine Bravheit und glückliche Umstände verschaffen dem Gefangenen immer neue Vergünstigungen. Längst lebt er nicht mehr im Lager, er lernt Deutsch, ja es kommt so weit, daß er als Forstgehilfe direkt dem »Reichsjägermeister« Göring unterstellt wird.

Der zweite Mann des Reiches, mit den Augen des Abel Tiffauges gesehen: das ergibt außerordentliche Partien. Göring führt auf seinem pompösen »Jägerhof« in der Rominter Heide das Leben eines asiatischen Potentaten. Der Franzose ist gebannt und zugleich angewidert von diesen »127 Kilo Lebendgewicht«. Bis ins einzelne werden Pirschgänge, Hirsch- und Wildschweinjagden, richtige Vernichtungsschlachten geschildert; sogar die sagenhaften, Ure genannten Auerochsen, von denen damals noch eine Herde in Europa existierte, tauchen vor Tiffauges auf und versetzen den keineswegs Ängstlichen in Panik.

Der Krieg zwingt den »Reichsjägermeister«, seinen Hofstaat zu verkleinern, mit allerhöchster Empfehlung kommt Abel nach Kaltenborn. Auf diesem alten Schloß gibt es eine Napola (Nationalpolitische Erziehungsanstalt). Es ist eine der vierzig Kadettenanstalten des Regimes, die für den Führernachwuchs, vor allem der SS, zu sorgen haben. Der Kinderfreund meint zu träumen: Plötzlich befindet er sich mitten unter einigen hundert hübschen, harten Jungen! Da immer mehr Ausbilder und Lehrer an die Front müssen, wird Tiffauges unentbehrlich und steigt langsam in der Hierarchie des HJ-Internats empor. Mit der gleichen Akribie, mit der wir in das schwierige Vermessungssystem für Hirschgeweihe oder in die »Entschlüsselung« von Hirschlosung eingeweiht wurden, bekommen wir nun den Alltag einer Napola geschildert. Sämtliche Rangabzeichen der SS werden eingehend erläutert und Richtlinien wörtlich zitiert sowie HJ-Lieder mit allen Strophen.

Sonderbar, daß es ein französischer Autor ist, der als erster die Atmosphäre in diesen Pflanzstätten des NS-Nachwuchses romanhaft einfängt. Körperlicher und ideologischer Drill, Kulte und Rituale, der Rassenwahn – nach einem ausgeklügelten System ist das miteinander verschraubt. Da auch die älteren Jahrgänge von Kaltenborn einrücken müssen, wird Abel Tiffauges mit dem Auftrag losgeschickt, »reinrassige« Kinder, die als Ersatz dienen könnten, in den Dörfern der Umgebung aufzustöbern. Der sanfte Irre, sozusagen als *Jungenklau,* auf einem mächtigen Pferd – so sehen wir Abel nun durch Masuren streifen. Zuletzt fühlt er sich derart sicher, daß er einen jüdischen Jungen, der aus dem KZ entfliehen konnte, in seinem Zimmer versteckt hält. 1945 wird Kaltenborn von der Roten Armee eingeschlossen. Auf Befehl des Anstaltsleiters müssen die Jungmannen ihr Schloß mit Gewehren und Panzerfäusten verteidigen. Es kommt zu einem Massaker. Tiffauges gelingt der Ausbruch. Der jüdische Junge sitzt auf seinen Schultern, und da Tiffauges seine Brille verloren hat, lenkt ihn der Junge wie ein Pferd, indem er ihn an den Ohren zupft. Sie geraten in immer sumpfigeres Gelände. Plötzlich spürt der unheilige Christophorus, daß sie der Boden nicht mehr trägt. Das letzte, was er sieht, ist über sich ein gelber Stern.

Man muß es Michel Tournier lassen, seine Erlkönig-Fabel ist glänzend erfunden. Die unheimlichen Vorgänge, die sie in Bewegung halten, werden von einer bis zur Penibilität gehenden Beschreibungstreue gegenüber dem Faktischen gewissermaßen »beglaubigt«. Tournier nennt jeden Weiler beim Namen, gibt Entfernungen in Kilometern an, macht technische Geräte exakt durch ihre Firmenbezeichnung kenntlich. Hier – aber nur hier! – fühlt man sich an die Schule des Nouveau Roman erinnert. Streckenweise liest sich der »Erlkönig« wie eine »wahre Geschichte«. Es bleibt mir rätselhaft, wie Tournier es fertigbringen konnte, sich solche Detailkenntnisse vom Ostpreußen der Kriegszeit anzueignen. 1940 war der Autor fünfzehn oder sechzehn Jahre – zu jung für die Kriegsgefangenschaft.

Formal setzt sich der Roman aus berichtenden Partien und Tagebuchaufzeichnungen zusammen, grammatisch wechseln also 3. und 1. Person miteinander ab. Die Sprache Tourniers ist nicht durchweg rein. Dichterische Visionen und Phantasien einer Pseudomythologie auf der einen, trockner Rapportierstil auf der anderen Seite – das ist mitunter wenig ausbalanciert. Auch Banales muß man in Kauf nehmen. Die Mängel der Prosa

scheinen mir jedoch zum großen Teil auf die Übersetzung zurückzugehen, die einen dilettantischen Eindruck macht. Ich kann mir nicht vorstellen, daß sich Tournier Sprachklischees wie »weiße Märchenwelt«, eine Stille »wie in Watte gepackt«, »pausenlos«, »unschlagbar«, »die unberührte Natur durch Motorfahrzeuge verschandelt« durchgehen läßt, geschweige solche Gestelztheiten wie »Dieses Bewußtsein beinhaltete einen schonungslosen Blick . . .« oder gar »Seit der Rhein hinter ihm lag, kamen die Geschenke des Schicksals nicht mehr in Form eines Tiefschlags gegen eine von ihm verabscheute Ordnung . . .« Gerechtigkeitshalber muß jedoch hinzugefügt werden, daß dem Übersetzer in den Landschaftsschilderungen oft sehr schöne Sprachbilder gelingen.
Einmalig bleibt die Gestalt des überlebensgroßen Elementarwesens namens Tiffauges. Wie sich dieser Einzelgänger die tollsten manichäischen Mythen zusammenphantasiert, etwa den Gegensatz vom Analen Engel und dem Phallustragenden Engel, wie in dem irren Bewußtsein Abels Weisheit und Abstrusität durcheinanderwogen – das ist wahrhaft bewundernswert dargestellt. Abel zieht durch die blutige historische Zeit geisterhaft wie eine Märchenfigur, ja er wird zu einer Art Fabeltier wie der blinde ostpreußische Elch. Daß sich Tournier von Goethes »Erlkönig« den Titel auslieh, zeugt von einer glücklichen Hand.

(1972)

Nachkrieg

Der Hinweis »Alles frei erfunden!« soll ein Witz sein, denn auch der Held in Walter Kempowskis neuem Roman heißt Walter Kempowski. »Uns geht's ja noch gold« setzt genau dort ein, wo »Tadellöser & Wolff« aufhörte: bei der Besetzung der Hafenstadt Rostock durch die Rote Armee. Nun ist also die

Nachkriegszeit an der Reihe mit ihren sagenhaften Jahren nach dem »Zusammenbruch«. Daß sie eine Fundgrube für Erzähler sind, hatte man früh gemerkt. Schon bald nach 1945 erschienen Romane und Novellen, die die damals noch taufrischen Erfahrungen mit Schutt, Hunger, Vogelfreiheit und dem großen Aufatmen wiederzugeben suchten. Das war die sogenannte Trümmer- und Heimkehrerliteratur. Kempowski, der die Zeit nach der Kapitulation aus einer Distanz von annähernd dreißig Jahren aufs Korn genommen hat, kann es sich leisten, sie durchgehend ironisch zu betrachten. Neben »Uns geht's ja noch gold« wirken jene frühen Chroniken altvälterlich realistisch, rührend zuversichtlich.
Da sich bereits in »Tadellöser & Wolff« der Untergang der in dem netten Ostseehafen beheimateten Reedersfamilie K. anbahnte, brachten feinsinnige Kritiker den Namen Thomas Mann ins Spiel; sogar Fontane mußte zum Vergleich herhalten. Blanker Unsinn natürlich. Mit derartigen Parallelen tut man Kempowski keinen Gefallen; bei so hochgeputschten Erwartungen kann man von diesem Autor nur enttäuscht werden. Viel vernünftiger und sachgemäßer wäre es, den ehemaligen Rostocker, der heute als Lehrer in Westdeutschland lebt, mit Grass, Fichte und ihren Artverwandten zusammen zu sehen. Was sie miteinander gemein haben, ist nicht nur die Halbwüchsigen-Perspektive, aus der sie Hitlerzeit, Krieg und Nachkrieg erfassen, sondern auch die ironisch-satirische Brechung von Haupt- und Staatsaktionen durch den Spiegel eines klein- bis gutbürgerlichen Milieus. Doch es wäre falsch, in Kempowski einen Epigonen zu sehen. Er hat eine einprägsame, sehr selbständige Schreibweise entwickelt.
Der Zeit entsprechend, ist Held Walter ein negativer Held. Hier wird nun gezeigt, wie sich »der süße kleine Purzel« durchschlägt oder durchwurstelt – während die russischen Soldaten Rostock ausplündern, mit so manchem Einwohner kurzen Prozeß machen, unter den Frauen Panik verbreiten. Der Sechzehnjährige muß für seine Mutter sorgen, denn der Vater und der älteste Bruder sind noch verschollen. Er »organisiert«, hamstert, mischt sich unter die Schwarzhändler, schafft fremde

Bibliotheken auf die Seite, aber er versucht auch, wieder ins bürgerliche Gleis zu kommen, doch weder als Oberschüler noch als Lehrjunge in einer Druckerei hält er es lange aus.
Inzwischen kehrt der Bruder aus der Gefangenschaft zurück, die in Dänemark verheiratete Schwester meldet sich wieder, schließlich trifft die Nachricht ein, daß das sonnige Oberhaupt der Familie in den allerletzten Kriegstagen gefallen sei. An ein Flottmachen der Reederei ist nicht zu denken, »drüben« fängt man bereits an, zu verstaatlichen und die Bodenreform durchzusetzen. Den Helden interessiert das alles nur am Rande. Am liebsten streunt er mit einer Clique Gleichaltriger durch die Stadt, schmökert nächtelang im eiskalten Bett, feiert mit verdünntem Fusel die ersten Fêten seines Lebens und bekommt die ersten Küsse. Doch das Leben unter der russischen Besatzung wird immer trister. Walter zieht einen Strich unter die Bilanz von drei Jahren und setzt sich nach Westen ab. Hier, in Wiesbaden, beginnt er als Troßknecht in einer amerikanischen Arbeitskompanie sich gute Tage zu machen. Ja, es geht ihm gold, und um zu zeigen, wie gold es ihm geht, fährt er bald nach Rostock zu Besuch. Dort wird er als Spion verhaftet. Hiermit endet das Buch. – Aber aus Kempowskis Biographie wissen wir, wie es weitergeht. 25 Jahre Zwangsarbeit! Nach acht in heimatlichen Zuchthäusern verbrachten Jahren schiebt man ihn über die Grenze ab. Sein erster Roman »Im Block« berichtet davon.
Die DDR wird auch den neuen Kempowski auf den Index setzen, das ist klar. Doch dieser Autor ist kein kalter Krieger. Er mag nur nichts vertuschen. Genauso kühl und scharf wie die Sieger beobachtet er die Elendsgestalten der Besiegten. Lässig demaskiert er den faulen, feigen Bürgergeist, der sich klammheimlich wieder restaurieren möchte. Kaufleuten, Lehrern, Beamten, Arbeitern, Politischen und Unpolitischen liest er die Leviten. Er tut es nicht mit Donnerstimme und dem Brustton des Gerechten, nein, schlicht (»typisch Kempowski«) mit Zitaten. Ununterbrochen – ohne jeden Kommentar, es sei denn der einer höhnischen Artistik – wird das Gewäsch der Scheinheiligen abgespult: eingefleischter Chauvinismus, vorsintflutliche

Ressentiments, tradierter Käse über das deutsche Wesen und die Wohlanständigkeit bei heiterem Gemüt.

Kempowskis Prosa ist somit weitgehend Zitatsprache. Er hat dem Volk aufs Maul gesehen und beherrscht wie kein anderer heutzutage die verschiedensten Idiome: Landserdeutsch und Schülerargot, Bürgerwelsch und Schwarzhändlerslang. (Küppers kann hier sein »Wörterbuch der Umgangssprache« bedeutend aufstocken.) Meist in indirekter Rede, oft in elliptischen Sätzen läßt er sein Romanpersonal für sich selber sprechen. Glänzende Montagen mit Lieder- und Schlagerfetzen, Lesebuchversen, Filmstories, NS-Parolen. Zum Beispiel:

»In einer Ecke standen die HJ-Führer. *Was müssen das für Bäume sein, / wo die großen / Elefanten spazieren gehn, / ohne sich zu stoßen.* Bestätigte und Unbestätigte. Sie standen ziemlich eng beieinander. Eckhoff: Unwahrscheinlich arisch.« Oder dann etwas später: »Im März wurden die Hitlerjugendführer ›abgeholt‹. (›An den Horizont, marsch-marsch!‹)« Oder, nach dem Wiedereintritt Walters in die Schule: »Hitler, geb. 1889 in Braunau am Inn, Vater Zollbeamter . . . Damit konnte man nun nichts mehr gewinnen. Das war unverwertbares Spezialwissen.«

Nicht die Familiensaga ist das, was bei Kempowski so beeindruckt, sondern die Beschwörung einer festumrissenen Zeit mittels ihrer Wortprägungen und Sprachsignale. Für jene, die diese Jahre erlebten, sind die meisten Wörter »Reizwörter«. Im Nu umgeben sie sich mit Assoziationen und weitläufigen Bedeutungshöfen, ganz Vergessenes oder Verdrängtes holen sie ans Licht. Wie selbst Randerfahrungen durchaus nicht immer individuell sind, sondern von Zeitläuften und der Generationszugehörigkeit ihren Stempel erhalten, kann der Rezensent bestätigen, der, wie er nun sieht, solche ihn scheinbar ganz allein betreffenden Erfahrungen plötzlich mit Kempowski teilt.

Aber »Uns geht's ja noch gold« ist eine Chronik *auf Zeit*, das heißt, mit eng begrenzter Wirkung. Schon Zwanzigjährige werden heute vieles nicht mehr verstehen. (Was ist, beispielsweise, »eine Aktive«?) All die Anspielungen auf den Zeitgeist, mit denen Kempowski brilliert, all seine Beschwörungstricks mit Redensarten, Schlagertexten, politischen Witzen, längst wieder verblaßten Namen von Prominenten – sie geben wenig her, wenn sie als reiner Text genommen werden. Das ist wohl Kempowskis Schwäche: ein glänzender Chronist mit einem wahren Zettelkastengehirn kann genaugenommen nur denen klarmachen, was sie erlebt haben, die es erlebt haben.

(1972)

Das Leben des sterbenden Malaparte

Zwischen 1953 und 1963 erschienen von Johannes Rüber (geb. 1928) fünf Romane, die ihn als erzählerische Begabung auswiesen und ihm Anerkennung, auch im Ausland, einbrachten. Vor allem »Die Heiligsprechung des Johann Sebastian Bach« machte von sich reden. Nach diesem für einen jungen Autor beachtlichen Auftakt folgte ein fast zehnjähriges Schweigen. Jetzt stellt sich Rüber der Öffentlichkeit mit einem neuen Buch, und man ist gespannt, in welcher Weise die Jahre des Schweigens und Älterwerdens an diesem Schriftsteller gearbeitet haben.
»Malapa Malapa« heißt der verhältnismäßig schmale Roman. Hier geht es, wie der Untertitel erläutert, um »Das Leben des sterbenden Malaparte«. Malaparte? Auch er ist den jungen Jahrgängen wohl kaum noch ein Begriff. Nach dem Krieg hatte der italienische Romancier und Journalist (1898–1957) mit seinen neoveristischen Romanen »Kaputt« und »Die Haut« auch in Deutschland ein außerordentliches Echo. Als Person freilich blieb er umstritten. Er brachte es auf mindestens ein halbes Dutzend Konversionen: Faschist, Antifaschist, wieder Faschist, Partisan bei Kriegsende, Kommunist, Antistalinist, Maoanhänger – ein Leben in ideologischen Zickzackkurven, vielleicht nur aus dem einen Grund, über wilde Zeitläufte hinweg die nackte Haut zu retten.

Bei Rüber finden wir den knapp sechzigjährigen Malaparte in einer römischen Klinik, wo man ihn, der schwerkrank von einer Chinareise zurückgekehrt ist, unter Aufbietung ärztlicher Kapazitäten und der Errungenschaften der Medizin am Leben zu erhalten sucht. Warum Rüber, ein eher behutsam schreibender, Traditionen nicht modegerecht verleugnender Mann mit einer Affinität zum Katholizismus, ausgerechnet den robusten Erfolgsmenschen Malaparte zum »Helden« seines Buches ausersehen hat, leuchtet einem erst nach und nach ein. Es ist das Erbarmungswürdige an diesem Menschen, der nun ohne allen Glanz, physisch hilflos dem Tod entgegentreibt. Das Wort »Nächstenliebe« hat für Rüber noch seinen vollen Sinn.

»Malapa Malapa« gehört nicht zu den Tatsachen- oder, wie wir heute sagen: Non-fiction-Romanen. Das wird einem schon nach den ersten Seiten deutlich. Rüber verzichtet zwar nicht auf Fakten, benutzt sie aber »dichterisch«, das heißt, er verfährt mit dem Biographischen frei paraphrasierend. Was belegt, was erfunden ist, läßt sich also schwer auseinanderhalten. Aber das tut dem Buch kaum Abbruch, weil es von den letzten Tagen eines Menschen handelt, der durch große Schmerzen und die Wirkung starker Medikamente ohnehin nur noch wie ein Schatten »bei sich« ist und dessen Bewußtsein in Fieberträumen, Erinnerungen und Halluzinationen verschwimmt.

Doch Malapartes Geist kämpft bis zuletzt um Klarheit. Vor allem in den Gesprächen mit den Besuchern, die zu seinem Krankenbett kommen, nimmt er wach Anteil. Berühmtheiten wie Togliatti oder Moravia tauchen auf, Freunde, Verwandte, auch zwei Jesuiten, die sich um sein Seelenheil bemühen. Freundlich, ja sanft geht Malaparte mit ihnen um. Er berichtet von seiner Chinareise, die einen letzten Wendepunkt in seinem Leben oder den Anfang eines Reinigungsprozesses darzustellen scheint, beschwört die Schönheit und die lebendig gebliebene alte Weisheit des Landes, er diskutiert Tagespolitik und spricht über sein schriftstellerisches Versagen. Immer tiefer vergrübelt er sich in unser schwerstes Rätsel, Tod genannt. Dabei wird ihm die christliche Wahrheit mit jedem Tag *wahrscheinlicher.* Kurz vor seinem Ende läßt er sich taufen.

Daß Rüber hier einen ganz anderen Malaparte als den bisher bekannten zeichnet, ist die Überraschung des Buches. Läuft es letztlich auf eine Heiligsprechung des Curzio Malaparte hinaus? Wohl kaum. Nicht eine Rechtfertigung dieses Lebens wird versucht, sondern eine neue Sinnsetzung von seinem Ende her. Erzählerisch ist eine solche Aufgabe nicht leicht zu bewältigen. Reflexionen herrschen vor und werden in Gespräche und Selbstgespräche übersetzt. Als Grundmuster dient oft der platonische Dialog. Der *Erzähler* Rüber kommt jedenfalls etwas kurz weg. Daß er trefflich, atmosphärisch dicht, ja »spannend« erzählen kann, beweisen vor allem Episoden, an die sich der Sterbende erinnert. Kindheitsszenen – das Auftauchen eines leibhaftigen Engels, der den Leutnant Suckert-Malaparte bei den Kämpfen in den Dolomiten aus einer tödlichen Gefahr rettet – jene Begebenheit auf Capri, wo aufgebrachte Neapolitaner mit dem Ruf »Malapá, Malapá« gegen die Villa Malapartes vorrücken, um den Eigentümer zu lynchen . . . An solchen Stellen kulminiert der Roman.

(1972)

Oberschlesische Polka

Eines möchte ich vorweg klarstellen: Horst Bieneks »Erste Polka« ist keine »Chronik Oberschlesiens« – wie der Hanser Verlag behauptet. Bienek bezieht sich in seinem Roman fast ausschließlich auf das oberschlesische Industriegebiet. Unbestreitbar war dieser Teil Oberschlesiens mit den Städten Beuthen, Hindenburg, Gleiwitz der am dichtesten besiedelte und, was seine wirtschaftliche Kapazität sowie seine Kapitalkraft betraf, der übrigen Provinz turmhoch überlegen (hier befanden sich einst die reichsten Steinkohlenlager Deutschlands). Er hatte es auch zu einer gewissen Popularität gebracht, ja, für die Mehrheit der Deutschen war *der* Oberschlesier einfach identisch mit dem kraftstrotzenden, trinkfreudigen, inbrünstigen, lustig radebrechenden Kumpel aus O. S.

Der agrarische Teil dieses Grenzlandes – um ein Mehrfaches größer als das Revier – hatte seinen eigenen, vor allem durch große Wälder und weite Horizonte bestimmten Charakter. Seine Menschen waren unauffälliger, stiller, mehr dem Westen zugekehrt, sie hatten mittlerweile (das heißt seit zweihundert Jahren) auch viel Preußisches angenommen, sogar die strengen Katholiken unter ihnen, die auf dem Land, kaum aber in den Städten, in der Überzahl waren.

Bieneks Roman spielt also im oberschlesischen Kohlenpott, ausdrücklich in Gleiwitz. Und nur an einem einzigen Tag. Es ist der 31. August 1939, an dem der »Überfall« auf den Sender Gleiwitz erfolgte: jener ominöse, heute Himmler zugeschriebene Handstreich, der den Zweiten Weltkrieg auslöste. (Hitler anderntags: »Seit 5.45 Uhr wird zurückgeschossen.«) Mit Recht ist Bienek, gebürtiger Gleiwitzer, von diesem Datum fasziniert. Seine Unheimlichkeit prägt den Roman – von der ersten bis zur letzten Seite.

Dabei steht im Mittelpunkt eine Hochzeit. Valeska Piontek, Ehefrau des kranken Photographen Leo Maria, läßt sich die Vermählung ihrer Tochter Irma mit dem Gefreiten Heiko Birkner etwas kosten. Gefeiert wird im größten und vornehmsten Hotel der Provinz: im »Haus Oberschlesien«. Es soll ein Fest werden, an das sich die Gäste noch lange erinnern. Doch ausgelassen und deftig geht es eigentlich nur unter den Statisten zu. Die sensibleren Hauptfiguren bedrückt nicht allein der drohende Krieg, sie tragen auch an eigenem Kummer oder werden im Lauf des Tages in quälende Ereignisse verstrickt.

Bienek hat eine richtige Familiensippe aufgeboten: neben dem schon erwähnten Photographen, seiner Frau und dem Brautpaar figurieren der 15jährige Sohn Josel, dessen Cousin Andreas, eine ledige Schwester Leo Marias, Wassermilka genannt, der Bruder der Brautmutter, der ein geschäftstüchtiger Rechtsanwalt ist, Tante Lucie (Lanolin) und, nicht minder deutlich, der bei den Pionteks wohnende Landgerichtsrat a. D. Montag, Josels Freundin Ulla sowie das Dienstmädchen Halina. Fast alle sind außerordentlich gut erfunden, keine ›Typen‹, sondern ganz individuell angelegte Geschöpfe mit Leiden und Leidenschaften, Menschen aus Fleisch, Fett und Blut.

Die eindrucksvollste Gestalt scheint mir jene Wassermilka zu sein, ehemals »Sängerin an der Zoppoter Freilichtoper, Geliebte eines gastierenden Tenors, Platzanweiserin in einem Kino, Zigarrenwicklerin in einer Flüchtlingsbaracke am Klodnitz-Fluß«, nun von einer Gräfin als Gesellschaftsdame engagiert. Milka ist eine Art derber, poetischer Elementargeist in Männerhosen, der beispielsweise das Hochwasser der Klodnitz voraussagen kann:

»Ich weiß, wann das Wasser kommt. Noch am Abend ist das Wasser stumm, nur ein kalter Südostwind geht, und weit weg, in den Beskiden, stürzen die Blitze, aber ich höre das Wasser schon singen, ich sage den Leuten, *Ludzie,* sage ich zu ihnen, der Fluß kommt, die Klodka wird zornig, aber die Leute glauben mir nicht, sie lachen . . . Am nächsten Morgen ist dann das Wasser schon auf den Uferwiesen, und mittags hat es bereits die Gärten erreicht, und ein Regen ist aufgekommen, der kein Licht mehr hindurchläßt und keinen Trost . . .«

Doch auch der pensionierte Landgerichtsrat Montag, ein Halbjude, der im Gartenhaus der Pionteks an einer Korfanty-Biographie arbeitet, ist eine starke epische Erfindung. Montags Erinnerungen an seine ostjüdische Kindheit gehören zu den dichtesten und schönsten Passagen des Romans. Überhaupt, das Buch ist gesättigt mit Erinnerungen, und wenn man bedenkt, daß der Autor bei Kriegsende, als er Oberschlesien verlassen mußte, erst fünfzehn Jahre alt war, wird man nicht umhin können, seinen Studienfleiß wie seine Imaginationskraft zu bewundern.

Zugegeben, die Darstellung der Vorgänge am 31. August ist Bienek manchmal zu breit geraten. Auch der Erzählton hat stellenweise etwas Biederes, leicht Triviales, Nachlässiges, vor allem bei der Beschreibung Jugendlicher. Andererseits ist es schätzenswert, daß Bienek sich nicht scheut, neben komplizierten auch einfache Gefühle zu zeigen, ja, daß er dieses herbe und häßliche O. S. mit wirklicher Inbrunst und Zärtlichkeit zu ei-

nem Landstrich der Poesie erklärt. Wenn ich mich nicht täusche, haben ihn darin große amerikanische Erzähler (wie Thomas Wolfe und Carson McCullers) durch ihr Vorbild bestärkt. Das klingt seltsam, kommt aber der Ausdrucksskala neuer deutscher Erzählprosa zugute.
Auf dem Höhepunkt der Hochzeit wird Polka getanzt. Kein Tanz auf dem Vulkan, nein, ein Sich-Drehen und Stampfen, mit dem etwas besiegelt wird. Es ist eine Abschiedspolka. Abschied von der Jugend, vom Frieden und (nur erst zu ahnen) von diesem Land im Osten. Kritiker haben über Bienek geäußert: Natürlich ist er kein Grass. Natürlich nicht! Brauchen wir denn einen zweiten Grass? Haben wir an dem einen nicht genug?

(1975)

Ernste Absicht

Gabriele Wohmann hat sich keine große Mühe gegeben, das ihrem neuen Roman zugrunde liegende autobiographische Material zu verschlüsseln. In diesem fast 500 Seiten starken Roman mit dem Titel »Ernste Absicht« erzählt sie von einer Schriftstellerin, die Gabriele Wohmann aus dem Gesicht geschnitten ist. Phantasie als Mogelei scheint hier nicht zugelassen, hier wird ehrliche Non-fiction-Prosa geschrieben, sogar die Adressen stimmen, nur die Personen tragen im bürgerlichen Leben natürlich etwas andere Namen.
Man kann den Roman also neugierig durchschnüffeln, mit dem Finger auf gewisse Stellen deuten und aha rufen. Doch dieses anspruchsvollste und ehrgeizigste unter den Büchern Gabriele Wohmanns verdient eine intelligentere Leseweise. »Ernste Absicht« unterscheidet sich von dem, was die Autorin bisher veröffentlichte, nicht allein durch den Umfang. Kein herkömmliches Erzählen mehr, das sich auf Fabel und Spannung stützte, mit Pointen auf Nummer Sicher ginge – nun wird ohne Netz

gearbeitet. Was zur Darstellung kommt, ist das Bewußtsein einer Frau Ende Dreißig: ein Strom von Lebensspuren, Erinnerungspartikeln, momentanen Eindrücken, Zeichen der Zeit und dazwischen die Verstörungen und Fragen, Unlust und Trotz, die Mühe um Klarheit.

Eingeufert wird das Kommen und Gehen der Flut durch die Beschreibung eines Krankenhausaufenthalts. Die Erzählerin muß sich einer Operation unterziehen. Kalt, minuziös zeichnet sie auf, was man ihr zumutet. Und sie findet ebenso genaue Worte für Angst und Elend in ihrem Herzen wie für den durchrationalisierten Klinikbetrieb mit seiner läppischen Munterkeit, die den Tod nicht wahrhaben will.

Aber gerade der Tod ist es, dem sich das Ich des Buches gegenübersieht. In allen hygienisch weißen Ecken steht er: schweigender Widerpart, doch kein steinerner Gast, sondern als gestaltloses Lauern und Provozieren. »Es ist nur ein Schritt zwischen mir und dem Tode.« Unter seinen Augen wird resümiert, was war, was ist. Das grübelnde Selbstverhör vollzieht sich meist sprunghaft, assoziativ, zwischen zwei Sätzen können tausend Kilometer liegen, zwischen zwei Atemzügen Gesichter auftauchen, verschwinden, Orte und Jahre wirbeln durcheinander.

Allmählich wird eine Liebesgeschichte deutlich, etwas ganz Alltägliches, Banales, aber die Betroffenen spüren in ihrer Verstrickung eine neue Gewalt, die Grenzen sprengen, ihr Leben wenden könnte. Die Erzählerin, verheiratet mit einem gutbürgerlichen Mann, umrahmt von gutbürgerlichen Verhältnissen, nicht unglücklich, nicht glücklich, enttäuscht auf der Suche nach ihrem Selbst – plötzlich wird sie mit einem Menschen konfrontiert, den man in der Sprache ihrer Klasse wohl ein verbummeltes Original nennen würde. Der große schwere, zwanzig Jahre ältere Mann wird von einer Handvoll Literaturprofessoren und Lyrikliebhabern für ein Genie angesehen. Alle äußeren Zeichen sprechen für seine Auserwähltheit: Er hat immer einen Schuh in der Tür zur andern Welt, ist mit Hölderlin, Kant, Gellert, dem ganzen deutschen Parnaß auf du und du, produziert unentwegt erstaunliche und unverständliche Sätze, während ihn

kosmische Erschütterungen heimsuchen; bei alldem wird er von seiner Frau über Wasser gehalten, die seine Tätigkeiten schlicht in dem Begriff »saufen und huren« zusammenfaßt.
Die Erzählerin nennt ihn Rubin (Betonung auf der ersten Silbe), seine Frau heißt Martha. Als sie die beiden besucht, entdeckt sie das Gegenbild zu ihrer korrekten, gepflegten, vernünftigen Bürgerwelt. Das Unbekümmerte und Verlotterte fasziniert hier nicht mehr unbedingt. Die Erzählerin ist viel zu wach, zu kritisch, um den deutlichen Stich ins Kleinbürgerliche an dieser rührend altmodischen Boheme nicht zu konstatieren. Ja, sie sucht ihr Selbst, und Rubin macht ihr Mut durch das Vorbild seiner rücksichtslosen, ungeschützten Lebensweise, vielleicht mehr noch durch seine Liebe, die zwischen Weisheit und Torheit, Ausbrüchen von Hingerissenheit und Melancholie nie die Mitte halten kann. Aber sowohl die Ehe der Erzählerin – obgleich im Begriff, sich aufzulösen – als auch Rubins und Marthas jahrzehntealtes Bündnis erweisen sich als Wirklichkeiten, die es mit dem Entzücken augenblicklicher Identität durchaus aufnehmen können. »Ernste Absicht« reicht nicht aus. Der Alltag läßt keine Wahl. So resignierend sieht es die Erzählerin zum Schluß. Aber der Leser merkt, ihr fehlt der Mut, sich einzugestehen, daß ihr Selbst zum großen Teil eben doch dort beheimatet ist, wo die verächtlich ordentlichen, arbeitsamen und überlegt handelnden Menschen leben.
Gabriele Wohmann bietet in ihrem Roman erstaunlich viel Welt auf. Aus dem Krankenzimmer ihrer Schriftstellerin zieht es sie nicht nur in die westfälische Höhle des genialen Löwen. Rom und New York, die belgische und die kalifornische Küste, vor allem aber die deutschen Kleinstädte brauchen sich hier keineswegs mit einem Kulissendasein zu begnügen. Besagte Kleinstädte kennt die Autorin vornehmlich durch Autorenlesungen. Wie es auf solchen Sängerreisen zugeht, finden wir schlagend, mit satirischem Pfiff folgendermaßen beschrieben: »Ich lasse mich nicht gern von Veranstaltern am Bahnhof abholen, ich riskiere Schwierigkeiten mit der Topographie, ich bevorzuge Hotels, die dem Bahnhof benachbart sind – ich wohne trotzdem meistens im Stadtzentrum, wenn nicht, weil das Ho-

tel nun mal seine gastgeberische Vergangenheit mit Kulturgästen kultiviert, etwas außerhalb. Dieser Bahnhof hat sich von altertümlichen Sperren zur Fahrkartenkontrolle noch nicht getrennt und beschäftigt in verglasten Boxen ältere Beamte. Die Kreiselbewegungen der Straßen und Wälle habe ich auf meinem Stadtplan wiedergefunden, die umzingelte Jacobikirche, in die ich später eintreten will, das städtische Museum, das Hotel Münsterhof, den Fluß und die Flußarme, Postamt und Rathaus mit Ratskeller. Auch von diesem Hotelzimmer habe ich mir kaum mehr versprochen. Nr. 27 mit charakteristischem Geruch. Hier wäre ich nach der festen Überzeugung des Veranstalters gut aufgehoben. Ich packe den Koffer aus, ich gehe durch ein paar Straßen der Stadt, ich laufe durch ein Kaufhaus, es ist möglich, daß ich mir eine Bluse kaufe, ich sitze in der Jacobikirche, ich versuche, nicht an viele Sachen zugleich zu denken, ich versorge mich mit einheimischem Bier. Das holzgetäfelte Restaurant des Continental, wo ich den Veranstalter getroffen habe, wo der Veranstalter mir vertragsgemäß einen warmen Imbiß spendiert hat: eine Spezialität im Entgegenkommen, wie sie das hiesige Volksbildungswerk eingerichtet hat.
Sie lesen doch auch Leichteres zwischendurch. Der Veranstalter gehört zu den Leuten, die ihre Armbanduhr verkehrt herum anziehen. Er erzählt mir unaufgefordert sein ganzes, nur für ihn beträchtliches Leben . . .
Bei uns hat sich noch jeder wohl gefühlt, auch schwierige Herrschaften / muß man sich allerdings einfühlen können / und zwar auf beiden Seiten / das ist das ganze Geheimnis . . .
Er selber wünscht sich jetzt in den Abendsessel zu Haus. Ich habe mein Gesicht breitgezerrt und mir vorstellen können, wie das Foto ausfiele, dieses Foto, das man mir nach Wochen übersendet und das ich ungern betrachten werde, mein Abbild, schmierig vom Druckstock geschwärzt, vergröbert und unscharf in der Makulatur des Lokalblatts, dessen Rezensent meinen Abend zumindest interessant gefunden haben wird, wenn auch in der Qualität etwas unterschiedlich.«
Die zitierte Passage vermittelt vom Stil des Buches nur einen schwachen Eindruck. Sicher, das satirische Element fällt ins

Auge, aber es ist nicht die Hauptsache. Was – im ganzen gesehen – weit mehr beeindruckt, ist der außerordentliche Wortschatz, mit dem hier gearbeitet wird. Gabriele Wohmann kann sich poetisch, wissenschaftlich, in der Sprache von Wirtschaft, Werbung und Technik, in Umgangs- und Bibeldeutsch ausdrücken – ihr Wörtergedächtnis scheint nahezu unbegrenzt. Immer wieder löst sie das berichtende Erzählen auf und brilliert mit salopp lyrischen Kadenzen à la Jürgen Becker, grammatischem Exerzieren à la Heißenbüttel, Pop-Spielereien à la Wiener Schule. Ihre Sprache ist weitgehend Zitatsprache, das heißt Kritik an der Sprache. So zitiert sie unsere Alltagswendungen, um uns auf den hinter ihnen stehenden Ungeist zu stoßen, unsere Gedankenlosigkeit zu entlarven. So führt sie fortgesetzt Bibelsprüche an, die durch den banalen Kontext ironisiert werden, andererseits aber auch das Vernutzte und Kraftlose neuer deutscher Rede durch ihre Schönheit deutlich machen.
Selbst die Welt wird wie ein Wörterbuch behandelt. Eine Zahnarztpraxis beispielsweise ist bei Gabriele Wohmann eine Litanei aus einschlägigen Bezeichnungen:
»Das Doriotgestänge, das Amalgan, der Heißluftbläser, der flammenförmige Bohrer, der Kavitätenbohrer, die Carborundscheibe, Ring, Stift, Facette, der Thermokauter, Mundspiegel und Mundleuchte, die Extraktionszange . . .«
Über das Meer wird so referiert:
»Es gibt das Freie Meer. Es gibt die Hoheitsgrenze, die Staatsgrenze, die Dreimeilenzone, das Hoheitsgebiet, die Küstengewässer, es gibt das Küstenmeer. Wir hätten Lust, auf die Mole zu gehen, barfuß im Wasser zu waten, aber wir haben keine Lust, weil du deinen Kopf da hingelegt hast. Es gibt die Hoheitsgewässer. Es gibt die Seelinie, den Vorstrand, die Seelinie . . . Nasser Strand, Trockener Strand, Uferlinie, Küstenlinie, Küstengebiet, Watt, Wattenmeer, Wattgebiet, Watt-Strand, Insel, Wattlinie. Laß deinen Kopf da liegen, denn er ist mir viel zu schwer.«
So lesen sich halbe, ganze Seiten wie Lexikon-Artikel. Sie schwemmen das Buch unnötig auf. Gewiß, man versteht, daß zur angestrebten Totalität der Sprache auch der bemühte, steife,

simplifizierende Lexikon-Ton gehört. Für meine Begriffe aber tut Gabriele Wohmann hier des Guten zuviel, wenn sie aus ihren Handbüchern und Zettelkästen folgendes abschreibt: »Pflanzensoziologisch gehört das Großherzogtum zum Vegetationsgebiet des Eichen- und Hainbuchen-, beziehungsweise Rotbuchenwaldes. Charakterpflanzen des nördlichen Großherzogtums sind Adlerfarn, Besenginster, Calluna vulgaris und womöglich weitere Kalkflüchter . . .«

Man hat Gabriele Wohmann nicht selten vorgeworfen, ihre Bücher strahlten etwas Mißvergnügtes, Schlechtgelauntes aus, ihre Art und Weise habe etwas Naserümpfendes und Bissiges. Selbstironisch versucht sie nun den Kritikern den Wind aus den Segeln zu nehmen. So muß sich die Schriftstellerin ihres Romans sagen lassen: »Sie wirken doch ziemlich hartgesotten auf alle Welt. Sie mokieren sich doch so ziemlich über alles . . .«

Nun, diese Eigenschaft kann Gabriele Wohmann auch diesmal nicht verleugnen. Ein letztes Beispiel: Ständig vergleicht ihr erzählendes Ich die Klinik mit der Deutschen Akademie in Rom, der Villa Massimo, wo sich Gabriele Wohmann und die Schriftstellerin des Romans ein Jahr lang auf Kosten des Staats ein gutes Leben gemacht haben. Die Akademie ist natürlich zum Kotzen, allein schon deshalb, weil man in den Stipendiatenwohnungen kein Telefon vorfindet.

Im ganzen gesehen scheint mir jedoch der Hang der Verfasserin, dem gewöhnlich Sterblichen das gewöhnlich Sterbliche anzukreiden, in diesem neuen Roman gezügelt. Gabriele Wohmann entdeckt das Leiden – jenes große moderne Tabu, an das im Ernst kaum einer zu rühren wagt. In der Auseinandersetzung mit dem Leiden, seiner Angst und seiner Einsamkeit, gewinnt das Buch etwas, das man bisher bei dieser Autorin vermißte: menschliche Betroffenheit, Würde.

(1970)

Von einem, der anfing, das Schreiben zu lernen

Der Büchnerpreis 1978 ist Hermann Lenz zugesprochen worden. Wenn ich mich nicht verrechnet habe, ist er der 27. Preisträger. Lenz hat bisher keine literarische Auszeichnung erhalten. Daß er es gleichsam auf Anhieb zum Büchnerpreis gebracht hat, der als der angesehenste unter den deutschen Literaturpreisen gilt, ist singulär. Man kann es allerdings auch so sagen: Dieser heute 65jährige Autor, von dem es weit mehr als ein Dutzend Bücher gibt, hat auf die öffentliche Anerkennung seines Werkes ungewöhnlich lange warten müssen. Erst als Peter Handke im Dezember 1973 in einer großen Tageszeitung ausführlich auf die literarischen Qualitäten des Erzählers Hermann Lenz aufmerksam machte, begannen sich tonangebende Redakteure, Kritiker, Germanisten und schließlich auch mehr und mehr Leser für den zurückgezogen in Stuttgart (heute in München) lebenden Autor zu interessieren. Die Verwechslung von Hermann mit Siegfried Lenz wurde nun immer seltener.
Der Roman »Tagebuch vom Überleben und Leben« ist der vierte einer Reihe, in der die Hauptfigur Eugen Rapp heißt. Band um Band erzählt hier Hermann Lenz seine eigene, leicht verschlüsselte Lebensgeschichte: »Verlassene Zimmer« (1966) widmete er vor allem seinen Eltern und Großeltern; in »Andere Tage« (1968) erschien Eugen Rapp als Student, der in Stuttgart, München und Tübingen mit scharfem Blick die letzten Jahre vor der »Machtübernahme« erlebte und mit den Schwierigkeiten der darauffolgenden fertigzuwerden suchte; »Neue Zeit« (1975) gab Rapps Soldatenzeit wieder: als schlichter Infanterist, in den vordersten Linien an der Ostfront, wurde er Zeuge der Unmenschlichkeiten des Krieges, überlebte auf wunderbare Weise, bis man ihn am Ende als Gefangenen für ein Jahr in die USA buchstäblich verfrachtete.
Nahtlos schließt der neue Roman an. Im »Tagebuch vom Überleben und Leben« nähert sich der Kriegsheimkehrer Rapp, den Seesack auf der Schulter, seinem Vaterhaus in Stuttgart, das glücklicherweise »noch steht«, wenn auch von einem der Luftangriffe etwas lädiert. Sein Leben lang hat er davon ge-

träumt, oben in seiner Dachstube zu hausen und nichts anderes zu tun als zu schreiben. Das setzt er jetzt durch.

Doch die Zeiten sind nicht gerade bequem für einen, der als Schriftsteller beginnt. Viele können sich noch erinnern, wie es damals in den halbzertrümmerten Großstädten zuging. Lenz gibt seinem Alter ego die Misere des verlorenen Krieges deutlich zu fühlen. Es genügen Kennworte wie Hunger, Wohnungsnot, Entnazifizierung, Schwarzmarkt, Papier- und Bücherknappheit. Eugen Rapp, der Scharfäugige, beobachtet das Elend der »Kleinen« wie die Rücksichtslosigkeit der »Großen«, die rasch wieder obenauf schwimmen möchten; er selbst gehört zu den Halbverschonten, die wenigstens ein Dach über dem Kopf und zum Schwager einen Bäckermeister haben. Mehrmals »preist er sich glücklich«, auch wenn ihm bisweilen die Zigaretten ausgehen und er sich mit »Amikippen« oder »Eigenbau« behelfen muß.

Eines der täglich von neuem zu lösenden Probleme bleibt für Eugen das enge Zusammenleben in einem Einfamilienhaus mit Eltern, Schwester, Schwager und einer Nichte (zu der sich noch eine zweite gesellt). Zudem hat er bald nach seiner Heimkehr die halbjüdische Münchner Kunsthistorikerin geheiratet, jene Treutlein Hanni, seine noch aus der Studentenzeit stammende treue Freundin. Auch für sie muß in dieser Enge ein Platz gefunden werden.

Rapps junge, gescheite, praktische Frau erweist sich rasch als die »richtige« für einen angehenden Schriftsteller wie Eugen. Sie schafft ihm Erleichterungen im täglichen Einerlei, sie knüpft Verbindungen zur Außenwelt, sie gibt ihm Halt und Rat. Freilich, auch eine Ehe will gelernt sein; das tiefe Verständnis, das beide füreinander empfinden, muß sich an der trivialen Oberfläche mit ihren vielen kleinen Reibungspunkten bewähren – was nicht nur Eugen Selbstüberwindung kostet und Gelassenheit abverlangt.

Rings um sie her wimmelt es von merkwürdigen, abenteuerlichen, zwielichtigen Gestalten. Alte Freunde, neue Freunde, zufällige Bekanntschaften: beinahe alle haben in dieser fast unwirklichen Nachkriegszeit fast Unwirkliches hinter sich; Eugen

hört genau hin. Und er sucht hinter ihren Geschichten die immer gleichen Wünsche, Beweggründe, Sehnsüchte, die Menschen umtreiben, seit es Menschen gibt.
Von den schöpferischen Vorgängen am Schreibtisch lesen wir wenig. Rapp deutet nur an, daß er an Erzählungen arbeitet, in denen er auf surrealistische Weise das geliebte kaiserliche Wien mit dem zerbombten Stuttgart, Ordnung und Chaos ineinanderwebt, Erfahrungen des Tages in ein älteres Licht zu tauchen versucht. (Was Hermann Lenz damals *tatsächlich* schrieb, findet man in dem drei Erzählungen umfassenden Band »Das doppelte Gesicht«, der – gleichzeitig mit dem neuen Roman – in der Bibliothek Suhrkamp neu aufgelegt worden ist. Ein phantasievoller und aparter Einfall des Verlages!)
Aber von Sinn und Rechtfertigung des Schreibens ist häufig die Rede. Rapp meint, er schreibe aus einem Urantrieb; eine letzte Erklärung dafür gebe es wohl nicht. Die vorletzte lautet etwa: durch festhaltende und festgehaltene Sprache mit sich ins reine kommen. Ein andermal erläutert er seine Arbeit in der Dachstube salopp: »Er wollte es halt tun.« Fügt aber noch hinzu: »Und vielleicht wünschst du mit deinen Worten zu jemandem hinzukommen, der so denkt wie du.«
Wie die vorangegangenen Rapp-Romane ist der neue ein ehrliches, aber kein schamloses Buch. Lenz macht aus den Schwächen seiner Hauptfigur kein Hehl. Andrerseits weiß er, daß aus unseren Schwächen meist unsere Stärken kommen. Jenes Schreiben, das zählt, erwächst aus Unbeirrbarkeit, Geduld, ja auch aus Gleichmütigkeit. Freilich muß noch etwas hinzukommen, das außerhalb von Trieb und Willen liegt. Alte Zeiten hatten ganz bestimmte Worte dafür. Wir Heutigen mit unserer Scheu vor dem Nicht-Rationalen lassen es bei Andeutungen bewenden.

(1978)

Erzählungen von Muschg

In meinen Augen ist Adolf Muschg nach Frisch zur Zeit wohl der beste Schweizer Erzähler. Nicht der Roman ist seine Domäne, sondern die Geschichte von 10 bis 20 Seiten. Es gibt Kabinettstücke von ihm wie »Der Ring« oder »Das Zusenn oder das Heimat«. Muschg hat ein ungemein scharfes Sensorium für das Kolorit der Zeit entwickelt. Er kennt sich aus in den heutigen Redensarten und bringt sie im Text zusammen mit einer kultivierten, zuweilen leicht lyrisch getönten Erzählweise. »Kultiviert« ist für mich kein Schimpfwort. Ich bezeichne damit etwas Ausgewogenes, Diszipliniertes, Zurückhaltendes, Wohlüberlegtes. Es ist heute keineswegs selbstverständlich, daß jemand, der schreibt, auch schreiben kann.

»Entfernte Bekannte«, Adolf Muschgs neuer Erzählungsband, enthält sieben Geschichten. Eine fällt aus dem Rahmen: »Hans im Glück« – ein teilweise lustiges Sprachspiel aus viktorianischen Floskeln, mit denen am Beispiel eines halbgezähmten Mandrills (»Hans«) Prüderie ironisiert wird. Ein reines Virtuosenstück.

Die anderen Geschichten sind durchweg leise erzählte Alltagsgeschichten. Während ich sie las, ist mir erstmals aufgefallen, wie nahe verwandt Muschgs Erzählform mit der klassischen amerikanischen Shortstory ist. Seine Erzählungen enden nicht oder kaum mit Pointen, das Überraschende ist nach innen verlegt, nicht Zeitabläufe werden wiedergegeben, sondern Situationen dargestellt.

Zum Beispiel der Morgen in einer kleinen (fast möchte man sagen: exquisiten) Kommune: das Aufstehen, Sich-aus-dem-Schlaf-Rekeln, Frühstückzubereiten. Oder: Ein Sohn bringt seine verwitwete Mutter zur Operation in eine Klinik; während sie beide das superteure Klinikzimmer besehen, spielt sich zwischen ihnen in alltäglichen Worten etwas Ungewöhnliches, ja Entscheidendes ab. Oder: Eine junge Frau faßt auf einem Spaziergang über eine Altmaschinen-Deponie den Entschluß, sich von ihrem Mann zu trennen. Immer Situationen, die *bezeichnend* sind – in denen Muschg hinter banalen äußeren Vorgän-

gen innere zeigt, die Problematik seiner Personen so zuspitzt, daß sie sich entscheiden müssen und damit »entlarven«.
Auch eine Geschichte wie »Brämis Aussicht« scheint ganz auf den Kammerton gestimmt, nimmt aber ein gräßliches Ende. So etwas beherrscht Muschg ebenfalls. Erzählen als Kunst – darin ist er überhaupt schwer zu schlagen. Besonders das »Zwischentönige« bringt er mit immensem Können zur Geltung. Er kann Landschaften, Interieurs, Gesten und Mienenspiele beschreiben, daß es seine Art hat. Muschgs Blickwinkel ist diskret neu, das heißt, er sieht vieles anders, als man es gewohnt ist, geht einem aber nicht mit einer Neuheit à tout prix auf die Nerven. Von einem Zoo etwa heißt es:
»Weit hinter den Leuten sah er ein paar große Vögel auf ihren Stengeln im fahlen Gras stehen, das sich erst gegen den Teich hin, wo kleinere Vögel schwammen, grün tönte; zu satt eigentlich, nachdem doch die Sonne schon untergegangen war. Und noch weiter weg, hinter den Strauchgittern, zeichnete sich eine Gruppe größerer Tiere ab . . . Yaks, ein Stier und zwei Kühe. Der Stier tat ein paar Schritte, die Zotteln seines Fellteppichs schleiften auf dem Boden nach.«
Was mir weniger gefällt, ist das etwas eintönige Lebensgefühl dieser Muschg-Figuren. Sie kennen so gut wie kein Behagen. Sie kränkeln an ihren »Situationen«, an ihrer Welt, sie haben auch – bei plötzlicher Entschiedenheit, frischer Erkenntnis – etwas sanft Trostloses. Weniger Gebrochenheit, zum Kontrast einige Figuren, die in ihrem Leben »aufgehen«, hätten hier nicht geschadet.

(1976)

Bergfahrt

Wer den Schweizer Autor Ludwig Hohl (geb. 1904) nicht kennt und nun seine Erzählung »Bergfahrt« aufschlägt, bekommt von Hohl gleich einen angemessenen Begriff. Dieser Autor ist ein

Original, ein Querkopf, ein Dichter, ein Erzähler sui generis. Soll man ihn dennoch vergleichen, dann kommt am ehesten Stifter in Frage. Allerdings hat Hohl kaum etwas Sanftmütiges; im Gegenteil, er kann schroff, hart, kalt oder heiß sein.
Doch mit Stifter teilt er das manchmal Dilettantische, das Ekkige in Konstruktion und Sprache. Die Fabel seiner Erzählung »Bergfahrt« – die er, laut Klappentext, 1926 begann, 1940 sechsmal neu faßte und dann mehr als dreißig Jahre liegen ließ –, die Fabel also ist schlicht und klar: Ein Gipfel in den Alpen soll bestiegen werden, zwei junge Männer machen sich auf den Weg, ihre Bergtour wird minuziös beschrieben, darüber hinaus so gut wie nichts mitgeteilt, streng konzentriert sich der Erzähler auf die eine Begebenheit.
Als Flachlandtiroler glaubt man zunächst, man werde die 100 Seiten nicht durchhalten, an den tausend und abertausend Details der Gipfelstürmerei bald ermüden. Doch wer sich in Hohl eingelesen hat, hört nicht mehr auf. Obwohl der Autor ins Breite geht, wird er nie langweilig. Das liegt nicht nur an der Sprache, die ungewöhnlich reich und intensiv ist. Die Besessenheit dieses Erzählens nimmt den Leser gefangen.
So folgen wir dem geschmeidigen Ull und dem langen, etwas ungelenkigen Johann beim ersten Anstieg, beim Übernachten in der Almhütte, beim Steigen und Rasten, beim Begehen des Gletschers, auch durch den Schneesturm, der Ull zum Aufgeben zwingt. Sie trennen sich nun. Johann steigt ab, Ull bezwingt den Grat allein. Doch auf dem Rückweg finden beide den Tod. Ull hängt stundenlang in der Südwand, bevor er den Fehlgriff tut und ins Bodenlose stürzt. Johann, der schon die Matten erreicht hat und unvorsichtig bergab schlendert, rutscht in einem schäumenden Wildwasser aus.
Das Ganze wie auch Einzelnes läßt sich symbolisch deuten. Mir hat das Konkrete der »Bergfahrt« genügt. Von Hohl sollte man eigentlich gar nicht reden, ohne ihn seitenlang zitieren zu dürfen. Das muß hier leider unterbleiben. Dieser Autor ist jedenfalls ein Dichter, und das heißt: Sprache hat bei ihm nicht die Funktion eines Transportmittels. Sie ist die Sache selbst. Man hat im Zusammenhang mit Hohls Wortlaut von »Urgestein«

gesprochen. Der Eindruck läßt sich nicht von der Hand weisen. Andrerseits hat diese Sprache oft etwas Altersloses. Ihre Intensität, ihr »Hitzegrad« ist einmalig. Zwei Sätze von Hohl sollen dies zum Schluß wenigstens andeuten:
»Der oberste Teil seiner Flanke, aus Firn und grauem, leise glänzendem, glattem Fels, gleicht einem Schild, einem Panzer, einer fein in Stahl oder Silber eingelegten Arbeit. Und das ganze langgezogene Gebilde dieses Gipfelbaues vor den hellen Himmeln hätte vielleicht auch den Eindruck erwecken können von einem sehr großen Schiff, das nicht in ein Erdenmeer nur, das in die Ewigkeit hinein führe.«

(1976)

Ideenmagazin

Die Aufzeichnungen aus den Jahren 1949 bis 1960, die Elias Canetti vorlegt, sprechen eine unauffällige, klare, allem Geschönten abholde Sprache. Canetti geht kaum direkt auf unsere Zeit ein, das heißt, kaum auf ihre Aktualitäten. Sein Denken wird vielmehr von den Bedingungen bestimmt, die eine Zeit prägen. Sie findet er im ewig Anfechtbaren des menschlichen Reagierens. Das Studium der Geschichte zeigt ihm, daß die Resultate der Zeiten einander ähnlich sind. Aber ihr Zustandekommen läßt von Fall zu Fall eine Verlagerung der Gewichte erkennen.
Canetti ist mit einer Ausschließlichkeit Schriftsteller wie Kafka; er kann offenbar nur leben mit der Feder in der Hand. Während er sein opus magnum schrieb, das Buch »Masse und Macht«, füllte er noch weit über zweitausend Seiten mit Aufzeichnungen über Beobachtungen und Überlegungen, die ihn neben seiner Arbeit oder auch in der Auseinandersetzung mit ihren Materialien beschäftigten. In seinem neuen Buch »Alle vergeudete Verehrung« bekommen wir nur die Spitze des Eisbergs zu

Gesicht: ungefähr ein Zwanzigstel des gesamten Manuskripts. Zunächst scheint es, als sei Canetti ein Moralist im klassischen Sinn. Er fragt sich: Wie ist es möglich zu leben? Der Mensch muß mit seinesgleichen auskommen lernen, denn Leben bedeutet: Zusammenleben, und das wiederum bleibt ein Kunststück bis zum Schluß. Gedankengänge in dieser Richtung spitzen sich etwa zu solchen Aphorismen zu wie: »Worte, ohne die man nicht leben kann, wie Liebe, Gerechtigkeit und Güte. Man läßt sich von ihnen täuschen und durchschaut es, um noch heftiger an sie zu glauben.« Oder: »Feig, wirklich feig ist nur, wer sich vor seinen Erinnerungen fürchtet.« Oder: »Man mag drei- oder viertausend Menschen gekannt haben, man spricht immer nur von sechs oder sieben.«

Canettis Reflexionen gehen immer von der Existenz ihres Urhebers aus. Was dem Autor am Menschen mißfällt, nimmt er zuerst an sich selber wahr. Mit den eigenen Ansätzen zu Sattheit, Siegerpathos, Systematik, Hochmut und Indolenz geht er streng ins Gericht. Hier werden keine Posen zugelassen. Ich kenne kaum einen lebenden deutschen Autor, der im Umgang mit sich selbst so wenig Eitelkeit zeigt. Das rührt vermutlich von einer eingeborenen, sehr seltenen Scheu her, sich auf falsche Weise wichtig zu nehmen.

Die Skepsis gegenüber der Person verschränkt sich mit einer Skepsis gegenüber der Sprache. »Jedes gesprochene Wort ist falsch. Jedes geschriebene Wort ist falsch. Jedes Wort ist falsch. Was aber gibt es ohne Worte?« Schreiben, also bewußt leben, kann man nur aus Trotz. Dieser Trotz hat bei Canetti seine Wurzeln in einer fundamentalen Kränkung. Daß er und wir sterben müssen, trifft ihn immer wieder bis ins Mark. Mit dem Tod ficht Canetti seine Urfehde aus.

Was uns an diesen Aufzeichnungen so gefangennimmt, was ihnen den Rang verleiht, ist das auf sich selbst gestellte Denken. Es resultiert aus scharfer, unermüdlicher Beobachtung. Ob es um Freunde geht, Eindrücke von Reisen, Lektüre, die Arbeit am großen Werk: leidenschaftlich werden die Spuren gelesen und wieder gelesen, bis sich der wahre Sachverhalt abzeichnet. Denkend, schreibend läßt Canetti die Grenzen des Moralismus weit hinter sich. Angstträume, Visionen stürzen ihn in die Abgründe, wo alle Lebenskunst versagen muß, wo selbst der Trotz des Schreibens nichtig wird. »So wie du in diesem Leben nicht einen Menschen gerettet hast, so wirst du auch nach deinem Tode keinen einzigen retten. Vielleicht wirst du einen mit derselben Begierde, zu retten, anstecken. Das ist das meiste, das ist alles.«

Wahres formulieren heißt: sich im Recht glauben. Wo jedoch alles in Frage gestellt ist, kann man gegen das Gift der Rechthaberei nur mit dem bitteren Rest des Irrtums als Gegengift angehen. Sich selbst widersprechen. Das ist das Zeichen der Weisen. Oder auf die Spitze getrieben: wissen, daß man sich dem Irrtum ausliefern muß. Goethe formulierte es so: »Wir alle sind so borniert, daß wir immer glauben, recht zu haben; und so läßt sich ein außerordentlicher Geist denken, der nicht allein irrt, sondern sogar Lust am Irrtum hat.«

(1970)

Der Essayist Andersch

Von Alfred Andersch erschien in letzter Zeit jedes halbe Jahr ein Buch. Sein neuestes trägt den lakonischen Titel »Norden Süden rechts und links« und stellt sich als eine umfängliche Sammlung von Reiseessays, literarischen Studien und Rezensionen heraus. Einen nicht geringen Teil der Arbeiten kennt man bereits aus den Bänden »Die Blindheit des Kunstwerks« und »Aus einem römischen Winter«. Hier bringt Andersch also unter ein Dach, was er in zwanzig Jahren an beschreibender und kritischer Prosa sowohl in vorläufigen Editionen als auch verstreut in Revuen und Zeitungen veröffentlicht hat. Offenbar liegt ihm – wie seinem Verlag – daran, das bisher Geleistete möglichst rasch in einer Reihe beträchtlicher Bände, sozusagen als Gesamtwerk in Einzelausgaben, zusammenzufassen.

Essays über Städte und Landschaften gemeinsam mit literarischen Aufsätzen und Buchbesprechungen herauszubringen ist ein Wagnis. Andersch geht es bewußt ein, denn er schreibt in seinem Nachwort: »Ob Literatur und Landschaft einander benachbart werden können, wie es in diesem Buch geschieht, vermag der Verfasser nicht zu entscheiden. Er versucht es. Er hofft es.« Mir scheint, daß sich seine Hoffnung nicht erfüllt. Nach dem ersten Viertel des Buches, den Reiseaufzeichnungen, fängt für mich ein neues Buch an. Das Nebeneinander von Deskription (Länder und Städte) und Reflexion (Autoren und Bücher) läßt sich nicht im Ganzen, nur in einzelnen Texten überzeugend verwirklichen – beispielsweise in der Studie über den Bassani-Roman »Die Gärten der Finzi-Contini«, wo Andersch, von einem Besuch Ferraras ausgehend, Gestalt und Gehalt des Romans untersucht, indem er ihn nacherzählt; übrigens eines der subtilsten Stücke des Bandes.

Andersch ist besessen vom Detail. Das heißt: Bevor er etwas zu Papier bringt, informiert er sich über seinen Gegenstand aufs sorgfältigste und gründlichste. Etwas von einem Gelehrten steckt in diesem Autor. Man schaue sich nur die Vielzahl peinlich genauer Fußnoten an. Seine Nomenklatur, seine Vergleiche und Metaphern stammen häufig aus den Naturwissenschaften. Unter den Nachkriegsautoren steht er damit einzig da. Man müßte schon bis zu Ernst Jünger zurückgehen, wenn man nach einem Beispiel suchen wollte. Der Name fällt nicht zufällig. Jünger ist eine alte, unbeirrbare Liebe des Stilisten Andersch. Politisch lassen sich beide freilich nicht nebeneinander unterbringen.

Kurz zum Inhalt. Beschreibungen von Aufenthalten in Schweden, Holland, London und Rom, einer Exkursion nach Sardinien sowie ein Aufsatz über klassische Reisebücher: das ist der erste Teil. Im zweiten finden sich meist ausgreifende Essays über Thomas Mann, Vittorini, Simenon, Jean Améry, eine fundamentale Auseinandersetzung mit dem Kino der Autoren, Untersuchungen über den englischen Roman heute oder den Trivialroman, außerdem die grundsätzlichen Überlegungen zu Form und Sinn unter dem Titel »Die Blindheit des Kunstwerks«. Von den Kritiken und Rezensionen der dritten Abteilung können nur einige durch Autorennamen signalisiert werden: Böll, Hemingway, Koeppen, Enzensberger, Robbe-Grillet, Jünger, Sartre, Arno Schmidt.

Ich meine, daß schon diese blanke Inhaltsangabe nicht wenig über den Essayisten Andersch verrät. Die meisten Themen und Namen korrespondieren aufs engste mit der Arbeit des Erzählers Andersch. Das eigene Werk und Handwerk bringt jenes Theoretisieren in Gang, welches in literarischen Thesen und Stimmungen, bei benachbarten Autoren und Werken nach Bestätigung sucht oder sie als Herausforderung annimmt. Andersch ist kein modischer Erzähler. Er hält daran fest, daß der Roman Figuren, Schicksale, Handlung, Psychologie, Atmosphäre und gesellschaftlichen Hintergrund braucht, kurz: daß er ohne Realistik das verliert, was ihn zum Roman macht. Viele der Untersuchungen bekräftigen, stützen und verteidigen seine Überzeugung. Die einzige scharfe Kritik des Bandes gilt daher auch, wie nicht anders zu erwarten, dem Großmeister des Nouveau Roman.

Brillant und phantasievoll sind die Aphorismen »Über Atmosphäre«. Hier wird auf einem Streifzug durch die Kunst und Literatur der Moderne sehr Scharfsinniges über den Aggregatzustand des Ästhetischen qua Poetischen festgehalten. In der »Blindheit des Kunstwerks« – einer Auseinandersetzung mit den reinen »Formalisten« Benn und Fabri – fällt das zentrale Adorno-Zitat: »Der Vollzug des dem Kunstwerk selbst streng immanenten geistigen Prozesses heißt zugleich: Blindheit und Befangenheit des Kunstwerks überwinden.« Angesprochen ist der über das Werk hinausweisende Sinn, ohne den Kunst sich nicht behaupten kann.

Bei den Rezensionen wird man nicht in jedem Fall ohne weiteres zustimmen. Hier macht sich oft die Zeitbedingtheit des Urteils geltend. Auch ist Andersch ein enthusiastischer Rezensent – was ihn einerseits wohltuend von der Masse der herummäkelnden, durch Verrisse aufzufallen versuchenden Kritiker abhebt, andererseits läuft er natürlich Gefahr, den Mund zu voll zu nehmen. Ein zweifellos gutes Gedicht von Enzensberger

wird gleich bei Erscheinen als »eines der folgenreichsten deutschen Gedichte unseres Jahrhunderts« apostrophiert.
Von seinen minuziösen, doch auch durch sinnliche Grazie bestechenden Reiseessays her wissen wir, daß Andersch ein Stilist von hohen Graden ist. Das erweist sich nun gleichfalls an seinen literarischen Studien. Die Sprache ist präzis und luzid in einem, vereinigt Einfachheit mit Subtilität und Raffinesse; selbst dort, wo sie scharf wie ein Instrument gehandhabt wird, respektiert sie die Aura der Bilder. Manchmal hat diese Prosa einen etwas preziösen Schick, aber der gehört nun mal zu Andersch, dem neben dem Gelehrten auch der Goldmacher nicht schlecht zu Gesicht steht. Das leicht dandyhafte Verhalten macht er übrigens durch außerordentliche Sorgfalt und Disziplin des Arbeitens wett. Ruhig, stetig, wächst die Wirkung seines Werkes. Ein Autor, der offenbar erst als Fünfziger seine volle Form erreicht hat. Auf die Dauer wird er manche der jüngeren, sich sensationell in Szene setzenden Autoren mit ihren Über-Nacht-Erfolgen schlagen.

(1972)

Nachbemerkung zur »Roten«

»Die Rote« ist sicher nicht Andersch bestes Buch, aber sein bestverkauftes. Wenn man den Roman nach zwölf Jahren wiederliest, so wird einem deutlich, wieviel der Erzähler Andersch in diesen Jahren dazugelernt hat, wie sehr er seine künstlerischen Ansichten entwickeln, seine sprachlichen Mittel differenzieren konnte. Das soll nicht heißen, »Die Rote« wäre ein primitives Werk. Im Gegenteil, so raffiniert wie hier hat Andersch wohl niemals wieder eine Geschichte eingefädelt, die Effekte sind genau kalkuliert, die Szenen zuweilen reißerisch, wie fürs Kino entworfen. (Inzwischen hat es ja auch einen Film »Die Rote« gegeben, von dem sich der Autor allerdings distanzierte.) Nein, daß die späteren Bücher wie »Liebhaber des Halbschattens« oder »Efraim« oder »Mein Verschwinden in Providence« wesentlich stärker wirken, liegt vor allem daran, daß Andersch sie offenbar mit größerem Einsatz seiner Person geschrieben hat; sie sind – und das ist nur ein oberflächliches Paradoxon – leidenschaftlicher und zugleich diskreter.

Die neue Ausgabe der »Roten« wird dem Leser als *neue Fassung* angeboten. Die Literaturgeschichte kennt genügend Fälle, wo Autoren, unzufrieden mit einem bereits veröffentlichten Werk, zweite Fassungen herstellten und diese dann für allein maßgeblich und verbindlich erklärten. Ein großes Beispiel ist »Der grüne Heinrich«. Derartige Neufassungen sind freilich nicht unproblematisch. Wir brauchen hier allerdings auf die Probleme nicht einzugehen, da es sich bei Anderschs neuer »Roten« nur um einen stilistisch leicht korrigierten Text handelt. Weder ist die Fabel verändert worden, noch haben die Figuren andere Umrisse erhalten. Ja selbst die Korrekturen beschränken sich – soweit ich sehen konnte – gewöhnlich auf Streichungen, neue Formulierungen jedenfalls sind äußerst selten.

Andersch hat seinen Text hauptsächlich von Wiederholungen à la Hemingway gereinigt. Es heißt also nicht mehr: »Sie kostete das Getränk. Es schmeckte heiß und süß und wie das Leben selbst. Wie das Leben, wenn es heiß und süß ist.« Sondern einfach: »Sie kostete das Getränk. Es schmeckte heiß und süß.« Eine zweite Stelle: »Ich tue es gern, mit einem richtigen Mann, einem zärtlichen, erfahrenen, angenehmen Mann tue ich es sehr gern, ich lasse mich leicht verführen, wenn der Mann in Ordnung ist . . .« Sie wird so korrigiert: »Ich lasse mich leicht verführen, wenn der Mann es richtig anstellt!« Die Tendenz der Überarbeitungen wird deutlich: Überflüssiges Wortmaterial, angelesene Manieriertheiten fallen unter den Tisch. Zweifellos kommt das dem Stil zugute.

Darüber hinaus hat Andersch das Schlußkapitel des Romans gestrichen, das seinerzeit bei vielen Kritikern nicht gut wegkam. Man erinnere sich: In einer Art Epilog wird gezeigt, wie die rote verwöhnte Franziska aus Düsseldorf die Konsequenz aus ihrem mißratenen Leben zieht und in Mestre als Arbeiterin in einer Seifenfabrik neu beginnt. Jetzt bricht das Buch dort ab, wo Franziska zu Fabio Crepaz in die Bar tritt und ihn bittet, ihr zu helfen. Ein sogenannter offener Schluß also, für den sich

Andersch nun entschieden hat. Neuen Lesern wird er gewiß zusagen.
Als Kritiker kann man die »Rote« heute wahrscheinlich mit mehr »Objektivität« lesen als im Jahr ihres Erscheinens. Man wird jetzt nachsichtiger über die Schwächen urteilen und von den Stärken mehr beeindruckt sein. Auf jeden Fall ein Buch, das sich über ein gutes Jahrzehnt hinweg »gehalten« hat – was heute schon etwas heißen will. Noch immer sehe ich seine Vorzüge in kürzeren, in sich geschlossenen Partien wie der großartigen Nacherzählung von Antonionis Film »Il grido« oder der Novellette »Grausiges Erlebnis eines venezianischen Ofensetzers«; aber auch ein Kapitel wie der Besuch Franziskas im Tea-Room des *Pavone* scheint mir durch seine exzellenten Beobachtungen und szenischen Arrangements ganz vorzüglich. Nach wie vor der Höhepunkt: Fabios Meditationen über die *Mappa Mundi.*

(1972)

Krügers Reisen

»Fremde Vaterländer« ist das dritte Reisebuch Horst Krügers. Ist Krüger also so etwas wie ein Reiseschriftsteller? Ganz und gar nicht. Reiseschriftsteller sind in erster Linie Anpreiser: sie werben für das, was sie entdecken oder wiederentdecken. Das können sie sehr subtil tun, mit stilistischem Glanz oder trocken, zahlen- und faktenbesessen, je nachdem. Krüger hingegen ist von Natur kritisch. Seine Reisen sind kritische Reisen.
Diesmal führen sie ihn nach Jugoslawien, Schweden, in die Normandie, ins Engadin, zweimal nach Israel und schließlich in die Gegend von Magdeburg, in die »DDR-Provinz«. Die Reiseziele scheinen willkürlich ausgewählt, nach Lust und Laune, einen planmäßigen Zusammenhang, ein allgemeines »Thema« kann ich jedenfalls nicht finden. Das Impulsive und

Eigenwillige des Reisens entspricht der Art des Schreibens. Subjektivität schließt bei Krüger jedoch Sachlichkeit nicht aus. Er verläßt sich uneingeschränkt auf die eigene Erfahrung, nur auf das, was er selber gesehen, gehört, geschmeckt, betastet hat. So kommt eine durchweg empirische Prosa zustande.
Darum ist Krüger auch nie langweilig. Und wenn man manchmal auch abwinken möchte: Das kenne ich besser, darüber gibt's schon Gründlicheres – das Temperament dieses Autors, seine Unvoreingenommenheit, ja seine insistierende Lust, landläufige Meinungen auf ihre Stichhaltigkeit hin zu überprüfen, gewinnen selbst dem Bekannten neue Gesichtspunkte, frische Nuancen ab. Hier sollten eigentlich längere Zitate folgen, doch die müssen wir uns leider verkneifen.
Ob Schweden, Israel, Jugoslawien, die DDR – immer ist es zunächst die »soziale Wirklichkeit«, die Krüger fasziniert. Er will wissen, wieviel Freiheit oder Spielraum die Menschen innerhalb ihres Systems haben. Und was geht in ihnen politisch vor? Das wird nicht theoretisch abgehandelt, sondern am Detail ausgekundschaftet. Die Antworten Einzelner sind Krüger vertrauenswürdiger als die der Kollektive. Er fragt Kellner, Bauern, Hausfrauen, Metallarbeiter, Soldaten, Funktionäre, Intellektuelle. (Im Traum sogar David Ben Gurion.)
Man hat den Eindruck, daß Krüger mit leichtem Gepäck reist. Von seiner Person wie von seiner Prosa geht etwas Bewegliches, Hellwaches, Improvisierfreudiges aus. Schwer wiegt allerdings sein deutsch-bürgerliches Trauma, unter dem er offenbar in den fremden Vaterländern besonders leidet. Der Alptraum Hitler verfolgt ihn auf Schritt und Tritt. Beispielsweise vermittelt ihm der Teppich von Bayeux nicht viel mehr als die »Optik des Aggressors«. Überhaupt, mit Vergangenheit kann der Autor nichts anfangen. Geschichte, alte Kunst, Religion: alles nur museal für ihn, kaum der Rede wert. Er ist verliebt in den Augenblick, das Jetzt, das Heute, er will nichts weiter als blanke Gegenwart. Aus diesem Zusammenschrumpfen der Zeitdimensionen auf einen Punkt geht zuweilen etwas forsch Snobistisches, gewollt Jugendliches hervor.
Da, wo Krüger sich nicht mit dem Augenschein begnügt, son-

dern seine aufgeklärten Reflexionen anstellt, kommt manches Scharfsinnige ans Licht. Noch eindrucksvoller jedoch, so scheint mir, ist er in jenen Passagen, wo er seine Erfahrungen direkt umsetzt: in Bilder, die ins Auge springen. So etwa, wenn er das Atmosphärische der Männer-Gesellschaft in Jugoslawien wiedergibt oder die körperlichen Sensationen in der kreislaufanfeuernden Luft des Engadins. Ein Höhepunkt des Buches ist die ins Visionäre gesteigerte Beschreibung Jerichos. An solchen Stellen bekommt Krügers Sprache, die bewußt schmucklos, nicht ohne journalistischen Witz, aber auch sensibel ist, eine besondere Intensität.

(1971)

Ein Münchenbild

Es stimmt, die Zahl der Bücher über München ist Legion. Dieses Thema ist offenbar nicht zu erschöpfen. Nun, da die Olympischen Spiele vor der Tür stehen, wird die Flut der Monacensia noch anschwellen. Curt Hohoffs Band in bewährter, diesmal sogar auffallend schöner Prestel-Ausstattung scheint die neue Welle anzukündigen. Wir wollen es gleich vorausschicken: Das Buch wird – nicht wegen seines zeitlichen Vorsprungs – von den nachkommenden Büchern schwer einzuholen, geschweige zu übertreffen sein. Es ist in seiner Art vorzüglich. Und diese Art ist neu. Das garantiert ihm den Vorsprung.

Hohoff erklärt, ihm habe weder ein Stadtführer noch eine Stadtgeschichte vorgeschwebt, »sondern ein Porträt jenes neueren München, das seit Max Joseph und Ludwig I. entstanden ist und heute in eine aufregende Phase tritt. In mancher Weise wollte ich versuchen, den Genius loci zu beschreiben.« Eine glückliche Idee. Es ist die Idee eines Liebhabers. Eines, den die Liebe nicht blind macht, im Gegenteil, scharfäugig, intuitiv. Mit der Idee ist freilich die Konzeption noch nicht gefunden.

Hohoff hat sich ein überzeugendes Schema für sie zurechtgelegt. Er rekapituliert in einer Art Vorspiel die historischen Voraussetzungen, das heißt, die Geschichte Altmünchens, um dann in acht von zehn Kapiteln – ausgehend von Einzelheiten des Stadtbildes, am roten Faden der Chronologie – die Glanzzeiten der Residenzstadt heraufzurufen, vor allem die ludovizianische Epoche und die Jahre um 1900. Damit sich die Akzente nicht verwischen, erscheint das letzte halbe Jahrhundert nur im Zeitraffer. Auf knapp zwanzig Seiten wird das aus den Bombentrümmern hervorgegangene, also das neue München behandelt. Sicherlich doch etwas zu kursorisch.

Die Angelpunkte der Darstellung sind die sogenannten Baudenkmäler. Anhand ihrer Geschichte erzählt Hohoff die Geschichten ihrer Stifter, Finanziers, Baumeister, Handwerker und Bewohner. Was eben noch Quader war, so oder so gesetzt, mit einemmal ist es eine Episode oder ein Lebenslauf, eine Charakteranalyse oder einfach der besondere Zug in einem menschlichen Gesicht. Hohoff ist ein spannender Erzähler, der nichts von Schnörkeln hält. Bündig, nicht ohne Humor, immer mit einem Blick für das Sinngebende in den Schürzungen der Schicksale, setzt er uns ins Bild. Das Bildhafte der Sprache gibt dem Buch greifbare Form. Sein Geist ist konkret.

Trotz einer Fülle von Details wird der Leser nie mit Vielwisserei geplagt. Andeutungsweise wollen wir wenigstens einige Namen erwähnen, bei denen Hohoff länger verweilt: Graf Rumford, Karl von Fischer, Ludwig I., Leo von Klenze, Schwanthaler, Peter Cornelius, Görres, Graf Pocci, Richard Wagner, Leibl, Lenbach, Marées, Wedekind, Thomas Mann, Karl Valentin. Vermißt habe ich nur die »Nordlichter« Friedrich Hebbel und Eugen Gottlob Winkler, der sich 1936 in der Leopoldstraße umbrachte.

Unter den Porträtskizzen befinden sich Kabinettstücke, etwa jene von Ludwig I. und seinem größten Baumeister, vom Abenteurer Rumford oder von dem spindeldürren, »wahnsinnig« komischen Genie aus der Vorstadt Au. In seinen Wertungen geht Hohoff nicht die ausgetretenen Wege. So nimmt er Fischer gegen Klenze in Schutz, läßt Ruederer neben Thoma

zu seinem Recht kommen, »entdeckt« den geringschätzig abgetanen Gabriel von Seidl. Überhaupt scheint es Hohoff geradezu darauf abgesehen zu haben, alte, eingefleischte Vorurteile zu widerlegen, Modeansichten zurückzuweisen und Halbvergessenes neu ins Licht zu rücken. Er kann aber auch unverblümt kritisch werden: »Der Bayer genießt bei den anderen Deutschen eine Achtung und ein Wohlwollen, die er – da er sie nicht erwidert – kaum versteht und so für unecht hält. Das bäuerliche Mißtrauen gegen alles Fremde steckt tief in ihm.«
Am stärksten wirken merkwürdigerweise die subtilen Passagen, zum Beispiel »Der Generalbebauungsplan« oder »Geometrie der Residenz« oder »Fassadengespräche« – Prosastücke, in denen sich der Literaturkenner Hohoff überraschend als Kenner des Städtebaus erweist und Probleme der Architektur erörtert. Hier werden atmosphärisch feine Töne getroffen, übersetzt sich Mathematisches wie von selbst in das sinnliche Spiel von Licht und Schatten. Plötzlich spürt man, daß die Essenz von Deutschlands »heimlicher Hauptstadt« in vergilbten Bauplänen und Rissen ihren Ursprung hat. Daß jene besondere, in ihrer Suggestionskraft ungebrochene Urbanität noch immer von den Vorstellungen einer Handvoll Männer geprägt scheint, die vor hundertfünfzig Jahren das Maß menschlichen Wohnens in helle, kräftige Verhältnisse übertrugen.

(1971)

Tumlers Landschaften

Erzähler von der Art, wie Franz Tumler einer ist, sind heute selten, ja man kann sagen, daß es sich um einen nahezu ausgestorbenen Typus handelt. Gemeint ist der *dichterische* Erzähler, der sich vom landläufigen vor allem durch einen viel strengeren Begriff von der Sprache unterscheidet. Bei Tumler kommt es auf jedes Wort an. Wer versucht, seine Texte nur zu überfliegen, sich bloß über ihre Personen oder ihre Handlung zu informieren, geht leer aus. Die Formulierung entscheidet hier über die Aussage. Das Mitgeteilte bleibt abhängig von seinem Ausdruck.

In einem umfänglichen Essay mit dem Titel »Wie entsteht Prosa?« reflektiert der Autor das Gesetzmäßige, das seinem Schreiben zugrunde liegt. Was ihn zum Erzählen bringt, ist zunächst nicht etwas Äußeres, sondern etwas »Mitgebrachtes«, eine eingeborene Vorstellung. Dieses schon vorhandene Bild sucht er durch eine reale oder fiktive Entsprechung zu objektivieren. »Sicher«, sagt Tumler, »bringt der Autor nicht in jedem Fall von seinem Gegenstand ein vorweggenommenes Bild so erkennbar deutlich mit. Aber irgend etwas von solcher Vorwegnahme kann immer vorausgesetzt werden: eine Art Verwandtschaft, die ihn bestimmte Gegenstände finden läßt, ihn für sie empfindlich macht, so daß er sich mit ihnen einläßt; und die ihm dann auch immer Kraft zuführt, daß er bei ihnen bleibt und sie zu Ende bringt.«

Der starke Auswahlband »Erzählungen und Landschaften«, den der Piper Verlag kürzlich von Tumler herausgebracht hat, gibt dem Theoretiker recht. Diese Prosa aus nahezu vierzig Jahren ist von Anfang an auf jene Bilder bezogen, die bei ihm den Anstoß geben. Sein Erstling, »Das Tal von Lausa und Duron«, erschien 1935. Von Stifter herkommend, aber karger und herber, erzählte der damals erst Dreiundzwanzigjährige den Untergang eines abgelegenen Südtiroler Dorfes während des Ersten Weltkriegs mit ungemeinem Können. Seitdem hat Tumler Freunde und Leser, auf die er sich verlassen kann. Er ist von seinem Weg nicht abgewichen, kein Verfasser von Bestsellern geworden, doch seine Wirkung auf Einzelne zeugt von gleichbleibender Intensität.

Die umfangreichste Arbeit des Auswahlbandes heißt »Der Schritt hinüber«, ein Roman aus dem Jahr 1956. Hier hat Tumler die uns heute schon sagenhaft anmutende »Besatzungszeit« zum Ausgang genommen, um das Schicksal einer jungen Frau darzustellen, deren Mann erst spät aus der Kriegsgefangenschaft zurückkehrt. Währenddessen bekommt sie mit anderen

Männern zu tun, und Sympathie, Mitleid, Leidenschaft gehen bei ihr ineinander über. Daß sie schließlich zu unterscheiden, das heißt, ihre Liebesfähigkeit oder -unfähigkeit einzuschätzen lernt, muß sie voll bezahlen.

Schon in diesem Roman wird der Grund zu einem Erzählen gelegt, das später mehr und mehr die Reflexion einbezieht, auch die Selbstreflexion, also Gedanken während der Beobachtung über die Art der Beobachtung. Ein Titel wie »Nachprüfung eines Abschieds« weist in diese Richtung. Das reine Fabulieren tritt zurück, statt dessen werden die Motive untersucht, die allergeheimsten Anlässe, die zum Handeln führen, zu Verstrikkung und Schuld, der Erzähler gibt sich nicht mit dem »Zufall« zufrieden, er verfolgt Zusammenhänge bis zu dem Punkt zurück, wo sie aus dem Kern der Person hervorgehen. Einmal resümiert das erzählende Ich: »Ich habe es die vielen andern Male, wenn mich ein Mensch festhalten wollte, immer so gemacht wie bei dieser Fahrt aus dem Gebirge: Abschied, und ich ließ den andern im Stich. Ich habe es oft nicht einmal gemerkt. Am wenigsten habe ich gemerkt, was mit mir selber dabei geschah. Heute weiß ich, daß ich bei jedem solchen Abschied verloren habe; nicht nur einen andern Menschen, sondern etwas von mir selber; und das Ende davon ist, daß ich jetzt allein bin.«

Von Anbeginn – das sieht man nun in dieser Auswahl besonders deutlich – hat bei Tumler die Landschaft eine maßgebliche Rolle gespielt. Ende der fünfziger Jahre ist er dann dazu übergegangen, Orte oder Landschaften in den Mittelpunkt von Beschreibungen zu stellen, also literarische Topographien zu verfassen. Fünf große Stücke sind hier nachgedruckt. Eine der Arbeiten gilt dem Gardasee, eine andere dem Salzkammergut, doch am bekanntesten ist wohl jene geworden, die schlicht »Auf der Autobahn« heißt. Meines Wissens hat Tumler als erster darauf aufmerksam gemacht, daß unser Verhältnis zur Landschaft beim Autobahnfahren besonderen Irritationen ausgesetzt ist. Mit bewundernswerter Genauigkeit gibt er die Eindrücke einer neuen Optik wieder.

Daß Tumlers Prosa dem Gedicht benachbart ist, wird am Schluß des Bandes sozusagen greifbar. In seinem Text »Das

Arsenal in Wien« hat der Autor seinen Gegenstand doppelt zu beschreiben versucht: einmal in Vers-, einmal in Prosazeilen. Es wäre sicher ergiebig, hier ins einzelne zu gehen und in Vergleichen herauszuarbeiten, wie sich der Gesichtswinkel eines Schriftstellers durch verschiedenen Gebrauch der Sprache, richtiger: durch das Sprechen auf zwei *Frequenzen* verschiebt. Doch der Hinweis darauf muß genügen, wir können nur noch eine kurze Passage zitieren, um wenigstens eine Ahnung von dieser hartnäckig genauen, rhythmisch komplizierten, immer wieder Bilder prägenden Sprache zu vermitteln, die sich Tumler für seine Deskriptionen erarbeitet hat:
»Hier beginnt das wirkliche weite Land der Ausdehnung Osten mit keiner Grenze mehr, kaum noch Anhaltspunkten als dem Anstoß der Erde gegen den Himmel; es ist der Anfang dieser zweiten Hälfte Erdteil: Asien schon, mit ein paar Namen als Vorläufer, aber Ländern hinter dem Schnitt, an dem die Landschaften der westlichen Hälfte, die wie Zimmer sind, aufhören. Der Schnitt geht durch das Ausfließen der Stadt, von da ist Ebene und eine andere Sprache, in der die mit ihr aufgetauchten Dinge reden. Etwas vom Lehmrand auf der Erde, und Sonnenblumenstaubrand und veränderlichem Rand von Rauchwolken in unbestimmbarer Entfernung, und unsichere Schätzung überhaupt in der Ahnung verkürzter und verblassender Chausseen, und keine Ahnung, wie weit es bis zu diesen Gebirgsrändern aus Erde ist und ob es überhaupt Gebirge sind . . .«

(1974)

Das Arbeitsjournal des Bert Brecht

Brecht hätte die dreibändige Ausgabe seines »Arbeitsjournals« sicherlich für zu aufwendig gehalten. Das feine Leinen, das schwere Papier, die wie kostbare Poesie behandelte, über 1000

Seiten großzügig verteilte Prosa (mehrfach steht nur eine Druckzeile, einmal sogar bloß ein einziges Wort auf einer Seite) – dieser Luxus paßt nicht zu ihm, geschweige zu einem Arbeitsjournal, das hauptsächlich aus Kommentaren zum Werk besteht. Auf der anderen Seite muß man es dem Verlag anrechnen, daß er die ungewöhnliche Form von Brechts Tagebuch beibehalten, also das gesamte Bildmaterial mitgedruckt hat. Denn dieses voluminöse Notizbuch stellt sich überraschenderweise als eine große Collage heraus: zwischen den täglichen Eintragungen finden wir Berichte, Marginalien, Headlines, Fotos und Zeichnungen, alles aus Zeitungen ausgeschnitten – »Kommentare« zu Kommentaren. Brechts Journal bekommt durch die journalistischen Elemente etwas Dokumentarisches, zugleich aber »verfremden« die Ausschnitte den privaten Text: es entstehen interessante Spannungen und Wechselwirkungen.

Man merkt vielleicht schon: Von seiner Anlage her ist das Buch alles andere als ein intimes Tagebuch. Das Historische jener Jahre – Herrschaft und Untergang des Faschismus – hält Brecht ausführlich fest und reflektiert es in Analysen und Prognosen. Man kann das Buch wie einen Beitrag zur Zeitgeschichte lesen. Ebensogut aber auch als Selbstinterpretation, es ist eine Fundgrube für Brecht-Philologen. Der Stückeschreiber legt seine Stücke aus, sieht ihre Probleme, erläutert die Lösungen, vor allem aber: er zeichnet die Werkgeschichten auf, so daß wir hier vom ersten Einfall bis zur Realisation auf der Bühne jede zwischen 1938 und 1955 entstandene dialogische Arbeit in ihrem Entwicklungsprozeß verfolgen können. Als Theoretiker gehört Brecht zweifellos zu den hellsten Köpfen unserer Literatur. Mutatis mutandis hat er auffallend viel mit Schiller gemein, dieser arme B.B. aus Augsburg, der als Revolutionär begann und als Klassiker endete. Eines vielleicht gar nicht mehr fernen Tages wird man das deutlich sehen.

In den ersten Besprechungen, die ich zu Gesicht bekam, war häufig zu lesen, daß das »Arbeitsjournal« unser »Brechtbild« nicht wesentlich korrigiere. Auf den theoretischen Teil mag das einigermaßen zutreffen. Was jedoch die Person selbst angeht, meine ich, daß hier überhaupt zum erstenmal der ungewöhnliche Mensch Brecht faßbar wird. Bisher mußten wir uns mit sehr wenigem Authentischen begnügen: Anekdoten seiner Freunde, einer kleinen Monographie, einer Studie Max Frischs, einer Handvoll Briefe an Bronnen, ein paar alten Familienfotos – oder vorliebnehmen mit dem frei in Verse übersetzten Lebenslauf des Dichters. Kein autobiographischer Hinweis kam uns zur Hilfe. Nun also sehen wir Brecht, wie er sich selbst gesehen hat: als Zeitgenossen, Schriftsteller, Emigrant, Ehemann und Vater, Freund und Feind.

Jetzt schwebt er nicht mehr, in den marxistischen Himmel entrückt, über uns, sondern zeigt sich als ein Mann, der zu seinen »Produktionsmitteln« Zigarren und Kriminalromane rechnet, der stolz auf seinen Sohn Stefan ist, ihm aber gleichzeitig eine kritische Charakterstudie widmet, der von der zeitgenössischen Literatur wenig hält, für Thomas Mann nur Invektiven hat (»das Reptil«), Horkheimer und Adorno verspottet, sogar Benjamin nicht unangetastet läßt, Becher für einen Rattenfänger hält, der nicht einmal zu pfeifen versteht, oder Döblin für einen schwächlichen Konvertiten, aber plötzlich eine Lanze für d'Annunzio bricht. Er ist kein Freund von Luxus, doch er braucht Eleganz um sich: große schöngeschnittene Räume, edle Gebrauchsgegenstände, Erstausgaben von Klassikern. Er, dem Frisch völlige Gleichgültigkeit gegenüber der Natur nachgesagt hat, liebt Gärten, kann nur in gepflegtem Grün Horaz lesen und macht Eintragungen über die Flora der Jahreszeiten. Seinem Hund Wriggles widmet er zärtliche Zeilen. Während der Emigration fühlt er sich in Dänemark, Schweden, Finnland ausgesprochen wohl, obgleich er ökonomisch schwer kämpfen muß, in Amerika aber, wo er sich Wochenschecks in Hollywood holt, ist ihm elend zumute. Immerhin gesteht er gegen Ende des Tagebuchs: »ich habe meiner erinnerung nach niemals eine zeile geschrieben, wenn ich mich nicht wohl befand, körperlich.« Vielleicht hat er deshalb schon zwei Jahre vor dem Tod seine Eintragungen abgebrochen.

Wie – der Geist Brecht verzeihe mir! – Rilkes Briefe Teil des schöpferischen Œuvres sind, so ist auch Brechts »Arbeitsjournal« die Fortsetzung seines Werkes mit anderen Mitteln. Es ist

mit dem Blick auf die Nachwelt geschrieben, wohlüberlegt. Also keine möglichst lückenlosen, spontan flüchtigen Notierungen; genau ausgesuchte Tage werden fixiert, zuweilen sind die Abstände zwischen ihnen groß, über das Jahr 47 in Amerika beispielsweise keine Zeile. Der Stil ist bewußt trocken, ironisch, von »römischer« Lakonität, doch mit lyrischen Einschüben. Stellenweise wird die Sprache, vornehmlich durch die berühmten Partizipkonstruktionen, so rhythmisiert, daß man sie in Verszeilen abteilen könnte. Durchweg Kleinschreibung – auch das ein V-Effekt? Es ist klar: Hier versucht einer, sich zu stilisieren – wie er es äußerlich mit Sträflingsfrisur, Lederjacke oder DDR-Drillich getan hat. Doch ist nicht jede Autobiographie Stilisierung? Wer sieht sich objektiv? (Die Anmerkungen Werner Hechts, die oft wichtige Hinweise enthalten, lassen einen in diesem Punkt ganz im Stich.)
Außerordentlich bleibt die Intelligenz und List dieses Mannes, die er ständig im Dialog mit seinem Kreis schärfte. Alles interessierte ihn: vom Küchenrezept bis zur theoretischen Physik. Und was er zu sagen hat, ist fast immer glänzend schlagkräftig, dialektisch zugespitzt, gut formuliert. Beispiele: »mehr oder weniger ist materie für uns deutsche dreck.« Oder: »der zweite mann, der ein sonett verfaßte, hatte es schwer, dem vorwurf des epigonentums zu entgehen.« Über den Mai 1945 in Deutschland: »die türen waren geschlossen. die dächer standen offen.« Oder über Lenin: »er war hauptsächlich ein funktionär und bewies sich, indem er funktionierte.«
Brechts Stellung zum Marxismus und Kommunismus wird man anhand des »Arbeitsjournals« neu durchdenken müssen. Mit einem Wort Sartres ausgedrückt: Er war kein Marxist, sondern Marxianer. Auch in der DDR hat er sich, möchte ich meinen, weiterhin als Emigrant gefühlt. Skeptisch sind seine Anmerkungen zum Aufbau des Arbeiter- und Bauernstaates sowie dem Funktionieren der Bürokratie. Am 6. 1. 49 in Berlin: »zum ersten mal fühle ich den stinkenden atem der provinz hier.« Was ihm die letzten Jahre erleichterte, war die Arbeit auf seinem eigenen Theater (keinem Geschenk übrigens von seiten des Staates, Helene Weigel hat es für ihn nachgerade erkämpfen

müssen) und die Zusammenarbeit mit jungen begabten Leuten. Von der Jugend erhoffte er sich, bei aller Skepsis, ein besseres Deutschland.

(1973)

Benns Briefe an Oelze

Am 18. 11. 34 schreibt der Arzt Dr. Benn einem Bremer Importkaufmann mit literarischen Neigungen namens F. W. Oelze, daß er große Lust verspüre, »alles hinter sich« zu lassen und in die Reichswehr zurückzukehren. Sie erscheint ihm als »aristokratische Form der Emigrierung«. Am 1. 4. 35 tritt er als Oberarzt in Hannover seinen neuen Dienst an. Ein halbes Jahr später gesteht er Oelze: »Ach ich bin nicht glücklich in der Uniform! Seit ich sie trage, ist mir mies.« Kurz danach heißt es: »Doch eine große Vergewaltigung meines Lebens, die ich mir zugemutet habe.« Und am 31. 3. 40: »Mir hängt alles zum Halse raus. Unerträglich das Ganze.«
Gottfried Benn schrieb an Oelze rund 700 Briefe. Genau 292 – aus den Jahren 1932 bis 1945 – liegen nun als Band 1 einer zweibändig geplanten Ausgabe gedruckt vor. In seiner Autobiographie »Doppelleben« führte Benn seinen Briefpartner folgendermaßen ein: »1932 trat jener Herr Oelze aus Bremen in mein Leben, den ich selten sah, in dessen Haus ich nie war, mit dem ich, mit dem wir beide gegeneinander hinsichtlich des Privaten immer ›die Regeln wahrten‹, der mich aber brieflich hoch- und wachhielt und in jenen Jahren Balsam in meine Schrunden träufelte.« Und er erläuterte: »Vieles von dem, was in meinen neuen Büchern steht, fand sich als Keim und Setzling in unseren schriftlichen Gesprächen auf jenen blauen Bogen, die er wie ich benutzten.«
Dies alles läßt sich jetzt auf etwa 400 (gut kommentierten) Druckseiten nachprüfen. Sicher hat sich Benn über Benn nir-

gendwo rückhaltloser geäußert. Wer den »Menschen« im Dichter sucht, findet ihn hier unverhüllt und vielleicht anziehender als in seinen Gedichten. Gewiß, am Anfang gibt es noch Posen, aber spätestens seit dem Brief vom 24. 1. 36 kann man an Benns Aufrichtigkeit nicht mehr zweifeln. Da liest er nach langer Zeit nachts seine frühen Gedichte wieder: »Unendliche Scham über meinen Abstieg und zu langes Leben, Über-Leben, unendliche Trauer über den Verrat, den ich an mir zu begehen plante, warf mich um.«

Ein depressiver Moment? Wahrscheinlich. Der Fünfzigjährige schreibt ja weiter Gedichte, und es gelingen ihm in jener Zeit einige seiner vollkommensten – doch in diesem Moment ist es die volle existentielle Wahrheit eines alternden Mannes.

Am tiefsten hat mich die Trauer in Benns Leben berührt: eine heillose Schwermut, über die er sich nur in Augenblicken dichterischen Sehens und Vollbringens zu erheben vermochte. Mit seiner Schwermut hat der Sanitätsoffizier B. in Frieden und Krieg bewußt gelebt. Im Alltag versuchte er sie durch Sarkasmus, trockenen Humor, Parodie und Zynismus einzudämmen. Mühelos beherrschte er die bekannte Berliner Schnoddrigkeit und Schlagfertigkeit, spielte er mit Preußen-Jargon, Landserdeutsch und dem saloppen Vokabular des Homme du Monde alter Schule; um so rührender, wenn er plötzlich ganz ernst und einfach etwa den Tod seines 83jährigen Vaters meldet und ein unvergeßliches Bild von diesem protestantischen Landpfarrer entwirft, der zweimal verheiratet war, neun Kinder großzog, darunter sieben Söhne, von denen drei dem Krieg zum Opfer fielen.

Sobald es um Kunst geht, ist Benn gegen sich und andere unerbittlich. Selbst Nietzsche, dem er die Richtung seines Denkens und Dichtens verdankte, muß sich viel Kritik gefallen lassen, sogar Goethe wird »Verschlagenheit« nachgesagt. Andrerseits gibt der Briefschreiber zu, daß Rilke, der ihm stets unsympathisch blieb, als Lyriker Großartiges hervorgebracht habe. Benns Maßstäbe versagen allerdings bei Dichtern wie Eichendorff, Mörike, Hofmannsthal, ja Hölderlin.

Seine eigene Kunst charakterisierte er einmal so: »Aus Ihrem letzten Brief klingt mir etwas entgegen, was ich mir häufig selber sage und worüber ich nicht ununterrichtet bin: daß meine extremen Positionen eine Hartnäckigkeit und Sturheit bekunden, die dem Bäuerischen und Barbarischen nahe steht. Sehr deutsch, diese Absolutheit! Aber wie soll man seine Substanz *vor*treiben in geistige Begriffe, wenn nicht durch *Über*treibung? Nur so werden sie sichtbar. (Ob das nötig ist u. für wen, ist eine andere Frage.)« Und etwas später fährt er fort: »Aber in mir ist eine Wiederkehr dieser Zwänge zum Statischen und Affektlosen, zur Form, und da gibt es für mich keine Rettung mehr – usque ad finem (›Dem Traum folgen u. nochmals dem Traum folgen und so ewig – usque ad finem‹. Lord Jim).«

Mit Strenge und Konsequenz hat Benn in einer ihm ungemäßen, ihn verkennenden und demütigenden Umwelt seinen sogenannten Ästhetizismus verfochten. Hier ist nicht der Ort, über sein Werk zu urteilen. Doch so viel sollte gesagt werden: Benn ist einer der Letzten gewesen, der sich einen rhapsodischen, Zeiten und Welten umschlingenden Lyrismus zutraute. (Oelzes Behauptung allerdings, Benn gehöre »zu den Letzten, bei denen noch ein menschlicher Ton« mitschwinge, ist absurd, wenn nicht vermessen ignorant.) Er, der im landläufigen Sinn Unmusikalische, hat Gedichte von hoher Musikalität und heller Traumhaftigkeit zustande gebracht. Aber auch so trocken großartige Erzählgedichte wie »Chopin« oder »Gewisse Lebensabende«. Daß uns Heutige an dieser Lyrik der allzu häufige Gebrauch von Rosen, Asphodelen, Stränden und Göttern stört – nun, meinetwegen!

Benns Künstlerleben in jenen Jahren, von keinen äußeren Erfolgen gestützt, fast ohne Echo, war ein fortgesetztes Sich-Behaupten-Müssen gegenüber dem Ungeist der Zeit, ein standhaftes, mutiges »Dennoch«, das dem Pessimismus und der Resignation des eigenen Bewußtseins Paroli bot. Er war im Privaten voller Anteilnahme, Fürsorge und Höflichkeit. Seiner inneren Wahrheit (»Erkenne die Lage!«) wurde der Dichter um keinen Preis untreu. Sicher, er hatte auch Irrtümer begangen, doch daraus die Hellsicht seiner späten Phase gewonnen. Immer mußte er »sich schinden«. In Berlin, im April 45, zwischen

Trümmerhalden, Staubstürmen, Explosionen, ging es schließlich ums nackte Überleben. Benn, der die jahrelange Einsamkeit heimlichen Schreibens, das den Kopf kosten konnte, durchzustehen wußte, ertrug auch dies.

(1977)

Das Gewicht der Welt

Seine Aufzeichnungen vom November 75 bis März 77, die Peter Handke »ein Journal« nennt, haben nicht den üblichen Tagebuchcharakter. Der Autor erzählt nicht (oder kaum) von seinem tagtäglichen Leben, sondern protokolliert, was in seinem Bewußtsein vorgeht. Er hält – von einem Augenblick zum andern – den »Wortschatz« fest, der ihn »Tag und Nacht durchquert«. Dabei kommt es ihm vor allem darauf an, spontan zu reagieren, das heißt, seine Sprachreflexe auf Bewußtseinsvorgänge »in allen Lebenslagen« (»nur nicht am Schreibtisch«) zu notieren, und zwar so rasch wie möglich. Handke verspricht sich davon eine neue Frische des Ausdrucks.
Sieht man einmal von diesem bewundernswerten Konzentrations- und Sprachtraining ab, nimmt man die Ergebnisse für sich, so wird einem bewußt, daß Handke mit seinem Journal »Das Gewicht der Welt« jene Tagebuchform fortsetzt, die von Hebbel, Kafka, Canetti geprägt worden ist. Ich meine das »Ideenmagazin« (Kleist). Auch Handke breitet eine Fülle von Beobachtungen, Einfällen, Träumen, Impressionen, Pointen, Stichwörtern zu Geschichten oder Stücken aus. Sein Gehirn steht sozusagen ständig unter Dampf. Sein Sensorium arbeitet unermüdlich. Ein Tag, an dem ihm nichts Nennenswertes auf- oder einfällt, ist für Handke ein verlorener.
Einmal spricht er davon, daß er ein »völlig romanhaftes Leben« führt und auch führen will. Um dies zu können, muß er ständig die äußeren und inneren Zwänge durchschauen, abwehren, die

ihm eine bestimmte »Rolle« aufzunötigen suchen. Was ihm vorschwebt, ist ein Leben in vollkommener Ruhe, das so abläuft, wie er es sich ausdenkt. Daran hindern ihn vorerst nicht nur der Kulturbetrieb und eine von Reizen flirrende Umwelt, sondern vor allem Ängste, Aggressionen, Manien, auch ein Ungenügen, das er als »Herzenskälte und Gleichgültigkeit« definiert. Täglich kämpft er darum, der zu werden, der er ist, in Wahrheit ist.

Dem Leser erscheint Handke als außerordentlich aufmerksamer und zärtlicher Vater. (Die Aufzeichnungen über seine Tochter Amina strahlen die meiste Wärme aus.) Als ein dem bürgerlichen Ehestand abholder, von Frauen ebenso angezogener wie abgestoßener Mann und Liebhaber. Als schwieriger, doch immer wieder spontan selbstloser Freund. Als Alleingänger, der sich für großbürgerliche Kreise entscheidet, wenn er einmal Gesellschaft braucht. Als exzentrischer Mieter von Pariser Wohnungen. Abwechselnd als fanatischer Arbeiter und fanatischer Stadtstreicher. Als Angstbesessener, Krankenhauspatient, Goetheleser, von den Medien Verfolgter und so fort. »›Ich möchte mit Ihnen ein Tonbandgespräch machen, für den Unterricht.‹ – ›Sind Sie Lehrer?‹ – ›Nein, aber ich würde mich vorher mit Lehrern unterhalten und Ihnen dann ein paar Fragen aus der Perspektive von Schülern stellen.‹« Wie man sieht, entgeht Handke auch das Komische der Welt nicht. Er notiert: »Frau F. sagt: ›der Waschmaschinenfritz‹, ›der Installationsmax‹, ›der Garagenotto‹.« Doch witzige Beobachtungen wie diese sind in der Minderzahl. Vorherrschend ist das Vertrackte der Welt, das einem mimosisch reagierenden Schriftsteller weit mehr zu schaffen macht als der dickhäutigen Majorität. Er, der mit so viel Sensibilität (Verzeihung für das Wort!) ausgestattet ist, ist natürlich auch mit ihr geschlagen. In seinem verzwickten Denken und Fühlen sieht Handke Anzeichen einer zukünftigen allgemeinen Denk- und Fühlart.

Daß er Bescheidenheit nicht für eine Tugend hält, macht auch folgender Satz klar: »Im Wissen fühle ich mich schwächer als mancher Schriftsteller (z.B. Hesse), im poetischen Durchdringen der Welt stärker.« Im »Gewicht der Welt« kann jeder Leser für sich nachprüfen, ob die Behauptung stimmt. Der Poet Handke hat in dieser Sammlung von Aphorismen und Präzisionsetüden immer wieder ungemein starke Momente. Seine große Kunst, Bilder in Gefühle und Gefühle in Bilder zu verwandeln, steht ihrem Wesen nach offensichtlich Rilke näher als Kafka. Im rein Stilistischen ist es umgekehrt. Handkes Sprache wirkt selten artistisch überspannt, sie hat auch in den kompliziertesten Fällen meist etwas Helles, Unangestrengtes, Selbstverständliches. Er meint: »Der Nachteil bei großer Literatur ist, daß jedes Arschloch sich damit identifizieren kann.« Ohne mich für ein solches zu halten, habe ich mich häufig mit dem Ich dieses Journals in Übereinstimmung befunden. Frage: Ist der zitierte Satz an der Wahrheit vorbeiformuliert, oder kann der Autor Handke für sein neues Buch mit einigen guten, aber auch mit zahllosen schwachsinnigen Lesern rechnen?

(1977)

Varia

Denkzettel

1

Der Primat des Geistes mag eine idealistische These sein. Schon die Erfindung des Alphabets aber ist von einer so unvorstellbaren Größe, daß selbst die des Weltalls verblaßt. Jemand hat ausgerechnet, daß durch Variation eines vereinfachten Alphabets von nur 20 Buchstaben genau 10^{312240} Werke zu je 100 Seiten à 2400 Buchstaben entstehen können. Diese »Universalbibliothek« enthielte nicht allein jede dichterische und wissenschaftliche Leistung der Vergangenheit, sondern auch alles noch Ungeschriebene aller noch Ungeborenen. Daneben wäre freilich jeder nur mögliche Unsinn und Irrsinn erfaßt. Eine derartige Bibliothek hätte – bei einem Umfang von 100 cm^3 pro Band – ein Volumen von 10^{312242} cm^3. Das Universum mit seinem lächerlichen Volumen von 10^{82} cm^3 (wer will, mag es sich als einen Würfel vorstellen, der 10 Billionen Lichtjahre lang, breit, hoch ist), das Universum also könnte bloß einen winzigen Teil der Bibliothek aufnehmen.
Wir sehen, um über solche Dimensionen zu gebieten, muß sich der Geist mit dem Ungeist zusammentun. Doch was durch diese unanschauliche Rechnung anschaulich wird, ist etwas anderes. Theoretisch wäre alles in Worten Ausdrückbare durch »unendliche« Kombination zu erreichen, man wird trübsinnig bei dem Gedanken, daß der schöpferische Einfall als eine bloße Variante unter x-beliebigen Varianten angesehen werden kann. Die Theorie jedoch begibt sich jenseits der Raum- und Zeitmaße, mit denen wir rechnen dürfen. Plötzlich erscheint das Prinzip der Auswahl als das einzig »Menschenmögliche«.
Auswählen, weglassen, reduzieren: diese Methoden haben von Anfang an dazu beigetragen, das Geistige zu konkretisieren. Jeder sinnvollen geistigen Tätigkeit geht ein Ausscheidungs- und Verwerfungsprozeß voraus. Ja, Auswahl und Sinn bedingen sich wechselseitig. Beide sind sie menschenwürdige Kategorien. Ihre Aura bilden Begriffe wie Unterscheidung, Kritik, Klarheit, Knappheit, Einsicht.
Gedankengänge von solcher Art führen uns zu den Fundamen-

ten, die auch der Dichtung zugrunde liegen. Alles auf Vollständigkeit gerichtete Darstellen und Ausdrücken bewegt sich ja auf die Grenze zu, hinter der das von Grund auf Undichterische beginnt: Summierung, Rechnung, Statistik. In allen mechanisch erzielten, durch Multiplikation ins Riesige gesteigerten Sprachwerken verflüchtigt sich mehr und mehr der Sinn: sie werden lebloser, je umfassender sie sein möchten. Der Geist lebt von seiner Reduktion.

2

Unser Zeitalter wird von nicht wenigen für ein wissenschaftliches gehalten. Die Fanatiker unter ihnen glauben, daß alles und jedes auf die Wissenschaft ausgerichtet zu sein hat. Auch in puncto Dichtung entdeckt man bei vielen Leuten Gedankengänge, die darauf hinauslaufen, daß nur ein mit allen Wassern der Wissenschaft gewaschener Autor unserer Zeit gerecht werden könne. Die Dichtung, heißt es, habe mit dem jeweiligen Stand der Wissenschaft Schritt zu halten, die neuesten Erkenntnisse zu berücksichtigen und umzusetzen.
Sind solche Ansichten nicht wie geschaffen, einer Pseudo- und Talmi-Wissenschaftlichkeit das Wort zu reden? Mit der Exaktheit der Forschung kann sich selbst der penibelste Künstler nicht messen. Das weiß der Gelehrte und lächelt milde über alle dichterischen Anstrengungen, mit denen ihm Konkurrenz gemacht werden soll. Aber selbst da, wo Dichtung nur Kärrnerarbeit vollbringen, das heißt, der Wissenschaft Material an die Hand geben möchte, kommt kaum etwas Nennenswertes zustande. Welche moderne Dichtung hat beispielsweise der Psychologie oder der Soziologie oder der Volkswirtschaft wirklich etwas zu bieten? Man erkundige sich nur bei den gelehrten Herren. Ja sogar ein Werk wie »Der Mann ohne Eigenschaften«, ein wahres Bergwerk an Bewußtsein und Erkenntnis, muß, mit wissenschaftlichen Maßstäben gemessen, »feuilletonistisch« wirken.
Nein, Dichtung hat ihr eigenes Feld. Freilich wird es sich heutzutage immer wieder mit dem der Wissenschaft berühren und überschneiden, darum schadet es nichts, wenn sich der Mann

der Literatur bei seinen Nachbarn umsieht und sich dies und das von nebenan zunutze macht. Daß Dichtung in Hinsicht auf Exaktheit und Modernität der Erkenntnis den Wissenschaften nicht folgen kann, bedeutet aber andererseits, daß sie von der zeitlichen Gültigkeit der Theorien und Hypothesen der Wissenschaft auch nicht abhängig ist. Das ist ihr immenser Vorteil. Kepler und Galilei haben Homer nicht das Licht ausblasen können. Aber Newton hat den Physiker Goethe »erledigt«. Dichtung wird immer ihre eigene Weise haben, die Wahrheit herauszubringen. In den Augen einer wissenschaftlichen Epoche mag der Dichter vielleicht wieder zu einem Märchenerzähler werden. Warum nicht? So schließt sich der Kreis.

3
Vergangene Zeiten haben Kunst und Geschmack für Synonyme angesehen. Der große Künstler war zugleich ein *Arbiter elegantiarum*, also eine kompetente, maßgebende Stimme in allen Fragen des Geschmacks, ein »Sachverständiger«, wie wir es heute ausdrücken würden. *De gustibus non est disputandum:* das bedeutete vielleicht ursprünglich, daß der Geschmack eine unumstößliche Norm war, ein eindeutiges Kriterium.
Wir Zeitgenossen hingegen halten den Geschmack weithin für eine Privatangelegenheit, für etwas mehr oder minder Unverbindliches, ein individuelles Wertsystem, über das wir mit anderen keine Einigung erzielen können – sinnlos, darüber zu streiten. »Geschmack« ist zu einem Terminus der Innenarchitektur oder der Haute Couture geworden, ist ein Privileg der Dame und des Dandys.
Den Geschmack recht begreifen heißt: ihn als eine normative Konvention der Gesellschaft verstehen, eine grenzensetzende Übereinkunft, die überall gilt, wo ein Gemeinwesen Formen entwickelt, also auch in der Kunst. Einer intakten Gesellschaft erscheint der Geschmack keineswegs fragwürdig. Er kann dem Einzelnen sogar in Fleisch und Blut übergehen, kann »vererbt« werden. Nun wird es immer wieder Epochen geben, die ihre Konventionen revidieren, modifizieren, ja über den Haufen werfen. Kein Zweifel, wir leben in einem solchen Zeitabschnitt.

Unsere Kunst hält sich in sehr geringem Maße an die Gesetze und Tabus des Geschmacks. Für viele Künstler ist er der Inbegriff kunstgewerblicher, keimfreier, in Zellophan verpackter Schönheit. Große Kreise lassen sich gerade durch eine Kunst, die auf den Geschmack keine Rücksicht nimmt, faszinieren: man delektiert sich am Degoutanten! Gewiß, das sind Anzeichen dafür, daß die Grenzen des Geschmacks nicht mehr anerkannt werden, daß vieles überholt ist, was gestern noch Gültigkeit hatte.
Eine Gesellschaft ohne Konventionen aber ist undenkbar. Wenn wir an Sinn und Wert der Gesellschaft glauben, können wir nicht in einem Zustand verharren, der alle Übereinkünfte negiert. Wir müssen von neuem Begriffe bestimmen, Formen erarbeiten, Grenzen ziehen. Auch der Geschmack muß neu definiert werden –: eine Aufgabe, die mir weit dringlicher erscheint als die Fortsetzung ins Uferlose führender ästhetischer Theorien.

4

Von einem erfolgreichen Buch sagt man heute gern, es werde »viel diskutiert«. Und man will damit ausdrücken, daß es imstande ist, unsere Köpfe, unsere Gemüter zu erhitzen, öffentliche Polemiken und private Kontroversen zu entfachen, kurzum: daß es sich um ein erregendes Werk von bedeutendem geistigen Zuschnitt handelt. Kein Werbechef käme derzeit auf den Gedanken, ein Buch als Stoff für eine freundschaftliche Unterhaltung zu empfehlen.
Vergangene Jahrhunderte haben das Buch als Gegenstand der Konversation, als ein Element der Geselligkeit wohl zu schätzen gewußt. Wir Heutigen hingegen machen uns anscheinend nicht viel aus einer Lektüre, die kein Streitgespräch auslöst. Wir lieben es, mit einem verbissenen Ja oder einem unversöhnlichen Nein über Bücher zu urteilen. Deutet unsere gegenwärtige Einstellung auf einen Zuwachs an ästhetischer Strenge und moralischer Verantwortung hin, oder stellt sie nichts weiter dar als eine Variante jener hektischen Umgangsformen, die für unsere Zeit leider kennzeichnend sind?

Daß uns die Diskussion mehr als die Unterhaltung verlockt, läßt wohl einerseits einen gewissen Ernst erkennen, den wir als Gewinn buchen dürfen. Uns liegt nicht viel an unverbindlichem Meinungsaustausch, an einem Gespräch, das nicht um der Sache willen geführt wird, sondern nur Zeit »ausfüllen« soll oder an dem man sich hauptsächlich deshalb beteiligt, weil man seine Gescheitheit an den Mann bringen möchte.

Andererseits macht unsere Aversion gegen die Unterhaltung über Bücher deutlich, daß wir etwas von unserer Freiheit und Leichtigkeit im Umgang mit anderen eingebüßt haben, etwas von unserer sozialen »Substanz«. Wir erwarten von unserem Gegenüber – wie vom Autor – in erster Linie Zustimmung und Bestätigung, und, wo wir das nicht erlangen können, möchten wir provoziert und angegriffen werden, um noch aus geglückter Verteidigung Kapital für uns selbst herauszuschlagen.

Geben wir es nur zu: Das sind Anzeichen für zunehmende Eigennützigkeit. Wir verlernen es allmählich, ein Werk als eine Sache zu nehmen, die unter anderem eine zweckfreie Solidarität herbeiführen, den Austausch gegenseitiger Anteilnahme anregen, unsere Zuneigung befördern, mit einem Wort: Freundlichkeit stiften möchte. Hier könnte man einwenden, heute gebe es eben verhältnismäßig mehr Bücher, die zur Diskussion herausfordern, als solche, die ein gutes Gespräch auslösen. Das mag zutreffen. Aber entscheiden wir uns vielleicht nicht zu häufig für das Ärgernis in der Literatur, das Skandalon – weil wir den Nervenkitzel lieben? Wir sollten über dem gerechten Zorn nicht die gerechte Freundlichkeit vergessen.

5

Wenn wir die Originalität eines Dichters betonen wollen, verleihen wir seiner Leistung gern das Prädikat »unnachahmlich«. Wir möchten damit sagen, daß er eine Weise, sich auszudrükken, gefunden hat, in der die Besonderheit seiner Person ohne Rest aufgeht. Mit der Bescheinigung der Unnachahmlichkeit fällen wir zugleich ein Werturteil. Denn das Einmalige, Nicht-Wiederholbare ist ja das absolut Seltene, und die Rarität steht innerhalb unserer Wertsysteme seit langem hoch im Kurs.

Die Begründer von Schulen, die Stifter von Stilen und Richtungen, also die Säulen der Literatur, gewinnen ihre Bedeutung aus der entgegengesetzten Eigenschaft. Ihr Werk hat Folgen. Es wird nachgeahmt, modifiziert, ergänzt, erneuert. Ihre Ausdrucksart ist nicht von schroffer Individualität geprägt, sondern von einer verbindlicheren, Orientierung schaffenden Überpersönlichkeit. Ohne sie wäre die Literatur nur eine Summe von genialen Einzelgängern, aber kein Organismus, kein Kontinuum, keine lebendige, beziehungsvolle Ordnung.
Es hat Zeiten gegeben, in denen man die Unnachahmlichen, die »Originalgenies« geradezu anbetete. Bei diesem Kult wirkten älteste Vorstellungsweisen mit: Reste eines mythischen Wertdenkens, das in dem einsamen Fürsichstehen des literarischen Einzelgängers die Kühnheit des Heros wiederzufinden glaubte. Derartige Ansichten gehören durchaus noch nicht der Vergangenheit an. Die Verehrung der ganz auf sich selbst gestellten Existenz, die in einem einmaligen Werk triumphiert, ist offenbar ein unausmerzbares Verlangen des Menschen.
Doch im ganzen gesehen neigt unsere Zeit mehr dazu, den epoche- und schulemachenden Dichtern zu applaudieren. Sie werden heute allenthalben bewundert, während es die Alleingänger gewöhnlich nur zu einem exklusiven Ruhm bringen. Vielleicht zeigt sich darin unter anderem der Einfluß gewisser Tendenzen der wissenschaftlich-technischen Wertung. Entdeckungen, die nicht ausgebeutet und fortgesetzt werden können, zählen ja in jenen Bereichen so gut wie überhaupt nicht. Diese pragmatische Gesinnung ist innerhalb der Kunst nicht minder übel als die übertriebene Verherrlichung des säkularisierten Heros in der Gestalt des unnachahmlichen Genies. Beide Perspektiven zeugen davon, daß wir zur Originalität keine sehr glückliche Einstellung besitzen.

6

Jener Dichter, der im Glauben schreibt, daß seine Bücher ein großes Publikum fesseln könnten, ist heute beinahe ausgestorben. Die Mehrzahl dichtender Autoren rechnet von vornherein nur mit einer Handvoll Leser. Sie ist der Ansicht, daß Dichtung seit eh und je nur von einzelnen gelesen, geliebt worden ist. Ein anspruchsvolles Werk, das ausnahmsweise eine zahlreiche Leserschaft anzieht, macht sich in den Augen dieser Autoren sogleich verdächtig. Instinktiv neigt man dazu, die Qualität des erfolgreichen Werkes in Frage zu stellen.

Daß bedeutende Dichtung im Durchschnitt bloß einen kleinen Kreis, bloß die »happy few« in Bann schlägt, ist nun freilich eine Binsenwahrheit. Ich denke nicht daran, sie zu widerlegen. Andererseits scheint es mir jedoch eine Form von gefährlicher Resignation zu sein, wenn man als Autor nicht einmal mehr den Wunsch, eine größere Leserschaft zu erreichen, aufkommen läßt. Erstickt man damit nicht jede potentielle Wirkung ins Breite schon im Keim? Goethe: »Wer aber nicht eine Million Leser erwartet, sollte keine Zeile schreiben.«

Ein solches Wort mag in zeitgenössischen Ohren sträflich überheblich, dreist optimistisch klingen. Doch ich finde, daß es von einer Zuversicht zeugt, die nicht verlorengehen sollte. Es ist eine Zuversicht, aus der sich Stärke ziehen läßt, Kraft zum Aushalten, zum unablässigen Versuch, das selten Erreichbare zu erreichen. Es ist gleichsam eine taktische Hoffnung, die den Glücksfall eines weitreichenden Echos nicht aus den Augen verlieren möchte, die sich durch das kontinuierliche Wünschen sozusagen immer in der Nähe der Wunscherfüllung aufhält. Ja, es gibt so etwas wie eine Provokation des Glücks.

Wünschen, erwarten heißt nicht: sich faktisch bemühen. Sobald sich der Autor nach den Bedürfnissen der Masse zu richten beginnt, ihr Konzessionen macht, ist er auch schon verloren. Nein, er darf nur danach trachten, sich selbst »einsichtiger und besser zu machen«, den »Gehalt der eigenen Persönlichkeit zu steigern« – um noch einmal Goethe das Wort zu geben. Solange dies aber mit dem Wunsch nach breitem Widerhall geschieht, gibt der Autor seine Chance nicht übereilig aus der Hand. Und Dichtung bleibt damit nicht zu exklusiver Wirkung verurteilt.

(1960–1962)

Das Handwerk des Lesens

Dichtung – eine Flaschenpost! Diese hübsche Metapher ist nicht mehr ganz neu. Doch sie erinnert uns daran, daß jedes gedruckte Werk seinem Wesen nach eine ins Weite, an unbekannte Empfänger gerichtete Nachricht ist. Statt von Büchern könnte man auch, altmodisch schön, von Sendschreiben sprechen oder Feuerzeichen oder, mit einem heute geläufigeren Vergleich, von Funksignalen auf vielen Wellenlängen. Mögen uns von Zeit zu Zeit modische Theoretiker weismachen wollen, daß zeitgemäße Dichtung keinen Mitteilungswert mehr besitze, daß sie sich selbst genüge in der Verwirklichung ihrer zweckfreien Form: das Buch bleibt doch weiterhin eine Botschaft für uns, die zu entziffern und nach ihrem Sinn zu befragen wir nicht müde werden.

Unter allen Nachrichten, die uns stündlich erreichen, ist die gedruckte zweifellos die nachhaltigste. Wir müssen sie nicht in Sekundenschnelle auffassen, brauchen sie nicht unserem überforderten Gedächtnis zur Aufbewahrung anzuvertrauen. Sie ist – in des Wortes exakter Bedeutung – zu jeder Zeit greifbar. Sie ist beständig. Sie kann Wort für Wort überprüft werden. Und immer wieder können wir uns in sie vertiefen und sie nach verborgenen Bedeutungsadern durchforschen.

Zur Nachricht gehört Neugier, brennendes Interesse. Daher kommt es, daß uns, sobald wir ein neues Buch in Händen halten, der schöne Stromschlag der Hoffnung trifft. Worauf hoffen wir? Auf Bezauberung, auf Klarheit, auf Erweiterung und Vertiefung unseres Bewußtseins, auf ein schärferes Spiegelbild unseres Selbst. So kann ein Buch auf uns wie ein Alarmzeichen oder ein Rettungssignal wirken, wie ein Stoß in ein Jagdhorn oder wie ein Sternbild, an dem wir uns orientieren.

Freilich gibt uns nicht bloß der Inhalt solcher Signale und Nachrichten zu denken. Ebensogut können wir aus der Art und Weise, *wie* man sie an uns richtet, Aufschlüsse erhalten. Darum betrachten wir die Form so genau, die Formulierung. Das »Wie« rückt gleichbedeutend neben das »Was«, eins ist vom andern nicht zu trennen. Schon das Temperament einer Mitteilung, zwischen Leidenschaft und Nüchternheit, Zorn und Freundlichkeit spielend, erweist sich für unsere Erkenntnis als ein Anhaltspunkt und hilft uns, den Charakter des Gedruckten aufzuschlüsseln.

Unsere Gabe, zwischen den Zeilen zu lesen, bedeutet, daß wir fähig sind, einen Text wie eine Partitur aufzufassen: neben der Stimme, die die Melodie führt, auch jene Stimmen mitzuhören, die auf eine nicht ganz begreifliche Weise die Hauptstimme begleiten. Natürlich wissen wir, daß Wortwahl, Akzent, Pause und Wiederholung, daß Rhythmus und Tonfall unsere Assoziationen in Gang bringen. Aber wie es der Autor, der Absender, schafft, die Vorstellungen seiner Empfänger zusammenzufassen und zu lenken, hinter dem Text den geheimen Kontext – wohl vieldeutig, doch wiederum auch nicht beliebig verstehbar – aufscheinen zu lassen, das werden wir wahrscheinlich niemals bis ins letzte enträtseln können.

Aber nun dieses Meer von Botschaften! Können wir denn Bücher noch ernst nehmen? Widerspricht nicht eins dem andern, heben sie sich alle am Ende nicht gegenseitig auf? Und wieviel Eitelkeit, Scharlatanerie, Beschränktheit und Gerissenheit bekommen wir zu spüren! Fallen wir denn nicht immer wieder herein auf Imitationen, aufgedonnerte Harmlosigkeiten und modisch nebelhafte Umstandskrämereien? Heine schrieb seiner Zeit einen Satz ins Stammbuch, lustig wie ein Messer: »Das ist schön bei uns Deutschen: Keiner ist so verrückt, daß er nicht noch einen Verrückteren fände, der ihn versteht.« Wie eh und je ist es notwendig, hinter das, was uns gedruckt erreicht, ein sehr deutliches Fragezeichen zu setzen. Denn zunächst scheint ja das einzelne Wort wehrlos. Jeder Dunkelmann, jeder Roßtäuscher kann seine Hand nach ihm ausstrecken, kann es in den Mund nehmen und im Munde so lange verdrehen, bis es das Gegenteil dessen meint, was es wirklich ist. Solche falschen und faulen Zeugnisse, unbesehen in Kauf genommen, haben durchaus die Macht, uns zu ruinieren. Also kein unbedingter Verlaß auf das Empfangene, selbst wenn wir es schwarz auf weiß haben?

Ich denke, das Buch ist dem Leser zur Prüfung vorgelegt. Andererseits ist es selbst der Prüfstein für alle, die sich mit ihm einlassen. Indem wir also ein Buch auf Herz und Nieren untersuchen, werden wir selbst untersucht. Ohne viel Aufhebens nimmt es uns ins Gebet. Es fordert unser Unterscheidungsvermögen heraus, unseren Geschmack und unsere Witterung und unsere Standhaftigkeit. Noch da, wo wir versagen, ist das Wort nicht am Ende seiner Kraft. Dieses wehrlose, sämtlichen »Alphabeten« ausgelieferte Ding: zuletzt triumphiert es über diejenigen, die es mißbraucht haben – ganz ohne unseren Beistand. Die Zeit ist sein Bundesgenosse, und mit der Zeit schüttelt es Flitter, Speichel, Wust und Dreck von sich ab, und vor seiner wiedererlangten Reinheit bricht der heuchlerische Text in sich zusammen. Ein Haufen Staub, unschädlich, weiter nichts.

Der Leser kann nicht sein, ohne zu lesen. Als Zeitgenosse mit den Pflichten der Zeitgenossenschaft, in einer Welt, die undurchdringlich ist, hat er keine andere Wahl, als sich jetzt und jetzt für Bücher zu entscheiden. Er hat solche nötig, die ihm eine Schneise schlagen. Solche, die ihm seinen Standort bestimmen helfen, an denen er sich, der Nacht- und Blindflieger, zu seinem Ziel weitertasten kann. Ja, er lebt weiter von Buch zu Buch – angesichts aller Risiken skeptisch, doch auch nicht ohne Mut, wenn er daran denkt, daß das Wort einen unverletzlichen Kern hat. Credo verbum. Das heißt: vertrauen, um nicht in der Luft zu hängen. Partei nehmen für etwas, das in ein weißes Blatt eingraviert ist. Solche Blätter wie Karten ziehen. Auf einen Stein bauen, auch wenn es bloß ein Kiesel ist.

(1962)

Zu Grimms Märchen

Zur Zeit scheint man die Märchen der Brüder Grimm in Ruhe zu lassen. Ich weiß nicht, wann man sie zum erstenmal angefeindet hat, erinnere mich aber deutlich, daß ihnen schon bald nach dem letzten Krieg – im Zuge der sogenannten Re-education durch amerikanische »Kulturoffiziere« – der Prozeß gemacht wurde. Fast fielen die Brüder Grimm unter die Kriegsverbrecher. Jedenfalls hieß es, sie hätten mit ihren Märchen dazu beigetragen, die Grausamkeit unter den Deutschen zu schüren, schon in den Kindern den Keim zum Sadismus gelegt, der dann in KZs und Vergasungsstätten so gräßlich aufgegangen sei.

Weg mit den Märchen! Das forderten später auch progressive Psychologen und Schulmänner. Ich habe es nie begriffen. Waren denn die Menschen vor dem Erscheinen dieser Märchen, im Dezember 1812, humaner? War etwa der Dreißigjährige Krieg dem Zweiten Weltkrieg sittlich überlegen? Haben die großen Übeltäter des 19. und 20. Jahrhunderts gestanden, bei den Brüdern Grimm »gelernt« zu haben?

Ich behaupte, die Grausamkeit der Märchen läßt Kinder weitgehend kalt. Einmal werden die Schandtaten zum großen Teil von Erwachsenen begangen, mit denen sie sich nicht identifizieren. Und dann stellen sie sich die Quälereien und Morde *nicht realistisch* vor. Auch ihre Phantasie versteht sie nur vage auszumalen. Sind es Bestrafungen, so setzen die Kinder sie in der Wirkung etwa mit denen gleich, die sie selbst erfahren haben; sind es Rechtlosigkeiten, werden sie als Prüfungen verstanden.

Das Motiv der Prüfung ist ja das bei weitem überwiegende Märchenmotiv, das fazinierendste. Söhne und Töchter von Holzfällern, armen Witwen, Schneidern, Bauern, Königen – sie alle müssen zeigen, inwieweit sie ausdauernd, beherzt, listig genug sind, den dunklen Mächten im Leben zu widerstehen. Fast immer wird auch an ihre Güte appelliert. Nur wer gut zu Mensch und Tier ist, dem stehen sie bei. Tiere sind oft die einzigen Nothelfer.

Ich komme darauf, weil ich in einer neuen Ausgabe der Märchen geblättert habe, sie umfaßt 27 von Lore Segal ausgewählte Texte. Das Prinzip der Auswahl leuchtet nicht ohne weiteres ein. Berühmteste Stücke stehen neben schwachbekannten wie etwa der »Häsichenbraut« oder »Ferenand getrü Ferenand un-

getrü«. Den Ausschlag haben wohl Maurice Sendaks Illustrationen gegeben, das heißt, man stellte jene Märchen zusammen, für die Zeichnungen von Sendak schon vorlagen.
Grimms Märchen sind und bleiben eine große poetische Urkunde unserer Literatur. Wer die erste Fassung mit der letzten, also dritten, hier wiedergegebenen vergleicht, muß tief den Hut ziehen vor der Formulierungskraft der beiden Philologen. Sie haben aus dem Rohmaterial des ihnen mündlich Erzählten Herrlichkeiten geformt, die zart, mundfrisch, urkräftig, einfach vollkommen sind. In keinen anderen deutschen Texten durchdringen sich das Herzhafte und Seelenhafte mit einer so unsentimentalen Innigkeit.
Doch die Hauptsache der Ausgabe sind natürlich Sendaks Zeichnungen. Dieser Sendak gilt ja heute auf seinem Gebiet als unschlagbar. Seine haarfein gestrichelten Illustrationen sind in der Tat ein Höhepunkt der bildlichen Umsetzungen von Grimms Märchen. Ich bin mit Ludwig Richters und Moritz von Schwindts Zeichnungen groß geworden und lasse noch heute nichts auf sie kommen. Sicher, da ist das biedermeierlich Herzige, andrerseits haben Lust, Glück und Leid des Kindseins gerade bei Richter einen zärtlichen frommen Federzug, den man suchen kann. Maurice Sendak geht von der Magie der Märchen aus. Er fixiert das Unheimliche nicht durch Unheimlichkeit, sondern durch eine seltsame Form von Leblosigkeit. Von seinen Tier- und Menschenwesen geht etwas Statuarisches aus, mitten in der Bewegung sind sie plötzlich durch einen Zauberschlag angehalten, sie haben – mit einem Körnchen Salz verstanden – etwas Wachsfigurenhaftes, erinnern von fern auch an Disney-Puppen, sie posieren – und doch sind alle durch Sendaks altmeisterliche Kunst des Zeichnens in eine lebendige Aura getaucht. Die Körper kommen einem mittelalterlich gedrungen vor, die Gesichter sind kaum »heutig«; was diese Zeichnungen dennoch modern erscheinen läßt, das ist die Perspektive, der Blickwinkel.
Da sitzt das Catherlieschen mit seinem Mann in einer Baumgabel, direkt unter ihren Sohlen, als ob sie schon drauf träten, die Köpfe der Schnapphähne – oder die Stiefmutter Schneewitt-

chens, die uns anblickt, als sähe sie in den Spiegel, die runden Augen wahnsinnig von Triumph, dahinter das schöne Mädchen, ein besorgter kleiner bärtiger Mann, ein angebissener Apfel, eine Eule, ein Radleuchter: in Verkürzungen nur, Überschneidungen – Maurice Sendak ordnet das an wie in Träumen, die Alpträume streifen. Selbst wo er lustig ist, ist die Lustigkeit nicht ganz geheuer. Das reine wasserklare Glück dieser Märchen vermitteln die Bilder kaum, das bleibt Sendak den Kindern zumeist schuldig. Erwachsene jedoch werden sagen: Besser kann man der Welt nicht Gestalt verleihen, die wir in jenen Geschichten fanden, von denen uns Versunkenheit und Schauder geblieben sind.

(1973)

Ein Geburtstagsgruß – als Nachruf zu lesen

Im Gegensatz zu früher scheint es heute leichter zu sein, auf der literarischen Szene Fuß zu fassen. Dafür ist es schwerer geworden, sich als Autor über Jahrzehnte hinweg zu behaupten. Wer »einen Namen« hat, hat keineswegs ausgesorgt. Kritiker lassen Autoren, die sie noch vor kurzem bedeutend fanden, achselzuckend »fallen« und wenden sich dem jeweils Neuesten zu. Leser wagen es nicht mehr, zu ihrem eigenen Urteil zu stehen; die Angst, für unzeitgemäß zu gelten, treibt sie in Scharen hinter den wendigen Tonangebern her.
Auch um den schwäbischen Romancier und Erzähler Gerd Gaiser, der in den fünfziger Jahren zu unseren meistgenannten Autoren zählte und in diesen Tagen fünfundsechzig wird, ist es ziemlich still geworden. Doch bei ihm liegen die Dinge etwas anders. Eine polemische Kampagne wurde gegen ihn angezettelt, deren Urheber – wie könnte es heute anders sein – unterm Deckmantel strenger Literaturkritik ihr politisches Mütchen kühlten. Bei Gaiser gibt es keine Anzeichen linker Gesinnung,

also muß er »automatisch« rechts sein. Sogenannte Beweise liefern dann die Texte, Zitate werden an den Haaren herbeigezogen. Den sensiblen Gaiser hat das schwer getroffen – buchstäblich: es verschlug ihm die Sprache. Seit langem ist kein Buch mehr von ihm erschienen.

Betrachtet man Gaisers erzählerisches Werk nun aus zeitlicher Distanz, stellt man fest, daß sein bekanntester Roman »Schlußball« ziemlich blaß geworden ist. Zeitkritik war offenbar nicht die Stärke dieses Autors. Dagegen ist ein Buch wie »Das Schiff im Berg« frisch geblieben und braucht die Zeit nicht zu scheuen. Hier hat sich Gaiser mit erstaunlicher Einbildungskraft das »Schicksal« eines Berges in Schwaben imaginiert. Er berichtet chronologisch von Jahrtausenden, läßt den Berg während der großen erdgeschichtlichen Umwälzungen aus dem Wasser tauchen, sich allmählich mit Grün beziehen, die ersten Tiere siedeln an seinen Hängen, treten ihre Wechsel, dann kommen die Horden der Jäger, dann die Hirten, Menschen werden seßhaft, Menschengeschichte beginnt. Sie reicht bis zu jenem Augenblick, an dem sich in den letzten Tagen des Krieges eine Funkmeßabteilung auf der Kuppe verschanzt.

In dieser Chronik, die einen Berg zum Helden hat, kommt der Mensch nur »transitorisch« zur Geltung. Am Alter von Erdformationen gemessen, ist sein Existieren insgesamt bloß eine Spanne »wie die Zeit eines Ameisenflugs«. Der Psalmist wird zitiert: »Der Mensch wie Gras.« Ja, »ein kleines Loch, eine geringe Geschwulst verdirbt ihn, er krümmt sich und muß hinab und ist wie nie gewesen«. Und doch ist der Mensch dem Berg auf eine merkwürdige Weise gewachsen, nämlich durch ein inneres Bild, etwas Visionäres, ein Rätsel, das als Sage überdauert. Im Innern des Berges liege, sagt man, ein Schiff, das sich eines Tages zeigen werde –: dann werden wir meinen zu träumen. Solchen Bildern kann die Zeit offensichtlich nichts anhaben.

In »Gib acht in Domokosch« stellte Gaiser seine wichtigsten Erzählungen aus zehn Jahren zusammen. Hier gibt es großformatige Stücke, aber auch Kurzgeschichten, Kalendergeschichten, Gedichte in Prosa – die formale Spannweite ist beträchtlich. Wieder erweist es sich, daß die satirisch getönten Geschichten

über törichte Zeiterscheinungen an jene, die der Erzähler mit seiner ureigenen Substanz füllt, nicht heranreichen. Das sicher stark autobiographische »Mittagsgesicht«, in welchem einem Mann die Gestalt seines Vaters erscheint, eines protestantischen Pfarrers auf dem Land, bewegt nach wie vor durch die Zartheit und Genauigkeit des Erinnerns und die scharfe Ehrlichkeit, mit der Schuld und Schicksalhaftigkeit in diesem Vater-Sohn-Verhältnis gewogen werden. Kaum weniger eindringlich die herbe, ja geisterhafte »Schwesterlegende«, die das Kain-und-Abel-Motiv variierende »Fuchsstute« oder die hintergründige Kriegserzählung »Gib acht in Domokosch«.
Als letztes erschien von Gaiser 1960 unter dem Titel »Am Paß Nascondo« eine Suite von Erzählungen, in denen mit der realistischen Darstellungsform gebrochen wird. Auf einem dichterisch souverän entworfenen Terrain – einer Dreiländerecke, teils schwäbisch, teils österreichisch, teils italienisch, einem »Welschland«, doch mit balkanischem Einschlag und griechischer Vergangenheit –, auf diesem Boden also versammelt der Autor die Leit- und Schlüsselfiguren seiner früheren Werke und prüft noch einmal ihren Wesensgehalt, indem er sie in meist bedrohliche Situationen stellt. Aber wichtiger als das Durchstehen oder Versagen, das herauskommt, scheint mir, wie Gaiser den Beweis erbringt, daß alles, was er geschrieben hat, aus einem einzigen schöpferischen Impuls stammt, all diese Geschichten Bruchstücke der eigenen Seelengeschichte sind.
Noch habe ich nicht die »Sterbende Jagd« erwähnt, die in meinen Augen den Höhepunkt des Œuvres bildet und sicher zu unseren besten Kriegsbüchern zählt. Innerhalb einer Woche wird im Zweiten Weltkrieg ein deutsches Jagdgeschwader aufgerieben. Das ist das »tödliche Faktische« des Romans. Nun zeigen 60 kurze, brillant komponierte Kapitel, wie im Bewußtsein der sieggewohnten, lässigen, zwanzigjährigen Piloten die Kriegshandlungen plötzlich eine Peripetie hervorrufen: den Umschlag in die Erkenntnis der Niederlage. Hundert Spielarten moralischen Verhaltens – vom Gefreiten bis zum General – spiegeln sich nun in soldatischen Konflikten, im Töten und Getötetwerden wider. Gaiser ist es als erstem gelungen, Tech-

nik und Krieg anhand des Fliegerischen zu artikulieren, und zwar mit einer ungewöhnlichen Sicherheit des militärischen und aeronautischen Jargons. (»Exupéry ist dagegen purer Romantiker«, Hohoff.) Doch hinter der Redeweise der jungen, lang verschonten, dann rücksichtslos, sinnlos in den »Heldentod« getriebenen Elite schimmert ein Wortlaut von biblisch-homerischem Glanz. Wie immer man auch zu der in der »Sterbenden Jagd« aufgezeichneten Problematik des Krieges stehen mag: Hier hat Gaisers Sprache das letzte Wort.

(1973)

Nachtrag
Gerd Gaiser starb überraschend am 9. Juni 1976. Zuvor hatte er noch – nach 15jährigem Schweigen – einen Band mit Reiseprosa unter dem Titel »Ortskunde« zusammengestellt.

Über Eberhard Horst

Anläßlich einer Preisverleihung

Von den Mäzenen für Literatur heißt es heute, sie seien ausgestorben. Aber noch immer werden bei uns zahlreiche Preise wie Geschenke vergeben, wie Gunstbeweise ausgestreut, ja zur mehr oder minder verhüllten Selbstdarstellung der Geber benutzt. Vertreter des Staates und der Institutionen setzen offenbar nicht ungern die Allüren fürstlicher Gönner fort, das heißt, sie präsentieren Preise wie unverhoffte Spenden.
Im Gegensatz dazu – wage ich zu behaupten – kann man sich den Preis der »Stiftung zur Förderung des Schrifttums« *verdienen.* Seine Jury macht keine Geschenke für Wohlverhalten in dieser oder jener Richtung, sie spielt auch nicht vabanque, setzt also nicht auf genialische Anfänger, sondern sie versucht, so gut sie kann, auf verdiente Autoren aufmerksam zu machen. Was

ist ein »verdienter Autor«? Sagen wir es möglichst einfach: einer, der einzelnen Lesern oder einem Publikum oder der Literatur Dienste erwiesen hat.

Ein solcher Schriftsteller ist der 1924 in Düsseldorf geborene Eberhard Horst. Seine »Vorgeschichte« finden wir in einer autobiographischen Skizze verzeichnet, die »Ich über mich« heißt. Darin erklärt uns Horst, daß er das Bücherschreiben als Ziel zwar schon früh ins Auge gefaßt, doch verhältnismäßig spät, erst auf erzwungenen oder selbstgewählten Umwegen, erreicht habe. Für fünf Jahre warf ihn der Krieg aus der Bahn. Wenigstens konnte er zum Schluß als Gefangener in einem sogenannten Studienlager bei Chartres, wenn auch unter großen Anforderungen und Entbehrungen, Erfahrungen der »Selbstfindung« sammeln.

Danach begann Horst in Bonn zunächst Theologie zu studieren. 1950 schrieb er sich an der Münchner Universität ein. Hier wurde ihm allmählich klar, daß er für ein Leben, wie es ihm vorschwebte, mehr Spielraum brauchte, und er verlegte das Schwergewicht seiner Studien auf die Literatur- und Theaterwissenschaft. Bis zu seiner Promotion sah es dann so aus, als würde er seinen Beruf einmal beim Theater finden. Er widmete sich intensiv der Studiobühne der Universität und wurde bald zu ihrem Leiter gewählt. Mit diesem Studententheater zog er, wie er selber sagt, »durch die bayerischen Städte bis hinauf nach Coburg«, ja, er inszenierte sogar einmal in Innsbruck – nämlich das von ihm wiederentdeckte »Innsbrucker Osterspiel«.

Die eigentliche Geschichte, die des Schriftstellers Horst, beginnt Ende der fünfziger Jahre in Gröbenzell. Angeregt von seiner Dissertation über das Werk Elisabeth Langgässers, vertieft er sich mehr und mehr in die geistigen und handwerklichen Voraussetzungen des Schreibens, prüft seine Einsichten vor allem an Neuerscheinungen nach: so entstehen Rezensionen, Referate, Essays zur zeitgenössischen Literatur. Bald wird Horst von Feuilleton- und Zeitschriftenredakteuren als unabhängig und ausgewogen urteilender Kritiker gern beschäftigt. Seine Leser lernen es schätzen, daß er die Informationspflicht des Kritikers ernst nimmt und sie, bevor er zur Wertung eines Buches übergeht, unvoreingenommen über Inhalt und Gehalt ins Bild setzt. Aber noch dauert es Jahre, bis Horst sein erstes Buch veröffentlicht. Inzwischen erweitert er Schritt für Schritt seinen literarischen Aktionsradius, schreibt Erzählungen, deskriptive Prosa, Szenen fürs Fernsehen, trainiert seine Feder.

Sein erstes Buch heißt »Sizilien«. Es ist die literarische Beschreibung einer Insel und zugleich Kunst- und Reiseführer. Eine eigenständige Form des Handbuches, in dem man exakt unterrichtet wird, nachschlagen kann, doch auch Essentielles findet, bildkräftig und nicht ohne Leidenschaft formuliert. Das gilt gleichfalls für sein zweites, 1967 erschienenes Buch über Venedig. Hier wären nun Belege fällig. Leider müssen wir uns auf ein einziges Zitat beschränken. Da heißt es beispielsweise über die Lagune: »Manche Partien erinnern an den Niederrhein, einen Niederrhein ohne Biederkeit, ins Weite gedehnt, von einer strengen Melancholie befallen. Dann wieder und stärker drängt sich der Eindruck einer exotischen, fernöstlichen Verzauberung auf. Solche Wasserlandschaften malten die Chinesen mit dem Tuschpinsel. Für mich ist die Lagune eine Zwischenwelt, von einer tonlosen Melodie durchzogen, eine merkwürdige Mischung von etwas Abgestorbenem und schweigend Erwartungsvollem.«

Allein, wieviel Beherztheit gehört dazu, noch einmal einen Stoff aufzugreifen, über den es schon ganze Bibliotheken gibt. Die selbständige Leistung des Autors Horst beginnt bereits mit der Gliederung. Jedes seiner Bücher ist nach einem originellen Schema angelegt – auch sein drittes Reisebuch, »15mal Spanien«, das sich an den 15 historischen Regionen, die überwiegend mit den alten Königreichen der Halbinsel identisch sind, orientiert. Während Horst in »Sizilien« und »Venedig« vornehmlich Landschaft und Architektur hervorhebt, Geschichte als Kunstgeschichte deutet, konzentriert er sich in seinem Spanienbuch auf die politische und soziale Gegenwart des Landes, die ökonomischen Probleme, das heikle Selbstverständnis seiner Bewohner. Das Werk zeugt von außerordentlichem Fleiß, steter Sorgfalt, ist jedoch, was nicht wundernimmt, spröder und herber als seine Vorgänger.

In seinem jüngsten Buch kehrt Horst gewissermaßen zu seinen Anfängen zurück. Wir sehen ihn also an das Sizilienthema anknüpfen. Es handelt sich um eine Biographie mit dem Titel »Friedrich der Staufer«. Um diese Biographie abschließen zu können, war eine siebenjährige Arbeitszeit notwendig sowie ein – in Horsts Worten – »zeitweise mühsamer Weg über Studien, Niederschriften, neue Fassungen« zu bewältigen. Horst versteht Friedrich II. als »das einzige Genie unter den deutschen Herrschern«, jene Person, »in der sich Sizilien und Deutschland« auf immer noch staunenerregende Weise verbinden. Das umfangreiche Buch ist in eben diesen Tagen ausgeliefert worden. Noch fehlt das Echo der Kritik. Doch schon haben Historiker, die es wissen müssen, dem Verfasser bestätigt, daß er »das *Duecento*, das Jahrhundert dieses außerordentlichen Imperators«, sowohl faktentreu als auch »mit großem Atem« vergegenwärtigt hat. Horsts Sprache ist allerdings weniger episch als analytisch. Er liebt es, knapp und sachlich den Dingen – das heißt hier: den Quellen – auf den Grund zu gehen. Sein Buch lebt aus dem Vergleich der Quellen, aber auch – und besonders! – aus der Konfrontation der Geschichte mit Erscheinungen unserer Zeit. Immer ist es Horst zuletzt um eine Wahrheit zu tun, die zwar historisch verankert, doch nicht »einmalig« ist, uns hier und jetzt betrifft. Sicher läßt sich absehen, daß »Friedrich der Staufer« seinen Biographen einem breiten Publikum nahebringen wird. Der Preis, den Eberhard Horst heute erhält, gilt jedoch nicht in erster Linie einem sich anbahnenden Erfolg; er ist die Auszeichnung für einen ausgezeichneten Autor.

Nachtrag

Nun habe ich das fertige Buch in Ruhe lesen können: die Lebensgeschichte des Hohenstaufenkaisers Friedrichs II. (1194–1250). Wie erwähnt, ist für Eberhard Horst der Gegenstand seiner Arbeit »das einzige Genie unter den Herrschern des Mittelalters«, er findet ihn »faszinierend, beunruhigend und erschreckend unbequem«, er entdeckt in diesem Menschen und seinem Jahrhundert »eine neue geschichtliche Aktualität«.

Zeitgenössische Chronisten charakterisierten Friedrich so: »Er war ein durchtriebener Mann, verschlagen, geizig, ausschweifend, boshaft und jähzornig. Gelegentlich zeigte er auch tüchtige Eigenschaften ...« Oder so: »Unter der Welt Fürsten der Größte, Friedrich, auch das Staunen der Welt und wundersamer Veränderer.« Über sein Äußeres notierten sie: »Ein schöner, wohlgebauter Mann, wenn auch nur von mittlerem Wuchse«. Doch von arabischer Seite wurde er einmal als »rotblond, bartlos und kurzsichtig« abgefertigt; »wenn er Sklave wäre, hätte man keine zweihundert Drachmen für ihn gegeben«. Mehr als ein halbes Jahrtausend später nannte ihn Jakob Burckardt den »ersten modernen Menschen auf dem Throne«, und Nietzsche ließ ihn als »jenen *ersten* Europäer nach meinem Geschmack« gelten.

Selbstredend ist es zunächst das »Heutige« an dieser Gestalt, was Eberhard Horst in seiner Biographie immer wieder in den Vordergrund rückt. Friedrichs Rationalismus und sein Aufklärertum, heißt es, weise über seine Zeit hinaus; mit dem Staufer beginne ein neues auf die Empirie gestütztes naturwissenschaftliches Denken: greifbar in Friedrichs Falkenbuch (»Die Kunst, mit Vögeln zu jagen«), in seinen berühmten Fragen an führende Gelehrte, seinen kühnen Experimenten (auch an Menschen!), seinen mathematischen, astronomischen und medizinischen Interessen. Als Herrscher habe er das chaotische Sizilien zu einem »Modellstaat« geformt, durch sein außerordentliches Gesetzwerk Rechtssicherheit, vor allem für Minderheiten, garantiert, sich gegen kurialen Imperialismus zur Wehr gesetzt und schon der Idee verschrieben, die bis heute nicht verwirklicht werden konnte: der Einigung Europas.

Glücklicherweise hütet sich Horst vor Übertreibungen. Ja, es ist eine Stärke dieser Biographie, daß ihr Autor keine ideologischen Vorurteile übernimmt, nicht nach dem Schema für einen Menschen sucht, sondern ihn gerade in seiner Widersprüchlichkeit fassen möchte. Oft läßt uns Horst sein Analysieren und Abwägen der Quellen mitverfolgen. Das sorgt für intellektuelle Spannung, zeugt von Lauterkeit. Er weiß, mit dem Aufzeigen geschichtlicher Parallelen und Analogien ist es noch nicht getan.

Das unserer Zeit Fremdgewordene, ja Sagenhafte an Friedrich und seinem Jahrhundert muß hinzukommen. Also Frömmigkeit und Aberglaube, Grausamkeit und Innigkeit, die schärferen Farben und höheren Lebenstemperaturen jener Epoche. Gerade dies – ich gestehe es gern – hat mich stärker gefesselt als das noch immer oder wiederum »Aktuelle«.
Horst scheint darauf bedacht gewesen zu sein, sich von seinem abenteuerlichen, dramatischen, ans Wunderbare streifenden Stoff nicht zum Fabulieren verführen zu lassen. Er berichtet ohne Ausschmückungen, mit gezügelter Zuneigung, ruhig und kurzgefaßt (allerdings auch mit einigen unnötigen Wiederholungen). Doch sicher hätte er etwas weniger erläutern, mehr erzählen können. Eine Biographie ist nicht allein auf Fakten und Schlußfolgerungen, sondern auch auf Atmosphäre angewiesen. Präzis: auf die Sinnenhaftigkeit alltäglicher Vorgänge. Im »Herbst des Mittelalters« von Huizinga heißt es einmal: »Ein pelzverbrämtes Staatskleid, ein helles Herdfeuer, Trunk und Scherz und ein weiches Bett hatten noch einen hohen Genußgehalt.« Ähnliches hätte man in »Friedrich der Staufer« hier und da lesen wollen.
Wie angebracht es ist, einmal episch zu verweilen, »ins Detail zu gehen«, macht das Kapitel »Verrat und Verräter« deutlich. Mir scheint es das beste des Buches zu sein. In drei Passagen wird das Geschehen dreier genau datierter Monate wiedergegeben: die Verschwörung des von Papst Innozenz IV. beeinflußten sizilianischen Adels, der die Ermordung Friedrichs, Enzios und Ezzelinos geplant hatte; Abfall und Handstreich der Bewohner Parmas, Friedrichs Flucht im letzten Moment; schließlich der Verrat seines vielleicht vertrautesten Beraters, des »Protonotars und Logotheten« Petrus de Vinea, der offenbar in einen Giftanschlag auf den Kaiser verwickelt war. Zug um Zug wird das Umschlagen von jahrzehntelangem Erfolg in immer tieferes Scheitern dargestellt. Der als Freigeist und Antichrist Verfolgte, als Friedensfürst und Heilsbringer Geliebte: in diesen Situationen steht er uns Heutigen wohl am nächsten.

(1975)

Thema Reisen

Neue deutsche Reiseprosa. Analysen und Beispiele

Aufzeichnungen über Reisen nennt man hierzulande gewöhnlich Reiseberichte. Wenn wir uns nicht an das gebräuchliche Wort halten, sondern von *Reiseprosa* sprechen, so deshalb, weil wir uns nur mit einer bestimmten Form der Reiseliteratur beschäftigen wollen: den Aufzeichnungen der Schriftsteller. Wir müssen es noch genauer sagen: solcher Schriftsteller, die sich als Erzähler, Lyriker, Essayisten ausgewiesen haben. Nicht in Betracht ziehen wir also primär unterrichtende Texte, worunter Arbeiten von Journalisten, Geographen, Forschern oder Spezialisten für Reiseführung zu verstehen sind. Auch auf Grenzfälle von Literatur und Journalismus möchten wir nicht eingehen. Kurz: bei der Reiseliteratur, wie wir sie meinen, liegt der Akzent ausdrücklich auf »Literatur«.

Daß Schriftsteller von ihren Erfahrungen mit fremden Städten und Ländern berichten, ist nicht ungewöhnlich. Seit eine deutsche Literatur existiert, gibt es solche Zeugnisse. Doch ist uns aufgefallen, daß es sie heute in einer Fülle gibt wie nie zuvor. Wir sind der Sache nachgegangen. Wann begann sie, diese sprunghafte Entwicklung unserer Reiseprosa? Etwa seit Kriegsende. Der Grund dafür scheint auf der Hand zu liegen. Von der neuen deutschen Reiselust, ja -wut haben sich auch die Autoren mitreißen lassen. Freilich ist das Phänomen des Tourismus kein deutsches allein. Ob sich in anderen Literaturen ähnliche Entwicklungen abzeichnen, wäre eine eigene Untersuchung wert.

Aber können wir uns mit der Reisewelle als Erklärung schon zufriedengeben? Ist das nicht zu simpel? Gewiß spielen hier nicht nur äußere Dinge eine Rolle. Wenn wir die moderne Literatur insgesamt nehmen, fällt auf, daß sie sich immer deutlicher an das Konkrete, Faktische hält, an die Welt, »wie sie ist«. Viele Autoren von Romanen und Erzählungen haben kein rechtes Vertrauen mehr in ihre Einbildungskraft. Sie schränken die Darstellung auf den eigenen Erfahrungsbereich ein, bauen auf das Autobiographische, das Nachprüfbare, auf Materialien im dokumentarischen Sinn. Kein Wunder in einer Zeit, in der die Wissenschaft zum A und O wird. Wir sehen also die Phantasie zugunsten der Empirie weitgehend zurücktreten. Für den Schriftsteller liegt es nahe, das Wort »Erfahrung« beim Wort zu nehmen. Er versucht, die Welt buchstäblich zu er-fahren. Was er auf seinen Fahrten berührt, wird ihm auf eine neue Weise wichtig.

Das heißt: Wir haben kein Recht mehr, die Reisebücher und Reisebeschreibungen unserer Autoren unter die literarischen Randerscheinungen zu rechnen. Wenn die Mehrzahl der Erzähler, Lyriker und Essayisten so viel Energie, so viel »Kunst« an Arbeiten dieser Art wendet, verlieren sie die Bedeutung von Nebenprodukten. Ebenbürtig treten sie den Formen fiktiver Prosa oder dem theoretischen Essay zur Seite. Es ist sicherlich kein Zufall, daß die Reiseprosa unserer Romanschreiber nicht selten ihre epische Prosa übertrifft. Andererseits sehen wir, wie das Thema Reisen selbst im reinen Erzählen immer mehr Fuß faßt, sich breitmacht, was Helden und Handlung dem häufigen Unterwegssein ihrer Erfinder verdanken. Hier wie dort Reisen als eine Zeiterscheinung, als Erscheinung der Zeit.

Die neuen Texte lassen sich allerdings nicht voraussetzungslos betrachten. Auch für Reiseprosa gibt es in der deutschen Literatur einen klassischen Kanon, an den wir erinnern müssen. Nicht, daß wir die neuen Leistungen an den alten zu messen hätten. Doch jene Aufzeichnungen aus dem 18. und 19. Jahrhundert haben den Grund gelegt. Besinnen wir uns nur auf Lichtenbergs Briefe aus England, Goethes »Italienische Reise«, auf die »Reisebilder« von Heine, die Tagebücher Eichendorffs, Hebbels Pariser Journal, denken wir an Seumes »Spaziergang nach Syrakus«, Laubes »Reisenovellen«, Börnes satirische Feuilletons, an die »Winterbriefe aus Kirchschlag« von Adalbert Stifter oder auch an die drei in unserem Jahrhundert entstandenen, aber schon klassisch gewordenen Werke: Hauptmanns »Griechischen Frühling«, Rudolf Borchardts »Villa« und »Deutschlands Morgenspiegel« von Konrad Weiß.

Borchardt ist übrigens auch der erste und einzige, der bisher versucht hat, uns die Reiseliteratur als Gattung nahezubringen, als einen festen Begriff. Er gab 1927 im Verlag der Bremer Presse die umfangreiche Anthologie »Der Deutsche in der Landschaft« heraus. Bezeichnend, von welchem Standpunkt aus er das Material sichtete. In seinem Nachwort heißt es: »Die Reisen, aus denen hier Stücke gezogen sind, streben alle von Erlebnissen zur Darstellung; die üppigen Darstellungen, die hier gegeben werden, haben weder sich selber noch die Auflösung ins Übergefühl der Idylle zum Zwecke. Sie alle, so körperlich und greifbar sie die sinnliche Decke und Hülle des Erdgeheimnisses aus Lichtern und Schatten aufbauen, haben es dennoch immer mit dem Geheimnisse selber zu tun, in allen seinen dem Menschengeiste zugänglichen Formen, vom verhüllten und enthüllbaren, annäherungsweise mehr und mehr auswickelbaren Geheimnisse der Natur selber und des Menschen, das heißt der Geschichte, bis zum ewig Verhüllten der Gottheit selber. In ihnen allen erscheint der Reisende oder der Erforscher nirgends, wie der Engländer überall, als ein zwischen Abfahrt und Rückkunft etwa unterwegs befindlicher, der im Berichte der Feder schon den kommenden mündlichen Bericht vorkostet, schon an die Verwendung und Ausnützung des Mitgebrachten und Eingeheimsten denkt, zwischen Daheim und Fremde naive und praktische Vergleiche zieht, der sich, als Glied einer Gesellschaft, nur vorübergehend, zu genau umschriebenen Zwecken, aus ihr gelöst hat; der Deutsche ist überall zu Haus und nicht zu Haus, ist zu Haus, wo er eben steht. Die Welt geht in ihn ein, indes er in der Welt aufgeht. Er ist der alte Wanderer seiner Geschichte, der Gast auf Erden. Der eigener Schiffahrt fast ganz Beraubte macht sich auf seinen Sohlen zum Kinde aller Breiten. Der eigenen länderverknüpfenden und besiedelnden Politik fast ganz Enterbte überblickt nach Teilung der Erde aus den nur ihm eigenen Höhen des Geistes eine kosmisch tellurische Verhältniswelt, die auf keinen Karavellen und Briggs der seefahrenden Eroberer zu erschiffen war. Der Arme und Verarmte, dem es nicht zum Zehrpfennig, geschweige zum Reisegeld langen will, ergreift aus der Bücherstube heraus die Welt durch Begründung erobernder Wissen-

schaften. Das nie zur Ruhe gekommene Kind der Völkerwanderungen bricht durch seine unzeitigen Grenzen immer wieder in die Welt hinaus und sucht sich Reiche, sieht sie, wie keiner vor ihm sah, und schreibt seine Gesichte, prüft das von anderen Völkern Geschriebene an den siegreichen Maßstäben seines neuen kritischen Vermögens, des Ertrages seiner erzwungenen kummervollen Gelehrsamkeit, streicht aus und zeichnet neu.«
Das klingt ziemlich gestelzt und national überzogen. Borchardts Anthologie »Der Deutsche in der Landschaft« ist jedoch weitaus besser als der Stil ihres Herausgebers. Die Beiträge stammen vorwiegend aus dem 19. Jahrhundert, zum größten Teil von Gelehrten. Es sind überaus gründliche, bedächtige, klassisch geordnete Aufzeichnungen, mehr Landschaftsmonographien als Reisenotierungen oder Studienblätter. Was jahrhundertelang das Ideal von Künstler wie Bürger war: die Bildungsreise – hier finden wir ihre Ergebnisse auf höchstem Niveau.

Von solchen Zeugnissen sticht die neue deutsche Reiseprosa ab. Schon die Art unseres Reisens hat sich weitgehend geändert. Wir haben uns längst daran gewöhnt, kurzfristig, hastig, rapid zu reisen. Was wir unterwegs erleben, ist – mit einem Wort Karl Krolows – »unleugbar intensiv und wie auf ein paar Herzschläge zusammengepreßt«. Von Hugo von Hofmannsthal gibt es einen berühmten Reiseessay mit dem Titel »Augenblicke in Griechenland«. Ihn könnte man als einen der Ausgangspunkte der neuen Reiseprosa bezeichnen. Hofmannsthal hielt sich genau elf Tage auf dem griechischen Festland auf. *Augenblicke* – der Titel liefert uns das Stichwort. Ein sekundenlanges Innewerden von Wahrheit, ein elementares Begreifen macht aus Einzelheiten plötzlich Ereignisse. Wir reisen nicht mehr, um Wissen zu summieren, sondern um zu *leben*. Die Darstellung konzentriert sich von nun an auf solche »erfüllten« Augenblicke, spart das andere aus. Dazu ein Abschnitt aus jenem Teil des Essays, der »Das Kloster des heiligen Lukas« überschrieben ist:

»Wo der Abendstern stand, dort glänzte unsichtbar hinter dunklen Bergen der Parnaß. Dort, in der Flanke des Berges, lag

Delphi. Wo die heilige Stadt war, unter dem Tempel des Gottes, da ist heute ein tausendjähriger Ölwald, und Trümmer von Säulen liegen zwischen den Stämmen. Und diese tausendjährigen Bäume sind zu jung, diese Uralten sind zu jung, sie reichen nicht zurück, sie haben Delphi und das Haus des Gottes nicht mehr gesehen. Man blickt ihre Jahrhunderte hinab wie in eine Zisterne, und in Traumtiefen unten liegt das Unerreichliche. Aber hier ist es nah. Unter diesen Sternen, in diesem Tal, wo Hirten und Herden schlafen, hier ist es nah wie nie. Der gleiche Boden, die gleichen Lüfte, das gleiche Tun, das gleiche Ruhn. Ein Unnennbares ist gegenwärtig, nicht entblößt, nicht verschleiert, nicht faßbar und auch nicht sich entziehend: genug, es ist nahe. Hier ist Delphi und die delphische Flur, Heiligtum und Hirten, hier ist das Arkadien vieler Träume, und es ist kein Traum. Langsam tragen uns die Füße ins Kloster zurück. Ganz nahe von uns knurren große Hunde. Auf dem Altan über dem Torweg lehnt eine Gestalt. Ein andrer, ein Dienender, tritt seitwärts aus den Hecken hervor, dort, wo die Hunde knurren. ›Athanasios!‹ ruft der Mönch vom Altan, ›Athanasios!‹ Er sagt es mehr als er es ruft, gelassen und sanft befehlend. ›Athanasios, was gibt es da?‹ – ›Es sind die Gäste, die beiden Fremden, die herumgehen.‹ – ›Gut. Gib acht auf die Hunde.‹ Diese Worte sind wenige. Dies Zwiegespräch ist klein zwischen dem Priester und dem dienenden Mann. Aber der Ton war aus den Zeiten der Patriarchen. Aus wenigen Gliedern setzt sich dies zusammen. Unangetastetes Auf-sich-Beruhen priesterlicher Herrschaft, ein sanfter Ton unwidersprochener Gewalt, Gastlichkeit, gelassen und selbstverständlich geübt, das Haus, das Heiligtum, bewacht von vielen Hunden. Und dennoch, dies Unscheinbare, diese wenigen Worte, gewechselt in der Nacht, dies hat einen Rhythmus in sich, der von Ewigkeit her ist. Dies reicht zurück, dies Lebendige, wohin die uralten Ölbäume nicht reichen. Homer ist noch ungeboren, und solche Worte, in diesem Ton gesprochen, gehen zwischen dem Priester und dem Knecht von Lippe zu Lippe. Fiele von einem fernen Stern nur ein unscheinbares, aber lebendiges Gebilde, der Teil einer Blume, weniges von der Rinde eines Baumes, es wäre dies dennoch eine Botschaft, die uns durchschauert. So klang dieses Zwiegespräch. Stunde, Luft und Ort machen alles.«

Hier also haben wir einen Augenblick der Wahrheit, einen Moment spontanen Erkennens, das auf die wohlbegründete, gelehrte Ableitung verzichten kann. »Stunde, Luft und Ort« ergeben die Konstellation, auf die das äußerst reizbare Sensorium des Dichters antwortet. Ein Reisen ohne Ballast zeichnet sich ab. Doch falsch, sich darunter ein nur genießerisches Reisen vorzustellen. Wir werden im einzelnen noch sehen, daß heute der kulinarische Effekt kaum eine Rolle spielt. Wichtig hingegen – und das ist durch unser Beispiel wohl deutlich geworden: der zeitgenössische Autor betont die Subjektivität seiner Wahrnehmung, sein persönliches Beteiligtsein. Gerade bei den Vorläufern und Begründern der heutigen Reiseprosa macht sich dieses – wenn ein aus der Mode gekommener Begriff noch erlaubt ist – existentielle Moment geltend. Daß sich in jüngster Zeit wieder ein kühleres Betrachten eingestellt hat, eine Neigung zum Objektivieren, daß einzelne jüngere Autoren nicht mehr das Spontane, sondern das Methodische vorziehen: auch darauf werden wir noch zurückkommen.

Was uns als das Neue oder charakteristisch Heutige vorkommt, ist nicht durch einen radikalen Bruch mit der Tradition entstanden. Die Entwicklung hat sich allmählich vollzogen, das Neue sich unmerklich ausgebreitet. Hofmannsthal baut noch auf Elementen der Überlieferung auf, sucht besonnen nach formalen Entsprechungen für seine andersgearteten Erfahrungen. Das gilt auch für den frühverstorbenen Eugen Gottlob Winkler, der in seinen erlesenen Reiseessays Hofmannsthals Erbe antritt. »Gedenken an Trinakria«, jene Niederschrift von einem Aufenthalt auf Sizilien, enthält aber schon, neben Passagen eines hochkultivierten Empfindens, Abschnitte von kritischer Schärfe und verzweifelter Ironie. Die Linie Hofmannsthal–Winkler setzen heute Autoren wie Erhart Kästner oder Clemens Podewils fort. Auch beim frühen Ernst Jünger – zum Beispiel in seiner »Atlantischen Fahrt« – findet man noch zahlreiche Echos der Prosa alter Art, ist das 19. Jahrhundert durchaus noch gegenwärtig. Nicht so bei Musil. Allein schon das, was er festhält, fällt aus dem Rahmen des Gewohnten. In Rom etwa, auf dem Gianicolo, interessieren ihn nicht die schönen Gärten, sondern die Insassen einer Irrenanstalt. Was er bei Professor Sergi in der Via Lungara zu sehen bekommt, daraus macht er ein Kabinettstück klinisch exakter Reiseprosa. Bei ihm ist das Neue vollkommen da: scharfrandig, hell, konzentriert. Mit welcher Frische und Genauigkeit analysiert er die Geräusche in seiner römischen Absteige:

»Das Pensionszimmer: Mitternacht; ein Zug ist gekommen; von Paris oder Berlin oder Wien, ich weiß nicht. Das Dienstmädchen führt sie ins Zimmer, stellt das Gepäck hinein. Sie sprechen laut; die brutalen Stöße, die riesige Energie dieses tagelangen Dahinrüttelns ist noch in ihnen; sie haben noch etwas Forsches, in den ersten Minuten, wo sie im Zimmer sind. Ich höre die Schnallen der Kofferriemen, den Schlüssel, das Klappern von Zahnbürste und Seife, die sie auf den Waschtisch legen. Ich kenne das Zimmer, weiß, wo jedes Stück steht. Seidenpapier raschelt, Gegenstände werden ausgewickelt und hingelegt. Sie sind heiter dabei, lachen. Worüber lachen diese fremden Menschen? Wie heiter sie sind. Ich erkenne mit Anstrengung, daß sie Französisch sprechen. Ich verstehe einzelne Worte und vergesse sie. Sie ziehen die Schuhe aus. Die Türe wird abgesperrt. Sie waschen sich. Ich verstehe aus den Geräuschen, daß sie viel Wasser genommen haben und es in breiten Schwällen sehr oft hintereinander über das Gesicht spülen. Sie seifen die Hände lange ein, bürsten sie mit Wasser, spülen sie, bürsten den Schaum noch einmal auf. Ich unterscheide aus den Geräuschen, daß sie das Hemd anbehalten haben, aber vielleicht weit geöffnet, bis zu den Schultern, denn wenn man den Hals mit dem Brustansatz wäscht, klingt es anders. Sie treiben sich wiederholt das Wasser in die Nase, wegen des Reisestaubs, und prusten es aus. Die Frau hat etwas Schnupfen, sie schneuzt sich heftig, lang, ungeniert: sie sind schon länger verheiratet. Währenddessen sagt er etwas leiser zu ihr, sie kichert mit einer Altstimme; etwas daran läßt mich sofort erraten. Es wird nach einer Weile leise, ich höre Küsse; acht, neun; drei, vier davon rasch hintereinander. (Sie tun stumm ihr Werk.) Leises An-

schlagen des Eisenbetts gegen die Wand. Dann in der Dauer einer halben Sekunde der Weibeslaut, halb Vokal, halb Hauch. Und dann absolute Stille.
Am nächsten Tag: es sind große, fleischige Menschen.
Nach einigen Tagen Widerwillen, ihnen zuzuhören.«
Das schrieb Robert Musil Ende Oktober 1913 nieder – fünf Jahre nach Hofmannsthals »Augenblicken in Griechenland«. Und bei noch einem ist das Neue mit Händen zu greifen: bei Franz Kafka. Auch er erzählt nicht von den erhabenen Monumenten Italiens, er fährt am 9. September 1909 nach Brescia, um bei einem sogenannten Triumph der Technik dabeizusein. Die Aeroplane haben es ihm angetan, diese Grashüpfer. Sein Bericht – humoristisch, spielerisch, hintergründig-naiv – bringt das Genre mit einem Ruck in ein neues Gleis.
»Das Flugfeld liegt in Montechiari, mit der Lokalbahn, die nach Mantua fährt, ist es in einer kleinen Stunde zu erreichen. Diese Lokalbahn hat sich auf der allgemeinen Landstraße einen Schienenstrang vorbehalten, auf dem sie ihre Züge nicht höher, nicht tiefer als der übrige Verkehr bescheiden hinfahren läßt zwischen den Radfahrern, die mit fast geschlossenen Augen in den Staub hineinfahren, zwischen den vollständig unbrauchbaren Wagen der ganzen Provinz – die Passagiere aufnehmen, wie viele man will, und die überdies noch rasch sind, man kann es nicht begreifen – und zwischen den oft ungeheuren Automobilen, die losgelassen sich förmlich augenblicklich überschlagen wollen mit ihren in der Schnelligkeit einfältig gewordenen vielfachen Signalen. Bisweilen verläßt einen die Hoffnung, mit diesem jämmerlichen Zug bis zum circuito zu kommen, ganz und gar. Aber ringsherum lacht man, und rechts und links in den Zug hinein lacht man. Ich stehe auf einer Plattform an einen Riesenmenschen gedrängt, der mit ausgebreiteten Beinen über den Puffern zweier Waggons steht, in einer Dusche von Ruß und Staub, die von den schwach geschüttelten Waggondecken herabkommt. Zweimal bleibt der Zug stehn, um auf einen Gegenzug zu warten, so geduldig und lange, als warte er auf eine nur zufällige Begegnung. Einige Dörfer ziehen langsam vorüber, wilde Plakate vom letzten Automobilmeeting erscheinen

auf den Mauern hie und da, alle Gewächse am Straßenrand sind unkenntlich unter der Ölblattfarbe des weißen Staubes. Weil er nicht mehr weiter kann, macht der Zug endgültig halt. Eine Gruppe Automobile bremst gleichzeitig, durch den auffliegenden Staub sehn wir nicht weit viele kleine Fahnen wehn, noch hält uns eine Rinderherde auf, die außer Rand und Band, einknickend auf dem hügeligen Boden, förmlich in die Automobile läuft. Wir sind angekommen. Vor dem Aerodrom liegt noch ein großer Platz mit verdächtigen Holzhäuschen, für die wir andere Aufschriften erwartet hätten als: Garage, Grand Buffet International und so weiter. Ungeheure, in ihren Wägelchen fett gewordene Bettler strecken uns ihre Arme in den Weg. Man ist in der Eile versucht, über sie zu springen. Wir überholen viele Leute und werden von vielen überholt. Wir schauen in die Luft, um die es sich hier ja handelt. Gott sei Dank, noch fliegt keiner! Wir weichen nicht aus und werden doch nicht überfahren. Zwischen und hinter den tausend Fuhrwerken und ihnen entgegen hüpft italienische Kavallerie. Ordnung und Unglücksfälle scheinen gleich unmöglich.«

Kafkas Reiseprosa hat keine direkte Fortsetzung gefunden. Aber Robert Walser hat sich, gleichzeitig mit Kafka, dieser zwischen absurdem Humor und verspielter Ironie changierenden Form bedient. Höchstens könnte man noch an Felix Hartlaub denken, den mit siebenundzwanzig Jahren in den Kämpfen um Berlin verschollenen Historiker und Erzähler. Er, der mit Präzisionsetüden begann, wurde in seiner Prosa nach und nach ein Meister ironischer Deskription, wobei er für seine ebenso entlarvenden wie phantastischen Eskapaden nicht wenig Kapital aus der Drastik des Landserjargons schlug. Dadurch bekam Hartlaubs Spott etwas Desperates und Rauhbeiniges; wer ihn gründlich mit der Ironie von Kafka und Walser zu vergleichen hätte, käme bald in Verlegenheit. Dem um eine Generation Jüngeren spielte die Zeitgeschichte so mit, daß er zum zarteren Wesen des Witzes kein Verhältnis gewinnen konnte. Seine Reisen nach Paris, in die Walachei, in die Ukraine waren unfreiwillige Reisen, seine Reisekluft war die Uniform des Obergefreiten.

Schließlich müssen wir noch auf Walter Benjamin zu sprechen kommen, einen der wesentlichsten Vorläufer und Bahnbrecher der erörterten Prosagattung. Es gibt von ihm einen ganzen Band »Städtebilder«, in dem die moderne Reiseprosa – bereits um 1930 – exemplarisch wurde. Wir finden darin große Studien, zum Beispiel die über Moskau, und fast juwelenhaft geschliffene Gedichte in Prosa. Die Studien dringen in die verschiedensten Bereiche großstädtischer Zivilisation ein, beschreibend und reflektierend, sie gehen ihren Gegenständen auf den Grund. Was sich herausstellt, kommt sowohl unserem ästhetisch-historischen als auch unserem soziologisch-politischen Bewußtsein zugute.

Der Kürze wegen müssen wir uns hier jedoch mit einem jener poetischen, auf ein Minimum konzentrierten Prosastücke beschäftigen. Es gibt in Benjamins »Städtebildern« eine Folge von neun Texten über Marseille, jeder kaum eine halbe Seite lang. Die Arbeit stammt aus dem Jahre 1929 und erschien damals in der Neuen Schweizer Rundschau. Die einzelnen Stücke tragen Zwischenüberschriften wie »Geräusche«, »Kathedrale«, »Das Licht von Grünkramläden«, »Muscheln- und Austernstände«, »Mauern«. Das sieht zuerst nach einer Reihe von Momentaufnahmen, dichterischen Schnappschüssen aus, erweist sich aber bald als das Gegenteil von impressionistischem Augenschmaus. Wir wissen, daß Walter Benjamin zu den Verehrern Hofmannsthals gehörte. Es überrascht uns nicht, wenn wir in seiner Reiseprosa Anklänge an Hofmannsthal finden. Doch gerade unser Beispiel wird demonstrieren, um wieviel »fortschrittlicher« Benjamins Prosa ist. Man merkt auch, daß sich dieser Autor mit den Errungenschaften des Surrealismus produktiv auseinandergesetzt hat. So beginnt er seine Arbeit über Marseille: »*Marseille* – gelbes, angestocktes Seehundsgebiß, dem das salzige Wasser zwischen den Zähnen herausfließt. Schnappt dieser Rachen nach den schwarzen und braunen Proletenleibern, mit denen die Schiffskompanien ihn nach dem Fahrplan füttern, so dringt ein Gestank von Öl, Urin und Druckerschwärze daraus hervor. Der ist vom Zahnstein, der an den wuchtigen Kiefern festbackt: Zeitungskioske, Retiraden und Austernstände. Das

Hafenvolk ist eine Bazillenkultur; Lastträger und Huren menschenähnliche Fäulnisprodukte. Im Gaumen aber sieht es rosa aus. Das ist hier die Farbe der Schande, des Elends. Bucklige kleiden sich so und Bettlerinnen. Und den entfärbten Weibern der rue Bouterie gibt das einzige Kleidungsstück die einzige Farbe: rosa Hemden.«
Die Freiheit des Wortes, das nicht mehr sklavisch einen Sachverhalt zu schildern hat, die souveräne Form der Beschreibung, die Bilderreihung – all das geht auf den Surrealismus zurück. Benjamin bleibt aber auch in dieser Notiz ganz er selbst, das heißt, er wird einem zeitgemäßen Stilprinzip nicht hörig, benutzt nur solche Kunstgriffe, die die Homogenität seiner Form- und Sprachstrukturen nicht in Mitleidenschaft ziehen. So läßt er sich auch nicht zu ziellosem Assoziieren verführen, er bleibt bei den Gegenständen, ordnet sie jedoch seiner poetischen Vision unter.

Was wir bisher zur Sprache brachten, war eine Analyse des Beginns, der Grundlagen, Pionierleistungen und ersten Muster. Damit hätten wir nun den Punkt erreicht, an dem wir uns unserer neuesten, unserer aktuellen Reiseprosa zuwenden können. Wenn wir jetzt von dieser Phase im einzelnen einen Begriff geben möchten, müssen wir bereits bei solchen Aufzeichnungen ansetzen, die von den – wie wir sie nannten – unfreiwilligen Reisen unserer Autoren Zeugnis geben. Ist es nicht typisch für zwei Generationen, daß sie das Nordkap oder die Steppen am Don oder die ägyptische Wüste erstmals auf Geheiß Hitlers erreichten? Warum unterschlagen, daß es Zeiten gab, in denen wir nicht in Hotels oder Ferienwohnungen übernachteten, sondern in Kasernen, Baracken, auf der nackten Erde? Curt Hohoff beispielsweise berichtet in seinem Kriegstagebuch von den Gewaltmärschen, die ihn bis zu jenen Steppen vor Stalingrad führten. In einer männlich knappen Diktion zeichnet er das verbrannte Land mit seinen wenigen Wasserstellen, die Nähe Asiens, das Auftauchen der Kamele, vor denen die Pferde scheuen. Erhard Kästner ist es, in dessen »Zeltbuch von Tumilad« die Wüste Ägyptens mit den Augen des Kriegsgefangenen betrachtet wird. Hermann Lenz, damals gleichfalls Prisoner of War, legt in seinem glänzenden autobiographischen Prosastück »Brennpunkte der Erinnerung« die Eindrücke seiner Atlantiküberquerungen und Kreuz- und Querfahrten durch die USA nieder. Auch das unsere Reisen:

»In einem kleinen Bahnhof sprangen wir über Signaldrähte und wurden gefilmt. Ein Neger schenkte mir eine Orange. Wir stiegen in Güterwaggons ein. Steine krachten an die Wand des Güterwagens, während wir durch Frankreich fuhren. In der Morgenfrühe sah ich Bomberzüge vor rosawolkigem Himmel herankommen; sie vereinigten sich in der Höhe und strebten ostwärts. Ich kam in ein Zeltlager, das in Äckern aufgebaut war.«

Von Gottfried Benn gibt es im »Doppelleben« eine Passage, in der er erzählt, wie er einmal, von seiner Garnison nach Berlin unterwegs, froh sein mußte über einen Stehplatz auf der Toilette, während sich die braunen Goldfasane des Regimes zu zweien, dreien in reservierten Abteilen räkelten. Oder jenen anderen, für sich selber sprechenden Abschnitt, der so ausgeht:

»In der folgenden Nacht um fünf Uhr war dann Alarm, Artilleriebeschuß, und wir liefen mit einer Aktenmappe im Schneesturm bei zehn Grad Kälte zu Fuß nach Hause auf den vereisten Chausseen . . .«

Unsere Reisen von Ort zu Ort sind immer auch Reisen durch die Zeit. In den Arbeiten, um die es uns zu tun ist, bedeutet die Zeit mehr als Kolorit oder Atmosphäre, sie ist ihr Medium und gleichzeitig auch ihr Objekt. Der Text taucht in sie ein und erhellt sie. Erinnern wir uns an die Fahrten von Max Frisch, wie wir sie in seinem 1950 erschienenen Tagebuch aufgezeichnet finden: etwa an seine Streifzüge durch die in Trümmern liegenden Städte Deutschlands und Polens. Frisch vergegenwärtigt uns jene Zeit dort besonders deutlich, wo er wiedergibt, was die Menschen, denen er unterwegs begegnet, denken. Seine Wiedergabe ist Reflexion im doppelten Sinn: Spiegelung und Bewußtmachung. Zeit heißt bei ihm also: durchdachte Zeit. Aus Vergangenheit erklärbare Gegenwart. Es lohnt sich sehr, einmal nachzulesen, was Frisch im Zusammenhang mit seinem

Besuch Warschaus über das Problem des Wiederaufbaus, das Verhältnis von Deutschen und Polen, Schuld und Sühne und so weiter skizziert hat. Zwanzig Jahre später macht der Essayist und Erzähler Horst Krüger eine Reise durch Polen. Auch seine Aufzeichnungen, die der Band »Stadtpläne« enthält, bringen Vergangenes ans Licht, obwohl sie Gegenwärtiges beschreiben. Zugleich aber kann man von ihnen die Wandlung ablesen, die sich im Lauf von zwanzig Jahren im politischen Bewußtsein deutsch schreibender Autoren vollzogen hat.

Der düstere Höhepunkt in Krügers Bericht sind die Seiten über Auschwitz und Birkenau. Der Autor faßt seine Besichtigung der KZ-Lager als »Lokaltermin« auf, bei dem es ihm darum geht, »einen Mythos an Ort und Stelle« aufzuklären. Auschwitz heißt seit 1945 Oswiecim.

»Oswiecim ist ganz anders, als wir uns Auschwitz denken. Man muß es mit eigenen Augen gesehen haben.«

Der Reisende ein *Augenzeuge:* das ist er stets gewesen; bei Krüger jedoch hat das Wort wieder seinen unheimlichen Klang. Die Ungeheuerlichkeit der Massenmorde, jede menschliche Vorstellungskraft übersteigend, kann immer nur versuchsweise, nur annähernd in Sprache übersetzt werden. Krügers Versuch beruht auf Sachlichkeit. Er macht exakte Angaben, aber er vermeidet auch den Anschein sogenannter Objektivität, wie sie die Reportage zu bieten pflegt. Auschwitz gegenüber kann man sich nicht neutral wie eine Kamera verhalten.

»Es liegt Sonne über Birkenau, es rauschen die Pappeln, die man als Blickfang davorgepflanzt hat, sie wissen von einer schrecklichen Geschichte. Der gelbe Lehmboden trägt weiße Flecke: Knochenreste, Aschenreste, überall in die Erde getreten.«

Wie sehr Horst Krüger auch daran gelegen ist, den Augenschein wahrheitsgetreu festzuhalten, er begnügt sich dennoch nicht mit der bloßen Feststellung, zeigt sich als engagierter Autor, der Verantwortung als Kritik versteht. Kritik, die etwas bewirken möchte. Eine charakteristische Stelle:

»›Und Mulka ist bei Ihnen wieder frei, nicht wahr?‹ fragt mich mein Führer plötzlich. ›Wir werden das in Polen niemals begreifen‹, und schließt eine neue Zelle auf. Was soll ich sagen? Was erwidern? Soll ich nun etwas vom Rechtsstaat sagen, der seine eigenen Spielregeln und Gesetze habe? Wir bedauerten das auch sehr, aber da sei nichts zu machen, des Rechtes wegen? Wer versteht das denn? Kein Pole wird es begreifen, und die Verständnislosigkeit ist sein höheres, sein besseres Recht. Es ist etwas faul in unserer Justizverwaltung. Man merkt es spätestens in Block II.«

Beispiele über Beispiele könnten wir zitieren, in denen die Widerspiegelung der Zeitgeschichte in unserer Reiseprosa offenkundig wird. Erwähnen wir nur noch eins: Michael Hamburgers »Berliner Variationen«. Was hier zur Sprache kommt, ist die Begegnung eines Emigranten mit seiner Vaterstadt. Hamburger, der vor der Judenverfolgung als Kind mit seinen Eltern nach London fliehen mußte, zeigt anhand mehrerer Besuche Berlins die Wandlungen der Stadt in der Nachkriegszeit; dabei wird ihm bruchstückhaft die eigene Kindheit bewußt. Eine Suche nach der verlorenen Zeit, wie sie für die Mitte unseres Jahrhunderts nicht exemplarischer sein könnte.

Den Vorwurf der Harmlosigkeit brauchen die Zeugnisse reisender Schriftsteller also nicht zu fürchten. Im übrigen sollte man den Begriff des Reisens so weit wie möglich fassen. Was die Autoren heute schwarz auf weiß nach Hause bringen, hat nicht nur ein anderes Gesicht, es interessiert auch auf eine neue Weise. Wir suchen darin nicht mehr so sehr den abenteuerlichen Reiz und exotischen Duft von Entdeckungsfahrten, sondern Formulierung und Präzisierung unserer eigenen Eindrücke, eine Erweiterung unseres Erfahrungsbereiches, wir wollen wissen, was wir übersehen haben. Darum kommen für uns neben den Erkundungsreisen, die freilich in der Überzahl sind, auch die Urlaubs- und Gesellschaftsreisen unserer Schriftsteller in Betracht, das heißt, selbst Bilder und Beschreibungen vielbesuchter Orte. Sind es nicht die Grundantriebe des Reisens wie des Lesens: etwas auszukundschaften, etwas wiederzufinden? Noch immer lebt ein Hauch der Gauguin-Sehnsucht in uns, die man mit einem scharfsinnigen Wort von Kleist, das allerdings auf einen anderen Sachverhalt gemünzt war, definieren könnte:

»Das Paradies ist verriegelt und der Cherub hinter uns; wir müssen die Reise um die Welt machen und sehen, ob es vielleicht von hinten irgendwo wieder offen ist.«
Hier müssen wir eine Bemerkung über den Tourismus einflechten. Es gehört heute zum schlechten guten Ton, sich über den Tourismus zu mokieren. Tourist ist immer der andere, man selber nimmt sich selbstverständlich aus. Man möchte, das Reisen solle exklusiv bleiben, im Tourismus sieht man die Bedrohung oder Vernichtung der eigenen privilegierten Stellung. Ein Elite-Bewußtsein kommt zum Vorschein, das gesellschaftlich gesehen von gestern sein müßte, also heute reaktionär ist. Hans Magnus Enzensberger hat in einer Studie über den Tourismus nachgewiesen, daß diese überholte Kritik an ihm, die die technische Entwicklung der Verkehrsmittel verwünscht, die schlichte Primitivität vortechnologischer Zustände lyrisch verklärt, in Wahrheit zum Tourismus selbst gehört: stilistisch gleicht sie den Prospekten der Reiseunternehmungen aufs Haar. Enzensberger schreibt:
»Die Reise gehört zu den ältesten und allgemeinsten Figuren menschlichen Lebens; sie läßt sich bis in mythische Frühen zurückverfolgen. Immer schon sind Menschen gereist; mit welchem Recht läßt sich, was wir Tourismus nennen, historisch isolieren und als etwas Besonderes aus dem ausscheiden, was immer schon war?«
Für Enzensberger wird das Reisen zur Touristik, sobald sich in ihm eine Flucht vor der selbstgeschaffenen Realität manifestiert. Er zeigt den historischen Punkt, an dem der Umschlag des einen ins andere stattfand. Flucht, so meint er, sei Kritik an dem, wovor geflohen wird. So sei der Tourismus Kritik an den herrschenden Zuständen. Aber eine machtlose. Allein in diesem Sinn, meint Enzensberger, hätten wir ein Recht, wieder den Tourismus zu kritisieren. Das hat, zugegeben, Niveau. Wir zitieren noch einmal:
»In einem nachgelassenen Aphorismus von Otto Weininger heißt es, von einem Bahnhof aus könne man niemals in die Freiheit fahren. Der Satz gilt, solange wir uns abfinden mit dem, was in der Zeitung steht, die wir uns ans Ferienziel nach-

senden lassen. Der Tourismus zeigt, daß wir uns daran gewöhnt haben, Freiheit als Massenbetrug hinzunehmen, dem wir uns anvertrauen, obschon wir ihn insgeheim durchschauen. Indem wir auf die Rückfahrkarte in unserer Tasche pochen, gestehen wir ein, daß Freiheit nicht unser Ziel ist, daß wir schon vergessen haben, was sie ist.«

Unsere Zwischenbemerkung möchte eine doppelte Warnung sein. Einmal gilt sie jenem Teil der Leserschaft, der leichtfertig bereit ist, über den Schriftsteller als Touristen die Nase zu rümpfen. Sie richtet sich aber auch an manchen Autoren des Genres, es sich mit seiner Kritik des Tourismus nicht zu leicht zu machen, nicht in die alten »elitären« Gedankengänge zu verfallen.

Es liegt in der Sache selbst, daß die Reiseprosa in erster Linie Städten und Landschaften gilt, will sagen, daß sie das Gewachsene und Gebaute in seinen großen Formen von Natur und Architektur vor Augen zu führen versucht. Aber was wären das für Schriftsteller, die sich damit begnügten, leblose Gegenden, tote Gemäuer zu fixieren! Die Welt ist bevölkert, und selbst in der Einsamkeit begegnen wir unseresgleichen. So gibt auch die neue Reiseprosa genügend Beispiele für das primäre Interesse der Autoren an allen Formen des Menschlichen. Dem einzelnen wird ebensoviel Beachtung geschenkt wie den gesellschaftlichen Systemen, den geschichtlichen Zusammenhängen, wie der Kunst, Literatur, Politik, Wissenschaft. Jeder Ort hat seine eigentümliche Beziehung zum Wesen des Menschen.

Was Schriftsteller aufstöbern, in ihrer Sprache dingfest machen, läßt aber auch Rückschlüsse auf sie selber zu. Es verrät ihre Interessen, ihre Kenntnisse, es spiegelt ihr Temperament, zeigt sie von verschiedenen Seiten. Indem also Kafka einen Flugtag, Hofmannsthal ein Kloster, Musil eine Irrenanstalt, Jünger eine Schlangenfarm, Benn eine Kaserne schildert, gibt jeder von ihnen auch ein Stück seines Wesens preis. Wir lernen die Autoren in dem Maß kennen, in dem wir die Welt kennenlernen. Eins ist mit dem andern dialektisch verschränkt.

Die formale Skala der Reiseprosa ist auch heute recht umfangreich. Fast so verschieden wie die Verfasser sind die Methoden.

Wir unterscheiden Grundmuster und Schattierungen. Beliebt ist die Tagebuchform: zu studieren bei Max Frisch und Rudolf Hartung, Ernst Schnabel und Gabriele Wohmann. Oder der Essay, dessen Kunst Alfred Andersch und Marie Luise Kaschnitz meisterhaft beherrschen; wir nennen nur die Buchtitel »Aus einem römischen Winter« und »Engelsbrücke«. Wolfgang Koeppen hingegen bevorzugt die umfangreiche, kritisch exakte wie lyrisch suggestive Studie. Auch die Reiseerzählung, in der man die Deskription durch Elemente des Fabulierens erweitert, hat unter den Autoren viele Freunde. Zu erinnern wäre an Heinrich Böll und sein »Irisches Tagebuch«, an Gerd Gaiser und seine »Sizilianischen Notizen«, an Siegfried Lenz, der von skandinavischen und spanischen Reisen, und an Herbert Heckmann, der von »Wanderungen durch Chicago« erzählt hat. Zu den Grundmustern gehört ferner das Prosagedicht: hierzu »Was ich in Rom sah und hörte« von Ingeborg Bachmann; schließlich auch die Reise-Causerie, die sich bis zu Heinrich Heine zurückverfolgen läßt und die nun zu Rudolf Hagelstanges Domäne geworden ist, wenn wir an »How do you like America?« oder »Die Puppe in der Puppe« denken. Daneben erscheinen die Mischformen, Reiseprosa ist keine enge Gattung. Entscheidend nur, daß wir es in jedem Fall mit einer schöpferischen Sprachleistung zu tun bekommen, daß noch in der Skizze oder Plauderei zu erkennen ist, wie genau man es mit dem einzelnen Wort nimmt.
Damit sind wir bei der Sprache. Nicht weniger aufschlußreich als das Was ist das Wie der Reisedarstellungen. Rufen wir uns noch einmal die Vorläufer ins Gedächtnis. Daß Kafka und Robert Walser stilistisch keinen Widerhall gefunden haben, erwähnten wir schon. Um so erstaunlicher der Fall Benjamin. In seiner Richtung sind heute viele unterwegs. Das soll durchaus nicht heißen, daß sie alle sich Benjamin zum Vorbild genommen hätten: Krolow, Andersch, Janker, Jokostra, Bienek, Geno Hartlaub oder der lakonische Walter Helmut Fritz. Doch was Benjamins Wortlaut auszeichnet – die poetische Präzision, die sinnliche Grazie, die Balance zwischen Beobachtungsschärfe und Deutungsschärfe, die Leidenschaft für das Detail –,

erscheint bei all jenen Autoren überraschend als Inbegriff ihrer Intentionen.

Rauschhaftes Rhapsodieren stellt sich in der Prosa von Walter Jens und Wolfgang Bächler ein. Die Nähe zum Gedicht ist groß, auch zu Benns »absoluter Prosa«. Ihre Sprache ist rhythmisiert und kadenziert, sie springt von Bild zu Bild, liebt den Kontrast von auserwählten und saloppen Wörtern. In seinem Buch »Die Götter sind sterblich« beschwört Walter Jens die griechische Hauptstadt folgendermaßen:

»Der Marmor der Propyläen schimmerte wächsern und gelb, am Nachmittag, als die Sonne sich nach Salamis senkte und die Strahlen, schon im magnetischen Feld über den Gipfeln der Stadt, vom Dunst der Häuser angezogen, sich verdunkelten. Wir schauten hinab, wir dachten nach: was hatten wir gesehen? Wir erinnerten uns . . .

Elegante Koren im Museum, lässig und von müdem Charme, Gewänder und Haare mit Tupfen, den Resten längst verblichener Farben, besprenkelt; der Gott aus dem Meer und die Totengöttin, Demeter und Persephone, Vögel und Katzen auf marmornen Stelen, Gebärden des Abschieds, Rückkehr ins Leben, seid glücklich, ihr schaut noch das Licht.

Wir erinnerten uns . . .

Autokolonnen am Platz der Verfassung, die Kreideschrift *Freiheit für Cypern,* die Metro aus Paris, die Verwaltungsgebäude aus Bayern, die Churchill-Straße und die Coca-Cola-Reklame, Spiralen und Schlangen aus farbigem Licht; in der Finsternis von Kerameikos schlafen die Toten.

Wir erinnerten uns . . .

Die hölzernen Lauben der Plaka, ein blinder Musikant: Drachmengeklingel im speckigen Hut, Rhapsodengesang, ein Lied von Sinatra, Phemios in Hollywood, Demodokos nimmt an der Bar einen Drink, tastend klappert der Stock durch die Grotten der Altstadt: klopf an die Tür und warte, bis man dich einläßt.«

Auch was Jürgen Becker in seinen römischen Aufzeichnungen aus dem Blickwinkel der Deutschen Akademie Villa Massimo fixiert, steht dem Gedicht nahe. Auch er bietet Abbreviaturen, macht Sprünge, scheint sich von Assoziationen leiten zu lassen, ja auf den ersten Blick mutet sein Text wie ein einziger Komplex privater Assoziationen an.

»Kein Schnee hier und kein weißer Schnaps, selten eine Blondine, weniger Volkswagen und keine Spur von Dummse Tünn; indessen, es geht weiter in der neuen Umgebung: da sitzen wir nun glücklich, schimpfend, drin. Erste Empfänge. Der Botschafter stutzt, als unsere Miss Bavaria faucht, es sei ein Scheißladen hier; später, denn hier ist immer was los, stolpert die Dame über eine Ruine und bricht sich ihren linken: Hoaxn! sagt sie, nüchtern oder nicht. In kleinen Rudeln nähern sich die Gäste der hellerleuchteten Villa. Dämmerung, nein, schon senkt sich Nacht auf blutgetränkte sieben Hügel; Nachzügler eilen über den knirschenden Kies der Zypressenallee. Nun erzählen Sie mal, was gibt es denn Neues im fernen Norden? Hugo Alffke war ein stiller Mensch. Träg, wie eine Tigerin träg, blickt Valeria hinab auf die Menge. Da wird, den Stifter zu ehren, das Haupt des Stifters enthüllt; wo sind sie geblieben, die Kohlengruben in Schlesien? Jung und begabt, nicht ausgeschlossen von der öffentlichen Anerkennung, weiß sich das Völkchen junger, begabter Künstler, das ungeduldig nun in die oberen Räume drängt. Dort feuert Miss Bavaria ihre Schuhe weit von sich. Daß Sie das noch erleben dürfen, sagt galant der Gesandte, bleibt auch mir ein Erlebnis. Mausgrau schaut der Kartoffelsalat. Kennen Sie nicht, Dottoressa, die elf goldenen Regeln der Salatzubereitung? Die Seiten des Tagebuchs füllen sich rasch.«

Wenn man Beckers Text allerdings bei Licht besieht, stellt sich heraus, daß er eine ausgeklügelte Komposition ist, in der die Partikel der Sprache als »Material« behandelt werden. Einzelne Wörter und Wortfolgen kehren an genau kalkulierten Stellen wieder. Das Arbeiten mit Redensarten – bei der jungen Generation überaus beliebt – zeigt sich hier hochentwickelt und besitzt – über die satirisch-gesellschaftskritische Dimension hinaus – noch eine sozusagen »lettristische«, die den Mechanismus des Schreibens sichtbar macht:

»Nun berichten Sie mal ein bißchen, aus der Geschichte einer Auslandsstiftung eine Episode? In der reich bebilderten Bro-

schüre finden wir also ein Foto vom Besuch des italienischen Regierungschefs; der deutsche Botschafter, sehen Sie? Opfer des 20. Juli, führt den Duce hier durch den Park. Ab jetzt soll ruhiges Blut fließen. Unbeirrbar geht die Prinzessin neue Wege. Wir schimpfen jeden Tag ein bißchen weniger und vergessen jeden Tag ein bißchen mehr. Drei neue Notizen: Im Osten auf den Gipfeln ferner Berge leuchtet blauer Schnee. Im Westen blitzt das weiße Meer. Im Norden, als wär's der Schiefe Turm von Pisa, steht der Schiefe Turm von Pisa. Naht Frühling nun, nahen auch in kleinen Schüben die ersten Gäste des gastfreundlichen Landes. Nun erzählt aber mal, was gibt's denn Neues im Norden bei euch?«
Weniger artifiziell ist der Stil von Sieburg und Frisch, Herbert Heckmann und Hermann Lenz. Zwar schlägt auch bei ihnen die gesprochene Sprache durch, doch haben diese Autoren keine sprachkritischen Hintergedanken, ihr Wortlaut hat etwas natürlich Mundfrisches, Geselliges, auch Trocknes. Sieburgs »Lauter letzte Tage« bieten Kabinettstücke dieser Art. In sprachlicher Nachbarschaft zu den eben Genannten stehen Heinrich Böll, Martin Walser, der in Mitteldeutschland lebende Günter Kunert: alle drei untereinander verbunden durch den Zug zum Satirischen, der sich in ihrer Reiseprosa allerdings weniger scharf markiert. Jens Rehn, Ostasienkenner, parodiert mit poetischem Witz die Form des Nikki, des altehrwürdigen japanischen Reisetagebuches. Bei Hans Egon Holthusen wiederum hört man ein Echo von Felix Hartlaubs Ironie mit; Holthusen lädt seine Prosa sonor auf, gibt ihr etwas von seinem großen Appetit mit, seiner Weltversessenheit. Bei Gerhard Nebel schließlich kann sich die Ironie zuweilen bis zum kulturkritischen Zähneknirschen steigern.
Noch haben wir nicht jene Autoren erwähnt, denen etwa Robert Musil vorangeht. Gemeint ist eine Gruppe mit vorwiegend kühler, kritischer, objektivierender Ausdrucksweise. Zu ihr zählt beispielsweise Theodor W. Adorno. Wahrscheinlich wissen nicht allzu viele, daß es von diesem Theoretiker und Philosophen auch Reiseprosa gibt. Adorno hat über Sils Maria geschrieben und einen Aufenthalt in Wien geschildert. Beide

Texte setzen sich aus aphoristisch geschärften Notizen zusammen. Die Optik ist prismatisch, sie zerlegt die Wirklichkeit in kleine aufblitzende Lichtfiguren. »Wiener Melancholie 1967: daß es keine Wiener Melancholie mehr gibt. Das spürt man am deutlichsten im Prater. Er wahrhaft hat seinen Duft verloren, und es ist nicht leicht zu sagen, warum. Vielleicht, weil, was ihm im Krieg widerfuhr, so wenig verheilte wie im Berliner Tiergarten – ein Gefühl des Abgeholzten bleibt, obwohl die Bäume nachwachsen. Schuld mag auch haben, daß man die Wege asphaltierte wie im New Yorker Central Park, während doch nach wie vor selbst die Hauptallee für Autos gesperrt ist. Der Prater war eine Art Bois de Boulogne. Gibt darin der Boden nicht mehr den Füßen nach, so ist die Spur von Wald ausgetilgt, die zu seinem Glück beitrug. Daß die Zeit des Praters vorbei ist, kommt nicht länger seinem Ausdruck zugute, sondern straft ihn Lügen. Einleuchtend wurde mir erklärt, die Asphaltierung diene der Ersparnis; sonst sei das Personal nicht zu bezahlen, das die Wege in Ordnung halte. An Bäumen die kurial umständliche Warnung vor niederfallenden Ästen, die bei Stürmen Spazierende bedrohen könnten, als laure der Prater aufs Unheil. Erst die Rückfahrt im altmodischen Autobus stellt das Gefühl der vertrauten Stadt wieder her. Heftig war es gerade dort unterbrochen, wo sie einmal mit der Natur sanft sich verband.« Ist Adorno hier fast ein Außenseiter, Hans Werner Henze wäre es in diesem Rahmen sicherlich. Da wir uns auf Schriftsteller beschränken, können wir seine vorzüglichen, von Alfred Andersch gerühmten Veduten von London, Neapel oder französischen Städten aus seinem Undine-Ballettbuch wirklich nur am Rand erwähnen. Unbedingt zur Gruppe der scharfsinnigen, objektivierenden Formulierer gehört aber Helmut Heißenbüttel: seine Beobachtungen – etwa jene, die er als »Zugereister« über Stuttgart niedergeschrieben hat – finden in einer versachlichten, schematisierenden Prosa ihre Entsprechung. Ferner: Gabriele Wohmann, Chronistin einer Moskau-Reise, zu der man sie zusammen mit vier westdeutschen Kollegen eingeladen hatte, und Verfasserin eines ungemein nüchternen, sich fast jeden Kommentars enthaltenden, rein das Faktische aufzeichnenden Tagebuches von einem Badeurlaub im holländischen Texel. Brillanter als die Wohmann, aber weniger »dicht«: Klaus Harpprecht mit seinen Amerika-Berichten »Viele Grüße an die Freiheit« und »Beschädigte Paradiese«. Harpprechts Prosa kommt allerdings der Kategorie des Journalistischen schon recht nahe.

Hervorragende Vertreter dichterisch kühler Reiseprosa sind zweifellos Franz Tumler und Ernst Schnabel. Beide haben speziell moderne Arten zu reisen festgehalten. Promenaden und Fußmärsche, Bahn- und Schiffsreisen sind noch immer die gebräuchlichsten Fortbewegungsformen, auch bei Schriftstellern. Tumler nun hat ein großes Prosastück dem Fahren auf Autobahnen gewidmet, Schnabel mehrfach von seinen Flugreisen erzählt. »Auf der Autobahn« demonstriert einleuchtend, in welchem Maß sich die Wirklichkeit durch technische Raumbewältigung verändern kann. Franz Tumler beschreibt, wie Orte sich in Ziffern verwandeln, die Welt, die man fast körperlich streift, weit entrückt, ja unerreichbar ist, weil man nicht halten und zu ihr hinübergehen darf, ihrer Abgelegenheit wegen sie nie wirklich berühren wird. Auch die Zeit verändert sich unter solchen Bedingungen:

»Es war gegen fünf Uhr abends; Sommer, Ende August. Ich war erst ein Stück hinter München und überlegte, wie weit ich noch kommen würde bei Tageslicht. Aber die Ziffern und Ortsnamen gaben mir keinen Anhalt: die einen zu nahe, die andern zu weit entfernt, ich hätte mir einen Ort erst errechnen müssen. Da merkte ich auf einmal, daß ich anders fuhr: nach den Zahlen, die abnahmen, und nach dem abnehmenden Licht, nach der Ziffer auf der Tacho-Uhr. Jetzt stand der Zeiger auf Null, aber die Dunkelheit stand nicht still wie diese Uhr, die für mich galt. Nicht die andere tickende Uhr, nach der ich sonst ging. Da wußte ich auf einmal, daß ich außerhalb dieser Zeit in einer andern war, zu der die Straße gehörte, und das Motorrad, und die Ziffern, und mein Ziel; und wenn ich rastete, stand auch meine Zeit still.«

Nicht geheuere Erfahrungen. Jetzt, da sie uns bewußt gemacht werden, nimmt ihre Durchschaubarkeit zu. Die Wörter lichten den Dschungel der Eindrücke, den wir Welt nennen. Dennoch wissen die Autoren moderner Reiseprosa, daß die Welt auch bei ihnen nicht gläsern transparent wird. Ernst Schnabel spricht einmal von der »Unfähigkeit, jemals ganz genau sagen zu können, was wir mit angesehen haben«. Eine Skepsis, die sich durch die gesamte zeitgenössische Literatur zieht. Immer wieder sehen wir die Autoren innerhalb ihrer Texte sich die Köpfe zerbrechen eben über diese Texte. Anfechtungen, denen nur die Routiniers nicht ausgesetzt sind. Schnabels Prosastück »Hurricane«, das Logbuch einer dramatischen Exkursion mit amerikanischen Wetterfliegern, ist zugleich ein Dokument der Problematik heutiger Schreibprozesse. Der Autor rekonstruiert den Flug durch die Wände des Hurricanes und beobachtet sich bei der Rekonstruktion. Verschiedene Räume gehen ineinander über, die Zeiten schießen zusammen.

»Vierundzwanzig Stunden sind vergangen seit unserer Rückkehr. Ich bin in Philips Bucht, sitze vor der ›Ocean-Bar‹ im Schatten des großen rotblühenden Flamboyan-Baums und blättere in den Notizen, die ich von unserem Flug mitgebracht habe. Es sind eine ganze Menge Zettel, die ich da vollgechrieben habe, aber von einer akkuraten Buchführung über unser Abenteuer kann nicht die Rede sein. Das Flugzeug hat gebockt, daß man kaum schreiben konnte, und um nicht umblättern zu müssen, habe ich die einzelnen Seiten aus dem Notizbuch herausgerissen, sobald sie vollgeschrieben waren, und in die Brusttasche meines Hemds gesteckt, ohne zu bedenken, daß wir schwitzten in unserem Fliegerdreß, als wären wir in einem türkischen Dampfbad, vor Hitze, vor Anstrengung und weil die Preßluftturbine ausgefallen war, die unsere Kanzel hätte belüften sollen während des Flugs, so daß sich die Zettel in meiner Tasche nach und nach in tintenverschmierte Lappen verwandelten. Aber als ich gestern aufschrieb, was mit uns geschehen sei, bis wir das Auge des Hurricanes erreicht hatten, hielt ich mich pünktlich an diese Notizen, und ich bildete mir beim Schreiben ein, mein Bericht sei exakt wie eine Fotografie. Ich habe dieses Gefühl heute nicht mehr.«

So rundet sich allmählich das Bild, das wir von der neuen deut-

schen Reiseprosa entwerfen wollten. Wohl könnte man noch versuchen, sie geographisch aufzuschlüsseln, also über die bevorzugten Ziele der Autoren mittels der Statistik Klarheit zu schaffen und auf die weißen Flecke hinzuweisen, die literarische Terra incognita. Doch das würde den Rahmen sprengen. Wir können auch nur andeuten, wie interessant es ist, verschiedene Texte über ein und denselben Ort miteinander zu vergleichen. So haben zum Beispiel von den erwähnten Autoren Robert Musil, Alfred Andersch, Wolfgang Koeppen, Marie Luise Kaschnitz, Ingeborg Bachmann und Jürgen Becker römisches Terrain beschrieben. Desgleichen gibt es Arbeiten über Berlin von Robert Walser, Walter Benjamin, Felix Hartlaub, Josef W. Janker, Michael Hamburger, Ingeborg Bachmann und Horst Krüger. Erst die Mannigfaltigkeit der Perspektiven wird den komplexen Gebilden großer Städte gerecht. Beobachtungen ergänzen, erhärten sich gegenseitig. Wo sich konträre Bilder ergeben, muß der Leser selbst versuchen, die Wahrheit zu ermitteln.
Noch immer gilt die deutsche Prosa, vornehmlich bei Ausländern, für verschwommen, weltabgewandt, »innerlich«. Wer sich gründlich in die von uns angeführten Bücher und Texte vertieft, sie gegeneinander hält, ihre Gesamtheit mit einem Blick zu überschauen trachtet, wird mit Recht darauf bestehen dürfen, daß man dieses Pauschalurteil revidiert. Müssen sich die neuen deutschen Autoren wirklich noch vor ihren ausländischen Kollegen verstecken? Der Reiseprosa eines Albert Camus oder Michel Butor, eines Zbigniew Herbert oder Truman Capote können wir Stichhaltiges entgegensetzen. In den letzten siebzig Jahren hat die deutsche Prosa an Weltläufigkeit, Wirklichkeitstreue, an Klarheit und Leichtigkeit gewonnen. Man muß es dreimal sagen.

(1970)

Spaß mit Brecht

Dreiergespräch zwischen Herrn Brecht und seinem Knecht Puntila sowie dem Manuskriptschreiber P.

BRECHT Wie ist's zur Zeit? Wie stehen bei den Kindern des Wissenschaftlichen Zeitalters, sagen wir es rund heraus kapitalistisch: meine Aktien?

P. Tendenz: fallend.

BRECHT Das ist mir neu. Das heißt, offenbar bin ich nicht mehr auf dem laufenden.

P. Sie sind fast fünfzehn Jahre tot, Herr Bertolt Brecht. Und in diesem Zeitraum hatten Sie eine Hausse wie kein anderer Ihrer Gilde bei uns. Notgedrungen müssen jetzt auch mal andere drankommen.

BRECHT Ich bin von Natur nicht überängstlich. Mit Aktien muß man Geduld haben.

P. Sie kennen sich aus.

BRECHT Ist das eine Anspielung auf den Unsinn, ich hätte Papiere bei Schweizer Banken besessen?

P. Ich spiele auf Ihre Gedichte an. In dieser Hinsicht sind wir uns wohl noch alle einig. Im geteilten Land ist hüben wie drüben an Poesie kaum Besseres geschrieben worden, in den besagten fünfzehn Jahren.

BRECHT *genießerisch* »An jenem Tag im blauen Mond September . . .«

P. Das vielleicht nicht gerade. Aber: »Gedenket unser mit Nachsicht!« Oder: »Denn die Güte war im Lande wieder einmal schwächlich / Und die Bosheit nahm an Kräften wieder einmal zu.« Wenn ich das höre, fange ich gleich an zu schwärmen. Wirklich, darauf können Sie bauen. Auch noch im nächsten Jahr- *hustet* -tausend.

BRECHT Na, und die Stücke?

P. Nicht alle sind mehr so gut, wie Sie Ihnen vielleicht einmal vorgekommen sind.

BRECHT Hat uns denn der große William dreißig Meisterwerke hinterlassen? Also, was wollen Sie! Zehn erstklassige Stücke sind schließlich auch etwas.

P. Zehn? Ich würde sagen: vier. Genaugenommen: dreieinhalb.

BRECHT Aufzählen!

P. »Courage«. »Kreidekreis«. »Galilei«.

BRECHT Und?

P. Und der »Puntila«.

BRECHT »Herr Puntila und sein Knecht Matti« – Volksstück. Geschrieben 1941 im Exil. Mit großem Erfolg erstmals aufgeführt 1948 im Züricher Schauspielhaus. Ja, der »Puntila«, der hat's in sich.

P. Zur Hälfte, wenn Sie gestatten. Darum dreieinhalb.

BRECHT Das kann jeder sagen.

P. Mir kommt es so vor, wenn Sie gestatten, als kippe der Herr Puntila samt seinem Knecht Matti immer wieder um, ich meine: das Stück hat neben vielen großartigen Stellen die Schwächen des Tendenzstücks.

BRECHT *aufbrausend* Das kommt nur durch die miserablen, unerzogenen, pfaueneitlen Schauspieler. Warum liest man meine Kommentare nicht? Zitat: »Der ›Puntila‹ ist alles andere als ein Tendenzstück. Die Rolle des Puntila darf also keinen Augenblick und in keinem Zug ihres natürlichen Charmes entkleidet werden; es wird besondere Kunst nötig sein, die Betrunkenheitsszenen poetisch und zart, mit so viel Variation wie möglich, und die Nüchternheitsszenen so ungrotesk und unbrutal wie möglich zu bringen.« Zitatende. Ja, lesen Sie mal meine »Anmerkungen zum Volksstück«.

P. Zu spät.

BRECHT Was heißt das?

P. Die »Anmerkungen zum Volksstück« haben Sie *nach* dem »Puntila« geschrieben. Sie haben die Schwächen des Stücks gesehen und versucht, sie mit Kommentaren zu vertuschen. Daß gerade im Zusammenhang mit dem »Puntila« und aus Ihrem Mund das Wort »Tendenzstück« kommt, scheint mir verräterisch.

BRECHT Haben Sie Zeugen?

P. Einen Kronzeugen: den Herrn Puntila persönlich.

BRECHT Der muß her. *Befehlend:* Puntila!

PUNTILA Was wollen S', die Herren?

P. Ich gestehe, daß ich überrascht bin.

BRECHT *herablassend* Sie, mein Lieber, haben von der Beschwörungskraft eines großen Stückeschreibers offenbar nur eine blasse Vorstellung. *Zu Puntila:* Sag ihm genau, wer du bist.

PUNTILA Johannes Puntila, Gutsbesitzer respektive Großbauer aus Lammi. Ich hab neunzig Küh.

P. Der tavastländische Süffel, Erzschelm, Leuteschinder und Bergsteiger. Eine einzigartige Figur! Sie kann mithalten mit dem Dorfrichter Adam, dem doppelten Amphitryon, Mutter Wolffen, Hans Karl Brühl.

BRECHT Ich muß sagen, daß ich für derartige Vergleiche nicht unempfänglich bin. Aber zur Sache. Mein Knecht Puntila: Fühlst du dich in deiner Haut verraten und verkauft? Hier, dieser . . . hm . . . Herr hat doch allen Ernstes die Stirn, von dir als einer tendenziösen Figur zu sprechen.

PUNTILA Ich fühl mich wohl.

BRECHT Und?

PUNTILA Und mir gefallt's nicht, wenn einer keine Lust am Leben hat.

BRECHT Na bitte.

P. Die Dinge liegen verzwickter. Außerdem habe ich nie behauptet, daß der Herr auf Puntila eine tendenziöse Figur sei, sondern, daß das Stück stellenweise ins Tendenziöse umkippe.

BRECHT Verleumderisch genug, was Sie behauptet haben.

P. Ich lese Ihnen beiden einen Passus vor, der in

Brechts »Notizen über die Züricher Erstaufführung« steht. Da heißt es: »Die Rolle des Matti muß so besetzt werden, daß eine echte Balance zustande kommt, d.h. daß die geistige Überlegenheit bei ihm liegt. Der Darsteller des Puntila muß sich hüten, in den Trunkenheitsszenen durch Vitalität und Charme so mitzureißen, daß dem Publikum nicht mehr die Freiheit bleibt, ihn zu kritisieren.«

BRECHT Ich habe die Sache, wie es sich gehört, genau kalkuliert: auf der Waagschale Puntila Vitalität und Charme, auf der Waagschale Matti die geistige Überlegenheit. Nennen Sie das tendenziös?

PUNTILA Daß mein Matti ein ganz Gerissener ist, muß ja nicht unbedingt bedeuten, daß ich vor eurem Gericht gleich den Blödheitsparagraphen zugebilligt bekomme.

BRECHT Gut gebrüllt, Johannes Puntila.

P. Sehen wir einmal davon ab, Herr Bertolt Brecht, daß Sie hier schlicht nach dem Motto mit Bart »Der Geist ist rot« verfahren: Der Puntila ist – dramaturgisch – eben doch aus einem andern Holz als der Matti. Alle Inszenierungen bestätigen das. Das Gleichgewicht, auf das Sie mit Recht Wert legen, ist nicht zu realisieren.

PUNTILA Ja freilich, weil ich eine Viechsnatur bin, einmalig auch in Tavastland, und dieser Matti ist nur ein netter – wie sagt ihr heute? – Ideologe.

BRECHT Du hast hier nur zu sprechen, wenn du gefragt wirst.

P. Dieses personale Übergewicht des Puntila, das Ihnen, Herr B. B., gar nicht recht ist, ist es aber auch, das – dialektisch verstanden – Ihr Stück vor dem Übergewicht der Tendenz bewahrt.

BRECHT *ironisch* Wer kommt da mit!

P. Der feine dicke Puntila, der den armen Matti an die Wand spielt, tut dies glücklicherweise.

PUNTILA Eine Beschwerde, ihr Herren, hätt ich anzubringen.

BRECHT *barsch* Aber faß dich kurz.

PUNTILA Wenn der finnische Mond still über meiner Heimaterde steht und ich Zeit hab, mich eine Minute zu besinnen – eine Minute, in der ich weder besoffen noch nüchtern bin, sondern haargenau auf der Grenze dazwischen –, ja also, da denk ich mir manchmal: ein richtiger Mensch bist du nicht, Johannes Puntila. Nein, das bist du nicht.

BRECHT Wie kommst du darauf? Du, ein Ausbund unter meinen Figuren: saftig, unverwüstlich, schlitzohrig, poetisch.

PUNTILA Weil ich, bitte um Vergebung, bloß halbseitig menschliche Eigenschaften hab.

P. Er hat nicht unrecht. Was heißt Rausch? Rausch heißt Einbildung. Strenggenommen bildet Puntila sich bloß ein, ein Mensch zu sein.

BRECHT In vino ... Aber ich will nicht unter mein Niveau gehen. Matti und Puntila *zusammengenommen* ergeben erst die vollkommene Figur. Es sind zwei Seiten des Menschen.

PUNTILA Vielleicht. Vielleicht auch nicht. Jedenfalls, wenn die Leute im Theater lachen, ist mir immer nicht ganz wohl dabei.

P. Er meint, glaube ich, daß eigentlich nur auf Kosten der Reichen gelacht wird.

BRECHT Weil die Armen sonst nichts zu lachen hätten.

P. Es findet eine regelrechte Verteufelung statt. Verstehen Sie mich recht, meine Herren: Ich gehöre klassenmäßig keineswegs auf Puntilas Seite, und auch das Honorar, das ich für dieses Manuskript einstreichen werde, wird daran nichts ändern. Es mißfällt mir einfach, daß man hier im Theater den Kampf gegen die Reichen so weit treibt, daß man sich nicht einmal vor dem Mittel der Verteufelung scheut.

BRECHT Verteufelung! Ein starkes Stück.

P. Sie erklären: Die Reichen sind keine Menschen.

BRECHT Wenn ich tatsächlich so etwas je geschrieben haben sollte, ist es von mir mit einer gestischen Subtilität ausgedrückt worden, die Sie eben nicht wahrhaben wollen.

PUNTILA Daß du die Roten vergötterst, Brecht, wissen wir alle in Tavastland, selbst die tavastländischen Holzköppe und Mäuseschädel haben das inzwischen begriffen. Ich bin freilich nicht dabeigewesen, damals, als der Bund der Bräute des Herrn Puntila, nachdem ich ihn von meinem Hof komplimentiert hatte, sich auf dem Rückweg die Zeit damit vertrieb, Geschichten zu erzählen. Aber es kommt einem ja einiges zu Ohren. Immerhin ist mir bekannt jene Geschichte der Schmuggleremma, die von einer gewissen Häuslerin aus der Gegend von Viborg handelt. Besagte alte Dame soll sage und schreibe achtzig Kilometer hin und zurück getippelt sein, um ihrem roten Sohn im Gefangenenlager einen Fisch und ein Pfund Butter zu bringen. Vor dem Lager ist noch Gras gewachsen, aber hinter dem Stacheldraht gab's kein grünes Gras mehr, kein Blatt am Baum, sie haben alles aufgegessen gehabt. Den Athi, ihren Sohn, hat die Häuslerswitwe kaum wiedererkannt. Aber nun, da sie ihm den Fisch und die Butter geben will, nimmt's der Athi nicht ums Verrecken, weil die Mutter es von der Gutsbesitzerin für ihn erbettelt hat. Offenbar einer kapitalistischen Schlange in den Augen des Sohnes. Man stelle sich vor: die Skelette der Gefangenen, armer Sünder, die wie Giraffen das Laub von den Bäumen zupfen, mitten unter ihnen Athi, diese stille Einfalt und edle Größe des Kommunismus, die lieber krepiert, als ein Pfund Butter aus dem Besitz einer Ausbeuterin zu nehmen!

P. Oder Puntila sagt einmal wörtlich über den roten Surkkala: »Der einzige intelligente Mensch von meinen Häuslern.« Ich wiederhole: Der einzige intelligente Mensch . . .

BRECHT Warum sollte ich verheimlichen, daß mein Herz links schlägt?

P. Wir müssen noch auf die andere Seite zu sprechen kommen: diese Witzblattfiguren von einem Attaché oder Propst, Richter oder Advokaten. Sehen wir kurz von Ihnen, Herr Puntila, ab: Auch nicht einer der Reichen hat annähernd anthropomorphe Umrisse. Es sind dumme und böse Tiere. Am ehesten sieht noch der Richter einem Menschen ähnlich, doch er hat im Stück so gut wie nichts zu vermelden. Die anderen sind Karikaturen, Hampelmänner, Buhmänner. Ja, Popanze zum Abschießen.

BRECHT Aber der Attaché ist dennoch eine Glanznummer, das müssen Sie zugeben.

P. Ich bin so liberal verkorkst, daß ich es tue.

BRECHT Das heißt also, daß Sie mir eigentlich nichts am Zeug flicken können. Alles Schaum bei Ihnen! Ihre Anschwärzungen werden von der Lebendigkeit meines dichterisch Gesagten erledigt. Gut marxistisch: Wieder einmal entscheidet die Praxis.

P. Ich muß allerdings einschränken: Auch ein blendender Trottel von Attaché hilft mir nicht über Sätze hinweg wie: »Das sind überhaupt keine Menschen. Ich kann sie nicht als Menschen betrachten.«

PUNTILA Erlauben Sie mal . . .

P. Lassen Sie mich bitte ausreden. Es gibt ja auch noch andere Sätze von diesem Kaliber, die nicht von Ihnen, Herr Puntila, stammen. Zum Beispiel sagt einmal die Telefonistin von den Reichen: »Sie schauen aus wie unsereiner, und das täuscht. Wenn sie ausschauten wie Bären oder Kreuzottern, möcht man auf der Hut sein.« So weit also die Telefonistin. Aber so weit darf es, meiner Meinung nach, nicht gehen. Wohin das führt, wenn man Menschen ihre Menschlichkeit abspricht, haben wir drei erlebt.

BRECHT Aber das ist doch bloß Spaß. Verstehen Sie keinen? Puntila, zitiere!

PUNTILA Ein Mensch ohne Humor ist überhaupt kein Mensch.

P. Ich muß leider noch einmal darauf zurückkommen: Sie, Herr B. B., lachen auf Kosten der anderen. Es ist irgend etwas an Ihnen, das mich an Wilhelm Busch erinnert.

BRECHT Dagegen hab ich nichts.

P. Sie sind ein Schwarzweißmaler. Alle Reichen sind bei Ihnen böse, alle Armen gut. Das ist die Tendenz. Gewiß, eine löbliche. Anders herum wäre es unerträglich. Doch sind Sie nicht ein marxistischer Rilke, und variieren Sie nicht auf Ihre rote Weise den Vers: »Armut ist ein großer Glanz aus Innen«?

BRECHT Was wollen Sie eigentlich, Sie!

P. Ein für allemal klarstellen, daß auch die Liebe zu den Geschlagenen und Geschundenen von einem gewissen Punkt ab die Kunst verraten kann.

BRECHT Bevor Sie weiter dergleichen Ungereimtheiten behaupten, sollten Sie erst einmal definieren, was Kunst ist.

P. Ich werde mich hüten. Über Kunst, Herr Brecht, sind wir eines Sinnes. Ich habe nicht bloß Ihre Stücke, auch Ihre Schriften durchaus studiert. Wenn Sie zum Beispiel wie vorhin von »natürlichem Charme« sprechen, von »zart und poetisch«, von der Eliminierung aller groben Effekte, dann kann ich nur sagen: Wem sagen Sie das!

BRECHT Ganz so ... scheinen Sie doch nicht zu sein.

PUNTILA Darf ich auch mal meinen Senf dazugeben. Eine Stelle, wenn ich an die komme, also Brecht, das ist der reinste Zynismus, und den schiebst du ausgerechnet mir in die Schuhe. Noch dazu dem halb blauen Puntila, der doch nach deiner Idee schon halb gut sein müßte. Ich meine die Stelle: »Minus zehn.« Da zahl ich den Surkkala aus, den ich gar nicht auszahlen dürft, weil er noch einen Kontrakt hat, doch ich will den Surkkala los sein, den Roten eins auswischen und laß mir das was kosten: ich zahle ihm drei Monatslöhne als Abstand, aber: minus zehn! Das sind nämlich die zehn Mark, die ich ihm tags zuvor im Vollrausch geschenkt hab. Und zu den kleinen Kindern des Surkkala setz ich hinzu: »Seid immer froh, daß ihr einen solchen Vater habt, der für seine Überzeugung alles auf sich nimmt.«

BRECHT Leg nicht alles auf die Goldwaage, Mann.

P. Mir ist aufgefallen, daß Puntila im Rausch oder wie hier im Halbrausch Dinge tut, die mit dem Mechanismus der Figur nicht übereinstimmen. Z. B. Während der besoffene Großbauer doch angeblich die Güte in Person ist, läßt er seinen Chauffeur Matti zwei Tage lang im Auto warten. Oder: Er reißt mitten in der Nacht das Personal aus dem Schlaf. Oder: Er unterzeichnet keine Kontrakte. Alles in der Phase der unzurechnungsfähigen Güte.

BRECHT Nichts als Beckmessereien.

P. Aber andererseits wollen Sie, daß man es in der Kunst genau nimmt.

BRECHT Verstehen Sie denn nicht: Ich habe einen Mechanismus für die Figur erfunden, aber indem ich mich nicht sklavisch an ihn halte, mache ich aus ihm etwas Kunstvolles.

P. Das bringt mich wiederum auf Ihren Arm-Reich-Mechanismus. Sie sind gegen die Reichen, weil sie reich sind. Also ist Reichsein etwas Verabscheuenswürdiges. Wenn aber alle Menschen reich sind, wird Reichtum etwas höchst Angenehmes.

BRECHT Sie machen sich das zu leicht.

P. Die Ökonomie ist Ihr Deus.

BRECHT Geld an sich bedeutet gar nichts. Sie müssen die Reichen in Relation zu den Armen sehen. Was macht der Reichtum aus den Reichen, solange es noch Arme gibt? Das ist mein Thema.

PUNTILA Es ist ein bissel unglaubwürdig.

BRECHT Wie?

PUNTILA Daß wir Reichen ...

BRECHT W-i-r?

P. Ein Haus in Buckow, ein Haus an der dänischen Küste zum schöpferischen Zurückziehen, ein Konto in der Schweiz ...

BRECHT *eilig* Weiter, Puntila.

PUNTILA Daß wir Reichen an allem schuld sein sollen. Von den Nazis damals in Deutschland hab ich gehört, daß das internationale jüdische Kapital an allem schuld gewesen ist.

BRECHT Nun verzieh dich aber! Was will so ein tavastländischer Saubauer von den politischen Verhältnissen in meinem Vaterland wissen.

P. Es geht mir um die Kunst. Und hierin bin ich unerbittlich. Es ist tatsächlich nicht von der Hand zu weisen, daß Sie durch Karikierung, Verhunzung, Verteufelung von Menschen Ihrem Stück geschadet haben.

BRECHT Jetzt laßt uns auch mal über die Vorzüge reden.

P. Wenn Sie meinen, daß es Zeit ist?

PUNTILA *lachend* Deine Einfälle oder meine Worte – wie man's nimmt! »Sternhagelnüchtern, mindestens einmal im Quartal«! »Sinnlose Nüchternheit«! »Verblendung« und »Vernebelung« – in der Zeit, in der ich kein Glas anrühre!

BRECHT Das muß einem einfallen.

P. Eine ingeniöse Verkehrung.

BRECHT Na, und die Delikatesse der Badeszene!

PUNTILA Wie ich sage: »Du Saukerl, aber du bist kein Scheißkerl!« Meine Unterscheidungskraft.

BRECHT Und der Satz des Apothekers, als er nachts den gesetzlichen Schnaps für die sogenannten scharlachkranken Küh des Puntila rausrücken muß! Hört mal: »Hoffentlich kriegen S' auch genug Heringe für Ihre Küh am Tag drauf!«

P. Am tiefsinnigsten scheint mir ein Stoßseufzer. Es ist

ein Seufzer aus tiefster Seele, den zwar ein Bürgerlicher tut, aber bloß pro forma, er kommt haarscharf aus Ihrer marxistischen Seele: »Es ist furchtbar schwer, am Volk nicht zu verzweifeln . . .«

(1970)

Imaginäres Interview

Über meinen Roman »Dichterleben«

FRAGE Halten Sie das Leben des Achim Reichsfelder für exemplarisch?

ANTWORT Ja, seine Lebensgeschichte ist ein Beispiel. So kann oder könnte es jemandem heute ergehen, der Gedichte schreibt. Sein Leben ist aber nicht beispielhaft: also nicht vorbildlich oder gar charakteristisch für eine große Zahl. Charakteristisch jedoch scheint mir, was ich über den literarischen Betrieb geschrieben habe; wie man als junger Poet in diesem Betrieb über die Runden zu kommen versucht.

FRAGE Wie verhält sich der Roman zum Autobiographischen?

ANTWORT Der Roman ist ein Roman, eine Sache der Phantasie, der Einbildungskraft. Aber ich habe ihn nicht sozusagen aus der Luft gegriffen. Ich bin seit über 25 Jahren Schriftsteller, ich habe im Lauf der Zeit Erfahrungen gemacht: solche, die ich mit andern teile, und solche, die meine eigenen sind. Ich habe darüber nachgedacht. Von diesen Rohstoffen der Erinnerung und diesen Bewußtseinsinhalten ist meine Phantasie ausgegangen. Jedes erzählende Werk, das ich schätze, setzt sich aus Phantasie *und* Erfahrung zusammen.

FRAGE Kann man denn das so einfach mischen: das Leben

von erfundenen Figuren und dasjenige von wirklich existierenden?

ANTWORT Warum nicht? Viele vor mir haben es getan. Bei Fontane wird Effi Briest dem alten Kaiser Wilhelm vorgestellt; er tritt ans Fenster, um den Aufzug der Schloßwache zu beobachten; die kaiserliche Familie, Minister und Politiker kommen vor oder werden erwähnt zusammen mit frei erfundenen Gestalten. Solschenizyn liefert im »Ersten Kreis der Hölle« eine glänzend beängstigende Studie Stalins, läßt den Minister für Staatssicherheit persönlich in fiktives Geschehen eingreifen; in den »Hundejahren« erscheint im letzten Drittel massenweise westdeutsche Prominenz; in Flauberts »Education« stehen viele Künstler und Wissenschaftler der beschriebenen Zeit im Hintergrund. Die Reihe von Beispielen ließe sich leicht verlängern.

FRAGE Was Sie etwa über Celan oder von der Vring erzählen, ist das authentisch oder verfahren Sie auch mit den zeitgeschichtlichen Figuren frei?

ANTWORT Ich schildere sie so, wie ich sie gesehen habe. Ich gebe wieder, was ich von ihnen gehört habe. Dabei verfahre ich aber nicht »naturalistisch«, sondern nach den Regeln des poetisch-realistischen Romans, der auch »Spielraum« hat. Übrigens hatte ich es keineswegs darauf abgesehen, »das literarische Leben in der Bundesrepublik« (Klappentext) darzustellen, vielmehr die »Szene« nur mit einigen Streiflichtern so weit zu beleuchten, wie es mir für die Glaubwürdigkeit eines Dichterlebens heute nötig schien. Zu einem solchen Leben gehört auch ein wenig literarischer Klatsch.

FRAGE Was haben Sie für einen Realismusbegriff?

ANTWORT Ich orientiere mich in erster Linie an meinen sinnlichen Eindrücken. Allerdings nehme ich mir auch die Freiheit, mit ihnen »hypothetisch« umzugehen.

FRAGE Kommen wir zur Hauptfigur. Identifizieren Sie sich mit dem, was Achim Reichsfelder sagt und denkt?

ANTWORT Nur teilweise. Ich habe Reichsfelder nicht als meinen Doppelgänger erfunden, das ist klar. Aber wenn einige Weichen in meinem Leben anders gestellt worden wären, hätte ich *seinen* Weg nehmen können. Das bilde ich mir jedenfalls ein. Ich erzähle von Reichsfelder im Indikativ und gleichzeitig von mir im Konjunktiv. Meine Ansichten zu bestimmten Fragen und Problemen sind immer nur vom Roman als Ganzes abzulesen. Ich bin auch nur begrenzt mit der Summe von 320 Seiten Text identisch. Der Roman ist ein Buch unter anderen Büchern von mir.

FRAGE Wie steht es mit der von Reichsfelder geäußerten Ansicht, von der Poesie sei heute nichts Wesentliches mehr zu erwarten?

ANTWORT Ich teile diese Ansicht nicht. Es gibt Phasen der Stärke und der Schwäche. Die Poesie scheitert nicht, auch wenn Poeten scheitern.

FRAGE Sehen Sie Reichsfelder als gescheiterten Poeten? Der Verlag spricht das im Klappentext aus.

ANTWORT Nein, in meinen Augen ist er nicht gescheitert, er hat nur, wie ich es einmal ausdrücke, »den Laden dicht gemacht«. Er hat, so lange er wollte, veröffentlichen können, und er ist als Autor bis zuletzt zur Kenntnis genommen worden. Nachlassen des Erfolges ist nicht gleichzusetzen mit Scheitern. Reichsfelder hat zu schreiben aufgehört. Dem ist ein Entschluß vorausgegangen.

FRAGE Warum hat er aufgehört?

ANTWORT Auf diese Frage gibt der Roman sehr viele Antworten. Reichsfelders Begleiter, der Student Janko Machwitz, meint einmal: »Vielleicht gibt es überhaupt keine Antwort.« Mit diesem Paradox will ich sagen: Die Motivationen eines Menschen sind nicht bis ins letzte durchschaubar. Wir funktionieren nicht schematisch. Leben läßt immer etwas offen.

FRAGE Sehen Sie in Reichsfelder eine typisch deutsche Erscheinung?

ANTWORT Nein. Die Poeten – wo immer sie herkommen mögen – ähneln einander. So wenigstens habe ich es gefunden. Ich glaube jedoch, daß »Dichterleben« gewisse Konstanten des deutschen Romans enthält oder auf neue Weise erkennbar macht. Heute wollen wieder nicht wenige Leute, daß »deutsch« ein Schimpfwort sei. Ich finde das töricht. Völker haben – wie Individuen – gute und schlechte Eigenschaften. Die jungen Filmemacher bei uns sind mit Recht stolz darauf, ein »neues *deutsches* Kino« geschaffen zu haben. In diesem Sinn verstehe ich »Dichterleben« als neuen deutschen Roman. Lange Zeit ist bei uns versucht worden, in der Literatur einer verwaschenen Internationalität nachzueifern. Ich meine, daß jemand nicht gleich ein Chauvinist sein muß, wenn er erkennt, daß er vom Land seiner Herkunft und dessen Sprache geprägt ist, und wenn er versucht, dieses von anderen Abweichende, Nicht-Zivilisationskonforme, dieses Spezifische und – wenn auch nur für eine sehr kleine Region der Welt – Charakteristische mit besonderer Aufmerksamkeit und so objektiv wie möglich zu beschreiben. Hölderlin: »Deutsch will und muß ich übrigens bleiben, und wenn mich die Herzens- und Nahrungsnot auch nach Otaheiti triebe.«

FRAGE Der deutsche Roman – von wenigen Ausnahmen wie Kafka, Mann, Hesse oder Grass abgesehen – zählt nicht viel beim ausländischen Publikum.

ANTWORT Das ist richtig, aber wohl eine Voreingenommenheit. Sie geht davon aus, der Roman müsse, möglichst schlicht geschrieben, unterhaltsame oder kritische Gesellschaftsschilderung sein. Ein Ideal, gewiß, aber eines unter anderen. Ich, zum Beispiel, bewundere auch den Roman über Einzelne, wie über Wilhelm Meister oder den Grünen Heinrich, den märchenhaften Künstler- und Vagantenroman, etwa von Eichendorff, das zauberhafte Erzählen Hofmannsthals oder Mörikes oder Stifters. Ich liebe den trockenen, chevaleresken Fontane, der – obwohl ein Gesellschaftsschilderer – im Ausland bisher nicht recht (warum nicht?) reüssieren konnte. Der deutsche Roman hat seine Stärke in Sprache, Optik und eigenwilliger Nachdenklichkeit – daher schwer übersetzbar. Auch das spielt eine Rolle bei seiner Beurteilung von außen.

FRAGE Ist »Dichterleben« nicht der Roman eines Unpolitischen?

ANTWORT Wenn Sie unter einem Unpolitischen jemanden verstehen, dem die Alternative »entweder links oder rechts« zu primitiv ist: dann ja! Reichsfelder denkt einmal über das Politische nach, und da fällt ihm Kafka ein. War Kafka ein politischer Dichter? Nahm er in seinen Dichtungen Partei für ein politisches Glaubensbekenntnis? Politisches Verhalten ist nicht nur ein Gruppenverhalten, sondern kann auch ein Verhalten Einzelner zu den andern sein. Im Sinn der Ideologien reagiert Reichsfelder sträflich unparteiisch. *Er ist für keine Seite verwendbar.* Ich denke, darin steckt auch eine Aussage über das Politische heutzutage. Übrigens, in meiner Sicht ist das Poetische, sozusagen von Natur aus, ein Korrektiv des Politischen, insofern dies Politische als Haß auf Andersdenkende auftritt.

(1976)

Anhang

Literaturhinweise

Die Lieder des Georg von der Vring. 1906–1965. Verlag Albert Langen / Georg Müller, München.
Karl Krolow: *Gesammelte Gedichte 2.* Suhrkamp Verlag, Frankfurt/Main.
Peter Huchel: *Gezählte Tage.* Gedichte. Suhrkamp Verlag, Frankfurt/Main.
Wolfgang Bächler: *Traumprotokolle.* Reihe Hanser. Carl Hanser Verlag, München.

Pound/Joyce: *Die Geschichte ihrer Beziehungen in Briefen und Dokumenten.* Herausgegeben und kommentiert von Forrest Read. Verlag der Arche, Zürich.
Samuel Beckett: *Watt.* Roman. Deutsch von Elmar Tophoven. Suhrkamp Verlag, Frankfurt/Main.
Samuel Beckett: *Residua.* Prosadichtungen in drei Sprachen. Deutsch von Elmar Tophoven. Suhrkamp Verlag, Frankfurt.
Jean-Paul Sartre: *Porträts und Perspektiven.* Deutsch von Elmar Tophoven, Abelle Christaller, Gilbert Strasmann und Hans-Heinz Holz. Rowohlt Verlag, Reinbek.
Eugène Ionesco: *Der Einzelgänger.* Roman. Deutsch von Lore Kornell. Carl Hanser Verlag, München.
Saul Bellow: *Mr. Sammler's Planet.* Roman. Deutsch von Walter Hasenclever. Kiepenheuer & Witsch Verlag, Köln.
Saul Bellow: *Humboldts Vermächtnis.* Roman. Deutsch von Walter Hasenclever. Kiepenheuer & Witsch Verlag, Köln.
Michel Tournier: *Der Erlkönig.* Roman. Deutsch von Helmut Waller. Hoffmann und Campe Verlag, Hamburg.
Walter Kempowski: *Uns geht's ja noch gold.* Roman einer Familie. Carl Hanser Verlag, München.
Johannes Rüber: *Malapa, Malapa.* Roman. Cosma Verlag, Stuttgart.
Horst Bienek: *Erste Polka.* Roman. Carl Hanser Verlag, München.
Gabriele Wohmann: *Ernste Absicht.* Roman. Luchterhand Verlag, Neuwied.

Hermann Lenz: Tagebuch vom Überleben und Leben. Roman. Insel Verlag, Frankfurt/Main.
Adolf Muschg: *Entfernte Bekannte*. Erzählungen. Suhrkamp Verlag, Frankfurt/Main.
Ludwig Hohl: *Bergfahrt*. Erzählung. Suhrkamp Verlag, Frankfurt/Main.
Elias Canetti: *Alle vergeudete Verehrung*. Aufzeichnungen 1949–1960. Carl Hanser Verlag, München.
Alfred Andersch: *Norden Süden rechts und links*. Von Reisen und Büchern 1951–1971. Diogenes Verlag, Zürich.
Alfred Andersch: *Die Rote*. Roman. 2. Fassung. Diogenes Verlag, Zürich.
Horst Krüger: *Fremde Vaterländer*. Reiseerfahrungen eines Deutschen. R. Piper Verlag, München.
Curt Hohoff: *München*. Prestel Verlag, München.
Franz Tumler: *Landschaften und Erzählungen*. Piper Verlag, München.
Bertolt Brecht: *Arbeitsjournal 1938–1955*. 2 Bände. Herausgegeben von Werner Hecht. Suhrkamp Verlag, Frankfurt/Main.
Gottfried Benn: *Briefe an Oelze*. Herausgegeben von Harald Steinhagen und Jürgen Schröder. Limes Verlag, München.
Peter Handke: *Das Gewicht der Welt*. Ein Journal. Residenz Verlag, Salzburg.

Märchen der Brüder Grimm I und II. Ausgewählt von Lore Segal und Maurice Sendak. Diogenes Verlag, Zürich.
Bertolt Brecht: *Herr Puntila und sein Knecht Matti*. In: Stücke, Band 9. Suhrkamp Verlag, Frankfurt/Main.
Heinz Piontek: *Dichterleben*. Roman. Hoffmann und Campe Verlag, Hamburg.

Werke von Heinz Piontek

Lyrik
Die Furt (1952)
Die Rauchfahne (1953)
Wassermarken (1957)
Mit einer Kranichfeder (1962)
Klartext (1966)
Tot oder lebendig (1971)
Gesammelte Gedichte (1975)
Wie sich Musik durchschlug (1978)

Prosa
Vor Augen (1955)
Kastanien aus dem Feuer. Erzählungen (1963)
Windrichtungen. Reisebilder (1963)
Die mittleren Jahre. Roman (1967)
Außenaufnahmen. Erzählungen (1968)
Liebeserklärungen in Prosa (1969)
Die Erzählungen (1971)
Helle Tage anderswo. Reisebilder (1973)
Dichterleben. Roman (1976)
Wintertage, Sommernächte. Gesammelte Erzählungen (1977)
Träumen, Wachen, Widerstehen. Aufzeichnungen aus diesen Jahren (1978)

Hörspiel
Dunkelkammerspiel (1978)

Essay
Buchstab, Zauberstab. Über Dichter und Dichtung (1959)
Männer, die Gedichte machen (1970)
Leben mit Wörtern (1975)
Das Schweigen überbrücken (1977)

Anthologien
Neue deutsche Erzählgedichte (1964)
Augenblicke unterwegs.
Deutsche Reiseprosa unserer Zeit (1968)
Deutsche Gedichte seit 1960 (1972)

Übersetzung
John Keats. Gedichte (1960)